THOMAS BREZINA

KNICKERBOCKER-BANDE 4IMMER

BAND 2
SCHATTEN DER ZUKUNFT

ecoWIN

FSC
www.fsc.org
MIX
Papier aus verantwortungsvollen Quellen
FSC® C014496

1. Auflage

Gesetzt aus der Minion Pro, Dirty Ego

Medieninhaber, Verleger und Herausgeber:
Red Bull Media House GmbH
Oberst-Lepperdinger-Straße 11–15
5071 Wals bei Salzburg, Österreich

Lektorat: Anke Weber
Satz: MEDIA DESIGN: RIZNER.AT
Umschlaggestaltung: STEIGENBERGER, Agentur für Kommunikation, Katrin Steigenberger
Printed in Germany
ISBN 978-3-7110-0180-1

Für meine Freundin Liesl

Sie ist am 7. 4. 2018
100 Jahre alt geworden.
Ich erkläre sie zum Ehren-Knickerbocker.
Sie ließ niemals locker.

Achtung:
In diesem Buch ist, wie in einem Computerspiel, ein »Osterei« versteckt. Es handelt sich um ein Tier, das eindeutig nicht in die Geschichte gehört.
Wer es entdeckt, sollte Seite 396 lesen.

VIER TÜREN, DIE ALLES VERÄNDERN

VORFREUDE

Am 12. Juli wurden vier Türen an vier verschiedenen Orten der Welt geöffnet. Dieser scheinbar so harmlose und alltägliche Vorgang sollte das Leben von vier Menschen völlig auf den Kopf stellen.

Die vier, das waren Lilo, Axel, Dominik und Paula, genannt Poppi. Sie kannten einander seit Kindertagen und hatten als Knickerbocker-Bande zahlreiche höchst mysteriöse Kriminalfälle gelöst.

Nach einem tragischen Unfall und einem heftigen Streit hatten sie einander zwanzig Jahre nicht gesehen. Doch eine mysteriöse Einladung hatte die vier an die Südküste Englands gelockt und sie wieder zusammengeführt.

Plötzlich standen sie sich mitten im Meer auf der winzigen Felseninsel Canon Island gegenüber.

Dort begegneten sie nicht nur alten Geistern, die nach einer lang zurückliegenden Bluttat keine Ruhe finden konnten, sondern sie erfuhren auch, dass die vielen Abenteuer in ihrer Kindheit kein Zufall gewesen waren. Die vier waren Versuchskaninchen für ein ungeheuerliches Experiment gewesen. Ohne ihr Wissen hatte jemand jahrelang eine Substanz an ihnen erprobt, um ihre Intelligenz, ihren Mut und ihre Kombinationsgabe zu steigern.

Der Mann, der in ihren Kindertagen hinter diesen Machenschaften gesteckt hatte, trug den Decknamen Hermes, weil er sich für einen Boten der Götter hielt. In all den Jahren ihrer Trennung hatte er sie nicht aus den Augen gelassen, und zwanzig Jahre später wollte er seine Versuchsreihe beenden.

Er verfolgte seinen teuflischen Plan und schreckte nicht davor zurück, die vier auf Canon Island den schlimmsten Prüfungen auszusetzen. Als sein Vorhaben zu scheitern drohte, sprengte er die Insel, um alle Spuren der Schrecken zu verwischen.

Danach lockte er sie zu einer letzten Herausforderung auf die Klippen von Beachy Head in der Nähe von Eastbourne. Dort wollte er sie zwingen, das schwächste Mitglied der Bande auszuwählen und in die Tiefe zu stoßen.

Axel, Lilo, Poppi und Dominik hatten überlebt. Hermes aber konnte entkommen und blieb seitdem spurlos verschwunden. Natürlich ermittelte die internationale Polizei – schließlich ging es um mehrfachen Mordversuch –, aber die Fahndung nach ihm blieb ohne Erfolg.

Durch die Erlebnisse auf Canon Island waren die Freunde von früher wieder zu jenem eingeschworenen Team von einst zusammengewachsen. Sie waren vielleicht zwanzig Jahre älter geworden, aber das hatte nichts an der einmaligen Art ihrer Zusammenarbeit geändert. Im Gegenteil, ihr Zusammenhalt war sogar noch stärker, ihre Freundschaft noch tiefer geworden.

Für den Sommer hatten sie ein Wiedersehen in New York vereinbart, das nun kurz bevorstand. Alle vier freuten sich darauf, Zeit miteinander zu verbringen und ihre neue Verbundenheit zu genießen. Geplant war, dass Dominik ihnen die Stadt zeigte, in der er schon längere Zeit lebte und als Schauspieler arbeitete.

Für Lilo und Axel, die sich nach all den Jahren endlich ihre Liebe eingestanden hatten, würde der Flug nach New York die erste gemeinsame Reise sein.

Auch Poppi konnte es kaum erwarten, ihre Freunde wiederzusehen, aber bei ihr kamen noch andere Gründe dazu.

»Ich fühle mich schon ein bisschen schäbig, weil ich meinem wunderbaren Leben in Österreich entfliehen möchte«, hatte sie ihrer Freundin Amelie gestanden. »Denn eigentlich habe ich alles: den perfekten Mann, den perfekten Beruf, das perfekte Haus – und trotzdem sehne ich mich danach, einfach einmal auszubrechen.«

Insgeheim wusste sie natürlich, was an ihr nagte. Denn ganz so perfekt war Poppis Leben doch nicht. Ihr Wunsch nach einem Kind ging einfach nicht in Erfüllung, und sie hatte zwar begonnen, sich damit abzufinden, aber vielleicht suchte sie genau deshalb etwas Ablenkung. Die Zeit mit Lilo, Axel und Dominik würde sie bestimmt auf andere Gedanken bringen.

Amelie hatte sie über den kleinen Tisch des Kaffeehauses angelächelt und ihr mit der Espressotasse zugeprostet.

»Genieße es, und mach dir nicht immer so viele Gedanken«, hatte sie Poppi geraten.

Dominik freute sich auf die Ankunft der anderen. Er konnte sich den Stolz auf das, was er erreicht hatte, nicht verkneifen. Lilo, Axel und Poppi würden über die Größe und Lage seines Apartments am Central Park staunen, und er würde sie in die feinsten Restaurants und die angesagtesten Klubs führen, in denen ihn viele kannten und er öfters auch um Autogramme gebeten wurde.

Nein, er wollte nicht vor den anderen angeben. Höchstens ein klein wenig, aber das gestand er sich nur ungern ein. An ihm nagte nur immer noch das Gefühl, das er als Kind und Teenager gehabt hatte, dieses Gefühl, ein Außenseiter zu sein. Vielleicht wollte er sich deswegen noch immer vor den anderen beweisen.

Nur einen Tag vor dem großen Wiedersehen in New York veränderten vier geöffnete Türen alles …

TÜR 1: NEW YORK

Am 12. Juli war Dominiks letzter Drehtag für »Bad Boys«, eine Anwaltsserie, in der er den fiesen Nikolaus Kramer spielte, einen Typ, der immer nur auf seinen eigenen Vorteil bedacht war. Dreizehn Folgen waren in dieser Saison bisher abgedreht worden, und nach einer Pause von vier Wochen sollten die Dreharbeiten weitergehen.

Am 13. Juli würden Lilo, Axel und Poppi in New York ankommen, und natürlich wollte Dominik sie vom Flughafen abholen. Er hatte eine dieser überlangen Limousinen bestellt, weil sie für ihn zu New York einfach dazugehörten.

Um kurz nach zehn Uhr am Vormittag, als er in einen der sechs maßgeschneiderten dunklen Anzüge schlüpfte, die er in der TV-Serie trug, wurde die zerkratzte Tür zu Dominiks Garderobe aufgerissen, und Larry platzte herein. Er war seit vier Jahren Dominiks Agent und nannte ihn oft »mein vielversprechendstes Pferd im Stall«. Nur zwanzig Minuten zuvor hatte Larry eine Neuigkeit erhalten, die er Dominik persönlich und nicht am Telefon überbringen wollte. Es galt, sofort zu reagieren.

»Was?« Dominik starrte Larry ungläubig an, nachdem er gehört hatte, was er ihm zu sagen hatte. »Das ist nicht dein Ernst. Du machst einen Scherz und lachst gleich los, oder?«

Stumm schüttelte Larry den Kopf und lehnte sich von innen gegen die Tür der Garderobe.

TÜR 2: IN DER NÄHE VON GRAZ

Die zweite Tür wurde im Gegensatz zur Garderobentür ganz leise geöffnet. Poppis Hand schob die hellbraune Tür, die keinen einzigen Kratzer hatte, langsam einen Spaltbreit auf. Ihre Hektik von vorhin war einer plötzlichen Ruhe gewichen.

Sie war voller Vorfreude auf die Reise nach New York und rechnete mit allem, aber nicht damit, was sich hinter der Tür abspielte.

Von einer Sekunde auf die andere stürzte für Poppi das ein, was sie für das unerschütterliche Fundament ihres Lebens gehalten hatte. Nie hätte sie angenommen, dass ihr so etwas einmal passieren würde. Plötzlich fühlte sie sich wie in einer ihrer Lieblingsserien, aber diesmal war sie eine der Hauptdarstellerinnen.

Einen Moment lang stand sie wie erstarrt da, dann drehte sie sich um und schlich davon. Sie hoffte inständig, alles würde sich als großer Irrtum erweisen, gleichzeitig aber war ihr klar, wie naiv und dumm diese Hoffnung war. Sie war bereits auf der Straße, als ihr der Grund für ihre Rückkehr wieder einfiel. Ohne ein Geräusch zu verursachen, huschte sie noch einmal in das Haus zurück und holte ihren Reisepass, den sie vergessen hatte. Auf halbem Weg zum Flughafen hatte sie es zum Glück bemerkt und sie war noch einmal zurückgefahren.

Aber war es wirklich ein Glück gewesen?

Wieder im Freien, füllten sich ihre Augen mit Tränen, und sie wischte sie energisch mit dem Ärmel der neuen grünen Leinenjacke fort. Sie wollte einfach nur weg, und die Reise nach New York erschien ihr wie ein Rettungsanker.

»Jetzt aber wirklich zum Flughafen, was?« Der Taxifahrer sah sie im Rückspiegel an, als sie sich auf die Rückbank fallen ließ.

»Ja.« Mehr brachte Poppi nicht heraus, da sie in ihrem Hals ein verdächtiges Kratzen spürte, das neue Tränen ankündigte.

Ihr Handy läutete. Poppi kramte hektisch in ihrer großen Lederhandtasche und fand es tief unten versteckt. War sie bemerkt worden? Wurde sie deshalb angerufen? Was sollte sie dann sagen?

Aber auf der Anzeige stand eine amerikanische Nummer. Poppi riss sich zusammen und zwang sich zu einem Lächeln, auch wenn man das durch das Telefon nicht sehen konnte.

»Hallo, hier Poppi«, meldete sie sich mit gezwungener Fröhlichkeit.

Es war das Büro von Dominiks Agenten. Natürlich war Poppi über den Anruf erstaunt.

Wenig später zuckte der Fahrer des Taxis erschrocken zusammen, weil Poppi laut »Nein!« geschrien hatte. Er betrachtete sie besorgt im Rückspiegel. Die junge Frau mit den glatten braunen Haaren musste soeben eine fürchterliche Nachricht erhalten haben.

TÜR 3: WIEN

Die Tür zu dem Raum im Keller war aus grauem Metall, feuerfest und immer doppelt verriegelt. Zwei Schlüssel waren nötig, um sie zu öffnen. Seine Mutter war sehr neugierig gewesen, und er wollte aus gutem Grund verbergen, was sich hinter der Tür befand.

Am 12. Juli sperrte er die beiden Sicherheitsschlösser der Tür auf. Eigentlich gab es keinen Grund mehr für diese Vorsichtsmaßnahme, denn seine Eltern waren seit einigen Jahren tot, und er lebte allein im Haus. Der Putzfrau hatte er untersagt, den Keller zu betreten.

Das Zimmer maß höchstens drei mal vier Meter. Eine Wand hatte er mit einer Korktapete beklebt und darauf zahlreiche Zeitungsausschnitte mit Pinnnadeln befestigt. Das Zeitungspapier war mittlerweile vergilbt und hatte braune Ränder. Zwanzig Jahre waren nicht spurlos vorübergegangen.

Die Berichte und Fotos zeigten Axel, Lilo, Poppi und Dominik in stolzen Posen.

Die zarte Poppi mit einer Dogge, die fast so groß war wie sie selbst. Das Tier blickte sie mit unendlich treuen Augen an, weil Poppi herausgefunden hatte, welches Gift ihm verabreicht worden war. Die Dogge konnte im letzten Moment gerettet werden, und Poppi wurde von der Stadtzeitung als Heldin gefeiert.

Dominik mit seinem arroganten Lächeln neben einem Superstar aus den USA. Die schlanke Schauspielerin, die bereits zwei Oscars zu Hause stehen hatte, legte einen Arm um Dominiks Schultern, als wäre der Teenager ihr Sohn. In dem Interview schwärmte sie über seine schauspielerischen Qualitäten. Bei Dreharbeiten in Salzburg war er zwei Wochen lang mit ihr vor der Kamera gestanden.

Axel und Lilo auf einem Siegespodest. Lilo war bei einem Skirennen des Unter-16-Teams Erste geworden, knapp vor Axel, der den Platz dahinter belegte. Sein Lächeln erschien etwas gequält, denn Axel wollte immer siegen, Zweiter zu werden, kam für ihn einer Niederlage gleich.

Wer die Zeitungsschnipsel aus der Nähe betrachtete, dem fielen zahlreiche kleine Löcher im Papier auf. Die meisten in den Gesichtern von Poppi, Lilo, Axel und Dominik. Einige andere, etwas verstreut, rundherum. Die Löcher hatten – dazu musste man nicht lange kombinieren – mit den Dartpfeilen zu tun, die am Rand der großen Pinnwand steckten. Er hatte die Bilder früher stundenlang damit beworfen.

Wie lächerlich! Er hasste sich selbst dafür. Es war nicht einmal zum Abreagieren gut gewesen. Außerdem hatte es nichts geändert.

Die Knickerbocker-Bande war der große Star geblieben, und nun waren sie zwanzig Jahre später wieder da. Der letzte Bericht über sie war erst einige Wochen alt, und er hatte ihn aus dem Internet ausgedruckt. Vier Dartpfeile steckten in den Köpfen von den nun erwachsenen vier Freunden.

Schon zu Schulzeiten hatte er Rachepläne entwickelt und in seinem Kopf immer und immer wieder durchgespielt. Aber erst im vergangenen Jahr war er so weit, dass er seine Pläne in die Tat umsetzen konnte. In den letzten Wochen und Monaten hatte er Vorbereitungen getroffen und die nötigen Kontakte geschlossen. Nun war endlich der Moment gekommen, um seinen Plan durchzuführen.

Zum Glück hatte er Geld genug, um die Racheaktion in großem Stil zu inszenieren. So konnte er sich zurücklehnen und den Untergang seiner schlimmsten Gegner genießen.

Sein Blick wanderte von der Pinnwand zu dem kleinen Schreibtisch davor. Auf einem Silbertablett lag dort ein Datenstick. Er hatte das Tablett vor langer Zeit bei Tiffany's in New York für seine Mutter gekauft, die es aber nie verwendet hatte. Als er seinen Entschluss gefasst hatte, die Racheaktion endlich durchzuziehen, war es ihm wieder eingefallen.

Wie stilvoll, den Datenstick darauf zu präsentieren, wo doch New York der Ort werden sollte, an dem die »berühmte« Knickerbocker-Bande ihren Untergang erleben sollte. Er würde ihre Leben für immer zerstören.

Ihre Reise nach New York war der beste Zeitpunkt, den er sich wünschen konnte. Sie waren »glücklich« vereint, und sein Schlag würde sie alle auf einmal treffen.

TÜR 4: SAN DIEGO

Die vierte Tür war dick gepolstert und mit edlem Leder überzogen, das mit Hunderten Messingnieten an den Rändern angenagelt war.

In den Fenstern der Suite genauso wie in der Tür zum Balkon waren Glasscheiben, die auf den ersten Blick normal wirkten. In Wirklichkeit aber handelte es sich um eine Art Sicherheitsglas, das jedem Stuhl standhielt, der dagegen geworfen wurde. Außerdem dämpfte das Glas Schreie, die in so einer Suite schon einmal ausgestoßen werden konnten.

Es war ein warmer Morgen in Kalifornien, blauer Himmel, wenig Wolken und kaum Wind.

Die Tür konnte nur mithilfe eines sechsstelligen Codes geöffnet werden – sowohl von außen als auch von innen. Eine schlanke Frauenhand mit makellos lackierten Fingernägeln tippte die Ziffernfolge 8-3-2-9-1-7 ein. Ein kurzes Surren, und die Tür sprang auf.

Die beiden Räume, die dahinterlagen, hatten etwas Steriles. Man fühlte sich fast wie in einem Krankenhaus, auch wenn die Leitung des Hauses genau das vermeiden wollte. Vielmehr sollten sowohl Patienten als auch Angehörige den Eindruck haben, in einem luxuriösen Hotel zu Besuch zu sein.

Am Fenster saß ein alter Mann, in sich zusammengesunken und mit gebeugtem Rücken. Er drehte sich zur Tür, und in seinen trüben Augen blitzte kurz etwas wie Freude auf, als er die Besucherin sah.

»Guten Morgen, Onkel Ray.«

Sie wusste, wie sehr er sich über die Neuigkeit freuen würde, die sie mitbrachte. Sie hatte es kaum erwarten können, an diesem Morgen durch die Tür zu treten. Nur die vorgeschriebene Besuchszeit hatte sie daran gehindert, schon in der Nacht bei ihm aufzutauchen.

Er sah ihr erwartungsvoll entgegen. Als ihm einfiel, dass er keine Perücke trug, griff er schnell nach dem Sonnenhut, der auf dem kleinen Tischchen neben seinem Fauteuil bereitlag. Dort stand auf einem Tablett auch sein Frühstück, aber er hatte weder den Orangensaft noch Fruchtsalat, Toast oder Marmelade angerührt. Ein bisschen Tee war das Einzige gewesen, das er sich gegönnt hatte. Appetit hatte er schon lange keinen mehr.

Als wäre es gestern gewesen, erinnerte sich der alte Mann an den Moment, als ihn seine Nichte als kleines Mädchen einmal im Schlafzimmer überrascht hatte. Er hatte sie und ihre Schwester bei sich aufgenommen, als sein Bruder und seine Schwägerin bei einem Helikopterabsturz tödlich verunglückt waren. Die Mädchen waren danach ein halbes Jahr bei ihm geblieben, anschließend hatte er sie in Internaten untergebracht. Kinder aufzuziehen war einfach nicht seine Sache.

Dorit hatte ihn damals gesehen, als er aus dem Badezimmer trat, nur ein Handtuch um seinen entstellten Körper gewickelt und ohne Perücke und Make-up. Nie würde er ihre Reaktion vergessen.

»Monster! Monster!« schreiend, war sie vor ihm geflüchtet.

Sie hatte recht gehabt. Eine Kriegsverletzung hatte ihn entstellt. Ganz in seiner Nähe war eine Granate explodiert, und Tausende Schrapnelle hatten sein Gesicht, seine Brust wie auch seine Arme und Beine zerfetzt. Die Wunden waren verheilt, aber das Narbengewebe sah widerlich aus, im besten Fall rosig, sonst gelblich und fahl. Er ekelte sich bis heute vor seinem eigenen Anblick.

»Sie ist bereit. Ich glaube, sie ist froh, es endlich hinter sich zu bringen«, verkündete Dorit.

»Sieht sie noch immer genauso aus wie das Original?«

Dorit öffnete ihre teure Handtasche und entnahm zwei Fotos, die sie nebeneinander vor ihn hinlegte.

Er nickte zufrieden.

»Dein Plan ist genial und perfekt. Ich werde ihn genauso durchziehen, wie du es vor drei Jahren vorgehabt hast.«

Auch das gefiel ihm, und er quittierte ihre Äußerung mit einem kurzen Nicken.

»Die OPs haben ein Vermögen gekostet, und sie ist ein Kunstwerk geworden.« Hermes erlaubte sich einen Moment von Zufriedenheit. »Wann wirst du die Aktion durchziehen?«

»Nach heutigem Stand der Dinge in drei Tagen. Da wollen sie Ellen's Rooftop Bar besuchen. Das Treppenhaus kann sehr dunkel sein …« Es lag etwas Teuflisches in Dorits kleinem Grinsen. Ihr Onkel verstand sie gut.

Ja, er wusste, dass er sich auf Dorit verlassen konnte. Sie führte weiter, was er begonnen hatte. Bei seiner Rückkehr aus Europa hatte er ihr von der Versuchsreihe mit der Knickerbocker-Bande erzählt und vom Scheitern seiner Inszenierung auf Canon Island.

Dorit hatte schnell herausgefunden, dass ihr Onkel von der Interpol gesucht wurde. Da er aber immer nur seinen privaten Jet verwendete und in Europa fast die ganze Zeit auf seiner Jacht verbracht hatte, würde es schwierig werden, ihm kriminelle Handlungen nachzuweisen. Trotzdem war Vorsicht angebracht, und daher willigte Ray ein, sich von seiner Nichte entmündigen und in eine luxuriöse Anstalt für psychische Erkrankungen einweisen zu lassen.

Dorits ältere Schwester Natascha übernahm die Leitung des Unternehmens, das mit Luxuskosmetik Milliardenumsätze machte. Dorit selbst kümmerte sich um den Onkel und suchte mithilfe der besten Anwälte Wege, ihn vor einer Verhaftung zu bewahren.

Ray, der sich selbst noch immer Hermes nannte, hatte nicht nur an der Entwicklung eines Wundermittels gearbeitet, das Intelligenz und Reaktionsschnelligkeit steigern sollte. In seinem privaten, gut gesicherten Labor lagerte er noch ganz andere Substanzen und Technologien, die erst erprobt werden mussten. Die Vorbereitungen zu den Testreihen waren über viele Jahre gelaufen.

Am nächsten Tag würden seine langjährigen Testobjekte in New York eintreffen. Sie hielten ihn für tot oder glaubten, er sei untergetaucht, und ahnten nicht, dass sie erneut für seine Forschungen herhalten sollten.

Wenn die Erprobung abgeschlossen war, würde er diesmal alle vier beseitigen lassen. Das war unumgänglich, um alle Spuren verschwinden zu lassen. Und genau genommen würde es sogar fünf Opfer geben.

NICHTS WIE GEPLANT

1) UNBEHAGEN

Lilo blickte durch das Seitenfenster auf die vorbeifliegende Landschaft. Axel lenkte den Wagen. Sie konnte ihn leise vor sich hin schimpfen hören. Den Grund für seinen Ärger kannte sie, es war Lilo selbst.

Sie waren fast eine Stunde zu spät in Linz aufgebrochen, und der Verkehr auf der Westautobahn Richtung Wien war wesentlich dichter als erwartet.

Würden sie es rechtzeitig zum Flughafen schaffen? Ihre Maschine startete um 16.45 Uhr, und jetzt war es schon kurz vor drei. Die Chance, den Flug nach Frankfurt noch zu erwischen, lag – wie Lilo aus Gewohnheit im Kopf ausrechnete – bei weniger als dreißig Prozent.

Axel fuhr auf der linken Spur und blinkte jedes Auto an, ihm Platz zu machen. Ein BMW wollte nicht zur Seite weichen, und deshalb drückte Axel wütend auf die Hupe. Der Fahrer vor ihm gab schließlich nach, aber streckte Axel den Mittelfinger in die Höhe, als er überholte.

»Du fährst hundertsiebzig«, warnte Lilo ihn.

»Das muss ich, sonst können wir den Flug vergessen, und das Umbuchen wird uns ein Vermögen kosten.«

Lilo hielt es für ratsamer, Axel nicht weiter anzusprechen. Er war gereizt, und sie wollte nicht, dass er noch wütender wurde und vielleicht sogar explodierte.

Die Verspätung hatte einen triftigen Grund, den Lilo aber im Augenblick noch nicht zur Sprache bringen wollte. Sie war schon zwei Tage zuvor in Linz bei Axel angekommen. Er bewohnte dort mit seiner Tochter Lotta ein winziges Haus mit einem noch winzigeren Garten.

»Das kann sich sogar ein Trainer wie ich leisten«, hatte er Lilo fast entschuldigend erklärt, als sie zum ersten Mal auf Besuch gekommen war. Dieser Tag lag einige Wochen zurück und war nicht lange nach ihrer Rückkehr von Canon Island gewesen.

Axel hatte Lotta für dieses Wochenende zu seiner Mutter gebracht, weil er mit Lilo lieber allein sein wollte. Die drei Tage, die sie miteinander verbracht hatten, waren ein vorsichtiges Herantasten gewesen. Lilo fühlte sich wie ein Teenager, der Angst davor hatte, etwas falsch zu machen und zurückgewiesen zu werden.

Bei dem ersten Besuch in Linz hatte Axel Lilo sein Schlafzimmer überlassen und selbst auf dem Sofa im Wohnzimmer übernachtet. Lilo hatte es genossen, mit ihm Hände haltend spazieren zu gehen, sich unterwegs zu umarmen und zu küssen.

An den Abenden waren sie zu Hause geblieben. Sie kochten in Axels kleiner Küche, blödelten und redeten von alten Zeiten. Aber zu Lilos Kummer wollte sich kein Knistern zwischen ihnen einstellen. Da von Axel keine Signale kamen, mehr von ihr zu wollen, und er ihr vor dem Schlafengehen nur einen Kuss auf die Wange drückte, wagte auch sie keine weiteren Schritte. Lag es an ihr, hatte sie sich gefragt, als sie schon im Bett lag, oder wollte er ihr einfach Zeit lassen?

Erst zwei Wochen später, als Axel zu Lilo nach Innsbruck kam, schliefen sie zum ersten Mal miteinander. Lilo hatte in ihrem bisherigen Leben einige Flirts und One-Night-Stands gehabt, die für Lilo im Grunde alle enttäuschend verlaufen waren. Sie hatte die Schuld bei sich gesucht und sich in letzter Zeit immer tiefer in ihr Schneckenhaus zurückgezogen.

Mit Axel, so hatte sie gehofft, würde alles anders sein. Als sie dann aber in ihrer ersten gemeinsamen Nacht in seinem Arm lag, hatte sie enttäuscht zur Decke geblickt. Die Euphorie, von der sie geträumt hatte, hatte sich nicht eingestellt.

In den zwei Wochen danach telefonierten sie jeden Tag miteinander, wie sie das auch schon die Zeit davor getan hatten. Aber Lilo hatte nicht den Eindruck, dass sie sich nähergekommen waren. Wenn sie sich verabschiedeten, stieg in Lilo sogar ein Gefühl auf, als könnte sich Axel schon am nächsten Tag einfach nicht mehr melden.

Schließlich war es zu der Begegnung gekommen, die Lilo am meisten gefürchtet hatte. Axel besuchte sie in Innsbruck und brachte Lotta mit. In den Nächten vor diesem Wochenende war Lilo mehrmals aufgewacht und von Panik erfasst worden, Lotta könnte sie nicht mögen und Axel würde einfach abfahren und ihre gerade erst begonnene Beziehung für beendet erklären. Sie hatte ihm diese Ängste nie anvertraut, weil sie einfach keine Unsicherheit zeigen wollte. Es sollte aussehen, als wäre sie den Umgang mit Kindern gewohnt und würde sich freuen, Lotta in der nahen Zukunft wie ihre eigene Tochter zu betrachten.

Doch die beiden Tage hätten nicht besser laufen können. Die Zeit, die sie mit Besuchen im Innsbrucker Alpenzoo, den Kristallwelten in Wattens und dem Wasserpark verbrachten, verging wie im Flug. Lotta erwies sich als ein sehr aufgewecktes, fröhliches Mädchen, das mit seinen blauen Augen voller Neugier in die Welt blickte. Sie schien ihren Vater über alles zu lieben, obwohl Axel einen recht strengen Eindruck auf Lilo machte.

Lilo punktete bei Lotta mit Eis, das Axel eigentlich abgelehnt hatte, und einer kleinen Shoppingtour, bei der Lotta ein neues weißes Sommerkleid bekam sowie pinkfarbene Sportschuhe und das kleine Schminkset, das, laut ihrer Angabe, jedes Mädchen in der Klasse hatte.

Gleich am Sonntagabend, als Axel und Lotta bereits wieder in Linz waren, erhielt Lilo einen Anruf von ihr. Lotta bedankte sich artig für die Geschenke und wünschte sich sehr, dass Lilo sie bald besuchen käme. Der Bann schien gebrochen zu sein, und Lilo fühlte eine unendliche Erleichterung, von Lotta so schnell akzeptiert worden zu sein.

Während ihres Besuches in Innsbruck hatte Lotta in Lilos Arbeitszimmer übernachtet. Beim Einschlafen waren sie beide bei ihr geblieben und hatten ihr abwechselnd vorgelesen, bis ihr die Augen zufielen. Danach hatten sie sich in Lilos Schlafzimmer zurückgezogen. Sie beide schoben es auf Lottas Anwesenheit, dass sie in diesen Nächten nur nebeneinander geschlafen hatten und nicht miteinander.

Irgendwie hoffte Lilo, die Woche in New York würde Axel und ihr guttun. Ihre Verliebtheit war nicht abgeflaut, aber sie war zunehmend verunsichert. An ihr nagten ein Unbehagen und eine steigende Sorge, sie würde seine Erwartungen nicht erfüllen und er könnte das Interesse an ihr verlieren.

In New York aber konnte sich das alles ändern, damit hatte sie sich in der letzten Zeit beruhigt.

Sie war mit dem Zug nach Linz gekommen und von Axel am Bahnhof abgeholt worden. Er hatte sie geküsst und sie auf seine ruhige Art angelächelt, die Lilo so sehr an dem erwachsenen Axel mochte. Danach hatte er sie fest umarmt und ihr den Koffer abgenommen.

Am Vormittag vor der Abfahrt hatten sie Lotta zu Axels Mutter gebracht.

Immer wieder rollten vor Lilos Augen diese paar Stunden ab:

»Jana, darf ich im Garten Regenwürmer trommeln?«, fragte Lotta ihre Großmutter, die sich streng verbeten hatte, als Oma angesprochen zu werden, da sie erst Mitte fünfzig war.

»Was heißt das: ›Regenwürmer trommeln‹?«, wollte Lilo wissen.

»Ich stecke ein Brettchen in die Erde und trommle mit den Fingern, und dann kommen die Regenwürmer heraus«, erklärte ihr Lotta.

»Lauf!«, sagte Axels Mutter. Sofort sauste Lotta davon.

Frau Klingmeier musterte ihren Sohn und Lilo, die sie seit den Tagen der Knickerbocker-Bande kannte. »Und wie ist die neue Gemeinsamkeit?«, wollte sie wissen.

Axel blickte zu Lilo und hob fragend die Augenbrauen. Lilo lächelte verlegen zurück. »Sag du!«

»Schön«, lautete Axels knappe Antwort, die Lilo einen kleinen Stich versetzte. Frau Klingmeier nickte und stand auf, um Kaffee aus der Küche zu holen.

Lilo war kurz im Bad auf der Toilette gewesen. Als sie heraustrat, stand Lotta vor ihr und strahlte sie breit durch die erste Zahnlücke an. Herzlich lächelte Lilo zurück. »Komm mit«, bedeutete Lotta ihr. Lilo folgte ihr in ein anderes Zimmer.

Als sie an den Tisch zurückkehrte, war sie sehr schweigsam. Axel und seine Mutter besprachen einiges für die Woche und bemerkten Lilos Veränderung nicht. Lilo saß zuerst nur da und versuchte, sich nichts anmerken zu lassen. Schließlich aber hatte sie das Gefühl zu ersticken. Sie brauchte dringend frische Luft, und vielleicht würde auch ein kurzer Spaziergang helfen. Sie entschuldigte sich, weil sie angeblich noch ein wichtiges Telefonat mit der Uni zu erledigen hatte, und verließ das Haus.

Planlos lief sie auf den Feldwegen herum, die sich hinter dem Garten erstreckten. Als sie schließlich umkehren wollte, musste sie jedoch feststellen, dass sie die Orientierung verloren hatte. Daher dauerte es auch ziemlich lange, bis sie endlich wieder vor dem Haus von Frau Klingmeier stand. Axel war anzumerken, wie sehr er sich beherrschen musste, um nicht laut loszuschimpfen, weil sie zu spät dran waren.

Von Lotta hatte er sich schon verabschiedet. Er drängte Lilo, sofort in den Wagen einzusteigen. Lilo konnte Frau Klingmeier gerade noch kurz zuwinken, dann trat er schon auf das Gaspedal.

»Wien: 75 Kilometer« stand auf der blauen Tafel am Rand der Autobahn, an der sie in diesem Moment vorbeifuhren.

»Wir versäumen den Flug«, schnaubte Axel und riss Lilo aus ihren Gedanken. Sie kämpfte damit, ihn auf etwas anzusprechen, was sie entsetzlich quälte.

Ihr Handy läutete. Sie hatte es im Auto zum Laden angesteckt und zog es nun hoch ans Ohr. Auf der Anzeige stand eine amerikanische Nummer, die ihr unbekannt war. Lilo meldete sich mit einem knappen »Hello?«.

»Yes, that's me«, hörte Axel sie sagen. Er warf ihr einen kurzen Blick von der Seite zu, musste sich dann aber gleich wieder auf den Verkehr konzentrieren.

Aus dem Handy drang leise eine Frauenstimme. Auf Englisch sagte Lilo nach einer Weile: »Entschuldigung, wie stellen Sie sich das vor? Dominik kann doch nicht von einer Minute auf die andere verlangen, dass wir nach London kommen. Wir haben unsere Tickets schon gekauft und …«

Die Frau unterbrach Lilos aufgebrachten Redeschwall. Offensichtlich war sie noch nicht fertig und schien Lilo beruhigen zu wollen.

»Das ist nicht Ihr Ernst?«, sagte Lilo.

»Was ist?«, wollte Axel wissen. Lilo bedeutete ihm mit ihrer freien Hand, noch einen Moment Geduld zu haben. »Ich hoffe, ich habe mir das gemerkt.« Nach einer kurzen Pause sagte sie noch: »Ja, per WhatsApp ist es am besten. Mit allen Details.«

Nachdem sie sich verabschiedet und aufgelegt hatte, sagte sie zu Axel: »Das war das Büro von Dominiks Manager. Dominik muss sofort nach London, und wir treffen uns dort. Und wegen des Fluges musst du dir keine Sorgen machen. Auf uns wartet ein Flugzeug.«

»Wie meinst du das?«, wollte Axel wissen.

»Es ist egal, wann wir am Flughafen ankommen.«

Jetzt verstand er gar nichts mehr.

2) DER UMSCHLAG

»Hallo, Schätzchen, ich wollte dir noch eine gute Reise wünschen!«

Poppi schluckte. Sollte sie etwas sagen? Amelie war inzwischen eine ihrer besten Freundinnen in Graz geworden. Dabei kannte Poppi sie noch nicht so lange. Amelie und ihr Zwergpudel Richie waren erst vor ein paar Monaten in die Tierarztpraxis von Poppi und ihrem Mann gekommen. Und Poppi, die wegen ihrer Arbeit kaum Freundinnen hatte, hatte sie und ihren Hund bald ins Herz geschlossen.

»Lieb von dir, dass du anrufst.« Poppi versuchte, so zu klingen, als wäre alles bestens. Am liebsten wäre sie sofort mit ihren schrecklichen Neuigkeiten herausgeplatzt, aber irgendetwas hielt sie davon ab. Sie wusste selbst nicht, was es war. Die Freundin zeigte immer viel Interesse und Verständnis für Poppi und konnte gut zuhören. Trotzdem wollte Poppi jetzt nicht mit ihr reden!

»Du bist doch hoffentlich schon am Flughafen«, sagte Amelie.

»Fast. Ich hatte meinen Pass vergessen und musste noch einmal umkehren.«

»Ach, das ist mir auch schon einmal passiert. Aber zum Glück hast du es noch rechtzeitig bemerkt. Mit Pass ist es schon schwierig genug, in die USA einzureisen, ohne kommst du nicht einmal zum Flugzeug.«

Ob es so ein Glück war, dass sie hatte umkehren müssen, bezweifelte Poppi. Eine kleine Pause trat ein, und Amelie schien zu spüren, dass mit Poppi etwas nicht stimmte.

»Bist du schon sehr aufgeregt, deine Freunde von früher wiederzusehen?«

»Amelie, stell dir vor, ich fliege doch nicht nach New York.«

»Nicht, wieso nicht?«

»Dominik hat mich vor einer halben Stunde angerufen. Er muss sofort nach London und dort die ganze nächste Woche bleiben. Er wollte nicht sagen, wieso. Es muss etwas geschehen sein, bei dem es für ihn um viel geht.«

»Was kann das sein?«

»Das habe ich selbst nicht so ganz verstanden. Es dürfte sich um etwas Berufliches handeln.«

Amelie schnaubte empört. »Aber er hat euch doch eingeladen. Er kann euch nicht fünf Minuten vor dem Abflug wieder ausladen? Das ist eine Frechheit.«

Poppi sah das nicht ganz so. »Er lädt uns nicht aus, und es tut ihm auch schrecklich leid. Er hat mir versichert, wenn wir den Grund hören, werden wir ihn verstehen.«

»Und was ist jetzt? Fährst du wieder nach Hause?«

Poppi hatte ein Gefühl, als würde ihr Herzschlag kurz aussetzen. »Nein. Wir treffen ihn in London.«

»Dann fliegst du erst morgen?«

»Nein. Heute. Dominik hat einen Privatjet für uns organisiert. Er holt zuerst Lilo und Axel in Wien ab und landet dann in Graz, damit ich zusteigen kann.«

»Hat er so viel Geld?« Amelie klang neidisch.

»Scheinbar schon. Oder er hat ein sehr schlechtes Gewissen. Ich habe keine Ahnung, was so ein Jet kostet. Jedenfalls treffen wir uns in London.«

»Von welchem Flughafen fliegst du dann jetzt?«

»General Aviation heißt der Terminal. Er liegt gleich neben dem normalen Flughafen, habe ich erfahren. Amelie, ich muss Schluss machen. Wir sind gerade am Flughafen angekommen, und ich muss den Zugang zu den Privatflugzeugen suchen.«

Der Taxifahrer bedeutete ihr, sich keine Sorgen zu machen, da er wusste, wo sich der Zugang zum General Aviation Center befand. Er würde Poppi bis vor den Eingang fahren.

»Ich melde mich später noch einmal«, versprach Poppi. Sie wollte ihre Freundin nicht einfach so aus der Leitung werfen.

»Da bin ich unterwegs. Ich veranstalte heute eine Charity für mein Schulprojekt in Indien.«

»Alles Gute! Ich hoffe, die Leute spenden fleißig.«

»Danke, Schätzchen. Und dir einen guten Flug. Ich hoffe, es wird nicht zu unruhig in so einem kleinen Flieger. Ich würde da niemals meinen Fuß hineinsetzen. Wäre mir zu gefährlich.«

Diese Bemerkung trug nicht gerade zu Poppis Vorfreude auf den Flug im Privatjet bei. Sie spürte, wie langsam die Angst in ihr aufstieg, und wenn sie auf etwas verzichten konnte, dann darauf.

Das Taxi hielt vor einem modernen Glasbau mit großem Vordach. Poppi bezahlte den Fahrer, und er hob ihren Koffer aus dem Kofferraum. Vor ihr schoben sich zwei große Glastüren zur Seite, und sie betrat eine kleine Halle mit dunklem Steinboden und roten Ledersesseln für Wartende.

Hinter einer Theke lächelte ihr ein Mann entgegen, den sie in ihrem Alter schätzte. Sie ging auf ihn zu und nannte ihren Namen.

Er nickte immer wieder und begann, in die Tastatur seines Computers zu hämmern. Das Telefon, das neben der Tastatur stand, klingelte, und er nahm den Hörer ab, ohne den Blick vom Bildschirm zu wenden.

»General Aviation Desk.«

Der Mann hieß Ronald Lieb, wie Poppi auf dem Aluschild lesen konnte, das auf der Theke stand.

»Aha. Sie steht vor mir.« Er blickte Poppi an und erschien auf einmal nachdenklich.

Poppi lächelte unsicher.

Herr Lieb hatte den Hörer zwischen Ohr und Schulter geklemmt und tippte noch immer weiter.

»Für Sie ist etwas am Informationsschalter in der allgemeinen Abflughalle abgegeben worden. Sie müssten hinübergehen und es holen.«

»Für mich? Von wem?«

Er zuckte mit den Schultern, wobei ihm fast der Hörer runtergefallen wäre. »Das weiß die Kollegin auch nicht. Es ist ein Umschlag, der an Sie adressiert ist.«

»Aber das verstehe ich nicht.«

Ronald Lieb legte den Hörer auf. »Ich sehe hier noch keinen Flug für Sie.«

»Er muss gerade erst gebucht worden sein, glaube ich.«

»Ich schlage vor, Sie gehen schnell hinüber und holen den Umschlag, und inzwischen finde ich das für Sie heraus«, sagte er. Mit einem Blick auf Poppis großen, grünen Schalenkoffer fügte er hinzu. »Lassen Sie den einfach hier stehen.«

Wer hinterlegt für mich einen Umschlag, fragte sich Poppi, während sie zum Hauptgebäude des Flughafens ging.

In der Abflughalle war einiges los. An den Check-in-Schaltern hatten sich längere Menschenschlangen gebildet. INFO stand in gelben Leuchtbuchstaben über einem Kiosk aus Glas und Stahl. Hinter dem großen Fenster wartete eine füllige Dame.

»Sie haben einen Umschlag für mich«, sagte Poppi.

»Ihr Name bitte?«

»Paula Reder.«

Die Dame streckte ihr einen braunen A5-Umschlag entgegen. Poppi nahm ihn und betrachtete ihn von vorne und von hinten. Es stand nur ihr Name darauf, aber kein Absender.

Rund um sie eilten Reisende zu den Gates. Poppi wurde angerempelt und warf einen vorwurfsvollen Blick auf den Mann, der zu knapp an ihr vorbeigelaufen war. Er hatte nicht einmal den Anstand, sich zu entschuldigen. Poppi sah ihm kopfschüttelnd nach. Ein komischer Typ, der eine Sonnenbrille in der Halle trug und die Kappe tief ins Gesicht gezogen hatte. Er hatte eine schwarze Jeansjacke an, mehr konnte Poppi nicht erkennen. Wie alle anderen im Terminal schien er in großer Eile zu sein und verschwand zwischen den Leuten.

Die Lasche des Umschlages war nicht zugeklebt. Poppi zog sie auf und griff hinein. Sie stutzte, tastete und bog den Umschlag dann so auseinander, dass sie besser hineinsehen konnte. Sie drehte die Öffnung nach unten und schüttelte ihn, aber es fiel nichts in ihre Hand, die sie flach darunter hielt.

Der Umschlag war leer.

»Wer hat den für mich abgegeben?«, fragte sie die Dame am INFO-Schalter.

»Das kann ich Ihnen leider nicht sagen. Meine Kollegin hat ihn entgegengenommen, und wir hatten vor drei Minuten Schichtwechsel.«

»Können Sie Ihre Kollegin anrufen und fragen?«, bat Poppi.

Die rundliche Dame schüttelte bedauernd den Kopf. »Leider nicht möglich. Ich habe keine Nummer von ihr.«

»Aber es gibt doch sicher ein Büro, das ihre Nummer hat.«

»Das ist schon geschlossen. Ich kann Ihnen nur vorschlagen, morgen hier anzurufen. Da müsste sie wieder Dienst haben.«

Poppi bedankte sich für die Auskunft und machte ein paar Schritte in der Halle. Langsam drehte sie sich im Kreis und blickte sich um. Sie wurde das Gefühl nicht los, dass Augen auf sie gerichtet waren. Sie konnte aber niemanden entdecken, der sie beobachtete.

»Computerausfall beim Einchecken«, hörte sie Leute schimpfen. Das also war der Grund für die Hektik rund um sie.

Eine Lautsprecherstimme verkündete den Ausfall des Fluges nach Frankfurt. Es wäre Poppis Flug gewesen. In Frankfurt wollte sie sich mit Lilo und Axel in einem Airporthotel treffen. Zeitig am nächsten Morgen wäre ihr Abflug nach New York gewesen. Axel hatte ein besonders günstiges Angebot gefunden, bei dem sie aber von Frankfurt aus fliegen mussten.

Poppi faltete den Umschlag einmal und steckte ihn in ihre Handtasche. Sie nahm sich vor, ihn Lilo zu zeigen.

Als sie wieder im Warteraum vom General Aviation Center ankam, kehrte die Erinnerung an die Szene im Haus zurück, und wieder füllten sich ihre Augen mit Tränen. Sie nahm ein Taschentuch aus ihrer Tasche und wischte sie energisch weg.

»Frau Reder, ich habe Ihren Flug gefunden«, rief ihr Ronald Lieb entgegen.

Zur gleichen Zeit stieg ein Mann mit dunkler Kappe, Sonnenbrille und einer schwarzen Jeansjacke in einen kleinen Wagen. Er warf eine Reisetasche neben sich auf den Sitz. Sie war leer. Er startete den Motor und fuhr in Richtung Stadt.

3) MAURO

Mauro hieß eigentlich Mauricio, aber schon als kleiner Junge hatten ihn alle nur Mauro gerufen. Er mochte seinen Namen, und er mochte sich selbst. Zufrieden betrachtete er sich deshalb an diesem Tag im Spiegel, der neben der Tür seines winzigen Apartments hing.

Ja, er war eitel, und er stand dazu. Mauro war verliebt in sein dichtes, schwarzes Haar, das er gerne auf altmodische Art einölte, damit es glänzte. Seine Haut war makellos und leicht gebräunt, was ihn aussehen ließ, als wäre er gerade vom Urlaub in der Sonne zurückgekehrt. Unter seinem engen olivgrünen T-Shirt zeichneten sich gut definierte Muskeln ab und der berühmte Waschbrettbauch, der kein Gramm Fett erkennen ließ.

Unter dem Spiegel stand eine Kommode mit drei Laden. Mauro zog die oberste Lade auf und entnahm ihr eine Pistole der Marke KAHR, Typ K40 und schob sie sich hinten in den Bund seiner sandfarbenen Leinenhose. Danach nahm er eine dunkelblaue Leinenjacke vom Haken und schlüpfte hinein. Sie würde die Waffe verdecken. Aus der zweiten Lade holte er eine Sonnenbrille und setzte sie auf.

Die Brillengläser waren groß und sehr dunkel. Sie verdeckten einen Großteil seines Gesichtes, was auch beabsichtigt war.

Die tiefste der drei Laden enthielt eine absperrbare Handkasse mit Nummernschloss. Mauro drehte die Rädchen und hob den Deckel. In der Kasse waren sein Vorrat an Marihuana und ein Bündel Zwanzig-Dollar-Noten. Er nahm ein paar und steckte sie, ohne sie zu zählen, in die linke Hosentasche.

Es war Zeit aufzubrechen. Sein erstes Ziel waren die Flyer-TV-Studios. Er hatte eine gefälschte Zutrittskarte und würde die

Garderobe von einem gewissen Dominik Kascha aufsuchen. Er kannte den Mann, der ein paar Jahre älter war als Mauro, und er hasste ihn aus tiefstem Herzen. Dafür gab es mehrere Gründe, die Mauro aber lieber verdrängte.

Dieser Dominik Kascha würde auf jeden Fall einen Schock versetzt bekommen, den er nicht so schnell vergessen würde.

Für den nächsten Tag hatte er schon weitere Anweisungen. Sie würden ihn auf den JFK-Flughafen von New York führen, wo drei Leute ankommen sollten, die er nur von Fotos kannte.

Sein Auftrag war es, Kascha und den anderen dreien klarzumachen, dass sie den Datenstick in ihrem Gepäck sofort rausrücken sollten.

4) DAS TREFFEN

Dorit würde sich nie auf einen Mann verlassen. Männer eigneten sich höchstens zum Vergnügen. Sie verstand die Schwarze Witwe, die das Männchen nach dem Geschlechtsakt auffraß. Spinne müsste man sein, dachte sie manchmal.

Für das Vorhaben, das sie im Auftrag ihres Onkels ausführte, war Dorit aber auf Unterstützung angewiesen. Es gab dabei einiges an Schmutzarbeit zu erledigen, die sie selbst weder leisten wollte noch leisten konnte – und zu der ihr vor allem auch die Kaltblütigkeit fehlte. Dorit hatte dafür – davon war sie überzeugt – eine perfekte Helferin gefunden.

Ihr Name war Elena, jedenfalls behauptete sie das. Ob er stimmte oder nicht, war Dorit egal. Elena war ihr von einem Kriegskameraden ihres Onkels empfohlen worden. Sie hatte früher im arabischen Raum – wenn Dorit das richtig verstanden hatte – Einheiten eines Spezialkommandos angeführt und war ihr als kaltblütig und unerschrocken beschrieben worden.

Vor allem aber, und das war das Wichtigste für Dorits Pläne, eilte Elena der Ruf voraus, sehr wendig und scharfsinnig im Denken zu sein.

Als Schönheit konnte man sie allerdings nicht bezeichnen. Die kräftige Frau mit der gedrungenen Gestalt, die fast männliche Gesichtszüge besaß, erwartete Dorit auf einer Bank im Central Park nahe des Spielplatzes. Ihr Haar war kurz, und sie wirkte alles andere als anziehend. Dorit und Elena waren umgeben von Vätern und Müttern, die ihre lieben Kleinen beaufsichtigten. Einige schaukelten Babys in Kinderwägen. Während Dorit den einen oder anderen begehrlichen Blick eines Vaters erntete, achtete niemand auf Elena.

»Wieso kann die Sache nicht wie geplant stattfinden?«, wollte Dorit ohne irgendeine Begrüßung wissen.

»Ich habe Kascha die ganze Zeit beobachten lassen und dadurch am Morgen erfahren, dass er nach London fliegt. Heute Abend bereits. Er soll für eine Rolle in einem Blockbuster gecastet werden.«

»Und die anderen drei?«

»Die wurden umgeleitet nach London.«

Dorit hasste unvorhergesehene Zwischenfälle, die ihre Pläne störten.

»Werden sie in London bleiben? Oder kommen sie dann doch nach New York?«

Elena trug eine Sonnenbrille und setzte sich nun eine Schirmkappe auf, weil ihr die Sonne zu stark auf den Kopf brannte. Die kurzen Haare boten zu wenig Schutz. Lässig schlug sie ihre Beine, die in Combathosen steckten, übereinander.

»Ich glaube, das hängt davon ab, ob Kascha die Rolle bekommt. Es scheint jemand im Cast ausgefallen zu sein, und er springt ein. Die Dreharbeiten beginnen bereits in zehn Tagen.«

Wie Elena das immer alles herausfand, blieb Dorit ein Rätsel. Aber auch das war ihr egal, Hauptsache, sie hatte alle Informationen.

»Entweder müssen wir die Sache abblasen oder sie nach London verlegen. Das ist Ihre Entscheidung!«, sagte Elena.

Ob diese Frau überhaupt menschliche Gefühle kannte, kam Dorit in den Sinn. Sie erschien Dorit plötzlich wie ein Roboter, der in einer menschlichen Haut steckte.

»Geht das, alles zu verlegen?«

»Natürlich. Ich fliege mit P2 nach London und suche dort den geeigneten Ort. Innerhalb der nächsten drei Tage ist die Sache erledigt.«

»Aber die Flüge? Wir müssen P1 doch zurückbringen?«

»Natürlich alles nur mit Privatjets. Ich habe da meine Leute, die hundertprozentig diskret sind.«

»Wann können Sie wegfliegen?«

Elena stand auf, Dorit blieb sitzen. Mit ihren Stöckelschuhen war sie etwa einen Kopf größer als Elena, und sie spürte, wie wenig Elena das gefiel.

»Ich treffe alle Vorbereitungen. Ich brauche hundertfünfzigtausend Dollar und den gleichen Betrag in Pfund. Bar natürlich.«

»In Ordnung.« Dorit schreckten die Beträge nicht im Geringsten. Ihr Onkel hatte sie mit einem Konto ausgestattet, das scheinbar unerschöpflich zu sein schien. »Ist P2 im Umgang mit Spritzen vertraut.«

»Selbstverständlich.«

Von ihrem Onkel wusste Dorit, wie wichtig es war, die Injektionen präzise auszuführen. Getestet wurde eine der genialsten Entwicklungen des jungen Jahrtausends, die – wenn die Tests am Menschen erfolgreich verliefen – direkten Zugang zum Gehirn von anderen bot.

5) DIE ZEIT LÄUFT

»Dominik, noch einmal«, sagte die Regieassistentin. Da er nicht reagierte, wedelte sie mit dem Skript. »Dominik, von vorne.«

»Sorry!« Dominik war nicht bei der Sache. Wie sollte er sich auf diese lächerlichen Textzeilen konzentrieren, wenn etwas vor ihm lag, was sein gesamtes Leben verändern könnte.

Sein letzter Drehtag für »Bad Boys« sollte um fünfzehn Uhr enden, aber wie es aussah, würden sie überziehen. Das war unüblich, weil Überstunden aus Kostengründen vermieden wurden. Die Regisseurin war aber mit einigen Szenen nicht zufrieden und ließ sie mehrmals wiederholen.

Um spätestens 15.30 Uhr mussten sie zum Flughafen aufbrechen. Noch immer konnte Dominik nicht fassen, in die engste Auswahl für diese Traumrolle gekommen zu sein. Sein »Kontrahent« war ein Schauspieler aus Deutschland, den er schon in einigen Rollen gesehen hatte und der auch mehr Hollywood-Erfahrung hatte als Dominik. Es würde nicht einfach sein, sich gegen ihn durchzusetzen.

Der Flug ging um 17.35 Uhr, und um 5.45 Uhr Lokalzeit würde er in London landen: Sie würden gerade genug Zeit haben, um im Hotel einzuchecken. Schon um zehn Uhr am Vormittag musste er ausgeruht sein, entspannt aussehen und vor allem ohne Alkohol oder irgendwelche Beruhigungsmittel die Nerven bewahren.

»Kannst du dir das in deinen kleinen Schädel hämmern«, hatte ihm Larry mindestens zehn Mal eingeschärft. Er lauerte hinter den Kameras und ließ Dominik keine Sekunde aus den Augen. Er kannte seinen Schützling und dessen Schwächen, wenn es stressig wurde.

Die Idee, Axel, Lilo und Poppi nach London umzuleiten und ihnen einen Privatjet zu organisieren, war auf Larrys Mist gewachsen. Er wusste, wie viel Dominik das Treffen bedeutete, und deshalb musste es auch stattfinden. Er brauchte sein »bestes Pferd im Stall« topfit und voll konzentriert. Ein schlechtes Gewissen wegen einer abgesagten Verabredung würde ihn ablenken, und das wollte Larry vermeiden.

Es war bereits 15.40 Uhr, und Dominik und Larry saßen wie auf Nadeln. Das heißt, Dominik stand und Larry beschwor Violett, die Regisseurin, Dominiks letzte Szene endlich abzudrehen.

Erst kurz nach sechzehn Uhr gab sich Violett, die nichts aus der Ruhe bringen konnte, zufrieden.

Es blieb keine Zeit zum Umziehen. Ein Wagen wartete am Hinterausgang des Studios, damit sie nicht durch das Gebäude hetzen mussten.

Mit einem tiefen Seufzer ließ sich Dominik auf die Lederrückbank sinken. Ein Drink, ein Königreich für einen Whisky, einen Brandy oder ein Glas Wein!

Larry, der offenbar seine Gedanken lesen konnte, sagte sehr bestimmt: »Nein, schlag dir das aus dem Kopf.«

Wenige Minuten vor siebzehn Uhr erreichten sie den Flughafen. Glücklicherweise kannte Larry dort einige Leute, und so kamen sie in den Genuss eines vollen VIP-Services. Sie mussten sich nicht in der Schlange bei den Sicherheitskontrollen anstellen und wurden rasch mit einem privaten Flugzeugshuttle direkt zum Flieger gebracht.

Mit dem zweiten langen Seufzer an diesem Tag ließ sich Dominik auf den breiten Sitz der ersten Klasse fallen. Sofort tauchte eine Stewardess neben ihm auf und bot ihm ein Glas Champagner an.

Larry, der auf der anderen Seite des Ganges saß, lehnte höflich, aber bestimmt in Dominiks Namen ab.

Dominik richtete sich auf. »Wo werden Axel, Lilo und Poppi wohnen?« In New York war geplant gewesen, dass sie bei Dominik in seinem Apartment schliefen, da er genügend Zimmer hatte.

»Auch dafür ist gesorgt, keine Panik, Dom.« Larry hatte dieses gütige Lächeln aufgesetzt, das Dominik manchmal beruhigte, meistens aber aufregte.

»Hast du Hotelzimmer gebucht?«

»Viel besser. Ich habe ein ganzes Haus für sie gefunden.«

»Ich will auch dort wohnen. Mit den anderen«, verlangte Dominik.

»Wirst du. Es gibt fünf Schlafzimmer, ein riesiges Wohnzimmer, sogar ein Billardzimmer. Das Haus war früher übrigens ein Theater. Du wirst dich dort wohlfühlen. Zuerst aber das Casting.«

Dominik nickte und lehnte sich zurück. Ein paar Sekunden später aber sprang er wieder auf und tat, als müsse er die Toilette aufsuchen. Larry glaubte ihm und sah deshalb nicht, wie Dominik in der kleinen Küche hinter der First Class des Flugzeuges schnell zwei Gläser Champagner kippte.

6) NEUE ANWEISUNG

Ungefähr zur gleichen Zeit realisierte Mauro, dass er vergeblich auf sein Opfer wartete. Er stand in der Herrentoilette, die Dominiks Garderobe fast genau gegenüberlag, und spähte durch einen schmalen Türspalt.

Andere Schauspieler kamen den Gang herauf und schimpften über den verspäteten Drehschluss. Eine sehr schlanke, sehr langbeinige Frau, die Mauro ausgesprochen scharf fand, erwähnte dabei Dominik und seinen überstürzten Aufbruch.

»Irgendeine Rolle in etwas Großem«, sagte sie.

Mauro ballte die Fäuste und schluckte seinen Zorn hinunter. Er hatte sich aus mehreren Gründen gefreut, Dominik eine Abreibung zu verpassen und eine Warnung zu versetzen, von der er einige Nächte Albträume haben würde.

Daraus aber wurde nichts. Dominik war fort, und wie es klang, verließ er gerade die Stadt.

Als Mauro auf die Greenpoint Avenue in Brooklyn hinaustrat, hätte er am liebsten nach dem kleinen Hund getreten, der gerade an der Leine mit seinem Frauchen vorbeizockelte. Er konnte sich gerade noch beherrschen und überlegte, wie er seinen Zorn sonst abreagieren konnte. Mauro holte sein Handy aus der Hosentasche, das auf stumm geschaltet war.

Er hatte vier verpasste Anrufe und eine SMS.

»Aktion abblasen. Reisen Sie sofort nach London. Weitere Anweisungen nach Ihrer Landung.«

7) STICHE

Lilo und Axel fühlten sich beide etwas fehl am Platz in der kleinen Abflughalle von General Aviation am Flughafen Wien. Ihnen erschien alles zu edel und nobel.

Zwei Männer in dunkelblauen Hosen und weißen Hemden traten zu ihnen.

»Wir begrüßen Sie sehr herzlich im Namen von TransEurope Privatjet Services.« Der Pilot war etwas jünger als Lilo und Axel und wirkte ein wenig unbeholfen bei seiner Begrüßung. Der Co-Pilot, der sein Vater hätte sein können, nahm mit sichtlichem Widerwillen die Koffer und die Taschen der beiden. Er lud sich alles auf, um nur einmal über das Flugfeld zu dem schnittigen weißen Flugzeug gehen zu müssen.

»Wir fliegen Sie in einer CITATION CJ4 mit Zwischenstopp in Graz nach London.«

Aus schnittigen Sportwagen machte sich Axel wenig, der kleine Flieger mit den Triebwerken hinten links und rechts beeindruckte ihn aber sehr. Er flog gerne und freute sich auf dieses unerwartete und wahrscheinlich einmalige Erlebnis.

Als er von Lilo erfahren hatte, dass sich die Pläne geändert hatten, war er gleich Feuer und Flamme gewesen. Darüber hatte er sogar seine Wut auf Lilo vergessen, wie sie erleichtert festgestellt hatte. Sie hatte sich vorgenommen, ihn während des Fluges auf den Grund ihrer Verstimmung anzusprechen. Sie konnte nicht einfach für sich behalten, was sie erfahren hatte.

»Mein Name ist Ralph Bless, und mein Co-Pilot heißt James Beden.« Nach dieser Vorstellung gab der Pilot Axel und Lilo ein Zeichen, ihm zum Flugzeug zu folgen. Axel zog sein Handy heraus und bat Herrn Bless, ein Foto von ihm vor der Maschine zu machen.

»Das muss ich Lotta schicken«, sagte er zu Lilo.

»Ja klar«, sagte Lilo, der er damit – wohl ohne es zu ahnen – einen weiteren Stich versetzt hatte. Sie wartete ein paar Schritte entfernt, bis er fertig war. Bevor sie einstiegen, tippte er noch schnell auf dem Handy und versandte das Foto.

Das Flugzeug hatte nur acht Sitzplätze. Die vorderen zwei waren einander gegenüber angeordnet, die Sitze dahinter gingen alle in Flugrichtung. Lilo nahm an, Axel würde ihr natürlich gegenübersitzen wollen, aber er steuerte die nächste Reihe an. Lilo setzte sich in die Reihe vor ihm, und da der andere Platz nun leer war, konnte sie wenigstens ihre Beine ausstrecken.

Trotzdem aber konnte sie die Enttäuschungen nicht einfach zur Seite schieben, die sie gerade erlebt hatte. Erst hatte sie zusehen müssen, wie Axel ein Foto von sich allein vor dem Flugzeug machen wollte, und nun wollte er nicht einmal mit ihr zusammensitzen.

Verliebte Leute machten das anders, dachte Lilo, deren Laune und Vorfreude einen neuen Tiefpunkt erreichten.

Die Sitze der Piloten waren nicht durch eine Wand vom Passagierraum getrennt. Der missmutige Co-Pilot drehte sich um und machte Axel und Lilo mit ein paar Sicherheitshinweisen vertraut. Außerdem reichte er ihnen einen Korb, der mit einer weißen Serviette ausgelegt war. Er enthielt kleine Fläschchen Champagner und ein paar Sandwiches, die stilvoll in Stoffservietten eingewickelt waren.

»Pilot und Flugbegleiter in einem«, sagte Lilo. Was als freundliche Bemerkung gemeint war, wurde von dem Co-Piloten wie eine Beleidigung aufgenommen. Er drehte sich wortlos weg und begann mit den Startvorbereitungen.

Derzeit lief für sie so ziemlich alles schief, dachte sich Lilo. Sie begann, sich selbst leidzutun.

Axel hatte es sich inzwischen bequem gemacht und aß bereits das zweite Sandwich. Obwohl sich Lilo nichts aus Champagner machte, hätte sie gerne mit Axel angestoßen. Als sie ihm ein Fläschchen anbot, lehnte er ab und sah lieber durch die ovale Luke hinaus auf das Flugfeld.

Sieben Tage, dann war sie zurück in Innsbruck und konnte sich wieder ihren Forschungen widmen. Auf diesem Gebiet fühlte sie sich sicher, und das würde ihr helfen, sich die ganze Verliebtheit aus dem Kopf zu schlagen. Wie hatte sie sich nur einbilden können, dass aus ihr und Axel etwas werden konnte?

Die CJ4 rollte zur Startbahn, und wenig später wurden Axel und Lilo fest in ihre Sitze gedrückt. Der kleine Jet hob ab, und nach einer langen Kurve über Wien ging es Richtung Süden. Lilo sah hinunter auf das Netz, das die Straßen bildeten, und den Flickenteppich aus Wiesen und Feldern.

Der Flug war ruhig, und schon eine halbe Stunde später landeten sie in Graz. Die Piloten legten eine sanfte Landung hin und brachten den Flieger vor dem Gebäude der General Aviation zum Stehen. Im Glas der Fassade spiegelte sich die Abendsonne so grell, dass es fast unmöglich war hinzusehen.

Der Einstieg wurde vom Co-Piloten geöffnet, und gleich darauf streckte Poppi den Kopf herein.

»Hallo«, rief sie.

Axel winkte ihr von seinem Sitz hinten, Lilo deutete auf den freien Platz ihr gegenüber.

»Schöne Überraschungen sind das, die uns Dominik da beschert.«

Poppi setzte sich zu Lilo und legte den Sicherheitsgurt an. Sie sah sich in der Kabine um und sagte: »Ich hätte mit vielem heute gerechnet, aber nicht damit, in so etwas Edlem zu fliegen.«

Bei diesen Worten spürte sie sofort wieder die Tränen, die ihr in die Augen steigen wollten. Sie zog kurz die Nase hoch und wischte sich über das Gesicht.

Aber Lilo kannte Poppi zu gut und sah ihr sofort an, dass etwas nicht stimmte.

»Wie geht es dir so?«, fragte sie.

Poppi schluckte und konnte das Weinen nicht länger unterdrücken. Sie wühlte in ihrer Ledertasche und suchte nach einem neuen Taschentuch. Weil sie keines finden konnte, zog Lilo eine Stoffserviette aus dem Korb mit den Sandwiches und reichte sie ihr.

»Danke.«

»Was ist denn geschehen?«

»Klaus betrügt mich«, platzte Poppi heraus.

8) HACKEBEIL

Der Mann und die Frau waren mit einer Spezialkamera aufgenommen worden, die sogar im Stockdunkeln filmen konnte. Ihre angespannten Gesichter waren unnatürlich hell, die Umgebung nur in Grautönen zu erkennen.

Sie gingen dicht nebeneinander, und in ihren Augen stand Furcht. Die Schultern leicht hochgezogen, setzten sie Fuß vor Fuß und tappten langsam einen Gang entlang direkt auf die Kamera zu.

Ängstlich wanderten ihre Blicke nach allen Seiten, jeden Augenblick damit rechnend, angesprungen oder angegriffen zu werden.

»Der Ausgang ist gleich dort vorne«, flüsterte die Frau. Sie streckte tastend die Hand aus, weil sie nichts sehen konnte.

»Die Gang scheint viel länger als noch gestern Abend«, sagte der Mann.

Die Frau explodierte fast. »Das ist doch egal. Hauptsache raus!«

Sie blieben stehen und lauschten in die Dunkelheit.

»Da ist wer«, raunte er ihr zu.

Sie ballte die Fäuste und streckte sie vor.

Der Mann schluckte und tat das Gleiche. Sie drehten die Köpfe nach rechts, wo sie das Geräusch gehört hatten.

»Hallo?«, rief der Mann fordernd. »Wer ist da?«

Es blieb still. Die zwei Leute – beide Ende zwanzig – bewegten sich nicht.

»Wieso ist hier überhaupt kein Licht«, fragte sie leise. »Von der Straße muss doch Licht durch die Fenster fallen.«

»Vielleicht ein Stromausfall in der gesamten Umgebung«, vermutete er.

Vor dem Bildschirm wurde ein großer Becher mit dampfendem Tee abgestellt. Daneben ein Teller mit frischem Toast, dünn bestrichen mit süßem Rahm und Erdbeermarmelade. Eine schlanke Hand griff zu, und man hörte das Knirschen, als vom Toast abgebissen wurde. Ein Schluck Tee folgte, um die Krümel hinunterzuspülen.

»Wir hätten hier nie herkommen sollen«, sagte sie.

Hinter den beiden näherte sich eine schlanke Gestalt. Es war ein Mann mit langem Gesicht und gepflegtem Haar. Als er die Hände hob, war zu erkennen, dass er ein Hackebeil hielt, wie es Metzger verwenden. Er holte weit aus und schlug mit voller Wucht zu. Die Schneide traf den Kopf der Frau. Blut spritzte gegen die Kamera.

Der Mann schrie auf. Es war ein Schrei, der nichts Menschliches mehr an sich hatte.

»Marion! Marion!«

Schlanke Finger wurden abgeleckt, um die Tasten des Laptops nicht schmutzig zu machen. Die Leertaste wurde gedrückt, und die Aufnahme hielt an.

Vor dem Laptop saß der Mann, der im Video mit dem Hackebeil gekommen war. Genüsslich biss er wieder vom Toast ab und nippte am Tee.

Sein Handy begann zu vibrieren und auf der Tischplatte zu tanzen. Es spielte die schrillen Töne aus dem Film »Psycho«, die in der Szene zu hören waren, als Norman Bates, verkleidet als seine Mutter, Marion Crane unter der Dusche erstach.

»Hello?«

Der Mann lauschte kurz in das Telefon.

»Ja, Sie sprechen mit Philip King.« Wieder hörte er kurz zu und sagte dann: »Ich danke sehr für die Information und werde Mrs Lieselotte Schroll, Mrs Paula Reder und Mr Axel Klingmeier heute gegen dreiundzwanzig Uhr erwarten. Es wird alles für sie vorbereitet sein.«

9) WAS TUN?

Wie ein Pfeil schoss die CITATION CJ4 über den Himmel. Ihre Geschwindigkeit wurde Axel erst klar, als er aus dem Fenster blickte und unter sich ein Passagierflugzeug kreuzen sah.

Lilo saß vorgebeugt da und hielt Poppis Hände. Seit er seine Tochter hatte, dachte Axel, er könne mit weiblichen Tränen besser umgehen. Angesichts der verzweifelten Poppi kam er sich aber sehr hilflos vor.

»Kennst du die Frau?«, fragte er unbeholfen.

Ein scharfer Blick von Lilo traf ihn. Sie rollte die Augen, um ihm zu zeigen, wie unangebracht diese Frage in diesem Moment war. Bei Poppi löste sie ein neuerliches Schluchzen aus. Sie riss sich aber schnell wieder zusammen, schnäuzte sich mit der Serviette und zwang sich zu einem gequälten Lächeln.

»Wir waren am Vormittag noch gemeinsam in der Ordination. Klaus war wie immer. Wir haben einen Collie operiert, der bereits zum dritten Mal eine Unterhose von der Wäscheleine geklaut und gefressen hat.«

Lilo lachte kurz. Axel stimmte ein, und trotz ihres Kummers freute sich Poppi, ihre Freunde ein wenig unterhalten zu haben.

»Gepackt hatte ich schon. Eigentlich wollte mich Klaus zum Flughafen fahren, aber dann kam ein Anruf aus dem Tiergarten. Wir sind ja auch die Zoo-Docs. Eine Tierpflegerin hatte den Verdacht, dass einer der Koalas krank ist. Koalas sind sehr empfindliche Tiere, und deshalb musste Klaus sofort aufbrechen. Ich habe ein Taxi genommen, aber auf halbem Weg festgestellt, dass mein Pass noch zu Hause in meinem kleinen Arbeitszimmer lag. Deshalb bin ich umgekehrt.

Beim Betreten des Hauses habe ich gleich bemerkt, dass irgendetwas nicht stimmt: Da lag so ein komischer Geruch in der Luft, von einem Parfüm, das bestimmt nicht mir gehört, und aus dem Schlafzimmer kamen Geräusche, die ziemlich eindeutig waren. Natürlich habe ich dann nachgesehen und Klaus mit einer Frau im Bett vorgefunden.

Wahrscheinlich will er so eine Frau lieber«, sagte Poppi niedergeschlagen. »Soweit ich sie gesehen habe, ist sie groß und sehr schlank. Sie trägt sexy Unterwäsche und ...«

»Hör auf, dich zu quälen.« Lilo tat es unendlich leid, dass Poppi eine solche schlimme Enttäuschung erleben musste. Dagegen erschienen ihr ihre eigenen Probleme und Zweifel unbedeutend. Schließlich ging es da um eine jahrelange Ehe, während Axel und sie erst am Beginn ihrer Beziehung standen. Eine Beziehung, aus der ohnehin nichts werden würde. Denn Lilo zweifelte keinen Augenblick an dem, was Lotta ihr anvertraut hatte. Niemand war näher an Axel dran als sie.

Axel kannte Klaus nicht, sein Verhalten aber fand er völlig inakzeptabel. Der Anruf aus dem Zoo war wahrscheinlich nur eine Finte gewesen, um Poppi nicht fahren zu müssen und schneller mit der anderen Frau ins Bett zu hüpfen. Klaus musste ein völlig anderer Mensch sein, als Poppi ihn bisher gekannt und beschrieben hatte.

»Jetzt trinken wir einmal was«, schlug Lilo vor und wartete Poppis Antwort erst gar nicht ab. Sie öffnete eine der kleinen Flaschen und schenkte ihr Champagner in ein Plastiksektglas ein. Sie füllte es bis obenhin voll und reichte es Poppi. Poppi nahm es mit einem schiefen Lächeln entgegen, prostete den anderen beiden zu und leerte es in einem Zug.

»Was soll ich jetzt tun?«, fragte sie ihre Freunde.

Axel warf einen fragenden Blick zu Lilo, die er in solchen Angelegenheiten für erfahrener hielt.

»Poppi, ich muss gestehen, ich weiß es nicht«, sagte Lilo.

Auch Axel zuckte ratlos mit den Schultern.

»Ich werde Amelie anrufen und mit ihr darüber reden, vielleicht weiß sie einen Rat«, beschloss Poppi.

»Wer ist das?«, wollte Lilo wissen.

»Eine Freundin in Graz. Sie hat mich auf dem Weg zum Flughafen angerufen, aber da wollte ich nicht darüber reden. Alle paar Wochen treffen wir uns zum Quatschen. Sie ist wie eine echte Kummertante, die immer gute Ratschläge hat. Außerdem mögen wir die gleichen Fernsehserien.«

»Hat sie ihr eigenes Leben so gut im Griff?«, fragte Lilo.

Poppi sah Lilo überrascht an. »Wieso fragst du das?«

»Weil ich erst vor Kurzem einen Artikel darüber gelesen habe, dass gerade die Leute, die in Videos und in Blogs ständig gute Tipps erteilen, oft selbst ein völlig chaotisches Leben haben.«

Poppi brach ab und spielte mit der Serviette. »Amelie ist geschieden, hat sie mir erzählt ...«

Um die Stimmung zu verbessern, schenkte Lilo noch mehr Champagner an Poppi und Axel aus. Sie vertilgten alle Sandwiches und redeten über Dominik.

»Was soll das für eine Rolle sein, die er da bekommen kann?«

Alle drei waren sich einig, dass es eine ganz besondere Rolle in einem sehr wichtigen Film sein musste, wenn Dominik und sein Manager all diesen Aufwand betrieben, um Lilo, Poppi und Axel nach London umzuleiten.

Um zehn Minuten vor dreiundzwanzig Uhr Lokalzeit landeten sie auf dem City Airport von London, der praktischerweise mitten in der Stadt lag. Von dort nahmen sie, wie Larry es in seiner WhatsApp erklärt hatte, ein schwarzes Taxi.

Die Adresse, zu der sie fahren sollten, befand sich im Stadtteil Chelsea, nahe der King's Road.

10) PHILIP

Das Taxi hielt vor einem einstöckigen Backsteinbau mit zwei Türmchen, mehreren versetzten Dachschrägen und einigen hohen Bogenfenstern aus buntem Glas.

Axel stieg als Erster aus und sah an dem Gebäude hoch. »Ist das eine Kirche?«

Der Taxifahrer, ein kleiner, runder Mann, der Fröhlichkeit ausstrahlte, lud die Koffer aus, die vorne neben seinem Sitz abgestellt waren. »Das Auro war früher ein Theater, später ein Kino, und dann hat es jemand zu einem Wohnhaus umgebaut.«

»Wohnhaus? Ist das kein Hotel?«

»So etwas kann auch nur Dominik aussuchen.« Lilo kramte Geld aus ihrer Tasche und bezahlte den Fahrer. Die beiden anderen boten an, sich zu beteiligen, aber sie lehnte ab.

Das Taxi fuhr davon, und die drei Freunde suchten den Eingang. Eine Gittertür aus Schmiedeeisen versperrte den Zutritt zu einem kurzen Gang, an dessen Ende eine schwarz lackierte Eingangstür lag.

»Ich klingle dann einmal«, sagte Axel, fand aber keinen Klingelknopf. »Sind wir hier wirklich richtig, oder ist das einer von Dominiks Scherzen?« Er war müde und hatte Hunger, und wie immer, wenn er in diesen Zustand geriet, war er sehr schlecht gelaunt.

Die schwarze Tür ging auf, und vor der hellen Öffnung zeichnete sich die Silhouette eines großen, sehr hageren Mannes ab. Sein Gesicht war im Gegenlicht nicht zu erkennen. Näselnd begrüßte er die späten Gäste auf Englisch.

»Sie wurden mir angekündigt, und ich habe Sie bereits erwartet.« Der Mann machte die paar Schritte auf sie zu, noch immer lag sein Gesicht im Dunkeln.

Es klirrte, als er das Gittertor aufschloss. In diesem Augenblick fuhr ein Auto vorbei, und in dem kurz aufleuchtenden Scheinwerferlicht sah Lilo einen großen Ring in den langen, fast weißen Fingern des Mannes, an dem zwanzig oder noch mehr Schlüssel in verschiedenen Formen und Größen hingen. Sie hatte schon oft gehört, wie verschroben und eigen Engländer sein konnten, und hatte den Eindruck, soeben einen Beweis dafür zu bekommen.

Das Gittertor quietschte hoch, als es nach innen geschwenkt wurde. Der Mann ging voran, und Axel folgte ihm. Er trug Poppis Koffer, wofür sie sich bei ihm bedankte.

Im Haus empfing sie ein schwerer, fast süßlicher Duft, den Poppi aber zuerst nicht zuordnen konnte. Direkt hinter der Tür führte eine enge, steile Treppe, die mit einem dicken Teppich belegt war, nach oben. Der Mann ließ sie vorangehen. Als sie oben ankamen, standen sie in einem Vorraum, dessen Form ihnen ungewöhnlich vorkam. Lilo erkannte den Grund erst auf den zweiten Blick: Der Raum war sechseckig.

Endlich konnten die drei den Mann genauer betrachten. Sein Gesicht war lang und schmal, die Augen lagen tief in den Höhlen, und er machte nicht den Eindruck, als würde er in seinem Leben oft lächeln.

»Ich überlasse Ihnen – wie vereinbart – das gesamte Haus. Wie bestellt, habe ich den Kühlschrank aufgefüllt und Ihnen alles für ein gutes, englisches Frühstück besorgt. Die weiteren Einkäufe aber müssen Sie selbst erledigen.«

»Das schaffen wir schon«, versicherte Axel, dem das etwas geschraubte Getue des Mannes auf die Nerven ging.

Poppi schnupperte in die Luft. »Was riecht hier so stark?«

Der Mann deutete auf eine große Schale mit getrockneten Rosenknospen. »Prince-Charles-Rosen – nicht benannt nach dem

Thronfolger.« Er zeigte auf eine edle Glasflasche, die einen Aufsatz mit einem Sprühkopf hatte. »Einmal täglich müssen sie mit sieben Stößen dieses Rosenparfüms besprüht werden, um den Duft zu erhalten.«

Axel drehte sich zu Lilo um und schnitt eine Grimasse. Sie lächelte schief zurück, da der Geruch auch ihr die Nase verstopfte.

»Ich zeige Ihnen jetzt die Schlafzimmer und die Badezimmer, danach die Wohnräume und die Küche.« Der Mann drehte sich um und schritt los.

»Entschuldigung, aber wie heißen Sie eigentlich?«, rief ihm Axel hinterher.

Der Mann blieb stehen und zögerte, als müsse er überlegen, wie er auf diese Frage reagieren sollte. Betont langsam wandte er sich um.

»Mein Name ist Philip, nicht benannt nach dem königlichen Gemahl.«

»Wir sind …« Lilo wollte die anderen und sich vorstellen. Zu ihrer Überraschung nannte Philip sofort ihre Namen, als hätte er sie schon immer gekannt.

»Ich weiß, mit wem ich es zu tun habe. Sonst hätte ich Sie nicht in diesem Haus aufgenommen.«

Poppi fiel auf, dass der rechte Mundwinkel des Mannes zuckte. Es sah verrückt aus.

»Ich bin nicht etwa der Hausmeister hier, sondern der Besitzer. Für eine bestimmte Zeit im Jahr überlasse ich mein Haus Gästen wie Ihnen und ziehe mich in meine andere Wohnung zurück.« Danach lud Philip sie zu einer kleinen Hausführung ein.

Von dem sechseckigen Vorraum führten Treppen nach oben und unten, durch eine breite Tür sahen die drei in einen riesigen Wohnraum.

Philip zeigte den Gästen ein Schlafzimmer mit einem kleinen Bad, das ein Stockwerk höher neben einem Billardzimmer und einem Wirtschaftsraum lag.

Einen Stock unter dem Wohnzimmer befanden sich vier weitere Schlafzimmer, jedes mit eigenem Bad ausgestattet. Die Türen zu diesen Schlafzimmern gingen von einer Diele weg, die ebenfalls eine sechseckige Form hatte.

Das Haus erinnerte Poppi an einen Maulwurfsbau.

Das Wohnzimmer war – wie Axel schätzte – dreimal oder sogar viermal so groß wie sein eigenes Häuschen. An der Stirnseite befand sich eine Küche auf einem leicht erhöhten Podest.

»Das Haus war einst ein Theater, und Sie stehen im früheren Zuschauerraum«, erklärte Philip.

»Die Küche ist auf der Bühne«, schloss Lilo und erntete dafür ein wohlwollendes Nicken.

Teppiche, in denen man beim Gehen versank, Plüschmöbel und Regale, die bis zur Decke reichten und mit Büchern vollgestopft waren, bildeten die Einrichtung des Wohnzimmers. In einer Ecke stand ein Klavierflügel, in einer anderen gab es sogar eine kleine Orgel mit Orgelpfeifen.

Nachdem ihnen Philip vier Schlüssel für das Gittertor und die Eingangstür ausgehändigt hatte, wandte er sich zum Gehen.

»Ich wünsche Ihnen eine angenehme Nachtruhe.« Er reichte ihnen eine Visitenkarte, auf der nur sein Name – Philip King – und eine Handynummer standen. »Falls Sie Fragen haben, melden Sie sich bitte. Sollte ich nicht abheben, so rufe ich innerhalb von drei Stunden zurück.«

Mit einer höflichen kleinen Verneigung verabschiedete er sich und ging. Sie konnten hören, wie die Haustür dumpf hinter ihm ins Schloss fiel.

Poppi zuckte erschrocken. »Das klingt gruselig«, stellte sie fest, ärgerte sich aber im nächsten Moment über ihre Ängstlichkeit.

»Typisch Dominik, nur er kann auf die Idee kommen, ein ehemaliges Theater zu mieten«, sagte Axel. Hunger und Missmut hatten bei ihm mittlerweile ein Ausmaß erreicht, dass er sich schnellstens über den Kühlschrank hermachte. Lilo und Poppi leisteten ihm Gesellschaft, naschten aber nur ein wenig mit.

»Wann kommt Dominik eigentlich?«, fragte Poppi.

»Morgen am Nachmittag hat die Frau aus dem Büro seines Managers gesagt«, fiel Lilo ein.

Axel öffnete eine Flasche Rotwein und schenkte drei Gläser ein. Poppi lehnte ab. Sie trank so gut wie nie Alkohol und spürte noch den Champagner aus dem Flugzeug. Lilo stieß mit Axel an und schwenkte das Glas in Poppis Richtung.

»Prost«, sagte diese. Ihre Gedanken waren bei Klaus, und die Enttäuschung lastete schwer auf ihr.

Als die beiden ausgetrunken hatten, gingen alle drei in das untere Geschoß. Lilo zögerte kurz, gab sich dann aber einen Ruck und deutete in das Zimmer, das sie sich ausgesucht hatte: »Möchtest du heute Nacht bei mir bleiben?«, fragte sie Poppi.

Poppi sah zwischen Axel und Lilo hin und her. »Wollt ihr nicht …?«

Großmütig sagte Axel schnell: »Keine Sorge, wenn du nicht allein sein willst, dann schlaf bei Lilo. Ich kann das gut verstehen.«

Dass Axel ihr Angebot an Poppi so leichtnahm, war für Lilo wie ein Schlag ins Gesicht. Er schien kein bisschen enttäuscht zu sein! Sobald sie allein waren, musste sie mit ihm reden.

11) NERVOSITÄT

Der Airbus 380-800 landete pünktlich am Flughafen Heathrow in London. Dominiks Sitz in der ersten Klasse war für die Nacht in ein Bett verwandelt worden. Er konnte nicht nur flach liegen, sondern hatte auch Bettzeug und Pyjama bekommen.

Trotz all des Komforts hatte er nur gedöst. Angespannt, wie er war, hätte er mindestens eine Flasche Rotwein leeren müssen, um schlafen zu können. Larry aber hatte ihn den ganzen Flug über wie ein scharfer Pitbull bewacht und der Stewardess den strikten Auftrag erteilt, Dominik unter gar keinen Umständen alkoholische Getränke zu servieren.

»Du bist schuld, dass ich heute aussehe, als hätte ich unter einer Brücke geschlafen«, knurrte Dominik ihn beim Aussteigen an.

»Honey-Bunny, für deine Schönheit wird gesorgt werden«, sagte Larry und grinste ihn breit an.

Dominik hatte keine Ahnung, wie er das meinte, und tappte hinter ihm her, wie ein Entenküken hinter seiner Mutter. Sie brachten die Passkontrolle schnell hinter sich, und als sie beim Gepäckband eintrafen, waren ihre beiden Koffer die ersten, die aus der Tiefe nach oben befördert wurden.

Nachdem sie die Zollkontrolle passiert hatten und in die Ankunftshalle hinausgetreten waren, begann Larry, nach jemandem Ausschau zu halten. Er winkte einem Mann in grauer Hoteluniform, der ein iPad hochhielt, auf dem Larrys Name stand.

»Auf dem schnellsten Weg«, sagte er ohne Begrüßung. Der Mann, ein Asiate, lächelte höflich, schnappte sich die Koffer und forderte die beiden Männer auf, ihm zu folgen.

Ziel war das Sofitel, in dem Larry eine Suite gebucht hatte. Im Wohnzimmer wartete eine gestylte Brünette mit perfektem Businesslächeln. Auf dem Schreibtisch an der Wand hatte sie einen Schminkspiegel aufgestellt und davor auf einem Handtuch ihre Make-up-Ausrüstung ausgebreitet. Lässig ließ sie einen dunklen Anzug am Bügel vom ausgestreckten Zeigefinger baumeln.

»Das ist Sonja, die beste Visagistin von London! Alles für deine Schönheit«, sagte Larry zu Dominik.

»Ich liebe Nikolaus Kramer«, hauchte die Visagistin zur Begrüßung. Dominik wusste, dass sie ihm nur aus beruflichen Gründen so schmeichelte, genoss es aber trotzdem. Larry schickte ihn unter die Dusche, aus der Dominik in einem dicken, weißen Bademantel und nach Eukalyptus duftend zurückkehrte.

»Sind Lilo, Axel und Poppi schon angekommen?«, wollte Dominik von Larry wissen.

»Gut gelandet und bereits in dem Airbnb, das ich für euch gemietet habe.«

»Ich muss mich bei ihnen melden.«

»Du musst dich auf das Casting konzentrieren«, erinnerte ihn Larry streng.

»Fünf Minuten.« Dominik nahm sein Handy und befahl, Lilo anzurufen. Sie meldete sich aber nicht, und er kam sofort auf ihre Mobilbox. Daher ließ er Siri Poppis Nummer wählen, die nach dem zweiten Klingeln abhob. Sie klang verschlafen, war aber sofort hellwach, als sie Dominiks Stimme erkannte.

»Was ist denn los? Sag endlich!«, verlangte sie.

»Kann ich nicht. Ein Schauspieler redet nie über eine Rolle, so lange sie nicht fix ist. Da bin ich abergläubisch.«

Larry stand ein paar Schritte von Dominik entfernt und hatte den Concierge am Haustelefon. Er schrie in den Apparat: »Sie müssen doch wissen, wie die Verkehrslage zu den Pinestudios ist. Das ist Ihr verdammter Job. Ich habe die Limousine schon gestern bestellt.«

Dominik ging ins Schlafzimmer und schloss die Verbindungstür zum Wohnzimmer. »Sorry, mein Agent. Er verliert selten die Nerven, aber für uns beide geht es heute um viel.«

»Na dann, toi, toi, toi«, sagte Poppi.

Dominik bedankte sich nicht, da auch das ein schlechtes Omen sein sollte. »Am Nachmittag bin ich bei euch. Vielleicht gibt es dann etwas zu feiern, oder aber ihr müsst mich aufbauen, weil ich am Boden zerstört bin.«

»Hals- und Beinbruch«, wünschte Poppi ihm. Sie wusste von Dominik, dass dieser Wunsch unter Schauspielern erlaubt war, »Viel Glück!« oder »Alles Gute!« aber nicht.

Dominik ging hinaus zu Sonja. Sie holte gerade eine kühlende Gesichtsmaske aus dem Kühlschrank der Minibar, um sie ihm aufzulegen.

»Sie werden aussehen wie ein junger Gott«, versprach sie ihm.

»Das Beste wäre, wenn uns noch Flügel wachsen würden und wir zu den Pinestudios fliegen könnten, damit wir nicht im Verkehr stecken bleiben«, scherzte Larry.

12) HARTE FÄUSTE

Ein Stockwerk über dem Kellerraum, in dem sich die Pinnwand mit den alten Fotos der Knickerbocker-Bande befand, lief jemand in einem teuren Morgenmantel aus Seide vor einem noch teureren Esstisch aus Olivenholz auf und ab. Er nippte abwechselnd an einem Glas Orangensaft und einem dreifachen, extrastarken Espresso. In der Hand wiegte er sein iPhone und warf immer wieder einen Blick auf das Display. Eine Webpage war geöffnet, der Lautsprecher des Handys war aktiviert und gab ein gleichmäßiges Rauschen von sich.

Er wusste, dass seine Stärke darin lag, Pläne zu entwickeln und bis ins kleinste Detail auszufeilen. Wenn dann aber etwas nicht nach diesem Plan lief, so geriet er ins Schleudern, denn schnelle Reaktionen waren eindeutig nicht seine Stärke.

Die Säure des frischen Orangensaftes brannte in seinem Mund, der Espresso hatte einen bitteren Nachgeschmack hinterlassen. Er wollte ins Badezimmer und sich den Mund ausspülen. Im Vorbeigehen fiel sein Blick auf ein wildes Gebilde, das eine Wanduhr darstellen sollte. Er hatte es um viel Geld bei einer Kunstauktion in London ersteigert.

Die Uhr zeigte kurz vor halb zehn Uhr an. In London war es eine Stunde früher als in Wien, also halb neun Uhr. In fünfzig Minuten konnte er mit Mauro Kontakt aufnehmen und ihm neue Instruktionen erteilen.

Ihm fiel ein, dass die meisten Flugzeuge ihren Fluggästen heute bereits eine Internetverbindung anboten. Er konnte nur hoffen, dass Mauro auf dem Flug von New York nach London online war. Wozu warten, bis er gelandet war? Er nahm sein iPhone, schrieb ihm eine knappe E-Mail und schickte sie von dem G-Mail-Account, den er zur Tarnung benutzte. Der Benutzername lautete Monte Christo.

Bereits zehn Minuten später meldete ein düsterer Akkord am Handy von Monte Christo das Eintreffen einer Antwort. Mauro bestätigte den Erhalt der Nachricht, er habe die Anweisung verstanden und würde versuchen, den Auftrag wie geplant durchzuziehen. Er machte aber darauf aufmerksam, über keine der »Handwerkzeuge« zu verfügen, die ihm in New York zur Verfügung gestanden hatten.

Monte Christo wusste, dass er damit Waffen meinte, die er auf den Flug nicht hatte mitnehmen können. Er schickte eine weitere E-Mail, in die er schrieb: *Fäuste können hart sein, und ich erwarte ihren Einsatz und einen Treffer auf empfindliche Stellen, die brechen können. Außerdem eine Drohung, die ernst genommen wird. Adresse folgt.*

Von Mauro kam nur ein knappes Okay.

Es galt für Monte Christo nun herauszufinden, wo sich Lilo, Poppi und Axel genau aufhielten. Aber er war überzeugt, dass sich das nicht allzu schwierig gestalten sollte.

13) HINTERHALT

Kurz vor der Landung des Airbusses mit Mauro an Bord setzte ein Privatjet am anderen Ende von London auf dem City Airport auf, wo am Vorabend auch die drei Knickerbocker angekommen waren.

Elena benötigte normalerweise nur drei Stunden Schlaf am Tag. In dieser Nacht verzichtete sie sogar darauf. Es gab viel zu planen. Alles, was sie bereits für New York bis ins kleinste Detail vorbereitet hatte, musste nun in London stattfinden. Sie kannte sich in der Stadt nicht so gut aus, was ihr nicht behagte.

Kenne dein Einsatzgebiet wie deine Westentasche und deine Gegner besser als deinen Lebenspartner, so lautete ihr Motto. Allerdings konnte sie den zweiten Teil des Mottos nicht wirklich einschätzen, da sie ihr gesamtes Leben allein verbracht hatte und keinen anderen Menschen an ihrer Seite aushielt – ganz egal welchen Geschlechtes.

Im hinteren Teil des Jets lag P2 und schlief. Elena stellte bei ihren Aufträgen keine langen Fragen und tat immer so, als würde sie alles, was ihr Kunde wollte, blindlings ausführen. Dabei handelte es sich aber nur um einen Trick von ihr, um die Auftraggeber zu täuschen und in Sicherheit zu wiegen. Insgeheim stellte sie sehr wohl Nachforschungen über die Hintergründe einer Aktion an. Dabei ging sie sorgfältig vor und sammelte sogar Beweise, mit denen sie ihren Auftraggeber auffliegen lassen konnte, falls er auf die Idee kommen sollte, sie nicht zu bezahlen.

Ihr Geld lag auf verschiedenen Konten auf den Cayman Islands, reichte aber noch nicht aus, damit sie sich aus dem

Geschäft zurückziehen konnte. Die Sache, die sie nun in London abwickeln sollte, würde ihr aber in der nahen Zukunft ein Einkommen sichern, das ihr erlaubte, sich zur Ruhe zu setzen.

Sie wusste auch dieses Mal, wer hinter der Sache steckte und dass viel Geld auf dem Spiel stand, wenn sie die Sache an die Öffentlichkeit brachte. Ein Kurssturz der Firmenaktien an der Börse wäre die Folge und eine Pleite unausweichlich.

Elena plante zum Abschluss ihrer zweifelhaften Karriere eine Erpressung. Wie gut, dass ihre Auftraggeberin eine sehr gewissenhafte Schwester besaß, die von den Plänen nichts ahnte. Wenn sie davon erfuhr, konnte sie nichts mehr verhindern und würde bezahlen, davon war Elena fest überzeugt.

Ihr Plan sah vor, von einem der Opfer eine Blutprobe zu erlangen. Dadurch wäre nachweisbar, was dem Opfer injiziert worden war, und unvorsichtigerweise hatte der Onkel ihrer Auftraggeberin ein Patent darauf unter seinem Namen anmelden lassen.

Sehr dumm und unvorsichtig, aber äußerst günstig und gut für Elena.

Zwei ihrer Kontaktleute in London schickten ihr Ergebnisse von Recherchen. Elena suchte ein Restaurant oder eine Bar, die an einem sehr belebten Platz liegen sollten, gleichzeitig aber auch über dunkle Hinterhöfe oder versteckte Ausgänge verfügen mussten.

Ihre Kontakte schlugen verschiedene Lokale vor, und Elena googelte die Orte. Die Internetverbindung im Jet war die schnellste, die derzeit in der Luft möglich war, und sie fand mithilfe von Google Earth und Streetview schnell heraus, ob die Lokale tatsächlich für ihr Vorhaben geeignet sein könnten. Schließlich entschied sie sich für eines in Covent Garden. Sie würde sich den Ort gleich nach der Landung ansehen.

Die große und noch ungelöste Frage blieb, wie sie diese vier Leute an diesen Ort locken sollte. Aber auch dafür würde Elena noch etwas einfallen. Sie hatte schon ganz andere Leute in einen Hinterhalt gelockt, aus dem es kein Entkommen mehr gab.

14) GIFTGRÜN

»Morgen.« Axel war verstrubbelt, der Abdruck des Kopfkissens zeichnete sich auf seiner Wange ab.

Lilo und Poppi waren schon vor ihm aufgestanden, blickten aber auch noch sehr verschlafen drein. Sie saßen am Esstisch auf der Bühne im Wohnzimmer. Poppi trank Pfefferminztee, Lilo bereits den dritten Espresso. Sie vermutete, dass Axel auch Lust auf einen Kaffee hatte, und bereitete ihm einen großen Espresso zu, in den sie noch einen Schuss heißes Wasser gab.

»Habt ihr halbwegs gut geschlafen?«, fragte Axel und gähnte herzhaft.

»So lala«, sagte Poppi.

Alle drei trugen dunkelbraune Bademäntel, die in den Zimmern bereitgelegen hatten.

»Wie geht das heute hier weiter?« Axel sah Lilo und Poppi fragend an und pustete auf seinen Kaffee, damit er schneller auskühlte.

»Dominik muss in die Pinestudios oder so. Das hat sein Manager jedenfalls geschrien, als ich vorhin mit ihm telefoniert habe. Er hatte nicht viel Zeit, aber er will uns alles später erklären«, erzählte Poppi.

»Pinestudios? Wirklich?« Axel machte ein beeindrucktes Gesicht.

»Woher kennst du diese Studios?«, wollte Lilo wissen. Sie klang überrascht, als hätte sie das von Axel nicht erwartet.

»Im Kino bleibe ich immer noch sitzen, wenn der Abspann läuft, und lese alles«, gestand Axel. »Das ist so ein Tick. Dabei sind mir die Pinestudios schon einige Male untergekommen.«

»Und? Ist was Besonderes an diesen Studios?«

Axel schnitt eine Grimasse. »Glaube ich schon. Dort wird zum Beispiel James Bond gedreht.«

»Dominik im neuen James Bond?« Lilo musste zugeben, dass das wirklich ein riesiger Schritt in Dominiks Karriere wäre.

»Er kann aber auch nur einen Agenten spielen, der nach zwei Sätzen schon erschossen wird«, dämpfte Axel ihre Bewunderung.

»Dominik glaubt, dass er am Nachmittag fertig ist und hier sein kann. Vielleicht hat er dann gute Neuigkeiten.« Poppi stand auf, um sich jetzt auch noch einen Espresso zuzubereiten. Sie hielt sich normalerweise von Kaffee fern, da er sie zu nervös machte, aber nach der ganzen Aufregung brauchte auch sie Koffein.

Plötzlich ertönte eine romantische Melodie, und ihr Handy vibrierte auf der Anrichte. Poppi erstarrte.

»Was ist?«, wollte Lilo wissen.

»Das ist Klaus.«

Alle drei starrten auf das Handy, das sich auf der glatten Arbeitsfläche zu drehen begann.

»Hebst du nicht ab?« Axel deutete mit den Augen auf das Telefon.

»Soll ich? Ich kann jetzt nicht mit ihm reden!«

Lilo warf einen Blick auf ihre Armbanduhr. »Er ruft dich jetzt an, weil wir laut Plan in einer Stunde in den Flieger nach New York steigen sollten.«

Poppi schlug die Hände vor den Mund. Nach dem Schock und in ihrer Wut war sie am Vortag gar nicht auf die Idee gekommen, Klaus über die Umleitung nach London zu informieren. Unter normalen Umständen hätte sie das natürlich sofort getan. Was sollte sie jetzt sagen?

Die Melodie riss ab. Klaus hatte also aufgelegt. Poppi sprang auf, um nach ihrem Handy zu greifen. Die Anzeige war dunkel.

»Akku leer«, sagte sie. Sie hatte es gestern Abend auf die Anrichte gelegt, weil sie es anstecken wollte. Aber dann hatte sie es vergessen. Sie lief durch das Wohnzimmer und nahm den Treppenabgang, der zu ihren Schlafzimmern führte, um das Ladegerät aus ihrer Handtasche zu holen. Sie wühlte mit der Hand in der Tiefe der Tasche, konnte das Gerät in der Aufregung aber nicht finden. Deshalb leerte sie den gesamten Inhalt auf die Bettdecke.

Zwischen Pass, Schlüsseln, Geldtasche, Schminktäschchen, Papiertaschentüchern, Kaugummis, Pfefferspray, Mini-Taschenlampe und einem kleinen Säckchen, in dem Poppi immer Kopfschmerztabletten und andere nützliche Medikamente für unterwegs mit sich trug, kam das Ladekabel zum Vorschein. Aber da war noch etwas anderes, das sie noch nie zuvor gesehen hatte.

Der Gegenstand war neongrün, hatte die Größe und Dicke eines Daumens und war aus glattem Kunststoff. Es lag an der grellen Farbe, dass er Poppi sofort ins Auge fiel. Poppi nahm das Ding in die Hand und drehte es prüfend zwischen ihren Fingern. Es besaß einen kleinen Knopf, den sie drückte. Heraus sprang ein USB-Stecker.

War das Ding ein Datenstick? In Poppis großer Handtasche herrschte vielleicht ein gewisses Chaos, aber sie wusste immer genau Bescheid, was sie mit sich trug. Dieses Ding hatte sie noch nie zuvor gesehen. Wie kam es in ihre Handtasche?

Auf der Handfläche trug sie das Ding wie auf einem Tablett nach oben und legte es auf den Tisch.

Lilo und Axel beugten sich vor.

»Ist das dein Ladegerät?«, fragte Axel.

»Das ist doch kein Ladegerät. Das habe ich in meiner Handtasche gefunden.«

Lilo äußerte dieselbe Vermutung wie Poppi. »Sieht aus wie ein Datenstick. Ist das nicht deiner?«

»Nein. Ich habe das Ding noch nie gesehen. Ich würde niemals einen Datenstick in so einer Farbe nehmen. Das Neon ist giftig, außerdem finde ich es scheußlich.«

»Wie kommt der Stick dann in deine Handtasche?«

Poppi zuckte mit den Schultern.

»Ich habe meinen Laptop mit.« Lilo sprang auf und holte ihn von unten. Sie öffnete ihn, tippte ihr Passwort ein und streckte die Hand nach dem Datenstick aus. Poppi reichte ihn ihr, und Lilo steckte ihn seitlich an. Sie hatte die Augen auf den Bildschirm gerichtet und wartete ungeduldig, bis das Medium auf ihrem Schreibtisch erschien. Sie hob die Augenbrauen.

»Das Ding hat den Namen ›MIDAS‹.«

»Midas?« Poppi hatte den Namen schon einmal irgendwo gehört. »War das nicht ein Märchenkönig?«

Axel wusste mehr. »König stimmt, aber nicht in einem Märchen, sondern in einer griechischen Sage. Ich lese Lotta gerade solche Sagen vor. Midas ist ein König, der alles, was er berührt, zu Gold macht.«

»Und wie isst er?«, wollte Lilo wissen. »Oder wie benutzt er Toilettenpapier?« Sie lachte kurz auf, musste dann aber über sich selbst den Kopf schütteln. Warum hatte sie so einen blöden Scherz gemacht? Wahrscheinlich um die Spannung ein bisschen zu lösen und Poppi zum Lachen zu bringen. Das hatte sie früher auch oft getan, als sie noch Kinder waren.

Aber weder Axel noch Poppi lachten. »Was ist auf dem Stick drauf?«, fragte Axel.

Lilo führte den Mauszeiger darüber, zögerte einen Moment und klickte dann zwei Mal.

15) ENTTÄUSCHUNGEN

Das Casting für einen James-Bond-Film hatte sich Dominik anders vorgestellt.

Ihr Wagen erreichte zehn Minuten vor zehn Uhr die Schranke, die die Zufahrt zu den Pinestudios versperrte. Ein Portier in weinroter Uniform trat aus seinem Häuschen und beugte sich zu Larry hinunter, der das Fenster auf seiner Seite heruntergelassen hatte.

»Larry Hunt, ich bringe Dominik Kascha, wir haben einen Termin bei Simone Prix.«

Der Portier kehrte in sein Häuschen zurück und tippte dort mit zwei Fingern auf einem Computer herum. Seine Bewegungen waren schwerfällig und betont langsam. Er ließ keinen Zweifel daran, wie sehr er seinen Job hasste.

Mit ausdruckslosem Gesicht kehrte er zurück.

»Nein, Sie haben keinen Termin bei Simone Prix.«

Dominik sank tiefer in die Rückbank des Wagens. War der ganze Aufwand rund um die Reise aus New York und für die Umleitung seiner Freunde umsonst gewesen? Er sah Larry fragend von der Seite an.

»Ich habe einen bestätigten Termin vom Büro von Simone Prix«, begann sein Agent und wischte auf dem Handy herum, um die E-Mail zu finden, in der alles geschrieben stand.

Es bereitete dem Portier offenbar höchsten Genuss, Larry zappeln zu lassen. Schließlich fuhr er fort: »Sie haben einen Termin bei Laura Smithson. Gebäude 15, Eingang 2, melden Sie sich am Empfang.« Der Portier schlürfte in sein Häuschen und drückte den Knopf, der die Schranke hochgehen ließ.

»Wer ist Laura Smithson?«, wollte Dominik wissen. Er spürte, wie er vor Nervosität zu schwitzen begann. Das war ihm schon länger nicht mehr passiert. Dominik beugte sich vor und stellte die Klimaanlage auf seiner Seite auf die kälteste Stufe.

Larry blieb ihm die Antwort noch schuldig, da er den Namen selbst erst googeln musste.

»Casting-Direktorin«, meldete Larry. »Laura Smithson ist die Casting-Direktorin für den neuen Bond. Also alles im grünen Bereich.«

»Aber wieso redest du dann die ganze Zeit davon, dass mich die Produzentin persönlich kennenlernen will?«, schnauzte ihn Dominik an, der seiner Enttäuschung irgendwie Luft machen musste. Es war schließlich etwas anderes, ob du der obersten Chefin und Entscheidungsträgerin vorgestellt wurdest oder ob du dich mit einer dieser Casting-Tussis herumschlagen musst, die entweder selbst gerne Schauspielerinnen wären oder sich sogar für die besseren Regisseurinnen hielten.

»Bleib cool, Mann«, sagte Larry und drückte den Fensterheber, um sein Fenster wieder zu schließen.

Gebäude 15 war ein flacher grauer Bau mit Wellblechdach, Tür 2 eine schmucklose Alutür, die Dominik furchtbar altmodisch und ziemlich armselig erschien. Er hatte sich gefühlt wie ein Star und kam sich jetzt wieder vor wie vor einigen Jahren, als er in Amerika noch völlig unbekannt war und sich eine Abfuhr nach der anderen bei Castings geholt hatte.

Larry rückte sein schwarzes Designer-Jackett mit einer energischen Schulterbewegung zurecht und stieg aus. Es blieb Dominik nichts anderes übrig, als seinem Beispiel zu folgen.

Die Sonne brannte vom Himmel, und trotz der Jahreszeit war es für London ungewohnt heiß. Als ihm die warme Luft ins Gesicht schlug, erlitt Dominik den nächsten Schweißausbruch und spürte, wie ihm das Wasser den Rücken runterlief. Er war sehr dezent geschminkt und hatte keine Lust, dass die künstliche Schönheit auf seinen Hemdkragen tropfte.

Mit entschiedener Miene trat Larry zu der Alutür mit der Riffelglasfüllung, die nicht erkennen ließ, was sich dahinter abspielte. Er zog sie auf und betrat einen Vorraum, in dem sich eine Art Empfangstheke und zwei schwarze Sofas für Wartende befanden. An den Wänden hingen Poster von Blockbuster-Filmen, die in den Pinestudios gedreht worden waren. Die größten Schauspielerinnen und Schauspieler der Welt strahlten Dominik entgegen, der sich auf einmal unendlich klein und unwichtig vorkam.

Hinter der Theke standen zwei Frauen, eine im Alter von Dominiks Mutter, eine ungefähr in seinem Alter. Beide strahlten Wichtigkeit aus und hatten diese überhebliche Art, die Dominik immer besonders viel Unbehagen bei Castings bereitet hatte.

»Wir haben einen Termin mit Laura Smithson«, sagte Larry, der sichtlich bemüht war, gelassen zu wirken und zu demonstrieren, dass er Respekt erwartete.

Die ältere der beiden Frauen nickte ihm kurz zu. »Ah, ja. Nehmen Sie Platz. Es wird noch ein bisschen dauern.« Sie deutete auf die Ledersofas.

Dominik spürte Larrys Irritation über die knappe Begrüßung. Sein Agent holte eine Visitenkarte heraus und streckte sie der Frau hin. Sie warf einen flüchtigen Blick darauf und lächelte milde.

»Ich weiß, wer Sie sind. Und Sie sind Dominik Kascha«, sagte sie mit einem Seitenblick auf Dominik. »Aber Sie müssen sich trotzdem gedulden. Wir machen gerade Testaufnahmen mit Toby.«

Der Name versetzte Dominik einen Schlag. Toby war der Schauspieler aus Deutschland, der ebenfalls in die Endauswahl gekommen war. Wieso war er vor ihm dran? Toby hatte eine gewisse Ähnlichkeit mit Dominik, Dominik war aber der Meinung, dass er mit seinem drahtigen und kantigen Gesicht besser aussah als er.

In ihm steckt viel mehr der Star, der hier gesucht wird, flüsterte ihm der kleine Teufel in seinem Kopf zu.

Die jüngere Frau blickte Larry und Dominik wenig freundlich an und lenkte die Aufmerksamkeit der anderen Frau wieder auf das iPad Pro, das sie ihr hinhielt.

»Hier sind ein paar Aufnahmen, die wir vor einer Woche gemacht haben: Da sieht man – finde ich – Tobys bösartige Seite sehr gut. Er ist nicht nur der Lover, für den er immer gecastet wird.«

Dominik kam ein Verdacht, wer die beiden Frauen sein konnten. Die ältere musste Laura Smithson persönlich sein, die andere war vermutlich Tobys Agentin, die gerade Werbung für ihren Schützling machte. Als der Satz fiel »Ich sehe mir dann die Probeaufnahmen an und werde mit Simone und Gerald entscheiden«, war Dominik sogar sicher, dass seine Vermutung stimmte. Gerald hieß der Regisseur des neuen Bond-Films mit Vornamen.

Die Frau, die Laura Smithson sein musste, verschwand in einem Gang neben der Empfangstheke. Die Frau mit dem iPad kam auf Larry zu und stellte sich vor. Dominik achtete nicht auf ihren Namen, er war viel zu sehr damit beschäftigt seine Gedanken unter Kontrolle zu bekommen und zu verhindern, dass sie ihn in ein hoffnungsloses, düsteres Land führten, in dem die Rolle bereits vergeben war, bevor er noch seine Chance bekam.

Während die beiden Agenten ein paar Höflichkeiten austauschten, ging Dominik unruhig im Vorraum auf und ab. Immer wieder warf er einen Blick den Gang hinunter. Es brannte eine einzige Lampe am Anfang des Ganges, deren Licht aber nicht bis zum Ende reichte. Dominik konnte nur ein paar geschlossene Türen erkennen, die zu beiden Seiten des Ganges lagen.

Aus diversen Medienberichten wusste Dominik vom gigantischen Vermögen von Simone Prix. Es sah aber nicht so aus, als würde sie etwas von den Gewinnen, die sie mit den James-Bond-Filmen und anderen Blockbustern erzielte, in die Pflege und Gestaltung der Gebäude am Studiogelände stecken.

Die Minuten verstrichen, und Dominiks Nervosität wurde immer größer.

In dem Gang blieb es ruhig. Larry tippte auf seinem Handy herum, Tobys Agentin führte Telefonate auf Deutsch, die Dominik natürlich verstand.

Tat sie das absichtlich, um ihn einzuschüchtern? Sie schwärmte ihren Gesprächspartnern vor, wie begeistert hier alle von Toby waren und wie wahrscheinlich seine Besetzung im neuen Bond war.

Da er dringend auf die Toilette musste und niemand da war, den er nach dem Weg fragen konnte, betrat Dominik den Gang. Er ging einige Schritte hinunter und suchte die Türen ab, konnte aber kein Toilettenzeichen finden.

Rechts von ihm wurde eine Tür geöffnet, und Dominik wich überrascht zurück. Er sah in das geschminkte Gesicht eines Mannes, den er bisher nur vom Bildschirm kannte.

»Hi«, sagte er und grinste verlegen.

Toby Mayr verzog keine Miene. Er strahlte eine Kälte aus, wie Dominik sie bei einigen seiner Kollegen in Hollywood erlebt hatte. Ob er ihn wirklich nicht erkannte oder nur so tat, konnte Dominik nicht mit Sicherheit sagen. Mayr nickte jedenfalls nur kurz und steuerte dann an ihm vorbei.

Durch die offene Tür sah Dominik in ein kleines Studio. Es gab eine grüne Wand, eine sogenannte Greenbox, und eine weiße Voute, eine weiße Wand, die zum Boden hin in einer sanften Wölbung auslief und keine Kante bildete. Vor solchen Wänden wurden normalerweise Fotos gemacht. Ein paar kleine Scheinwerfer und eine Kamera waren davor aufgebaut.

Laura Smithson trat ihm entgegen. »Es macht keinen Sinn, hier zu warten«, sagte sie, und Dominik glaubte etwas Ungehaltenes, Vorwurfsvolles in ihrer Stimme zu hören.

»Ich habe die Toilette gesucht.«

»Die nächste Tür links«, sagte Laura und zeigte nach hinten. »Aber es wird doch länger dauern, als ich dachte. Sie brauchen also gar nicht hier zu warten.«

Er bekommt die Rolle, ich nicht, schoss es Dominik sofort durch den Kopf.

»Ich brauche noch mehr gutes Material, kommen Sie in drei Stunden wieder«, fuhr Laura fort.

Es bestand also doch noch Hoffnung.

16) GRATULATION

Wie konnte das Passwort lauten?

Lilo, Poppi und Axel saßen am Frühstückstisch in der Küche und starrten auf den Laptop. Der Doppelklick hatte den Datenstick nicht geöffnet, sondern nur ein Fenster aufgehen lassen, in dem nach einem Passwort gefragt wurde.

»Willst du jetzt nicht doch mit Klaus reden?«, fragte Lilo Poppi.

»Klaus!« Poppi hatte ihn und ihr Handy völlig vergessen, seit sie den Datenstick in der Tasche gefunden hatte. Sie stürmte hinunter zum Schlafzimmer, wo das Ladegerät noch immer auf dem Bett lag. Als sie die Treppe herunterkam, wuchs Philip plötzlich vor ihr aus dem Boden.

»Haben Sie mich erschreckt!« Poppi rang nach Luft. Ihr Herz raste.

»Das tut mir leid, es war nicht meine Absicht.«

»Was machen Sie denn hier?« Poppi fand es seltsam, dass Philip ohne Voranmeldung einfach im Haus auftauchte. Dominik hatte es doch bei ihm gemietet, und er konnte nicht einfach so bei ihnen eindringen.

Philip hob sein Handy. »Ich kann mithilfe einiger Apps hier alles steuern, damit es zu Ihrer Zufriedenheit ist. Vorhin habe ich die Meldung erhalten, dass das Warmwasser ausgefallen ist. Ich bin gekommen, um den Fehler zu beheben.«

»Aha.« Mehr brachte Poppi nicht heraus.

»Ich habe nicht vorher angerufen, weil ich dachte, Sie könnten noch schlafen, und ich nicht stören wollte.«

»Danke.« Es war elf Uhr am Vormittag, und Poppi fand Philips Begründung nicht sehr glaubwürdig.

»In wenigen Minuten bin ich wieder fort«, versicherte er. Poppi nickte nur und betrat ihr Schlafzimmer. Sie schaute sich um, ob sie irgendetwas entdecken konnte, was darauf hinwies, dass ihr Gastgeber in ihrem Zimmer gewesen sein könnte. Aber sie fand keinen Beweis dafür. Als sie sich leicht umdrehte und einen Blick über die Schulter warf, sah Poppi, dass Philip im Vorraum eine Tapetentür geöffnet hatte. Hinter der Tür befand sich ein Boiler. Alle Lichter leuchteten grün. Das bedeutete doch, dass der Boiler in Ordnung war.

Außerdem – schoss es Poppi in diesem Augenblick durch den Kopf – hatte sie sich doch vorhin die Zähne geputzt. Da war warmes Wasser aus der Leitung gekommen. Oben in der Küche auch. Hatte Philip den Boiler nur als Vorwand benutzt, um hier herumzuschnüffeln? Ganz geheuer war Poppi der Mann schon am Vorabend nicht gewesen.

Sie nahm das Ladegerät vom Bett und machte sich wieder auf den Weg nach oben.

»Sie sollten wieder warmes Wasser haben«, rief ihr Philip hinterher.

»Wir hatten es auch vorher schon«, platzte Poppi heraus und drehte sich auf der Treppe zu ihm um.

Für einen Augenblick wirkte Philip ertappt. Er schien sich aber schnell wieder unter Kontrolle zu haben. »Das waren wahrscheinlich die Reste, die sich noch in den Leitungen befunden hatten.«

Poppi hatte keine Lust auf weitere Diskussionen und kehrte zu Lilo und Axel zurück. Während sie ihr Handy ansteckte, berichtete sie mit gesenkter Stimme von dem, was ihr gerade widerfahren war.

»Ach, ein harmloser Spinner, der sich wichtigmacht«, meinte Lilo und machte eine wegwerfende Geste.

Ein Symbol für den Akku des Handys leuchtete auf dem Display auf und blinkte. Das Handy lud also. Die drei rätselten weiter, wie der Datenstick in Poppis Handtasche gekommen war, ohne aber eine plausible Begründung zu finden.

Ein paar Minuten später spielte das Handy dieselbe Melodie wie vorhin.

»Klaus.« Poppi sah Hilfe suchend zu Axel und Lilo. »Was soll ich machen?«

»Abheben«, entschied Lilo für sie. Als Poppi zögerte, griff sie selbst nach dem Handy, blieb aber in der Nähe der Anrichte stehen, da sie das Handy nicht abstecken wollte.

»Hallo, hier ist Lilo, Poppi kommt gleich«, rief sie ins Gerät.

»Äh … danke.« Klaus' Stimme klang warm und angenehm, stellte Lilo fest. Sie bedeutete Poppi, zu lächeln und sich nichts anmerken zu lassen. Es war sinnlos, am Telefon ein großes Theater zu machen.

»Hallo Klaus«, meldete sich Poppi. »Ich wollte dich schon die ganze Zeit anrufen, aber ich habe hier Probleme mit dem Empfang. Du errätst nie, was geschehen ist.«

Axel und Lilo hörten zu, wie Poppi Klaus von der Änderung des Planes erzählte, vom Flug im Privatjet und der Ankunft in London.

»Ich weiß noch nicht, wie es jetzt weitergeht, denn wenn Dominik seine Rolle bekommt, dann hat er sicher keine Zeit für uns, und wir fliegen wieder nach Hause. Ich komme also vielleicht schon bald zurück.«

Ihre Stimme nahm einen schrillen Klang an, als sie das sagte. Lilo schnitt eine fragende Grimasse, und Poppi bedeutete ihr, sie wisse schon, was sie gerade tue.

»Was? Du überlegst, ob du zwei Tage wegfährst?« Poppi schrie die Frage fast. Lilo gab ihr mit wilden Gesten zu verstehen, sich zu beruhigen, da Klaus sonst ihre Erregung bemerken würde. Poppi zwang sich zu einem Lächeln. »Nein, nein, ich verstehe dich gut. Du brauchst auch einmal frei, und wenn du eine Vertretung hast, dann geht das sicherlich. Es kommt nur so überraschend.«

Das Gespräch ging noch etwas weiter, aber dann verabschiedete sich Poppi. Sie würgte ein »Ich liebe dich auch« heraus, und es klang mehr als unglaubwürdig.

Nachdem sie aufgelegt hatte, kamen ihr die Tränen. »Er hat gesagt, dass er sich zwei Tage freinehmen will. Er will nach Kärnten fahren, angeblich zum Mountainbiken. Aber ich glaube ihm kein Wort.« Weil sie heftig zu schluchzen begann, stand Lilo auf, riss ein paar Stücke Papier von der Küchenrolle und reichte sie Poppi. Dann legte sie ihr tröstend den Arm um die Schultern.

»Ich fliege zurück und überrasche ihn. Und … und wenn wir uns scheiden lassen, dann mache ich ihn fertig.«

»Beides wirst du nicht tun. Noch nicht«, sagte Lilo ruhig. Sie begann, ihre Nasenspitze mit den Fingern zu kneten, ein Zeichen, dass sie angestrengt nachdachte.

Axel hatte sich inzwischen an Lilos Laptop gesetzt und klickte immer wieder das Symbol für den Datenstick an. Aber weiter als bis zu dem Fenster, in dem nach dem Passwort gefragt wurde, kam er nicht.

Ein mehrfaches Pling ertönte aus dem Laptop, und Axel hob die Hände.

»Ich habe nichts getan!«

»Meine E-Mails. Sie werden nur einmal pro Stunde abgerufen. Ein Spezialprogramm, damit ich nicht ständig von eintreffenden E-Mails gestört werde«, erklärte Lilo. Als sie ihren Sessel neben Axel schob, spürte sie seine Körperwärme und roch die Mischung aus dem herben Herrenparfüm, das er verwendete, und seinem eigenen Geruch am Morgen. Sie mochte beides.

Ein bisschen zu energisch zog sie den Laptop zu sich. Es war jetzt keine Zeit für Schwärmereien, die ohnehin nicht angebracht waren. Axel bemerkte Lilos Heftigkeit und setzte ein unschuldiges Jungengesicht auf. »Ich war wirklich lieb zu deinem Lappi.«

Lilo musste kurz über das Wort Lappi grinsen. Sie klickte auf das Symbol für das spezielle E-Mail-Programm und warf einen Blick auf die eingegangenen Nachrichten. Offiziell hatte sie sich an der Uni Urlaub genommen, aber sie hatte versprochen, mindestens einmal am Tag ihre Mails zu bearbeiten, um Fragen schnell zu beantworten.

Ein Absender war ihr unbekannt und kam ihr doch irgendwie bekannt vor: Edmond Dantès. Lilo überlegte kurz, wieso ihr der Name vertraut erschien, aber ihr fiel kein Kollege ein, der so hieß.

Sie wollte die E-Mail schon als Spam markieren, öffnete sie dann aber doch.

Sie enthielt nur ein Wort: Knickerbocker-Bande.

Sonst nichts.

Lilo drehte den Laptop zu Axel zurück und deutete auf die offene Mail.

»Knickerbocker-Bande«, las er und hob fragend die Schultern.

»Das ist gerade gekommen.«

»Von einem Fan?«, fragte Axel mehr scherzhaft.

Poppi explodierte. »Für dich ist alles immer lustig, Axel. Dabei ist meine Ehe hin, und ich weiß nicht, was ich tun soll.«

»Entschuldige.« Lilo ging wieder zu ihr und drückte sie sanft auf einen Sessel. »Was hättest du gerne? Was täte dir jetzt gut?«

»Ich will die Zeit zurückdrehen. Bis dorthin, wo es Klaus und mir gut gegangen ist«, sagte Poppi leise und wischte sich wieder die Tränen weg.

»Das glaube ich dir gerne, Poppi.« Lilo verstand Poppis Idee nur zu gut. Sie hätte auch am liebsten die Zeit zurückgedreht, zu jenem Moment in Eastbourne, als Axel und sie einander ihre Zuneigung endlich eingestanden hatten und alles noch so gut ausgesehen hatte.

»Dich interessiert es wohl überhaupt nicht, wie schrecklich ich mich fühle«, fuhr Poppi Axel erneut an. Er saß vorgebeugt, das Gesicht nahe am Computerbildschirm.

»Seht euch das an«, sagte er, als hätte er Poppi nicht gehört.

»Axel, vergiss das alles!« Diesmal schrie Poppi fast.

Aber Axel schien sie noch immer nicht zu hören. »Es war Knickerbocker-Bande!«

»Was?« Lilo spürte, dass Axel Poppi nicht einfach ignorierte.

»Das Passwort. Ich habe ›Knickerbocker-Bande‹ eingegeben, und dann ist der Datenstick aufgegangen.«

Sofort war Lilo an seiner Seite. »Was ist drauf?«

»Lies mich!« Axel deutete auf ein Word-Dokument.

»Öffnen«, befahl Lilo.

Jetzt war auch Poppi neugierig geworden. Alle drei beobachteten, wie der Mauszeiger über das Dokument wanderte und Axel zwei Mal klickte.

Das Programm musste zuerst hochfahren, dann öffnete sich ein weißes Blatt. Der Text darauf lautete:

Ihr seid soeben dabei, Milliarden zu rauben. Aber die Spur wird zu euch verfolgt werden können. Abschalten des Computers nützt nichts, da alle Pfade bereits gesichert sind. Es wird euch auch nicht helfen, den Computer zu entsorgen oder den Datenstick abzuziehen.

Mit dem Öffnen des Programmes habt ihr gerade den größten Cyberraubzug der Geschichte ausgelöst, und es gibt kein Zurück mehr. Ihr werdet entlarvt werden.

Warnung: Das Programm ist gestohlen, und alle Spuren führen zu euch als Diebe. Die Programmierer sind euch bereits auf der Spur, weil sie von mir einen Hinweis erhalten haben.

Genauso aber die Kriminalpolizei, das FBI, die Interpol, die CIA, der KGB und wie sie alle heißen.

Ihr seid erledigt und werdet entweder am Grund des Meeres oder in einem Hochsicherheitsgefängnis enden. Auf jeden Fall aber werdet ihr Schlagzeilen machen: als die größten Kriminellen des jungen Jahrtausends.

Gratulation!

17) DER SCHLAG

Elena und Mauro waren ungefähr zur gleichen Tageszeit zufrieden. Sie waren in ihrem Vorhaben weitergekommen, und das erfüllte sie kurzfristig mit einem angenehmen Gefühl.

Elena stand an einem Ort, der ihr für ihren Plan wie gemacht erschien. Sie blickte links und rechts an drei Stockwerk hohen, kahlen Hausmauern hinauf. Über ihr war nur ein schmaler Streifen Himmel zu sehen. Wer sich oben aus einem Fenster beugte, konnte fast seinem Nachbarn gegenüber die Hand schütteln, so nahe standen die Häuser beisammen. Trotzdem war dazwischen eine schmale Gasse für Fußgänger geblieben, die noch dazu als »Place« bezeichnet wurde.

Hier befand sich der private Lunch- und Dinner-Klub, der ihr als geeigneter Ort für die Aktion von einem Bekannten aus der Unterwelt vorgeschlagen worden war. Sie musste ihn nur noch unauffällig auskundschaften und sehen, ob sie den Plan hier tatsächlich durchziehen konnte. Es würde Verletzte geben, vielleicht würde Blut fließen, und sie benötigte einen sehr guten Fluchtweg. Da der Klub noch geschlossen hatte, beschloss Elena, sich zunächst in ihr Hotel zurückzuziehen und später noch einmal wiederzukommen.

An Blut dachte auch Mauro, und er tat es mit großem Genuss und in Vorfreude. Er hatte den ausdrücklichen Auftrag zuzuschlagen, und das konnte er kaum noch erwarten. Er malte sich Dominiks verdutztes Gesicht aus, wenn er vor ihm auftauchte und ihm mit voller Wucht seine Faust gegen die Nase donnerte. Er hatte vor, sie ihm so stark zu zertrümmern, dass er einige Zeit lang nicht vor die Kamera treten konnte.

Das war für Mauro die größte Genugtuung und zählte fast mehr als das wirklich ansehnliche Honorar, das Monte Christo ihm in Raten auszahlte.

Mauro war ein – davon war er selbst überzeugt – ausgezeichneter Schauspieler, auch wenn das in der Branche sonst keiner so sah. Er hielt Produzenten deshalb alle für Idioten.

Seine Herausforderung bestand nun darin, sich Zutritt zum gut gesicherten Gelände der Pinestudios zu verschaffen.

Er hatte beobachtet, wie immer wieder Leute zu einer Art Schleuse auf der anderen Seite des Pförtnerhäuschens strömten, die sich öffnete, wenn eine Zutrittskarte an das Lesegerät gehalten wurde. Bei größeren Gruppen zückte aber immer nur einer eine Zutrittskarte. Dann klappten die zwei Glasflügel zur Seite, und die anderen Leute drängten einfach nach, bis die Glasflügel sich wieder schlossen, was aber fast eine halbe Minute dauerte.

Einmal war eine junge Frau dabei zwischen ihnen eingeklemmt worden, was der mürrische Pförtner einfach durch einen Knopfdruck behob. Er fragte nicht nach ihrem Ausweis.

Als nun die nächste Gruppe von Leuten von der Bushaltestelle kam, schloss sich Mauro ihnen einfach an und tat so, als würde er in einem Drehbuch lesen. Völlig vertieft lief er neben den Leuten her, die zum Dreh einer Fernsehserie unterwegs waren.

Wieder holte einer die Karte heraus, die er an einem Band um den Hals trug, und hielt sie an das Lesegerät. Die Glaspforte öffnete sich, und alle versuchten, so schnell wie möglich durchzudrängen.

Mauro mischte sich darunter. Er schaffte es gerade noch, bevor die beiden Absperrungshälften wieder zuklappten und jemand anderer sich ausweisen musste.

Mit gesenktem Kopf, noch immer scheinbar in das Skript vertieft, eilte er weiter. Mauro trug einen Hut mit Krempe und ein schwarzes Jackett. Er hatte sich bewusst unauffällig gekleidet, damit ihn später niemand genau beschreiben konnte. Den Hut hatte er ein bisschen in die Stirn gezogen, um sein Gesicht zu verdecken.

Er brauchte nicht einmal dreißig Minuten, bis er in Erfahrung gebracht hatte, wo er Dominik Kascha finden würde. Die Leute auf dem Studiogelände waren gesprächig, gut informiert und hilfsbereit. Mauro nannte natürlich nie den Namen Dominik Kascha, sondern redete immer nur von einem Casting für eine wichtige Rolle. Eine ältliche Dame, die wirkte, als würde sie zum Inventar der Studios gehören, kombinierte schnell, es könne sich nur um das Casting für den neuen Bond handeln.

»Da hat es einige Probleme gegeben«, fügte sie augenzwinkernd hinzu. »Aber in unserem Business ist das nichts Außergewöhnliches, wie Sie bestimmt selbst wissen.«

Mauro nickte zustimmend und machte ihr ein Kompliment für ihr Kleid, das er in Wirklichkeit spießig und völlig altmodisch fand. Er sagte natürlich das Gegenteil, und die Frau, die von Komplimenten nicht gerade verwöhnt zu sein schien, war geschmeichelt und zeigte ihm auch noch den Weg zu Haus Nummer 15.

»Tür 2«, sagte sie. »Tür 1 ist der Zugang zum Lager.«

Natürlich bedankte er sich höflich, bevor er weiterging und Haus 15 durch Tür 1 betrat. Seine Informantin hatte es gut beschrieben: Er stand in einer Art kleiner Lagerhalle, die aber bis auf ein paar Plastikkisten und Metalltruhen, in denen Filmequipment transportiert wurde, leer war.

Seine Schritte hallten, als er zum anderen Ende der Halle ging. Dort entdeckte er eine Tür. Er öffnete sie und fand sich in einem kurzen Gang, der ihn zu einem etwas breiteren Gang führte. Er blickte den Gang hinauf und sah am Ende eine einzige Lampe an der Decke. Daran anschließend war ein Raum, aus dem eine Frauenstimme zu hören war.

Jemand telefonierte. Mauro verstand die Sprache nicht, vermutete aber, dass es sich um Deutsch handelte.

Hier also musste Dominik irgendwo sein. Mauro blieb an der Ecke stehen und sah immer wieder in den Hauptgang. Er wusste nicht genau, was er als Nächstes tun sollte, und daher wartete er erst einmal ab.

Er hörte, wie eine Tür geöffnet wurde.

»Wir machen noch einen Shot in einem anderen Outfit«, sagte eine Frau. Schritte näherten sich.

Mauro warf einen Blick um die Ecke. Er sah nur die Silhouette eines Mannes, der sich ein paar Meter entfernt im Halbdunkeln befand und sich gegen das helle Rechteck am Ende des Ganges abhob. Bevor er eine andere Tür auf der gegenüberliegenden Seite öffnete, konnte Mauro einen kurzen Blick in sein Gesicht erhaschen. Jetzt war er sich sicher. Diese Gelegenheit ließ sich Mauro nicht entgehen. Er wartete, bis Dominik in dem Raum verschwunden war, und lief ihm auf Zehenspitzen nach. Die Tür, durch die er gerade gegangen war, schloss sich langsam. Mauro schlüpfte hinein und stand in einer Garderobe mit einem großen Spiegel und einer Kleiderstange mit dunklen Anzügen. Licht drang nur durch ein schmales Oberlicht in den Raum.

Dominik kehrte ihm den Rücken zu. Mauro ballte die Faust. Noch immer hatte Dominik ihn nicht bemerkt. Mit der freien Hand riss Mauro ihn herum und rammte gleichzeitig seine Faust mit aller Kraft nach vorne in sein Gesicht, in dem völlige Verblüffung geschrieben stand.

Die Faust landete exakt auf dem Nasenbein seines Gegenübers. Es gab ein widerliches knackendes Geräusch, als der

Knochen zerbrach. Sein Opfer öffnete den Mund, um zu schreien, aber Mauro hatte schon ausgeholt und versetzte ihm einen Kinnhaken von unten, der ihn rücklings gegen die Wand schleuderte. Ein weiteres Knacken war zu hören, als er mit dem Kopf dagegen knallte und zusammensackte. Blut schoss ihm aus der Nase und rann ihm seitlich aus dem Mund.

Mauro trat ihn noch mit der Spitze seiner Boots in die Magengrube und zischte ihn dann an: »Ihr habt etwas, was mir gehört, und das will ich zurückhaben. Ich melde mich wieder, und wenn ich es dann nicht bekomme, mache ich euch alle fertig. Dann schlage ich nicht nur zu.«

Dominik blickte benommen zu ihm hoch, bevor er das Bewusstsein endgültig verlor.

Die ganze Aktion hatte Mauro mehr angestrengt, als er gedacht hatte. Er atmete schnell, wie nach einem Sprint. Im schwachen Licht der Garderobe kontrollierte er sein Jackett und die Hose auf Blutspritzer und wollte sich schnell davonmachen.

»Dort hinein«, hörte er in diesem Augenblick eine Frau draußen sagen. Mauro blieb wie versteinert stehen. Die Tür wurde von außen geöffnet, und als er herumfuhr, stand vor ihm – Dominik!

Die Schrecksekunde dauerte buchstäblich nur eine Sekunde. Mauro drehte sich mit einem Ruck zu dem bewusstlosen Mann auf dem Boden. Dominik folgte seinem Blick, bevor er aber Hilfe rufen oder weglaufen konnte, hatte Mauro ihn schon am Hemd gepackt und in den Raum gezerrt. Dominik stolperte, Mauro griff ihn an den Oberarmen, schleuderte ihn herum und stieß ihn mit aller Kraft auf den anderen, den er im Halbdunkel mit Dominik verwechselt hatte.

»Ihr habt etwas, was mir gehört, und ich mache euch kalt, wenn ich es nicht bekomme«, zischte er verwirrt und gleichzeitig auch panisch. Mauro flüchtete auf den Gang, ließ dabei aber alle Vorsicht außer Acht und hetzte zurück in die Lagerhalle. Dort zwang er sich, langsamer zu gehen, weil ihm das Geräusch seiner Schritte zu laut erschien. Endlich im Freien, bog er sofort nach links ab und verschwand zwischen den Bürogebäuden.

18) DILEMMA

In dem schmucken Einfamilienhaus, das Poppi und ihr Mann bewohnten, saß Klaus auf dem blauen Sofa im Wohnzimmer und starrte immer wieder auf das Handy in seiner Hand.

War es nur sein schlechtes Gewissen, oder hatte Poppi wirklich einen seltsamen Klang in der Stimme gehabt, als ob sie wüsste …

Aber sie konnte nicht wissen, was sich nach ihrer Abreise im Haus ereignet hatte. Ihre Ankündigung, früher zurückzukehren, hatte wie ein Schock auf ihn gewirkt. Er konnte ihr jetzt nicht gegenübertreten, eigentlich wollte er niemanden sehen. Deswegen hatte er auch überlegt, sich ein paar Tage Auszeit zu gönnen. Vielleicht bekam er beim Radfahren einen klaren Kopf.

Klaus stand auf, ließ sich dann aber wieder zurückfallen. Ein paar Mal atmete er mit geschlossenen Augen tief durch.

Als er die Augen wieder öffnete, war alles rund um ihn wie immer: tadellos aufgeräumt, fast klinisch sauber und hübsch arrangiert wie für das Foto eines Möbelhauses.

Mit einem Schrei, der tief aus seinem Inneren kam, hieb er auf das quadratische Sofakissen neben sich ein. Es hatte bisher keine Falte gehabt und war von Poppi so hingelegt worden, dass eine Ecke nach oben zeigte. Die anderen drei Kissen hatten die exakt gleiche Ausrichtung.

Klaus schleuderte das Handy auf das Sofa und verbarg sein Gesicht in den Händen. Er hatte die ganze Nacht kaum geschlafen und fühlte sich noch zerrissener als am Tag zuvor.

Ein sanfter Windstoß fegte durch die offene Terrassentür und ließ die dünne Gardine nach innen wehen. Die großen Blüten darauf leuchteten im Sonnenschein noch kräftiger als sonst.

Was sollte er tun? Das Haus, das Poppi mit viel Liebe eingerichtet hatte, erschien Klaus wie ein Gefängnis, aus dem er ausbrechen wollte. Er hielt es hier nicht mehr aus. Wäre Poppi jetzt hier, so würde sie die Falten aus der Sitzfläche des Sofas streichen, sobald er aufstand.

Na ja, vielleicht war sie nicht ganz so schlimm, aber trotzdem ging ihm ihr Ordnungsfimmel auf die Nerven.

Sie war sicherlich die fürsorglichste und liebste Frau, die er sich nur wünschen konnte, trotzdem aber wurde das Zusammenleben mit ihr für ihn immer unerträglicher. Aus ihren Augen sprach ständig dieser schwere Kummer wie eine stumme Anklage.

Es war doch verdammt nicht seine Schuld, dass sie nicht schwanger wurde. Er hatte sich untersuchen lassen und war für absolut zeugungsfähig befunden worden.

Bei Poppi war allerdings auch kein Grund festgestellt worden, der plausibel gewesen wäre und den man behandeln hätte können.

»Das kommt vor«, hatte ihre Gynäkologin ihnen mit verständnisvollem Blick erklärt. »Sie müssen einfach geduldig sein.«

Diese Geduld bedeutete für Klaus aber, dass er »antreten« musste, wenn Poppi das Gefühl hatte, es wäre ein Erfolg versprechender Zeitpunkt. Ihr Liebesleben war zu einem Krampf geworden, der ihm jede Lust ausgetrieben hatte.

Normalerweise war Klaus ein ruhiger, sehr überlegter Mann. Die Tierbesitzer schätzten seine verantwortungsvolle und gleichzeitig einfühlsame Art. Er wusste, dass er als Ehemann nicht die Romantik aufbrachte, die sich Poppi wünschte. Sie hatte ihm das schon einige Male zu verstehen gegeben, und er hatte einmal unabsichtlich ein Telefonat gehört, das sie mit ihrer Freundin Amelie geführt hatte. Dabei hatte sie sich beklagt, wie wenig aufregend ihr Leben mit ihm verlief.

Nie zuvor in seinem Leben hatte er sich so zerrissen gefühlt. Wenn es nur irgendjemanden gäbe, mit dem er darüber sprechen könnte, wie er sich in den letzten Wochen gefühlt hatte, und darüber, was am Tag zuvor vorgefallen war. Seine Eltern waren keine gute Adresse, da sie Poppi über alles liebten. Poppis Eltern würden klarerweise zu ihrer Tochter halten, etwas anderes war wirklich nicht zu erwarten.

Ihn quälte das schlechte Gewissen. Gleichzeitig fühlte er sich so hilflos und hatte keine Ahnung, was er jetzt weiter tun sollte.

In dieser Situation fiel ihm nur ein Mensch ein, der möglicherweise Verständnis für ihn aufbringen würde und ihm einen Rat geben könnte. Klaus schnappte die Autoschlüssel und fuhr in die Tierarztpraxis. Dort setzte er sich an den Computer und gab einen Namen in die Kundenkartei ein.

19) WHISKY

»Ist das echtes Blut, oder hat es mit deiner Rolle zu tun?« Poppi deutete auf die braunen Flecken auf Dominiks weißem Hemd.

»Du siehst echt furchtbar aus«, sagte Axel.

Dominik riss sich das perfekt sitzende, aber etwas enge Jackett vom Leib und schleuderte es auf den Boden. Dann ließ er sich in einen riesigen Armsessel fallen, lehnte sich zurück und schloss die Augen.

Lilo stand vor ihm, so wie auch die anderen beiden, und sah ihn etwas ratlos an.

»Redest du noch mit uns?«

Mit einer beruhigenden Geste gab Dominik ihr zu verstehen, dass er noch einen Moment für sich benötigte.

»Wo ist hier das Bad?«, fragte er und stand auf. »Ich werfe mich schnell unter die Dusche. Das wird helfen.«

»Was ist los mit dir?«, bedrängte ihn Poppi zu erfahren.

»Ich habe nur eine Stunde Zeit, dann muss ich zur Polizei und eine Aussage machen. Für die Sache kann ich im Gefängnis landen.«

»Wieso eine Aussage? Was für eine Sache?« Keiner seiner Freunde verstand, wovon er redete.

Zehn Minuten zuvor hatte es an der Haustür Sturm geläutet. Axel hatte geöffnet, und Dominik war hereingewankt. Er hatte seine Freunde nicht einmal richtig begrüßt, sondern sich gleich die Küche zeigen lassen, eine Flasche Mineralwasser aus dem Kühlschrank genommen, sie an den Mund gesetzt und zur Hälfte geleert, ohne einmal abzusetzen. Hektisch hatte er irgendetwas zum Essen gesucht und sich schließlich wahllos eine ungetoastete Scheibe Toast und ein paar Scheiben Wurst in den Mund gestopft. Dann erst war er zurück ins Wohnzimmer gestolpert.

»Dominik, wir werden bedroht«, platzte Poppi heraus und schubste ihn zurück in seinen Sessel. »Und Klaus betrügt mich.«

»Langsam, nicht so viel Information auf einmal.« Dominik hob abwehrend die Hände.

»Es kann natürlich ein Scherz sein, aber für mich sieht es nicht danach aus«, meldete sich Lilo.

»Mir hat jemand einen Datenstick in die Handtasche gesteckt, und jetzt stehen wir als Kriminelle da, die von allen möglichen Leuten gesucht werden«, redete Poppi in ihrer Aufgeregtheit einfach weiter.

»Was? Einen Datenstick?«

»Hast du nicht zugehört?«, wollte Lilo wissen, die sich über Dominiks schwerfällige Art ärgerte.

»Schon, aber ich bin völlig durch den Wind. Poppi, noch einmal, was ist das mit dem Datenstick? Was heißt, jemand hat ihn dir zugesteckt?«

Poppis Gesicht leuchtete auf. »Ich weiß jetzt auch, wo das gewesen sein kann.« Sie holte tief Luft und erzählte von dem Vorfall am Flughafen, als sie zur Information in die allgemeine Abflughalle gerufen worden war. »Dort hat jemand einen leeren Umschlag für mich hinterlegt. Vielleicht war das nur ein Trick, um mich hinzulocken. Es hat mich jemand dort angerempelt, kurz nachdem ich den Umschlag übernommen habe. Irgendwie war das so ein absichtliches Anrempeln. Versteht ihr, was ich meine?«

Lilo nickte. »Das kann gut sein. Du warst abgelenkt, und das hat jemand ausgenutzt, um dir den Datenstick heimlich in deine Handtasche zu stecken. Hast du den Umschlag noch?«

»Ja. Unten. Ich habe ihn eingesteckt.«

»Hole ihn!«, bat Lilo sie. Poppi lief los, blieb dann aber im Treppenabgang stehen, weil sie Dominik weitersprechen hörte.

»Jemand wollte mich niederschlagen. Aber der hat einen anderen erwischt, der mir ähnlich sieht.« Dominik richtete sich wie elektrisiert auf. »Er hat mich bedroht. Er hat etwas gesagt, das sinngemäß bedeutet: Wir hätten etwas, das ihm gehört.«

Axel lief zum Esstisch, auf dem noch immer Lilos Laptop stand, und las aus der Nachricht vor, die sich auf dem Stick befunden hatte: »Warnung: Das Programm ist gestohlen, und alle Spuren führen zu euch als Diebe. Die Programmierer sind euch bereits auf der Spur.«

»Die Rolle kann ich abschreiben«, sagte Dominik bitter.

»Ist es eine Rolle im neuen James Bond?«, wollte Axel wissen.

»Ja. Eine große sogar. Aber die kann ich vergessen. Jetzt geht es für mich darum, ob ich in den Knast wandere.« Dominik atmete schnaufend aus. »Ich weiß nicht, wie ich beweisen soll, dass ich unschuldig bin. Larry versucht gerade alles, um zu verhindern, dass die Sache in die *Movie-Business-News* kommt.«

»Kannst du bitte endlich Klartext reden?«, verlangte Lilo. »Fang vorne an: Wieso musstest du so plötzlich nach London kommen?«

Nachdem Dominik den Rest des Mineralwassers in sich hineingeschüttet hatte, erzählte er ausführlich von dem Casting und was in den Pinestudios vorgefallen war.

»Es geht nicht um irgendeine Rolle im neuen James Bond, sondern um die seines Gegenspielers. Es sind diesmal zwei Gegenspieler, und einer der beiden ist Deutscher. Darum habe ich auch die Einladung zum Casting erhalten. Genauso wie ein Kollege von mir. Der ist aber nun aus dem Rennen, nur leider kann ich mich darüber nicht freuen.«

Dominik und Larry waren Lauras Rat nicht gefolgt, hatten das Gebäude nicht verlassen, sondern hatten weiter gewartet. Es war dann doch schneller gegangen, und zwei Stunden später war Dominik für die Probeaufnahmen aufgerufen worden. Die Agentin seines Kollegen hatte indessen weiter so getan, als hätte Toby die Rolle schon in der Tasche.

»Diese blöde, widerliche Sumpfschnepfe …«, entschlüpfte es Dominik, der sich immer noch über sie ärgerte.

»Die was?« Axel hatte den Ausdruck noch nie gehört. Er war typisch für Dominik.

»Die Sumpfschnepfe. Also die blöde Kuh wollte mich fertigmachen, damit ich bei den Aufnahmen schlecht bin.«

»Widerlich«, lautete Lilos Kommentar.

»Ich sollte eine Uniform anziehen«, fuhr Dominik fort. »Dafür bin ich in die Garderobe geschickt worden. Aber als ich die Tür geöffnet habe, war da jemand. Er war über mein Auftauchen genauso erstaunt und erschrocken wie ich über ihn.«

»Aussehen?«, wollte Lilo wissen.

»Dunkler Hut, dunkles Sakko, sein Gesicht …« Dominik schloss die Augen und kramte in seinen Erinnerungen. Er hatte nicht viel vom Gesicht des Angreifers sehen können: In dem Raum war es nicht sehr hell gewesen, und dann ging alles so schnell …

»Erde an Dominik, bitte den Bericht fortsetzen«, verlangte Axel.

Dominik riss sich aus seiner Grübelei. »Er hat mich gepackt und in eine Ecke geschleudert. Dort lag Toby. Ich bin auf ihn gefallen. Der Mann hat dann das gerufen, was ich vorhin schon gesagt habe. Wir hätten etwas, das er zurückhaben will. Dann ist er fort.«

»Ziemlicher Schock.« Lilo konnte sich gut vorstellen, wie fürchterlich dieser Moment für Dominik gewesen sein musste.

»Aber das Schlimmste kommt noch«, fuhr er fort. »Ich habe ein paar Sekunden gebraucht, bis ich wieder klar denken konnte. Als ich aufgestanden bin, war ich voller Blut von Toby. Er hat sich nicht bewegt. Sein Gesicht war nur rot, und ich glaube, seine Nase ist zertrümmert.«

Lilo glaubte zu wissen, was dann geschehen war. »Jemand ist in die Garderobe gekommen und hat euch dort gesehen, und jetzt glauben alle, du hättest deinen Rivalen niedergeschlagen.«

»Genauso war es.« Dominik nickte.

»Aber die Leute müssen doch kapieren, dass das Quatsch ist«, brauste Axel auf. »Wieso solltest du so etwas tun? Ausgerechnet dort?«

»Ich …« Dominik atmete tief durch. »Also es hat in den vergangenen Jahren schon zwei oder drei Vorfälle gegeben, bei denen ich die Nerven verloren habe.«

»Du bist auf Leute losgegangen?« Lilo konnte es nicht glauben.

»Ich hatte …«, Dominik legte eine Pause ein, bevor er weiterredete. »Ich hatte ein paar Drinks zu viel und bin ausgerastet, weil sich Leute über mich oder meine Begleiterin lustig gemacht hatten.«

»Es ist also bekannt, dass du ausrasten kannst, wenn du getrunken hast«, hakte Lilo nach.

»Ja.«

»Aber du bist doch nüchtern. Ich meine, hast du vorher was getrunken?« Axel hoffte inständig, ein Nein zu hören.

»Im Hotel, wo ich mich nach dem Flug frisch gemacht habe, habe ich aus der Minibar drei kleine Fläschchen Whisky genommen. Eines habe ich getrunken, zwei hatte ich noch bei mir.«

»Hat die Polizei einen Bluttest gemacht?«

Dominik schüttelte den Kopf. »Nein, aber einer vom Kamerateam hat mich auf der Toilette überrascht, als ich das Fläschchen gekippt habe.«

»Idiot!«, entfuhr es Lilo.

»Keiner glaubt mir, dass da jemand war und dass dieser Jemand Toby niedergeschlagen hat.«

»Aber wenn er es auf dich abgesehen hat«, kombinierte Lilo, »wie konnte es zu der Verwechslung kommen?«

»Weil wir uns ähnlich sehen und es weder in der Garderobe noch auf dem Gang besonders hell war.«

Poppi riss sich jetzt endlich los und lief nach unten. Kurz darauf kehrte sie von unten zurück und schwenkte den leeren Umschlag. Lilo nahm ihn ihr ab und betrachtete ihn prüfend von vorne und von hinten, öffnete ihn und steckte die Hand hinein.

»Das habe ich doch selbst schon getan«, sagte Poppi, und es war zu hören, dass sie ein wenig gekränkt war.

»Entschuldige, aber jeder kann doch einmal etwas übersehen.«

Da musste Poppi Lilo recht geben.

»Ich muss jetzt zur Polizei.« Dominik sprang auf. »Aber vorher muss ich noch duschen. Was soll ich dort nur sagen? Es hat mir schon im Studio keiner geglaubt.«

Lilo strich sich über die Nasenspitze. »Wenn wir Glück haben, taucht derselbe Typ auch hier auf.«

»Was?«, schrie Poppi.

»Er will den Datenstick«, fuhr Lilo fort, ohne auf Poppi zu achten. »Er war darüber informiert, dass wir ihn haben und dass Dominik zu uns gehört. Der Mann weiß ziemlich sicher auch schon – oder jedenfalls sehr bald –, wo wir zu finden sind.«

»Aber das ist ein Krimineller. Der ist zu allem fähig. Wir können doch nicht hier sitzen und auf ihn warten.« Poppi verstand Lilo nicht mehr.

Axel stand da und starrte vor sich hin.

»Ist dir das alles egal?«, fuhr Dominik ihn an.

Axel ließ sich nicht aus der Ruhe bringen. »Ich versuche nur, mich nicht in euren Wirbel reinziehen zu lassen«, entgegnete er ruhig. »Findet ihr nicht, wir sollten uns alles, was in den vergangenen Stunden geschehen ist, in Ruhe ansehen? Ich fasse zusammen: Wir sind auf einmal Cyberdiebe, Dominik ist um ein Haar krankenhausreif geprügelt worden, und wir werden bedroht. Ganz egal, was wir tun, jemand versucht, uns fertigzumachen.«

»Du hast recht«, musste Lilo zugeben. »Dominik, geh duschen. Und wir ordnen einmal alle Fakten.« Darin hatte Lilo große Übung, weil es ihr Beruf war. Wozu hatte sie einen doppelten Master in Mathematischer Physik und Technischer Chemie?

20) HASS

Mauro hatte mit sich gerungen, was er in den Bericht an seinen Auftraggeber schreiben sollte. Grundsätzlich hatte er ausgeführt, was ihm aufgetragen worden war. Dominik Kascha hatte eine Abreibung bekommen und dazu die Drohung erhalten, die er eigentlich schon in New York hätte kriegen sollen.

Allerdings hatte diesen anderen Mann, der Kascha so ähnlich sah, die volle Wucht getroffen, die Dominik hätte treffen sollen.

Schließlich entschied sich Mauro für die halbe Wahrheit. Sein Auftraggeber schuldete ihm noch die Hälfte des Honorars, und er wollte nicht um dieses Geld umfallen. Er traute Monte Christo zu, eine Lüge zu durchschauen und dann nicht zu bezahlen.

»Habe auf dem Gelände der Pinestudios einem Mann gegeben, was für Kascha bestimmt war. Kascha ebenfalls erwischt, aber nicht voll. Warnung wie vereinbart abgeliefert.« Das war der Text seiner E-Mail an Monte Christo.

Die Antwort kam bereits Minuten später: »Wer ist der andere?«

»Wahrscheinlich Schauspieler. Wahrscheinlich ebenfalls zum Casting geladen.«

Sich so etwas zusammenzureimen, war für Mauro keine große Kunst. Schließlich war er selbst oft genug zu Castings angetreten, allerdings nie mit großem Erfolg. Dieser widerliche Typ aus Österreich aber hatte die große Rolle in »Bad Boys« ergattert, obwohl ihm jedes Talent fehlte.

»Haben Sie ihn schwer verletzt?«, stand in der nächsten E-Mail.

»Zertrümmerte Nase und wahrscheinlich gebrochener Kiefer. War alles für Kascha vorgesehen. Kascha ist übrigens auf ihm gelandet. Könnte aussehen, als hätte er ihn zusammengeschlagen.«

Danach kam keine E-Mail mehr.

Würde er sein Geld erhalten?

21) HOLLYWOOD RUMORS

Monte Christo hasste es, wenn Dinge nicht genau nach seinen Plänen und Vorstellungen verliefen. In diesem Fall aber war er sogar erfreut darüber, was ihm Mauro mitteilte.

Er hatte sich für Mauro aus einem ganz bestimmten Grund als Handlanger für sein Vorhaben entschieden. Monte Christo unterhielt eine Verbindung zur Mafia von New York. Seinen Kontaktmann dort hatte er in einer Spezialklinik kennengelernt, in der sie sich beide aus demselben Grund aufgehalten hatten.

Der Mann, Salvadore sein Name, hatte sich mit Monte Christo angefreundet. Genau wie bei Monte Christo waren auch bei ihm die Behandlungen nicht ganz nach Plan verlaufen, weshalb sie beide länger bleiben mussten.

Salvadore hatte immer eine Sonnenbrille getragen und den Garten der Klinik gemieden, obwohl Sommer war.

Eines Nachts hatte Monte Christo, dessen Zimmer neben dem von Salvadore lag, ein Poltern durch die Wand gehört. Vorsichtig hatte er an seiner Tür geklopft, hatte sie schließlich geöffnet und Salvadore auf dem Boden gefunden.

Stockbetrunken.

Als er ihm zurück in sein Bett geholfen hatte, war Salvadore in Tränen ausgebrochen und hatte sich ihm anvertraut. Der Alkohol hatte seine Zunge gelöst.

Salvadore stammte aus New York und war der Sohn eines führenden Mitgliedes der dortigen Mafia, wollte aber mit der »Familie« nichts mehr zu tun haben. Der Grund lag nicht in den kriminellen Aktivitäten, sondern an der Verachtung, die er für seinen Entschluss ernten würde, in diese Klinik zu gehen. Sein Vater würde ihn als »Schandfleck«

betrachten, und Salvadore musste sogar befürchten, umgebracht zu werden.

Monte Christo hatte ihn beruhigt, aber gleichzeitig ermutigt, immer mehr zu erzählen. Es war schon drei Uhr morgens gewesen, als er in sein eigenes Zimmer zurückkehrte – mit allen Informationen, die er benötigte.

Bereits am nächsten Tag hatte er begonnen, Salvadore mit dem neuen Wissen zu erpressen, und ihn gezwungen, für ihn tätig zu werden. Andernfalls drohte er ihm, sein Geheimnis an die »Familie« zu verraten.

Es war Salvadore nichts anderes übrig geblieben, als auf seine Forderungen einzugehen.

Einer der ersten Aufträge hatte darin bestanden, einen Handlanger für diverse Tätigkeiten zu finden, die anfielen, wenn Axel, Lilo und Poppi nach New York kamen, um Dominik zu besuchen.

Vier verschiedene Kandidaten hatte ihm Salvadore präsentiert. Er kannte sie aus seiner aktiven Zeit bei der Mafia, weil sie Teil der »Familie« waren. Aber keiner war Monte Christo recht gewesen.

Einen Tag später hatte ihm Salvadore Mauro präsentiert. Salvadore hatte von seiner Vorgeschichte als erfolgloser Schauspieler gehört und sich mit ihm kurz und ohne Nennung von Gründen in Verbindung gesetzt. Mauro kannte Dominik und hasste ihn aus tiefstem Herzen. Bessere Voraussetzungen hätte er für den Auftrag nicht mitbringen können.

Monte Christo setzte sich in seinem riesigen Arbeitszimmer an den Schreibtisch und ließ den Computer hochfahren. Seine Augen wanderten hinaus in den Garten, wo der Gärtner gerade Beete mit Sommerblumen bepflanzte.

Er würde das im nächsten Jahr stoppen. Die Beete waren die Leidenschaft seiner Mutter gewesen, und alles, was ihr gefallen hatte, wollte er nicht mehr sehen. Dieser verdammte Gärtner hatte aber einen Vertrag, aus dem er erst in ein paar Monaten aussteigen konnte.

Nach kurzem Googeln hatte Monte Christo etwas gefunden. Die Website hieß *Hollywood Rumors*, und man konnte dort allen Tratsch posten. Die Leute schienen das auch mit großer Begeisterung zu tun.

Die Branchenpresse und andere Zeitungen beobachteten die Seite. Auch wenn vieles, was dort eingetragen wurde, blanker Unsinn war, befanden sich auch hin und wieder gute Storys darunter.

»Bad-Boy-Star schlägt Rivalen blutig«, tippte Monte Christo. Er ergänzte die Meldung um ein paar Details und Ortsangaben. Als er sie posten wollte, wurde er gebeten, ein Profil anzulegen.

Darin hatte er Übung. Er gab sich den Namen Count Monte Christo und trug eine falsche Anschrift und E-Mail-Adresse ein. Es würde ohnehin keiner kontrollieren.

Auf der dunklen Schreibtischplatte lagen zwei Handys. Das linke begann zu vibrieren und spielte einen Ausschnitt aus dem Song »Animal«.

Monte Christo stutzte, und seine langen, sehr hellhäutigen Finger bewegten sich langsam auf das Handy zu. Er nahm es hoch und blickte dabei ständig auf die Anzeige. Es war doch unmöglich, dass er von diesem Apparat aus kontaktiert wurde.

Schnell nahm er einen großen Schluck Rotwein aus dem Glas, das er ins Arbeitszimmer mitgenommen hatte. Danach räusperte er sich ein paar Mal, schluckte, setzte ein Lächeln auf und drückte die Empfangstaste. Er meldete sich, und sein Erstaunen wuchs, als er die Stimme des Anrufers hörte.

Die Welt war ein verrückter Ort, und er hatte viele Fäden in der Hand, die er nun ziehen konnte. Jeder Fadenzug sollte zum

Schaden eines der vier Menschen sein, die er noch mehr hasste als seine eigene Mutter.

22) EIN ENTSCHLUSS

Als Klaus wieder auflegte, spürte er sein Herz in der Brust pochen. Er hatte während des Gespräches so sehr zu schwitzen begonnen, dass sein Hemd an seinem Rücken klebte. Zum Glück hatte er im Schrank seiner Praxis immer Ersatzhemden hängen und T-Shirts liegen, da er sich oft direkt nach der Sprechstunde umzog.

Er riss sich das hellblaue Hemd vom Leib und wischte sich damit den Schweiß am Oberkörper und unter den Achseln weg. Dann wählte er ein schwarzes T-Shirt und zog es über den Kopf.

Was hatte er getan? Das Telefonat hatte ihm vor Augen geführt, was er ohnehin wusste, was ihm aber in den vergangenen Monaten einfach nicht mehr so bewusst gewesen war: Poppi liebte ihn und er sie.

Klaus ging im Behandlungsraum auf und ab. Wenn er aufsah, glaubte er immer, Poppi vor sich stehen zu sehen, in ihrer weißen Hose und dem weißen Poloshirt, das sie in der Ordination immer trug.

Wie vielen Tieren hatten sie hier helfen können? Wie viele Diagnosen hatten sie gemeinsam gestellt? Wie gut hatten sie einander ergänzt.

Wie konnte er an ihr zweifeln? Was würde es ihm bringen, allein mit dem Mountainbike durch den Wald zu fahren? Plötzlich sah er alles klarer.

Er musste zu ihr. Klaus musste mit ihr reden. Auf der Stelle.

23) FRAGEN

»Bin ich blöd!« Hektisch sprang Lilo zum Esstisch und setzte sich vor ihren Laptop. Sie lenkte den Mauszeiger zum Symbol für die WLAN-Verbindung und schaltete sie aus. Danach klappte sie den Laptop zu und zog den Datenstick ab. Sie lehnte sich zurück und atmete durch, als hätte sie gerade eine Steilwand erklommen.

»Lilo? Was war das?«, erkundigte sich Poppi.

»Mein Laptop war online. Die ganze Zeit. Wir hätten ihn schon vorher sofort vom Netz nehmen sollen, damit er keine Daten senden kann und uns niemand auf die Spur kommt.«

»Zu spät«, stellte Axel trocken fest.

»Der Schock über diese Mitteilung ist schuld daran. Und Dominiks Geschichte. Ich habe nicht daran gedacht«, versuchte sich Lilo zu entschuldigen.

Axel legte ihr beruhigend die Hand auf den Arm. »Hätte mir auch einfallen können.« Sie dankte es ihm mit einem liebevollen Blick.

»Was machen wir jetzt?« Poppis Blick ging zwischen den beiden hin und her. »Verschwinden wir einfach? Wir könnten zurückfliegen. Oder wir tauchen für ein paar Tage unter.«

»Untertauchen geht heute nicht mehr so leicht.« Lilo schüttelte langsam den Kopf. »Ich habe einen Moment lang gehofft, dieser Datenstick wäre einfach nur ein dummer Streich oder so.« Aber seit sie von dem Überfall auf Dominik gehört hatten, war allen klar, dass sie es hier mit Leuten zu tun hatten, die ihre Drohungen ernst meinten. Laut begann sie, die Nachricht des Word-Dokumentes noch einmal vorzulesen.

»Ihr seid soeben dabei, Milliarden zu rauben. Aber die Spur wird zu euch verfolgt werden können. Abschalten des Computers nützt nichts, da alle Pfade bereits gesichert sind. Es wird euch auch nicht helfen, den Computer zu entsorgen oder den Datenstick abzuziehen.«

»Dann hätte es auch nichts genützt, offline zu gehen«, stellte Axel fest. Lilo gab ihm recht, aber wirklich erleichtert fühlte sie sich deshalb nicht.

»Auf dem Stick muss sich ein Programm befinden, das sofort die Verbindung zu was auch immer hergestellt hat. Während wir noch mit dem Suchen nach dem Passwort beschäftigt waren.« Sie kniff die Augen zusammen. »Nein, noch raffinierter. Beim Anstecken hat der Stick ein Signal losgeschickt, das die E-Mail abgerufen hat.«

Axel lehnte sich vor und blickte über ihre Schulter. Nun las er laut weiter:

»Mit dem Öffnen des Programmes habt ihr gerade den größten Cyberraubzug der Geschichte ausgelöst, und es gibt kein Zurück mehr. Ihr werdet entlarvt werden.«

»Was ist ein Cyberraubzug?«, wollte Poppi wissen.

»Da gibt es verschiedene Möglichkeiten.« Lilo dachte an einige Artikel, die sie erst kürzlich gelesen hatte. »Natürlich werden immer wieder Banken und Konten gehackt und die Guthaben auf elektronischem Weg geplündert. Aber das ist fast altmodisch. Mittlerweile existiert eine neue Form von Währung – man nennt sie Kryptowährungen –, und damit gibt es auch eine neue Form von Raub.«

»Du meinst dieses Geld, das gar kein Geld ist und das auf einmal im Kurs nach oben geschossen ist und dann wieder gefallen ist?« Poppi interessierte sich nicht sehr für Wirtschaftsnachrichten, aber diese Meldungen hatte selbst sie gehört.

»Ja. Bitcoin und Co. Es gibt da mittlerweile Hunderte Währungen. Hacker haben schon einige Male zugeschlagen und

Kryptokonten abgesaugt«, fuhr Lilo fort. »Aber es gibt auch noch eine andere Art, zu einem Vermögen zu kommen: Du kannst die Rechner von Unternehmen oder sogar Privatleuten benutzen und darauf Kryptogeld machen. ›Schürfen‹ wird das genannt.«

»Jetzt sollen wir auf einmal Diebe sein? Räuber?« Poppi blies die Backen auf und stieß die Luft aus. »Vorgestern habe ich noch mit Klaus einen Wolf im Zoo operiert, der einen eitrigen Zahn hatte. Heute stehe ich vor der Scheidung und bin eine Verbrecherin! Wie gibt es das?«

Lilo lehnte sich zurück und blickte zur Decke. »Ja, wie gibt es das?«, wiederholte sie Poppis Frage.

Axel las auch den Rest der Nachricht laut vor: »Warnung: Das Programm ist gestohlen, und alle Spuren führen zu euch als Diebe. Die Programmierer sind euch bereits auf der Spur, weil sie von mir einen Hinweis erhalten haben.

Genauso aber die Kriminalpolizei, das FBI, die Interpol, die CIA, der KGB und wie sie alle heißen.

Ihr seid erledigt und werdet entweder am Grund des Meeres oder in einem Hochsicherheitsgefängnis enden. Auf jeden Fall aber werdet ihr Schlagzeilen machen: als die größten Kriminellen des jungen Jahrtausends.

Gratulation!«

Lilo richtete sich auf. »Es klingt, als würde uns jemand absichtlich fertigmachen wollen.«

Diese Folgerung ließ Poppi noch unruhiger werden. »Aber wer will so etwas? Wir haben niemandem etwas getan.«

Axel deutete auf den Datenstick, der noch immer an Lilos Laptop steckte. »Ziemlicher Aufwand, nur um uns fertigzumachen, findest du nicht? Das scheint ein echtes Programm zu sein, das echten Hackern gestohlen wurde, die nun zu Dominik kommen, um ihn niederzuschlagen.«

»Du hast recht. Der Aufwand ist groß, denn wie ist derjenige, der Poppi den Datenstick in die Tasche gesteckt hat, an das Programm gekommen?« Lilo begann im Kopf eine Fragenliste anzulegen, die sie abarbeiten musste.

»Wenn ich den Datenstick wirklich am Flughafen bekommen habe, dann muss jemand von meiner Reise gewusst haben«, warf Poppi ein. »Aber woher?«

Auch diese Frage kam auf Lilos gedankliche Liste.

»Wir sollten nach New York fliegen. Heute aber werden Dominik und sein Kollege hier in London angegriffen«, fiel Axel ein.

Die Frage, wie das möglich war, setzte Lilo an die oberste Stelle ihrer Liste.

Die Hausglocke schrillte. Jemand klingelte drei Mal hintereinander und jedes Mal lang. Axel lief los, um zu öffnen.

24) KLARER FALL

Ein Mann, der einen Alukoffer auf Rollen hinter sich herzog, drängte ohne Begrüßung an Axel vorbei ins Haus. »Wo ist Dominik?«

»Sie könnten zumindest ›Hallo‹ sagen und sich vorstellen«, rief Axel verärgert. Nur weil dieser geschniegelte Heini aussah, als wäre er einem Modemagazin entsprungen, ließ er sich bestimmt nicht von ihm so behandeln.

»Dominik!«, rief der Mann über Axels Schulter ins Haus. »Wir müssen sofort los.«

Das war Axel zu viel. Seit Lottas Geburt war er viel ruhiger und gelassener geworden, da sich sein Leben hauptsächlich um seine Tochter drehte. Aber trotzdem steckte in ihm noch immer der Axel, der früher wegen seiner Größe verspottet worden war und den es wild machte, wenn er sich nicht respektiert fühlte. Er breitete die Arme zur Seite aus, um klarzustellen, dass der ungebetene Gast nicht weiterkam.

»Verschwinden Sie!«

Der Mann warf ihm einen Blick zu, als hätte er Axel eben erst bemerkt.

»Wir dürfen nicht zu spät kommen!«

Von oben blickten Lilo und Poppi hinunter.

»Ihr seid die berühmten Knickerbocker-Freunde, was?«

Poppi fand den Mann viel zu gut frisiert, viel zu glatt rasiert und darüber hinaus noch viel zu parfümiert. Sie konnte den herben Geruch wahrnehmen, obwohl er einige Schritte entfernt stand.

»Larry.« Der Mann hob die Hände und ließ sie dann wieder fallen, als würde er aufgeben. »Sorry. Hab mich noch nicht vorgestellt. Ich bin Larry, Dominiks Agent. Ich hoffe, es gefällt euch hier.« Er deutete auf den Raum rundherum. »Meine Assistentin hat das Haus ausgesucht.«

Dominik erschien im Bademantel auf der Treppe und frottierte sich noch die Haare.

»Hast du mein Zeug?« Er sah den Koffer neben Larry und lief zu ihm. »Ich bin gleich fertig.«

»In zwei Minuten müssen wir los.« Larry entriss Dominik das Handtuch und wischte sich damit über das Gesicht. Lilo erkannte Schweißflecken auf der Brust seines weißen Hemdes. Dominik nickte und schleppte den Koffer in sein Schlafzimmer.

Larry wartete und reckte den Kopf, um sicherzugehen, dass Dominik nicht mehr in Hörweite war.

»Dominik?«, rief er halblaut. Als er keine Antwort bekam, sagte er mit gesenkter Stimme zu Lilo, Axel und Poppi. »Er soll es jetzt nicht wissen, weil er sich dann zu sehr aufregt, und das kann ich so kurz vor seiner Aussage nicht brauchen.« Larry legte eine kurze Pause ein, stieg die Stufen zu dem sechseckigen Vorraum hoch und sah in die Richtung, in die Dominik verschwunden war.

»Was soll er nicht wissen?«, fragte Poppi besorgt.

»Die Presse hat Wind bekommen. Irgendein Idiot hat etwas auf *Hollywood Rumors* eingetragen.«

»Was ist *Hollywood Rumors*?«, wollte Axel wissen.

»Eine Klatschseite im Internet. Aber die Quelle für viele Schreiberlinge. Wir hatten schon vier Anfragen von Journalisten, zwei aus den USA und zwei von hier.«

Poppi hatte eine Schwäche für TV-Serien und für die Schauspieler, die mitspielten. Vor allem aber las sie am Abend zur Entspannung auch gerne Star-Klatsch. Daher wusste sie, dass Exzesse und Schlägereien dem Ruf eines Stars niemals guttaten. Sie konnte sich vorstellen, wie die Medien über Dominik herfallen würden. »Ist seine Karriere in Gefahr?«

Der Agent holte ein Handy aus der Innentasche des Jacketts, ein zweites aus der Seitentasche. Beide läuteten gleichzeitig. Er wies einen Anruf ab und nahm den anderen an. Nachdem er kurz zugehört hatte, was der Anrufer wollte, sagte er entschieden: »Nein, es ist nichts an diesen Gerüchten dran. Die Polizei sucht nach dem wahren Täter.« Nachdem er aufgelegt hatte, schüttelte er seufzend den Kopf. »Die Story ist zu gut. Keiner will die Wahrheit wissen. Alkoholisierter Serien-Star schlägt sich mit Rivalen um Rolle im neuen James Bond – das macht einfach eine gute Schlagzeile.«

»Dieser Mann, der den anderen Schauspieler niedergeschlagen hat … Sucht die Polizei wirklich nach ihm«, wollte Lilo wissen.

»Ich habe nicht den Eindruck, dass sie Dominik glauben. Niemand hat den Mann gesehen.«

Axel runzelte die Stirn. »Wie schlimm ist der andere verletzt?«

Larry konnte nicht verstehen, welche Rolle das spielte. »Er liegt im Krankenhaus. Die Nase ist platt, der Kiefer lädiert, ich glaube, ein Zahn abgebrochen. Toby Mayr fällt für ein paar Wochen aus, und der erste Drehtag wäre bereits in zehn Tagen.«

»Dann kann Dominik ihn unmöglich so verprügelt haben, das ist ganz offensichtlich«, erklärte Axel, und ihm war anzuhören, wie stolz er auf diese Erkenntnis war.

»Ich brauche jetzt keine Hobby-Detektive«, brauste Larry auf.

Lilo beachtete ihn nicht, sondern wollte von Axel wissen, was ihm aufgefallen war.

»Ich gebe Box-Stunden im Fitnesscenter. Und ich weiß, wie zart die Hände meiner Kunden sind. Dominik hat kein Training und keine Technik, und jemand zusammenzuschlagen, funktioniert nicht so einfach, vor allem nicht, ohne sich selbst zu verletzen.«

Von unten kam Dominik herauf. »Ich bin fertig.«

Poppi fand es bewundernswert, wie er sich in so kurzer Zeit so schick anziehen und stylen konnte.

»Zeig deine Hände«, verlangte Lilo. Dominik verstand die Aufforderung nicht, streckte ihr aber trotzdem die Hände hin. Lilo nahm die Fingerspitzen und betrachtete Dominiks Hände von allen Seiten. Sie sah zu Axel. »Du hast recht.«

Stolz lächelnd nickte Axel.

Larry gestikulierte wild herum. »Das hätte doch der Polizei auffallen müssen.«

»Ihr müsst sie darauf aufmerksam machen!«, erwiderte Lilo.

Dominik sah zwischen Larry und seinen Freunden hin und her. »Erklärt mir bitte jemand, um was es geht.«

Als ihm Axel seine Überlegung in wenigen Worten schilderte, entspannte sich Dominiks Gesicht ein wenig. »Danke, Axel. Das ist völlig richtig.« Dominiks Hände wiesen nicht den kleinsten Kratzer auf.

»Los, wir müssen ...« Larry legte den Arm um seine Schulter und zog ihn Richtung Tür.

»Alles Gute«, rief ihm Poppi hinterher. Lilo und Axel schlossen sich an. Sie folgten den beiden auf die Straße, wo eine dunkelblaue Limousine stand. Der Fahrer trug einen Anzug und riss die hintere Wagentür auf. Dominik winkte seinen Freunden kurz zu und stieg ein, Larry lief auf die andere Seite. Die Limousine hatte abgedunkelte Scheiben, und sobald die Wagentür geschlossen war, konnten sie Dominik nicht mehr sehen.

Poppi sah die Straße hinauf und hinunter. »Der Mann, der Dominik zusammenschlagen wollte, ob der schon in der Nähe ist?«

Die drei kehrten ins Haus zurück. Lilo entdeckte, dass auch das Gittertor, das den schmalen Zugang straßenseitig abriegelte, mit dem Haustürschlüssel versperrt werden konnte. Sie drehte den Schlüssel zweimal um. Sicher war sicher. Auch die Haustür schloss sie von innen ab.

»Ich muss Lotta anrufen«, sagte Axel.

»Grüße sie von mir«, trug ihm Lilo auf.

»Rede selbst mit ihr!«

Lilo tat, als wäre ihr Duschen im Moment wichtiger. In Wirklichkeit hatte sie einfach keine Lust, mit Lotta zu reden. Nicht nach dem, was gestern vorgefallen war.

25) GEHEIME LABORS

Natascha saß hinter dem riesigen Schreibtisch im größten Eckbüro der Firma. Die Wände waren vom Boden bis zur Decke aus Glas und boten einen spektakulären Blick über die Hochhäuser Manhattans. Das Büro lag auf der 67. Etage und war sicherlich der schönste Platz im ganzen Gebäude.

So etwas war Natascha allerdings egal. Die einzige Schönheit, die sie interessierte, war ihre eigene, und um diese zu erlangen, hatte sie schon ein paar Mal chirurgisch nachhelfen lassen. Die unsichtbaren Narben – unsichtbar, weil das obere Hautgewebe kunstvoll wieder geschlossen worden war und die echte Narbe darunter verborgen lag – pochten leicht an diesem Morgen. Dieses Pochen spürte Natascha immer, wenn sie nervös war.

Die Tür zu ihrem Büro schwang auf, und Dorit rauschte herein. Wieder einmal musste Natascha neidvoll feststellen, dass Dorit alles hatte, was sie selbst gerne gehabt hätte: Eleganz, eine makellos schlanke Figur, einen reinen Teint und feine Gesichtszüge wie aus Porzellan. Dazu naturblondes Haar, das zu jeder Tages- und Nachtzeit seidig auf ihre Schultern fiel.

»Ich hatte acht Uhr gesagt«, schnauzte Natascha Dorit an und machte so ihrem Frust über den glanzvollen Auftritt ihrer Schwester Luft.

»Und ich habe dir gesagt, dass mir das zu früh ist«, entgegnete Dorit seelenruhig. Sie kannte die Launen ihrer Schwester nur zu gut. »Was gibt es, was wir nicht am Telefon besprechen können?«

»Komm mit.« Natascha erhob sich und strich ihr Valentino Kleid glatt. Es war sehr kurz und sehr figurbetonend, und bestimmt hätte es Dorit besser gestanden, musste sich Natascha insgeheim eingestehen. Die Hüften schwingend, schritt Natascha mit energischen Schritten an ihrer Schwester vorbei. Sie hieb dabei die Bleistiftabsätze ihrer Stöckelschuhe auf den Boden, als wolle sie dort Löcher stanzen.

DELALONA prangte als Schriftzug an der langen mit Holz verkleideten Wand des Korridors. Jeder Buchstabe hatte Menschengröße und war aus einem Material gefertigt, das beim Vorbeigehen zu schimmern und leuchten begann. Es stand für die hohe Qualität der Kosmetik, die die Firma DELALONA erzeugte.

Nataschas Ziel war ein Besprechungsraum mit einer Glaswand zum Hudson River. Um den langen Tisch mit der dunkelbraunen Eichenplatte standen achtzehn Stühle, aber nur einer auf der Fensterseite war besetzt. Ein braun gebrannter Italiener erhob sich, als die Schwestern eintraten. Er nickte grüßend.

»Tut mir leid, dass Sie warten mussten, Tony«, sagte Natascha und fügte mit einem Seitenblick auf ihre Schwester hinzu: »Leider halten es manche Leute nicht sehr genau mit der Pünktlichkeit.«

Der Mann ging über diese Bemerkung hinweg. Dorit musterte sein ernstes Gesicht. Sie kannte Tony Castello natürlich. Er war der wichtigste Anwalt des Unternehmens und hatte gemeinsam mit ihr die Entmündigung ihres Onkels durchgezogen.

»Können Sie meiner Schwester bitte schildern, was bei der Prüfung unserer Konten durch Ihre Firma herausgekommen ist und welchen Hinweis Sie gestern bekommen haben«, forderte ihn Natascha auf. Dorit und sie hatten gegenüber von Tony Platz genommen.

Die Sache klang schon ernst, bevor der Anwalt ein einziges Wort gesprochen hatte, fand Dorit.

Was dann kam, war wesentlich schlimmer, als sie es sich in ihren schlimmsten Befürchtungen ausgemalt hatte.

»Ist Ihnen bekannt, dass Ihr Onkel drei Labors betreibt, in die in den vergangenen fünfundzwanzig Jahre ein beträchtlicher

Teil der Gewinne des Konzernes geflossen ist«, begann Tony. Er hatte eine Mappe vor sich liegen, die er nun aufschlug und der er ein paar Blätter entnahm. Er schob sie den Schwestern über den Tisch zu.

»Mir war das nicht bekannt, dir?« Natascha sah Dorit herausfordernd von der Seite an.

»Nein«, log Dorit, ohne dabei eine Miene zu verziehen.

»Wir konnten bisher weder die Standorte ausfindig machen noch mehr über die Forschungen in diesen Labors in Erfahrung bringen.« Tony legte wieder eine Pause ein und sah die Schwestern auffordernd an, dazu Stellung zu nehmen.

Dorit schüttelte langsam den Kopf. »Onkel Ray war immer schon ein stilles Wasser.«

»Unsere einzige Chance, mehr über die Labors zu erfahren, besteht darin, die Zahlungen zu stoppen und abzuwarten, was dann geschieht«, sagte der Anwalt.

»Ich bin damit einverstanden.« Wieder hielt Natascha die Augen auf ihre Schwester gerichtet, die aber ungerührt dasaß, als ginge sie das alles nichts an.

»Die Entmündigung Ihres Onkels ist auf seinen eigenen Wunsch hin erfolgt. Als ich damals mit ihm darüber gesprochen habe, nannte er mir als Grund Halluzinationen, die ihn manchmal zu irrationalen Handlungen trieben«, las Tony von einem weiteren Blatt ab. »Ich möchte mit ihm über die Zahlungen und die Labors reden. Rein rechtlich brauche ich dazu aber Ihre Zustimmung.«

»Die haben Sie. Nicht wahr?« Natascha sah Dorit von der Seite an.

Dorit schlug die langen Beine übereinander. »Wir sollten ihn nicht aufregen. Onkel Ray ist in keinem guten Zustand, ich war gestern bei ihm.«

»Er ist trotzdem der Einzige, der uns Auskunft erteilen kann, aber ich überlasse die Aufgabe gerne auch Ihnen«, schlug Tony vor.

»In Ordnung. Ich besuche ihn sehr bald wieder. Da kann ich ihn fragen.«

»Wann wird das sein? Ich komme mit«, erklärte Natascha. Zum ersten Mal an diesem Tag zuckte Dorit ungehalten, hatte sich aber bald wieder unter Kontrolle und meinte: »Hast du hier nicht genug Probleme, die du lösen musst?«

Mit diesem Einwurf traf Dorit in Schwarze, denn ihr Onkel hatte die Leitung des Unternehmens schon in den Monaten vor seiner Entmündigung etwas schleifen lassen, und so gab es einige offene Baustellen.

»Dann nimm du das Gespräch mit ihm auf, aber ich will nachher alles ganz genau wissen«, verlangte Natascha von ihrer Schwester.

»Wenn du das möchtest.« Dorit war einverstanden.

»Es gibt da noch etwas.« Tony öffnete die Mappe, die unter der ersten lag. »Es könnte sein, dass Ihr Onkel in einen Vorfall verwickelt ist, der sich in Europa zugetragen hat. Genauer gesagt vor der Südküste Englands. Dort ist eine kleine Felseninsel in die Luft gesprengt worden. Die Jacht Ihres Onkels hat in unmittelbarer Nähe geankert, doch hat es vom Käpten keine Meldung an die örtliche Polizei gegeben, was verdächtig erscheint. Der Besitzer der Insel ist eine Firma auf den Bahamas, eine Briefkastenfirma, deren Hintermänner bisher unauffindbar sind. Allerdings habe ich eine – wenn auch sehr schwache – Verbindung zu Ihrem Onkel gefunden.«

»Meinen Sie, Onkel Ray könnte der Besitzer der Insel sein und seine eigene Insel gesprengt haben?« Dorit, die die Wahrheit kannte, tat empört.

»Meinen Informationen zufolge wäre das durchaus möglich.«

Natascha legte die Handflächen auf den Tisch und zwang sich, ruhig zu atmen. Ohne ihr in die Augen zu blicken, sagte sie: »Dorit, du bist Onkel Rays Augenstern, und dir erzählt er Dinge, die er mir sicher verschweigt.«

»Ist das so?«

»Ja, das war schon so, als wir noch Kinder waren und er uns bei sich aufgenommen hat.« Nataschas Tonfall war sehr bestimmt, geschäftsmäßig und kalt. »Wenn er dir etwas von all dem gesagt hat, dann wollen wir es hier und jetzt wissen.«

»Nichts.« Das war eine weitere glatte Lüge, das war Dorit bewusst, aber in diesem Moment blieb ihr keine andere Wahl.

»Ich muss Sie warnen, es drohen der Firma zwei Gefahren.« Und wieder zauberte Tony eine Mappe heraus, diesmal aus seiner Aktentasche. »Die Interpol und das FBI sind bereits mit Canon Island beschäftigt. So der Name der gesprengten Insel.«

Natürlich war Dorit der Name bekannt, aber sie ließ es sich nicht anmerken.

»Es besteht der Verdacht, Ihr Onkel könnte sich in den geheimen Labors mit Forschungen beschäftigt haben, die das Ansehen des Unternehmens schädigen würden. Ihre Konkurrenz lauert nur auf einen Kurssturz der Aktien, um eine feindliche Übernahme durchzuführen.«

Natascha machte eine schnelle Geste, damit der Anwalt ihr die Unterlagen zuschob. Sie überflog die Seiten, und Dorit sah, wie Natascha unter ihrem etwas zu dick aufgetragenen Make-up blass wurde.

Dorit hatte schon einige Zeit befürchtet, dass die geheimen Forschungen des Onkels ans Tageslicht kommen könnten. Zwei der Labors waren nicht mehr von großer Bedeutung, und sie hatte mit ihrem Onkel bereits einen Notfallplan entworfen, für den Fall, dass die Labors entdeckt wurden. Beim dritten Labor aber sah die Sache anders aus: Die Technologie, die dort entwickelt worden war, könnte bahnbrechend sein. Ob sie beim Menschen wirklich die gewünschte Wirkung erzielte, konnte nur ein Test zeigen. Die Zeit drängte.

Sobald diese elende Unterredung hier zu Ende war, würde Dorit sich auf der Stelle mit Elena in Verbindung setzen und sie antreiben. Sie hatten keine Zeit für weitere Vorbereitungen, sondern mussten sofort starten. Wahrscheinlich zählte jede Stunde.

P2 musste ihren Platz einnehmen und die Injektionen bei der nächsten Möglichkeit verabreichen.

26) DER ANRUF

Klaus warf das Nötigste in seine abgewetzte Reisetasche, die er noch aus Studententagen hatte. Ihm fiel ein, dass Poppi ihm zu Weihnachten eine neue Ledertasche geschenkt hatte. »Wenn du zu Vorträgen oder zu Kongressen fährst«, hatte sie dazugesagt. Aber diese Tasche konnte er jetzt einfach nicht verwenden, weil sie ihn zu sehr an sie und ihre liebevolle Art erinnerte. Er verdiente jemanden wie Poppi nicht, dachte er beschämt.

Klaus schaffte es nicht einmal, sich im Schlafzimmer aufzuhalten und das zerwühlte Bett zu sehen. T-Shirts, Socken, Boxershorts landeten in der Tasche. Packen war nie seine Stärke gewesen, normalerweise machte das Poppi für ihn. Aus dem Badezimmer holte er seine Zahnbürste, Haargel und den Schneider für seinen Dreitagebart.

In der Küche läutete sein Ordinationshandy. Seine Patientinnen und Patienten musste er zu einer Kollegin schicken. Er lief in die Küche und warf einen Blick auf die Anzeige.

Unbekannte Nummer.

Sollte er überhaupt abheben? Aus einem Impuls heraus tat er es dann doch und meldete sich nur mit einem knappen »Hallo?«.

Die Stimme des Anrufers war sehr ruhig und hatte einen deutschen Akzent. Da Klaus einige Verwandte in Deutschland hatte, tippte er darauf, der Anrufer könnte aus Frankfurt oder Stuttgart stammen.

»Herr Reder, mein Name ist Konstantin Andropotsch, und ich rufe an, weil ich mich gerne mit Ihnen treffen würde.«

»Treffen? Wieso?«

»Ich kann Ihnen das am Telefon nicht erklären, dazu müssten wir uns sehen. Wäre das bei Ihnen in den nächsten Tagen möglich? Am besten in den nächsten vierundzwanzig Stunden. Es dreht sich um Ihre Frau.«

»Um was geht es genau?« Klaus spürte sein Herz rasen, und das schlechte Gewissen hämmerte in seinem Kopf. Vielleicht war der Mann ein Detektiv oder ein Anwalt? Hatte Poppi ihn beauftragt? Wusste sie Bescheid? Er verdrängte diese Befürchtungen schnell wieder, weil sie ihm unwahrscheinlich erschienen.

»Ich müsste mit Ihnen über Ihre Frau sprechen«, gab sich der Anrufer kryptisch.

»Worüber wollen Sie da reden? Was soll diese Geheimnistuerei?«

»Lassen Sie es mich so ausdrücken: Ihre Frau könnte über wichtige Informationen verfügen, die sie aber aus Gründen, die uns nicht ganz verständlich sind, verschweigt. Wir können aber auch nicht ausschließen, dass sie an einer illegalen Aktion beteiligt ist.«

»Sie tun so, als wäre meine Frau in ein Verbrechen verwickelt.«

Der Anrufer schwieg.

»Ich will wissen, wer Sie genau sind und wieso ich diesen Anruf ernst nehmen sollte.« Klaus war stolz auf seine forsche Forderung.

»Das kann ich Ihnen am Telefon nicht beantworten. Aber ich kann morgen früh in Graz sein.«

»Das tut mir leid, da bin ich nicht da.«

»Wann sind Sie zurück?«

»In zwei oder drei Tagen.«

»Ist Ihre Frau derzeit bei Ihnen?«

»Wieso sollte ich Ihnen das sagen?«

»Weil es von größter Wichtigkeit für die Sicherheit Ihrer Frau sein könnte.«

»Nein, sie ist in London. Mit Freunden von früher.«

»Wo wohnen sie? In welchem Hotel?«

»Hören Sie, wenn Sie mir nicht verraten, wieso Sie diese Fragen stellen, dann lege ich auf.«

Der Mann zögerte. »Wir brauchen Ihre Kooperation.« Er nannte Klaus die Institution, für die er arbeitete.

»Das glaube ich Ihnen nicht. Das ist ein Scherz.«

Klaus drückte die Taste zum Beenden des Gespräches.

27) ANDROPOTSCH

Konstantin Andropotsch legte den Hörer auf und stieß die Luft aus. Es war heiß in seinem kleinen Büro in Berlin, und Klimaanlage gab es keine. Mit spitzen Fingern zupfte er an seinem weißen Hemd, das nass an seiner Brust klebte.

Seine Hoffnung war Klaus Reder gewesen. Mit seiner Hilfe wollte er Einfluss auf Paula Reder nehmen. Sie und ihre Freunde verschwiegen etwas, was mit dem Vorfall auf Canon Island und der Begegnung mit einem Mann, der sich Hermes nannte, zusammenhing.

Andropotsch war fest davon überzeugt, die wahre Identität dieses Mannes zu kennen, über den er zahlreiche Informationen gesammelt hatte. Seine Gefährlichkeit war dem FBI seit Längerem bekannt, aber es musste endlich gelingen, sie ihm auch nachzuweisen. Bisher hatte er es meisterlich verstanden, keine Spuren zu hinterlassen.

Reder und die anderen drei wussten etwas, gaben es aber nicht preis. Alle vier hatten in ihren Aussagen etwas verschwiegen. Andropotsch erkannte so etwas. Er hatte sogar eine vage Ahnung. Es musste etwas mit den Forschungslabors zu tun haben, die die Firma des Mannes betrieb. Mit illegalen Experimenten. Aber warum die vier da so beharrlich schwiegen … Das musste er herausfinden!

Sie waren an ihm schon so nah dran gewesen, aber nun kamen sie nicht weiter. Der Mann, der sich Hermes nannte, war entmündigt worden. Anscheinend hatte er selbst der Entmündigung zugestimmt und sich in diese noble Heilanstalt für psychische Erkrankungen einweisen lassen.

Hermes war aber wirklich krank. Er litt an Bauchspeicheldrüsenkrebs, und seine Erkrankung hatte bereits das Endstadium erreicht. Hermes hatte höchstens noch Wochen, sicher aber keine Monate mehr zu leben, das hatte Andropotsch über seine Informanten herausgefunden. Hermes blieb also nicht mehr viel Zeit, und Andropotsch vermutete sehr stark, dass er die Forschungen, an denen er so lange gearbeitet hatte, noch zum Abschluss bringen wollte.

Wenn er doch nur eine Bewilligung bekommen könnte, Hermes abzuhören. Aber für seinen Chef im Büro des FBI in Berlin lagen noch nicht genügend Indizien vor, die das Abhören rechtfertigten. Und auch in der Zentrale in Washington war er auf Ablehnung gestoßen.

Vielleicht sollte ich mich wieder nach London versetzen lassen, dachte Andropotsch. Dort war eine Frau, die er von der Ausbildung her kannte, seine Chefin gewesen. Bei ihr hätte er vielleicht mehr Erfolg.

Andropotsch trat in den schwülen Berliner Sommertag hinaus, blickte zum Himmel und dachte: Ein ordentlicher Regen würde Erleichterung bringen. Aber das schien genauso unwahrscheinlich wie Bewegung in diesem Fall. Dabei fühlte er, wie wichtig es wäre, diesen Mann zu stoppen. Und es wäre auch ein Karrieresprung für ihn selbst!

28) VERLETZT

Lilos Laptop war noch immer zugeklappt. Sie saß davor und trommelte mit den Fingern darauf. Poppi setzte sich neben sie und seufzte tief.

»Entschuldige, dass wir überhaupt nicht mehr von deinen Problemen geredet haben«, begann Lilo.

Poppi legte die Ellbogen auf die Tischkante und stützte den Kopf in die Hände. »Es tut so weh«, sagte sie leise.

Mitfühlend legte ihr Lilo die Hand auf den Arm. »Das kann ich mir vorstellen. Aber Poppi, hast du nichts bemerkt, hat es vielleicht irgendwelche Anzeichen gegeben? Ich meine, habt ihr euch in letzter Zeit nicht mehr gut verstanden?«

Nach kurzem Überlegen verneinte Poppi. »Es war höchstens manchmal stressig, weil die Praxis so gut geht und wir derzeit im Zoo die einzigen Tierärzte sind. Eine Kollegin, die auch dort gearbeitet hat, ist fortgezogen.«

»Aber zwischen dir und Klaus muss doch etwas geschehen sein. Beim letzten Mal hast du noch erzählt, wie gut alles zwischen euch läuft.«

»Ja, schon, aber ich habe dir auch erzählt, dass ich so gern ein Kind hätte. Und das klappt einfach nicht! Und der romantischste Mann ist Klaus auch nicht.«

Lilo erinnerte sich. »Aber das wäre eher ein Grund, dass DU einen Seitensprung hast. Und nicht umgekehrt.«

»Stimmt eigentlich«, da musste Poppi ihr recht geben. »Aber vielleicht ist er unzufrieden. Vor zwei Wochen hat Klaus mich gefragt, ob wir es mit dem Kind wirklich so eilig haben. Aber ich bin dreiunddreißig. Das ist nicht mehr so jung für das erste Kind.«

»Panik und Druck helfen aber in solchen Situationen wenig«, warf Lilo ein.

Seufzend stimmte Poppi ihr zu. »Du sagst das so, als wäre es meine Schuld, dass Klaus …«

»Nein.« Lilo hob abwehrend die Hände. »So habe ich das nicht gemeint. Ich habe mehr an dich gedacht.«

»Was soll ich nur tun, Lilo?«

»Poppi, willst du ihn nicht einfach anrufen und ihm sagen, was du gesehen hast? Es wird ein Schock für ihn sein, aber das ist gut.«

»Vielleicht sagt er mir aber, dass es aus ist zwischen uns.«

»Aus? Wieso aus? Poppi, wir sind keine Teenager mehr. Eine Ehe kann doch nicht von einem Tag auf den anderen aus sein.«

Auch das klang plausibel, aber Poppi war verletzt und sehr verunsichert. Um sich von ihren eigenen Wunden abzulenken, sagte sie: »Axel und dir geht es aber gut, nicht wahr?«

Lilo stand der Schreck über diese Frage augenblicklich ins Gesicht geschrieben. Poppi übersah es nicht. Sie kannte ihre Freundin viel zu lange und spürte sofort, wie unangenehm Lilo diese Frage war. Damit hatte Poppi nicht gerechnet!

»Was ist los?«, fragte Poppi betroffen.

»Wenig ist los. Und …« Lilo strich mit beiden Händen über den Deckel des Laptops. »… und ich bin nicht die einzige Frau in Axels Leben.«

»Was? Er fährt zweigleisig?«

Diesen Ausdruck hatte Lilo noch nie gehört, und einen Moment lang musste sie schief lächeln. »Er trifft sich, wenn ich in Innsbruck bin, mit anderen Frauen.«

»Woher weißt du das?«

»Von der besten Quelle, von seiner Tochter. Sie hat es mir kurz vor der Abreise unter die Nase gerieben.«

»Mistkerl«, entfuhr es Poppi. »Das hätte ich mir nie von ihm gedacht. Im Vergleich zu früher ist er doch so ruhig und warmherzig geworden.«

Eine Pause trat ein. »Poppi, um ganz ehrlich zu sein: Es funkt nicht so richtig zwischen ihm und mir. Er spürt das genauso wie ich, und wir reden nicht darüber.«

»Ach, Lilo!« Poppi tat ihre Freundin unendlich leid. Sie hatte sich so für sie gefreut, als Axel und sie einander endlich ihre Liebe gestanden hatten. Es war erst einige Wochen her, und damals war sie ihnen so glücklich erschienen.

»Schluss damit jetzt«, sagte Lilo entschieden. »Und was Klaus angeht, musst du eine Entscheidung treffen. Wenn du zurück möchtest, dann bringe ich dich zum Flughafen.«

»Nein, ich kann nicht.« Für Poppi kam das nicht infrage.

»Gut. Dann musst du jetzt irgendwie damit klarkommen, denn wir stecken hier in einer Sache drin, die unsere ganze Kraft erfordert, bevor wir uns noch mehr Ärger einhandeln.«

»Aber wie? Wo sollen wir anfangen? Was können wir tun? Wir haben keine Ahnung, von wem der Datenstick ist. Wir wissen auch nicht, wer der Typ war, der auf Dominik und seinen Kollegen losgegangen ist.«

»Ich habe einen Kollegen, der auf diese Kryptowährungen spezialisiert ist«, sagte Lilo. »Den könnte ich kontaktieren.«

»Ruf ihn an.«

»Ich habe seine Nummer nicht. Außerdem kann man ihn nicht einfach anrufen. Magnus ist Experte für genau das, wofür wir beschuldigt werden.«

»Datenstick-Übergabe?«

»Nein, Poppi, Raub von Kryptowährungen. Er entwickelt Sicherheitssysteme und lebt dafür sehr versteckt, sehr geschützt. Er hat keine Adresse, keine direkte Telefonnummer, keine normale E-Mail. Aber ich kenne eine Website, über die man ihn kontaktieren kann, und habe die Passwörter dafür. Er hat sie mir selbst gegeben.«

»Dann los!«

»Wie? Ohne Laptop? Meinen setze ich fürs Erste nicht mehr in Gang.«

»Einen neuen kaufen?«

»Wäre eine Möglichkeit, aber dann müssten wir los und einen Shop suchen.«

»Wenn Sie möchten ...«, hörten sie plötzlich eine Stimme hinter ihnen sagen. Poppi und Lilo erschraken gleichermaßen.

Im hinteren Bereich der Küche stand Philip. Seine Miene war völlig ausdruckslos und ganz ungerührt. Der Schreck, den er den beiden Frauen eingejagt hatte, schien ihn kaltzulassen.

»Wie kommen Sie hierher?«, schrie ihn Poppi an.

»Ich habe angerufen und angekündigt, dass ich kommen werde, um frische Handtücher zu bringen.«

»Uns haben Sie nicht angerufen«, sagte Lilo scharf.

»Es ist eine Nummer in den USA, die mir als Kontakt angegeben worden ist. Ich habe mit einer freundlichen Dame gesprochen, die Sie informieren wollte.«

Lilo kombinierte, dass es sich um das Büro von Larry handeln musste, das diese Unterkunft für sie gemietet hatte.

»Aber wo kommen Sie so plötzlich her?« Poppi deutete mit ihrer Hand auf den Küchenbereich, der im hinteren Teil des Raumes lag, weit vom Eingang und den beiden Treppen im Wohnzimmer entfernt.

»Das Gebäude diente früher als Theater und Kino und verfügt über Notausgänge. Einer davon liegt in der Abstellkammer neben dem Kühlschrank, wo Sie Besen und Staubsauger finden. Ich habe ihn benutzt.«

Das beruhigte Poppi wenig. »Aber Sie können doch nicht einfach hier auftauchen wie ein Phantom.«

»Tut mir leid, wenn ich Sie erschreckt habe. Das lag nicht in meiner Absicht.«

»Wir wären gerne ungestört«, sagte Lilo entschieden. »Außerdem müssen Sie UNS anrufen, wenn es um dieses Haus geht, denn WIR wohnen hier.«

Philip zuckte mit keiner Wimper bei Lilos Ausbruch und nahm ihre Beschwerden völlig gelassen entgegen. »Wenn Sie mir bitte eine Kontaktnummer geben, die ich von nun an verwenden kann. Außerdem darf ich sie auf die Geschäftsordnung hinweisen, die besagt, dass ich mir jederzeit Zutritt zu meinem Eigentum verschaffen darf, wenn ich dafür dringende Gründe habe.«

»Handtücher sind kein dringlicher Grund!«

Das sah Philip anders. »Die Handtücher waren ja nur ein Grund. Weit wichtiger ist eine elektrische Sicherung, die vorhin herausgesprungen sein muss. Es kommt im Haus immer wieder zu Überlastungen des Stromnetzes, da die Leitungen alt sind. Ich werde über eine App verständigt und sehe es als meine Pflicht, in diesem Fall alles zu kontrollieren, weil die Gefahr eines Kabelbrandes besteht.«

»Das Haus klingt gefährlich«, stellte Poppi fest.

»Das ist es nicht, wobei ich der Erste bin, der zugibt, dass es ein wenig unheimlich sein kann. Wie die Kulisse eines Horrorfilmes.« Philip lächelte in sich hinein.

Fürs Erste gab sich Lilo geschlagen. Sobald Dominik zurück war, mussten sie mit ihm besprechen, ob sie hier wirklich bleiben wollten.

»Wenn Sie möchten, borge ich Ihnen gerne meinen Laptop«, setzte Philip den Satz fort, den er bei seinem Auftauchen begonnen hatte.

Über dieses Angebot war Lilo erstaunt, gleichzeitig aber kam ihr in den Sinn, dass Philip vielleicht schon länger hinter ihnen gestanden war und gelauscht hatte. Sie verzichtete aber darauf, ihn zu befragen.

»Ja, das wäre sehr freundlich«, sagte sie. Ein fremder Laptop, der bereits funktionierte, war jetzt die einfachste Lösung für ihr Problem. Sie würde den Browser benutzen und danach alle Spuren ihrer Suche und Kontakte löschen. Darin war sie Expertin.

»Ich bringe Ihnen den Laptop umgehend«, kündigte Philip an und zog sich wieder zurück.

29) DER KLUB

Elenas Handy vibrierte in ihrer Jackentasche. Sie brauchte es nicht einmal herauszunehmen, um zu sehen, wer ihr gerade eine Nachricht geschickt hatte. In den vergangenen zwei Stunden hatte Dorit sie mit WhatsApp-Nachrichten geradezu bombardiert, weil sie alles über Elenas Fortschritte in London hören wollte.

Elena aber reagierte nicht. Sie musste sich voll und ganz auf die Aktion konzentrieren und hatte weder Zeit noch Nerven für Dorits Fragen.

Bisher war ihr Tag erfolgreich verlaufen. Am Nachmittag hatte sie den privaten Lunch- und Dinner-Klub aufgesucht, der versteckt in Covent Garden lag. In ihrem Kopf ging sie noch einmal alle Details ihres Besuches durch.

Das Gebäude musste früher ein normales Wohnhaus gewesen sein. Die Tür war unauffällig schwarz gestrichen, und auf einer Messingplatte daneben gab es zwei Klingelknöpfe. Einer hatte die Beschriftung MEMBERS, der andere DELIVERIES.

Elena hatte bei DELIVERIES geklingelt und behauptet, sie hätte etwas abzuliefern. Aus der Gegensprechanlage meldete sich ein Mann mit italienischem Akzent, der nicht nachfragte, was sie denn liefern wollte. Der Türöffner summte, und sie konnte eintreten.

Vor ihr lag eine Treppe nach unten und eine lange, sehr steile Treppe nach oben. Elena wählte die Treppe, die in das Untergeschoß führte, und eilte hinunter. Sie trat in einen kurzen Korridor mit zwei Türen, eine zur Herrentoilette und eine zur Damentoilette. Zwei weitere Türen führten zu zwei Lagerräumen, einen für Weinflaschen und den anderen mit zwei übergroßen Kühlschränken. Von diesem Raum ging eine Tür in einen Schacht, von dem eine steile Metalltreppe nach oben führte. Dieser Lieferabgang war durch ein Metallgitter und Blumenkästen vor Blicken gut geschützt. Außerdem befand er sich in einer stillen Nebengasse.

In Gedanken machte Elena die erste Notiz. Sie warf einen Blick in die beiden Toilettenräume, die jeweils zwei Kabinen boten.

Danach kehrte sie ins Eingangsgeschoß zurück und begann, die lange, steile Treppe nach oben zu gehen. Als sie oben ankam, lag vor ihr ein kleiner Raum, in dem gedeckte Tische standen. Der Teppichboden war rot und abgetreten. Rechts hinter sich sah sie ein enges Extrazimmer mit einem runden Tisch, an dem sechs Leute Platz hatten. Links gab es eine Bar. Die wenigen Gäste waren in ihre Gespräche vertieft und hatten Unterlagen vor sich liegen. Es dürfte sich um ein Geschäftsessen handeln.

Servierpersonal war keines zu sehen, was Elena nur freute.

Eine steile Treppe führte weiter in das nächste Stockwerk. Auch dort gab es zwei Zimmer mit Tischen, und in der Etage darüber fand Elena ein kleines Büro und die Küche. Es war erstaunlich, auf wie engem Raum hier gekocht wurde.

In der Küche diskutierte der Mann mit dem italienischen Akzent mit einem schnaufenden älteren Mann, der ziemlich übergewichtig war, und einer blonden Frau, die in ihrem Kleid und den Netzstrümpfen mit einer Naht an der Rückseite aussah, als sei sie einem Film aus den Fünfzigerjahren des vergangenen Jahrhunderts entsprungen.

In der Diskussion der drei drehte es sich um eine Beschwerde der Gäste, um irgendein »Rindfleisch auf Salat«, das anscheinend nicht richtig zubereitet worden war. Der Italiener, wahrscheinlich der Koch, wehrte sich, die blonde Frau, die für das

Servieren zuständig zu sein schien, erklärte, sie werde sich entschuldigen müssen, und der Dicke schnaubte, dass das bereits die dritte Beschwerde in dieser Woche sei und er sich einen anderen Koch suchen werde.

Das sei ihm völlig egal, brüllte der Koch zurück. Die Diskussion wurde immer erregter, und schließlich riss der Koch die Schürze runter, schleuderte sie auf den Boden und verließ wütend die Küche.

Elena konnte sich gerade noch rechtzeitig in eine winzige Personaltoilette zurückziehen, sonst hätte der Koch sie gesehen.

Die Frau – der Dicke redete sie als Sharon an – wollte wissen, ob sie für heute Abend überhaupt Reservierungen annehmen konnten, wenn sie keinen Koch hatten.

»Erstens haben wir den Hilfskoch, der die Speisen kennt und ehrgeizig ist, zweitens finde ich schon einen zweiten Koch, der hilft.« Der Mann schien der Geschäftsführer oder sogar Besitzer des Klubs zu sein. Sharon nannte ihn Henry.

Das alles konnte Elena durch den offenen Spalt in der Toilettentür beobachten. Sharon kehrte zu den Gästen zurück, Henry ging in sein Büro. Sie hörte ihn telefonieren, und es klang, als würde er in einer Agentur nach einem Aushilfskoch fragen. Danach redete er mit dem Hilfskoch und wies ihn an, zwei Stunden früher als sonst zur Arbeit zu erscheinen. Das sei seine große Chance, versprach er ihm und stellte ihm auch mehr Geld in Aussicht.

Da das Büro der Toilette gegenüberlag, saß Elena fest. Sie hoffte inständig, dass Henry keinen Drang verspürte, die Toilette zu benutzen.

Das Telefon klingelte, und Henry riss den Hörer hoch. Er rechnete vermutlich mit dem Rückruf der Agentur, aber es klang eher so, als würde jemand einen Tisch bestellen. Henry trug die

Reservierung in ein Buch ein. Kurz nachdem er aufgelegt hatte, kam noch ein Anruf. Diesmal war es die Agentur. Sekunden später schimpfte Henry vor sich hin, weil sie ihm abgesagt hatten. Es stand kein Koch zur Verfügung.

Henry wuchtete sich in die Höhe und dackelte schnaubend aus dem Büro genau auf die Toilette zu. Elena machte sich bereit, ihn wegzustoßen und schnell zu verschwinden. Sie konnte keine Augenzeugen ihrer Anwesenheit hier gebrauchen.

Zu ihrem und seinem Glück bog Henry dann aber auf die Treppe ab und stapfte nach unten. Elena wartete einen Moment, verließ ihr Versteck und schlüpfte in das Büro. Sie sah eine Geschäftskarte des Klubs dort liegen und nahm sie an sich. In dem A4-großen Notizbuch sah sie handschriftlich das heutige Datum und darunter drei Namen und die Anzahl der Gäste, für die bestellt worden war.

Sie setzte sich an den PC, ein altes Modell, und tippte auf der Tastatur. Wie erwartet, gab es ein Register der Mitglieder. Bei jedem Namen war nicht nur eingetragen, seit wann die Person Mitglied des Klubs war, sondern auch, wann der letzte Besuch stattgefunden hatte und sogar die Höhe der Konsumation.

Elena überflog die Namen und machte die nächste Notiz im Kopf. Sie nahm den Hörer vom Telefon und drückte auf Wiederwahl.

»Fork and Spoon«, meldete sich eine weibliche Stimme.

Sofort legte Elena wieder auf. Sie erhob sich und verließ das Büro. Vorsichtig ging sie die Treppe bis zum ersten Stock herunter und blieb etwas oberhalb stehen. Dort wartete sie kurz und lauschte. Sie konnte die Stimmen von Henry und Sharon aus dem Gastraum hören. Sie scherzten mit den Gästen und versuchten, sich für das missglückte Rindfleisch mit einer Einladung auf einen Drink zu entschuldigen.

Ungesehen kam Elena an dem Zugang zu den Räumen im ersten Stock vorbei und setzte den Abstieg über die steile Treppe fort zum Ausgang. Unter ihren Schuhen knarrte das Holz, und sie fluchte innerlich.

»Bringen Sie die Sachen nach oben in die Küche«, rief Henry aus dem Gastraum, ohne nachzusehen, wer dort war.

»In Ordnung«, sagte Elena laut mit verstellter Stimme und setzte den Weg zur Tür fort. Sie trat wieder in den Durchgang und die rauchige Luft Londons. Elena wandte sich nach rechts und musste nur ein paar Schritte machen, bis sie in der Bedford Street stand. Schnell tauchte sie inmitten der geschäftig vorbeieilenden Leute unter.

Elena war ins Hotel zurückgekehrt und hatte sich der genauen Planung gewidmet.

Eine Stunde nach ihrem Besuch im Klub hatte Henry einen Anruf von Fork and Spoon erhalten, mit der Mitteilung, eine Köchin schicken zu können, zumindest für den Abend. Etwas später meldete sich auf der Reservierungsnummer des Klubs eine eifrige Sekretärin. Sharon hob ab, was die Sache für Elena einfacher machte. Sie stellte sich als Assistentin von Valentin Brown vor.

»Wie geht es ihm? Wir haben ihn schon lange nicht mehr gesehen«, sagte Sharon. Das wusste Elena längst, da sie die Angaben bei seinem Namen im Computer gelesen hatte.

»Es geht ihm gut, aber er ist sehr beschäftigt.«

»In seinem Alter ist das wirklich eine Leistung«, sagte Sharon. »Wann hat er seinen achtzigsten Geburtstag bei uns gefeiert? Vor vier Jahren, nicht wahr?«

Elena schluckte und dankte im Stillen dem höheren Wesen, dass es sie nicht von wichtigen Geschäftsabschlüssen hatte reden lassen.

»Er hat für heute Abend vier junge Freunde, die auf Besuch in London sind, eingeladen. Sie werden nach ihm fragen, und er bittet Sie, sie mit den Spezialitäten des Klubs zu verwöhnen, auf seine Kosten natürlich. Er selbst wird nicht kommen können, aber er möchte, dass seine Gäste aus Österreich in den Genuss seines Lieblingsklubs kommen.«

Sharon war geschmeichelt und ließ ihn herzlich grüßen.

Nachdem Elena aufgelegt hatte, stieg sie unter die Dusche in ihrem Hotel. Alles war vorbereitet. In spätestens zwei Stunden musste sie aufbrechen, um ihren »Dienst« anzutreten.

Jetzt gab es nur noch eine kleine Hürde zu nehmen: Wie sollte sie es schaffen, diese vier Leute für heute Abend in den Klub zu bestellen, ohne dass sie Verdacht schöpften?

Obwohl sie angestrengt nachdachte, kam ihr keine Idee. Dabei besaß sie die Handynummern von allen vieren. Sie konnte also jederzeit anrufen. Aber welchen Vorwand sollte sie nennen?

Als sie aufbrach, um rechtzeitig zu ihrem Dienst im Klub zu erscheinen, hatte sie noch immer keinen Einfall. Am Trafalgar Square stieg sie aus einem schwarzen Taxi, um die letzten Schritte zu Fuß zu gehen. Am Abgang zur U-Bahn-Station wurde eine Gratiszeitung verteilt.

Evening Standard hieß sie, und auf dem Titel war einer der vier abgebildet. Dorit hatte ihr Fotos zukommen lassen, und Elena hatte sich die Bilder gut eingeprägt.

Elena griff nach einer der Zeitungen und überflog die Zeilen unter dem Foto. Dominik Kascha war in eine Schlägerei verwickelt gewesen, bei der Toby Mayr, ein Schauspielerkollege, schwer verletzt worden war. Er lag noch immer bewusstlos im Krankenhaus. Dominik beteuerte seine Unschuld und redete von einem Unbekannten, der ihm aufgelauert hatte und dabei irrtümlich Toby erwischt hatte. Da die beiden um eine Hauptrolle im neuen James Bond ritterten, gab es natürlich wilde Spekulationen, ob hier nicht jemand seinen Konkurrenten aus dem Spiel hatte bringen wollen.

Elena erlaubte sich ein sehr kurzes, sehr kleines Lächeln und holte ihr Handy heraus, mit dem sie telefonieren konnte, ohne irgendwelche Spuren zu hinterlassen.

30) WHISKY UND OHRFEIGEN

»Nichts!« Lilo trommelte unruhig mit beiden Händen auf die Tischkante. Sie wartete jetzt bereits länger als eine Stunde, und das beunruhigte sie. Magnus hätte sich längst melden müssen, da diese Website und die Passwörter ein spezielles Service waren für Leute, die bei dem Sicherheitssystem, das Magnus für Cyberwährungen entwickelt hatte, Hilfe benötigten.

»Bist du sicher, dass du alles richtig gemacht hast?« Poppi hatte Lilo über die Schulter gesehen, als sie zuerst das WWW verlassen hatte und dann in ein eigenes Netz eingestiegen war, für das ebenfalls zahlreiche Codes nötig waren. Der Bildschirm war zuerst blutrot und anschließend schwarz geworden. Es hatte nur noch schmale weiße Fenster an verschiedenen Stellen gegeben, und Lilo hatte immer in das richtige einen Code aus Zahlen und Buchstaben eintragen müssen.

»Wenn du das falsche Fenster wählst, fliegst du wieder raus und bist für vierundzwanzig Stunden gesperrt«, hatte sie Poppi erklärt, während sie tippte. Poppi hatte sich daraufhin sehr still verhalten. »Das verhindert, dass Programme eingesetzt werden können, die Codeworte knacken oder automatisch Felder ausfüllen«, hatte Lilo noch ergänzt.

Nichts zu tun zu haben, war für Poppi aber derzeit das Schlimmste. Wie Greifvögel stürzten Bilder von Klaus und der anderen Frau auf sie.

Es reißt mir das Herz heraus, hatte sie bei sich gedacht, sich dann aber im Stillen als zu melodramatisch geschimpft. Sollte sie Klaus nicht doch anrufen und mit ihrem Wissen konfrontieren? War es nicht besser, Klarheit zu bekommen, als in dieser Ungewissheit zu leben?

Es klingelte an der Haustür. »Ich mache auf«, rief Axel irgendwo im Haus. Die Frauen hörten Stimmen in der Diele. Dominik und Axel kamen ins Wohnzimmer. Lilo blickte ihnen vom Esstisch auf der Bühne entgegen. Dominik schwenkte eine Zeitung.

»Es steht bereits hier drin!« Er warf den *Evening Standard* auf den großen Couchtisch zwischen den langen Sofas. Lilo drehte den Ton des Laptops auf volle Lautstärke, damit sie nicht überhören konnte, wenn ihr Kollege Magnus sich meldete.

»Zeig!« Sie nahm die Zeitung und überflog den Artikel, der auf der Titelseite begann und auf Seite 5 fortgesetzt wurde. Als sie wieder aufblickte, meinte sie nur: »Das ist Mist, großer Mist.«

»Die Rolle kann ich vergessen!« Dominik ließ sich auf eines der Sofas fallen und streifte die Schuhe ab. Wütend schoss er den einen mit dem Fuß quer durch das Wohnzimmer.

»He, Dominik, krieg dich wieder ein«, sagte Lilo und rollte die Augen.

»Mir reicht es!«, knurrte Dominik und schleuderte den anderen Schuh durch den Raum. Axel konnte ihn gerade noch fangen, bevor er getroffen wurde.

»Reg dich ab!«, fuhr er Dominik an.

Aber genau das tat Dominik nicht. »Das war die Chance meines Lebens, und jetzt ist es vorbei. Und schlimmer noch: Jeder wird glauben, ich hätte Toby doch zusammengeschlagen. Das bedeutet, dass ich in den Staaten keine Rollen mehr bekomme.« Er nahm mit den hochgestreckten Beinen Schwung und sprang auf. Sein Ziel war ein Barwagen mit Whisky und Cognac, der in einer Ecke des Wohnzimmers stand. »Die Drinks sind sicher im Preis eingeschlossen«, sagte er bitter und füllte sich ein großes Whiskyglas zur Hälfte voll.

»Betrinken ist auch keine Lösung«, rief Poppi.

»Davon werde ich nicht betrunken«, schnauzte Dominik zurück. »Das reicht gerade, um mich ein wenig zu beruhigen.«

»Lass den Quatsch, wir brauchen alle einen klaren Kopf«, ermahnte ihn Lilo. Dominik äffte sie stumm nach und kippte den gesamten Inhalt des Glases in einem Zug runter.

»Dir ist nicht zu helfen«, stellte Axel kopfschüttelnd fest.

»Ihr haltet mich sowieso für einen Loser«, verteidigte sich Dominik.

»Du bist ein Idiot!« Poppi war über ihre Heftigkeit selbst erstaunt. »Uns schiebt jemand einen Raub in die Schuhe, und der Mann, der dich überfallen hat, der muss eine Verbindung zu den Leuten haben, die damit zu tun haben. Es wäre viel wichtiger, dass du dich an ihn erinnerst.«

Dominik machte eine abfällige Geste und ließ sich wieder auf das Sofa fallen. Er legte die Füße auf die Armlehne. »Spielen wir wieder Detektive, oder wie?«

Lilo bohrte weiter. »Was war bei der Polizei? Haben sie dir geglaubt, als du deine Hände gezeigt hast.«

»Keine Spur! Sie sagen, ich hätte auch Handschuhe getragen haben können.«

»Und wo hättest du die verstecken sollen?«, warf Axel ein.

»Ich will mich nur noch zuschütten und einfach nicht mehr denken.«

Poppi, die noch oben auf der Bühne stand, ging zur Abwasch. Die anderen hörten, wie sie Wasser in der Spüle rinnen ließ. Sie trat an den amerikanischen Kühlschrank und drückte die Taste für Crushed Ice. Das ließ sie in ein hohes Glas fallen. Lilo beobachtete sie und nahm natürlich an, Poppi wolle etwas trinken. Aber das tat Poppi nicht. Sie kam die Stufen herunter in den Wohnbereich, marschierte um die Sofas herum zu Dominik und goss ihm das Eiswasser über den Kopf.

»Bist du verrückt?«, schrie er und fuhr in die Höhe.

»Kann man mit dir jetzt wieder normal reden?«, fragte Poppi seelenruhig zurück.

Axel musste ein Grinsen unterdrücken. Das hätte er Poppi gar nicht zugetraut.

»Wenn das nicht reicht, dann klebe ich dir noch gerne eine links und rechts«, bot Poppi an. »Trinken ist das Dümmste, was du jetzt tun kannst.«

»Soll ich lieber einen Joint rauchen«, knurrte Dominik.

Poppi, die vor ihm stand, machte ihre Drohung wahr und gab ihm eine schallende Ohrfeige auf die rechte Wange. Dominik sah sie entgeistert an. »Mach das nie wieder.«

Klatsch! Schon hatte er die nächste Ohrfeige auf der anderen Wange gefangen.

»Du hast sie nicht mehr alle.«

Weil er nicht anders konnte, begann Axel laut zu lachen, was Dominik noch wilder machte. »Ihr seid alle nicht mehr zu retten. Wieso habe ich euch überhaupt eingeladen. Ich muss verrückt gewesen sein.«

»Jedenfalls warst du nicht betrunken!«, sagte Poppi mit derselben ruhigen Stimme wie vorhin.

Auch Lilo musste lachen. Es war mehr ein befreiendes Lachen nach der ganzen Anspannung und den Aufregungen der vergangenen Stunden. Poppi umarmte Dominik, der mit hängenden Armen vor ihr stand. Sie drückte ihn, und er ließ es widerstandslos geschehen.

»Du musst dich nicht immer gleich zuschütten.«

Dominik riss die Augen auf und stieß Poppi mit beiden Händen so heftig weg, dass sie nach hinten stolperte und auf einem Sofa landete. Als Lilo und Axel ihn schon anfauchen wollten, stürzte er aus dem Zimmer, die Hände jetzt vor den Mund gepresst. Axel ging ihm nach, und die Geräusche aus der Toilette verrieten, dass Dominik gerade den Großteil des Whiskys wieder loswurde.

Vom Laptop kam ein Signalton. Lilo zuckte zusammen und war mit einem Sprung beim Esstisch. Sie war vom vielen Klettern und Skifahren immer noch sehr fit.

»Und?«, fragte Poppi atemlos.

Lilo starrte auf den Bildschirm.

»Kontakt abgelehnt!«

»Was heißt das?«

»Magnus will nicht mit mir in Kontakt treten.«

»Aber wieso? Das kann er doch nicht tun.«

»Er tut es aber, Poppi.«

»Wie sollen wir dann rausfinden, was wir machen können? Man hält uns für Diebe. Und dieser Schläger wird uns sicher auch finden.«

»Was zum Teufel …« Lilo hieb in die Tasten und riss dann die Hände in die Höhe.

»Was ist jetzt geschehen?« Poppi lief zu ihr, um einen Blick auf den Bildschirm zu werfen.

»Der Browser ist abgestürzt. Magnus hat den Browser zum Abstürzen gebracht.«

»Das kann er?«

»Ja. Ich glaube es zumindest. Und wenn das jemand tut, ist es eine Warnung.«

»Wovor?«

Diese Frage konnte Lilo Poppi auch nicht beantworten. Sie klickte auf das Symbol für Google Chrome und begann erneut, lange Kombinationen aus Zahlen und Buchstaben einzugeben. Sie war noch nicht fertig, als der Browser wieder erlosch und eine erneute Fehlermeldung erschien.

»Ist es vielleicht ein Fehler des Laptops?«, mutmaßte Poppi.

Das glaubte Lilo nicht.

Poppi deutete auf den Bildschirm. »Was sagst du dazu? Philip hat hier nichts liegen.« Sie dachte an ihren eigenen Laptop und wunderte sich, dass außer dem Browser kein einziges Icon für ein Programm oder für eine Datei auf dem Desktop zu sehen war.

»Ist mir auch aufgefallen. Es ist alles auf der Festplatte, und die hat er mit einer Folge von drei Passwörtern geschützt.«

»Das hast du dir schon angesehen?«

Nickend tippte Lilo weiter.

»Was der für Geheimnisse hat, Philip, nicht wie der königliche Gemahl«, machte Poppi die eigenartige Vorstellung des Mannes in der vergangenen Nacht nach.

Auf diese Geheimnisse wäre auch Lilo gespannt gewesen, aber der Vorfall bei der Kontaktaufnahme mit Magnus beunruhigte sie sehr.

Ein blasser Dominik kam ins Wohnzimmer zurück, Axel hinter ihm, die Hände in der Hosentasche.

»Sorry«, sagte Dominik.

Poppi und Lilo nickten ihm zu.

»Ich habe es mir anders überlegt. Können wir bitte doch wieder Detektiv spielen?« Dominik sah die anderen flehend an.

»Können?« Lilo lachte kurz auf. »Wir müssen!«

31) KOMPLIZIERT

Außer Dominik hatte keiner der vier Freunde seit ihrer Ankunft in London das Haus verlassen.

»So lange dieser Wahnsinnige frei herumläuft, bleiben wir besser hier«, schlug Lilo vor.

Axel war nicht überzeugt. »Der Mann hat gewusst, wo Dominik zu finden war. Wie hat er das geschafft? Das wussten nicht einmal wir.«

Lilo musste Axel recht geben.

Die vier saßen oder fläzten sich auf den drei langen Sofas des Wohnzimmers ihrer ungewöhnlichen Bleibe in London herum. Es war halb sieben Uhr am Abend, und der Tag fühlte sich an, als wäre er zweiundsiebzig Stunden lang gewesen.

Dominik nippte an seinem Mineralwasser. Immer wieder hatte er sehnsüchtige Blicke zur Whiskyflasche geworfen, aber Poppi hatte sie daraufhin weggeräumt.

Langsam knetete Lilo ihre Nasenspitze, wie sie es seit Kindertagen tat, wenn sie sehr angestrengt überlegte.

»Derzeit erscheint mir die Angelegenheit mit dem Datenstick folgendermaßen …«

Axel grinste und sagte: »Mach es nicht zu kompliziert, damit ich auch mitkomme.«

Irritiert sah Lilo auf. »Wie meinst du das?«

»Denk daran, dass wir nicht alle einen doppelten Master haben.«

»Wieso sagst du das jetzt?«

»Weil es so ist, und weil du einfach die Angewohnheit hast, manche Sachen komplizierter zu sehen, als sie sind.«

»Tue ich das wirklich?«

»Ja. Das tust du.«

»Aber derzeit ist alles kompliziert«, kam Poppi Lilo zu Hilfe.

»Vielleicht auch nicht. Vielleicht sieht es nur im Augenblick so aus«, erwiderte Axel.

Dominik gab den anderen ein Zeichen, ruhig zu sein. »Ich würde sehr gerne erfahren, was Lilos Überlegungen ergeben haben.«

»Bitte quatsch nicht so kariert«, ermahnte ihn Axel. »Wenn Lilo und du zu viel reden, bekomme ich davon Kopfschmerzen.«

»Hör auf mit diesem Gerede«, verlangte Lilo.

»Du bist doch kein Dummkopf«, sagte Poppi zu Axel, weil sie den Einklang zwischen den vieren wiederherstellen wollte.

Axel gab sich geschlagen und legte sich wieder zurück auf das Sofa.

Lilo holte Luft und begann noch einmal, den Ablauf der Ereignisse seit der Übergabe des Datensticks an Poppi zu schildern.

Poppi verzog das Gesicht. »Lilo, das wissen wir doch schon! Aber was sollen wir tun? Wir sind unschuldig!«

»Am besten, wir stellen uns der Polizei und erklären, was geschehen ist«, schlug Axel vor.

Dominik war dagegen. »Ich war doch schon bei der Polizei, und dort hat man mich beschuldigt, ich hätte Toby krankenhausreif geprügelt und dafür Handschuhe verwendet. Das Risiko, dass man uns nicht glaubt, ist viel zu hoch.«

Oben auf der Anrichte der Küche begann Poppis Handy zu läuten.

»Klaus?« Lilo sah Poppi fragend an.

»Nein. Eine Freundin aus Graz.«

»Willst du abheben?«

»Ich rede nur kurz mit ihr. Ist das in Ordnung?«

»Natürlich.«

Poppi lief auf die ehemalige Bühne, nahm ihr Handy und sah – wie erwartet – den Namen von Amelie auf der Anzeige. Sie hatte als Klingelton die Musik aus dem Film »Die wunderbare Welt der Amelie« gewählt.

»Hallo Amelie?«

»Schätzchen, ich muss mit dir reden.« Poppi überraschte dieser »Überfall«.

»Ich kann nicht lange.«

»Es geht um deinen Mann.«

»Klaus?«

»Hast du noch einen anderen?«

»Nein. Aber was ist mit ihm? Warte einen Moment.« Poppi bemerkte die neugierigen Blicke der Freunde und machte eine entschuldigende Geste. Sie würde ihnen alles erzählen, zuerst aber wollte sie ungestört telefonieren. Deshalb zog sie sich nach unten in ihr Schlafzimmer zurück, das bisher leer gestanden war.

»So, jetzt geht es besser.«

»Was ist zwischen dir und ihm geschehen?«, wollte Amelie wissen.

»Wieso fragst du das?«

»Er hat sich bei mir gemeldet. Er hat angerufen und sich entschuldigt, weil er die Nummer aus der Patientenkartei genommen hat, obwohl es nicht um Richie ging.« Richie war Amelies Zwergpudel, der von ihnen seine Impfungen erhielt.

»Aber was war der Grund? Ich meine, wieso wendet er sich an dich?«

»Schätzchen, er will mit dir reden.«

Poppi spürte, wie ihr das Blut in den Kopf schoss und ihr Gesicht zu glühen begann. »Worüber will er reden?«

Amelie zögerte. »Ich weiß nicht, ob du das von mir hören solltest …«

»Amelie, ich habe Klaus gesehen. In unserem Schlafzimmer mit einer anderen Frau im Bett«, platzte Poppi heraus.

»Dann weißt du es also.«

»Ich weiß nur, dass er mich eine halbe Stunde, nachdem ich im Taxi zum Flughafen gefahren bin, betrogen hat. Obwohl er angeblich einen Notfall im Zoo hatte.«

»Er ist nicht ins Detail gegangen, aber ich habe mir so etwas gedacht.«

Poppis Augen füllten sich mit Tränen. Sie schniefte und wischte sie mit dem Handrücken weg.

»Er hat sich ziemlich durcheinander angehört. Ich glaube, es tut ihm leid. Aber weiß er überhaupt, wo du bist?«

»Er weiß nur, dass ich in London bin und nicht in New York.«

»Ja, aber wo in London wohnt ihr eigentlich? In welchem Hotel?«

»Wir sind in keinem Hotel, sondern wir haben ein ganzes Haus. So ein Airbnb. Es war früher einmal ein Theater, und die Küche ist auf der ehemaligen Bühne. Das Haus gehört einem sehr eigenartigen Mann, den ich ziemlich unheimlich finde.«

»Poppi, ich glaube, Klaus will zu dir kommen, um mit dir zu reden! Auf jeden Fall hat er mich nach deiner Adresse gefragt. Ich habe ihm versprochen herauszufinden, wo du wohnst.«

Poppi fühlte sich schwindlig und ließ sich auf das Bett sinken. »Was will er hier? Was will er mir sagen?« In ihrem Kopf drehte sich alles. Schlagartig fiel ihr ein, was alles seit gestern geschehen war. »Amelie, mir ist am Flughafen ein Datenstick zugesteckt worden. Lilo hat ihn an ihren Laptop angesteckt, und dann ist so ein Programm losgegangen, das irgend so eine Kryptowährung stiehlt.« Poppi redete und redete und war froh, alles loszuwerden. Je länger sie sprach, desto schlimmer erschien ihr die ganze Situation, trotzdem tat es ihr gut, die schrecklichen Ereignisse abzuladen.

Amelie kam gerade dazu, ab und zu ein fassungsloses »Nein!«, »Das gibt es doch nicht!« oder »Das ist nicht dein Ernst« einzuwerfen. Als Poppi endlich fertig war, wollte sie wissen, was die Freunde nun planten.

»Wir sind noch unsicher. Ich habe furchtbare Angst, dass dieser Verbrecher bei uns auftauchen könnte.«

»Ihr müsst zur Polizei!«

»Nein, das ist nicht möglich. Dominik war schon bei der Polizei, und sie glauben ihm nicht.«

»Schätzchen, wer tut euch so etwas an? Habt ihr einen Verdacht?«

Nein, den hatte derzeit weder Poppi noch einer der anderen.

»Ich muss los, aber ich rufe dich gerne später noch einmal an«, bot Amelie an.

»Probier es bitte, aber ich weiß nicht, ob ich abheben kann.«

»Was ist nun mit der Adresse, soll ich sie Klaus geben?«

»Meinst du wirklich, er will nach London kommen?«

»Für mich hat es so geklungen.«

»Nein, sage ihm nichts.«

»Willst du ihn sehen?«

Poppi war nicht sicher, aber das »Ja« war größer als das »Nein«.

Mit dem Handy am Ohr ging Poppi nach oben und fragte die anderen nach der genauen Adresse des Hauses. Lilo holte ihr eigenes Handy und öffnete die WhatsApp, die die Assistentin von Dominiks Agenten geschickt hatte. Poppi buchstabierte Amelie den Straßennamen und die Londoner Postleitzahl, die aus einer Mischung von Buchstaben und Zahlen bestand.

Nachdem sie aufgelegt hatte, teilte sie den anderen mit, dass Klaus möglicherweise bei ihnen auftauchen würde.

Dominiks Handy begann, in seiner Hosentasche die Titelmelodie von »Bad Boys« zu spielen, und er fingerte hektisch das

Telefon heraus. Eigentlich rechnete er mit einem Anruf von Larry, der in London einen Anwalt aufsuchen wollte, um mit ihm Dominiks Lage zu besprechen, aber es wurde ihm keine Nummer angezeigt.

»Ja?«, meldete sich Dominik.

Die Stimme des Anrufers klang verrauscht, die Verbindung schien sehr schlecht zu sein.

»Hören Sie genau zu: Ich nenne Ihnen eine Adresse und einen Namen. Klingeln Sie bei MEMBERS und sagen Sie, Sie wären Gäste des Herren. Sie werden dann alle Informationen bekommen, die Ihre Unschuld beweisen. Wir kennen den Täter, und wir wissen, wer hinter ihm steht. Kommen Sie um 21.30 Uhr, gemeinsam mit Ihren drei Freunden. Sie werden alle vier erwartet und erhalten die Information, die Sie retten kann – dann, wenn sie gemeinsam am Tisch sitzen. Sagen Sie zu keinem ein Wort über dieses Treffen, außer zu Ihren Freunden. Seien Sie pünktlich.«

Die Adresse, die Dominik genannt bekam, lautete Nummer 2, Brydges Place. Der Name, den er am Eingang nennen sollte, lautete Valentin Brown.

32) TRAGISCH

Die Onlineausgabe des *Evening Standard* hatte an diesem Abend einen neuen Leser in Wien. Monte Christo hatte die Londoner Zeitung auf seinem iPad aufgerufen und studierte den Artikel über Dominik auf der Titelseite und im Blattinneren.

Es hätte ihn nicht gestört, wenn Dominiks Gesicht in eine blutige Masse verwandelt worden wäre. Dann hätte er frühestens in einem Jahr wieder vor der Kamera stehen können.

Andererseits war es eine schwere Verdächtigung, einen Kollegen verprügelt zu haben, um selbst die Rolle zu bekommen, und auch wenn es nicht stimmte – wie der Leser in Wien natürlich wusste –, so hinterließ diese Anschuldigung auf jeden Fall Kratzer auf Dominiks Lack. Eine Wendung, die etwas für sich hatte.

So gesehen, war alles ausgezeichnet angelaufen. Auf dem Laptop vor ihm blinkte noch immer die Meldung, dass der Datenstick angesteckt worden war und sich sofort mit dem Internet verbunden hatte. Die E-Mail mit dem Passwort hatte Monte Christo händisch geschickt, nicht einmal automatisch. Alles andere hatte seinen Lauf genommen, wie es ihm garantiert worden war, und er konnte dabei zuschauen.

Dann aber waren sie unerwartet unterbrochen worden. Der Laptop war plötzlich offline geschaltet worden. Monte Christo vermutete, dass Lilo ihn entweder ausgeschaltet oder zumindest die Verbindung zum Internet gekappt hatte.

Das war ärgerlich. Die Prozesse wären fast abgeschlossen gewesen. Der Laptop hätte nur noch zehn Minuten länger online bleiben müssen, damit auch wirklich alle Spuren entstanden, die nötig waren, um Lilo fertigmachen zu können.

Das bedeutete, dass er länger auf seinen Triumph warten musste, aber schließlich konnte Lilo nicht auf Dauer offline bleiben. Der Laptop gehörte, wie er wusste, der Universität, und sie konnte ihn unmöglich für immer ausgeschaltet oder gar verschwinden lassen.

Wie konnte er es auf dem schnellsten Weg erreichen, dass der Computer wieder online geschaltet wurde? Mit Sicherheit war er passwortgeschützt, das erschwerte die Sache. Monte Christo gingen einige Ideen durch den Kopf, aber noch konnte er sich nicht entscheiden, welche die beste war.

Er lehnte sich in seinem Porsche-Bürostuhl zurück und verschränkte die Hände hinter dem Kopf. Es war ein Original Porsche-Rennsitz, den er aus seinem alten Porsche ausgebaut und zu einem Stuhl umgebaut hatte. Er war nicht nur beim Fahren bequem, sondern auch hier in seinem Büro.

Ob sich die vier überhaupt noch an ihn erinnern konnten?

Obwohl er in dieselbe Schule gegangen war, hatten sie ihn nie beachtet. Dabei war er ein Wunderkind auf dem Klavier gewesen. Seit seinem zweiten Lebensjahr hatte er Unterricht erhalten und in der Musikwelt als Sensation gegolten. Er war in verschiedenen Fernsehsendungen aufgetreten und hatte an Wettbewerben teilgenommen, von denen er einige sogar gewonnen hatte. Seine Konzertreisen hatten ihn nach Japan und sogar in die USA geführt.

Die treibende Kraft hinter seinem Erfolg war seine Mutter gewesen. Nach dem frühen Tod seines Vaters hatte sie ihre ganze Zeit nur in ihn und sein Klavierspiel investiert.

Viel Anerkennung unter den Mitschülern hatte ihm sein Erfolg nicht eingebracht. Er erinnerte sich an die Abschlussfeier in der Schule, als die Direktorin eine halbe Stunde lang über einen »Fall« der Knickerbocker-Bande gesprochen hatte. Er konnte diesen Namen nicht mehr hören, und bei dem Wort »Fall« spürte er einen Würgereiz.

Über ihn und seine Erfolge in Asien hatte die Direktorin gerade einmal zwei Minuten geredet. Sie faselte etwas von Stolz und davon, wie sehr sie es schätzte, dass seine Mutter den versäumten Schulstoff auf den Reisen mit ihm durchnahm.

Die vier von der Knickerbocker-Bande waren in den Zeitungen als Helden gefeiert worden, während es über ihn nur ab und zu eine Meldung mit Foto gab. Auf diesen Bildern sah er dann immer aus wie der Oberstreber im Anzug, der beim Muttertagskonzert im Pensionistenheim hatte vorspielen dürfen.

Monte Christo hasste sich selbst dafür, er hasste seine Mutter und er hasste die Knickerbocker-Bande. Seine Mutter war tot, und das Einzige, wofür er ihr dankbar war, war ihre zweite Ehe mit einem deutlich älteren Millionär, dessen Vermögen sie geerbt und Jahre später dann ihm vermacht hatte.

Noch ein, höchstens zwei Tage, dann war nicht nur Dominiks Ruf ruiniert, sondern auch der von der schlauen Frau Lilo. Nicht einmal Poppi würde es gelingen, die heile Welt wiederherzustellen, und Axel würde vom Leid seiner Freunde mitgerissen werden, dafür würde er sorgen. Vier Leben, die niemals wieder lebenswert erscheinen würden. Im Gegenzug würde er endlich Ruhe finden.

Er betrachtete seine Hände und die Narben auf den Handrücken, die nie ganz verschwinden würden. In einem Akt von Selbstzerstörung hatte er die Hände unter eine Fallpresse gelegt, die sämtliche Knochen zerbrochen hatte. Vom Klavierspielen war er damit erlöst gewesen, vom ewigen Üben und dem Nörgeln seiner Mutter, dass er sich nicht genug anstrengte, ebenfalls. Die Schmerzen der zertrümmerten Knochen hatten ihn viele Jahre lang gequält, und er hatte seine überstürzte Tat bitter bereut.

Außerdem war da noch sein wahres Ich gewesen. Je älter er wurde, desto öfter wollte es aus ihm heraus. Irgendwann hatte seine Mutter sein Geheimnis herausgefunden und ihn dafür beschimpft, verachtet und von einem Psychiater zum anderen geschleift.

Aber nun war sie schon lange tot. Sie war die Marmorstufen der breiten Treppe in ihrer Villa hinabgestürzt. Dass er nachgeholfen hatte, wusste niemand und würde niemals jemand erfahren.

Durch eine versteckte Kellertür, die in den Garten führte, aber praktisch nie benutzt wurde, hatte er sich ins Haus geschlichen. Während sie sich im Bad frisch gemacht hatte, hatte er das Handy seiner Mutter vom Esszimmer im ersten Stock ins Wohnzimmer getragen, das sich auf Gartenhöhe befand.

Oben im Zimmer neben der Treppe hatte er gelauert und ihr Handy angerufen. Seine Mutter hatte die Angewohnheit, sofort zu ihrem Telefon zu rennen, um nur ja keinen Anruf zu versäumen. Nachdem sie das Handy unten läuten gehört hatte, war sie zur Treppe gelaufen. Mit einem kräftigen Stoß in den Rücken hatte er sie nach vorne stolpern lassen. Sie hatte das Gleichgewicht verloren und war kopfüber die Steinstufen hinuntergestürzt. Unten war sie regungslos liegen geblieben.

Durch die Kellertür, die in den hintersten Teil des riesigen Gartens führte, hatte er das Haus verlassen. Sträucher und Bäume waren hier besonders dicht und boten Schutz vor den Blicken der Nachbarn. In der Jacke und mit der Kappe eines Burschen, der Postwurfsendungen austrug, war er durch eine praktisch nie benutzte Tür im Zaun in eine stille Seitengasse entwischt. Daher hatte später auch niemand von einem Verdächtigen berichten können, der in der Nähe der Villa gesehen worden wäre.

So galt der Tod seiner Mutter als ein tragischer Unfall im Haus.

Er hatte beim Begräbnis an ihrem Sarg den tief erschütterten und trauernden Sohn gespielt, und einige Nachbarn und Freundinnen seiner Mutter hatten sich sogar gesorgt, wie er über den schweren Verlust hinwegkommen würde.

Sie konnten nicht ahnen, wie schnell ihm das gelungen war.

Monte Christo riss sich aus den Erinnerungen, denen er gerne nachhing. Sie waren ihm eine Genugtuung für alles, was ihm von seiner Mutter und Leuten wie Lilo, Axel, Poppi und Dominik angetan worden war.

Er würde sie der Reihe nach vernichten, bis sein Hunger nach Vergeltung endgültig gestillt war. Sogar einen eigenen Decknamen hatte er für seinen Rachefeldzug gewählt. Die Hauptfigur aus dem Roman *Der Graf von Monte Christo* hatte ihn schon immer fasziniert. Ein Mann, der unschuldig im Gefängnis sitzt, schließlich entkommen kann und unter einem falschen Namen einen Rachefeldzug beginnt.

Ihm hatte man auch viel Unrecht angetan, und darum fühlte er sich der Romanfigur so verbunden.

Mittlerweile wusste Monte Christo auch, wie er das Problem mit dem Laptop lösen konnte. Mauro musste noch etwas für ihn erledigen, und Monte Christos Informationen nach war er dazu gut geeignet.

»Wir gehen hin.« Für Lilo gab es keine andere Möglichkeit. »Wir müssen erfahren, wer diesen Verbrecher auf uns angesetzt hat, Dominik.«

Axel schüttelte langsam den Kopf. »Ich halte das für überstürzt.«

»Überstürzt? Wieso? Die Möglichkeit, mit diesen Leuten Kontakt aufzunehmen, haben wir jetzt und danach vielleicht nie mehr wieder.«

»Wenn wir nicht die Initiative ergreifen, dann melden sie sich noch einmal«, war Axel überzeugt.

»Wieso bist du da so sicher?«

Dominik blickte zwischen den beiden hin und her wie bei einem Tennismatch. Poppi war mit ihren Gedanken bei Klaus und überlegte, was sie ihm sagen sollte, wenn er plötzlich vor ihr stünde.

Dominik beschäftigte ganz etwas anderes »Woher haben die Leute meine Nummer? Wieso wollen sie mir überhaupt etwas sagen?«

Lilo tippte die Fingerspitzen vor ihrem Gesicht aneinander. »Was soll schon geschehen? Wir gehen zu der Adresse, diesem Brydges Place, was immer das auch ist. Wir klingeln bei MEMBERS und fragen nach …«

»Valentin Brown«, half Dominik ihr weiter.

»Nach diesem Valentin Brown. Dann werden wir sehen, was geschieht.« Lilo warf einen Blick auf ihre Armbanduhr, die für ein Damenmodell ziemlich groß war. »Wir haben noch zwei Stunden Zeit.«

»Dann brechen wir auf. Vorne an der Ecke fahren schwarze Taxis. Wir müssen nur eines anhalten.« Dominik wollte sich aber noch schnell umziehen. »Axel, hast du einen dunklen Anzug mit und normale Schuhe?«

Axel streckte seine Laufschuhe hoch. »Was ist an denen nicht normal?«

»Wir gehen in einen Klub, und Londoner Klubs haben meistens Bekleidungsvorschriften. Mit Sneakers kommst du nicht hinein.«

»Nein, ich habe keine ›normalen‹ Schuhe eingepackt«, entgegnete Axel, der hörbar beleidigt war.

»Wir machen uns alle etwas schick«, schlug Lilo vor. »Es kann nicht schaden.«

Poppi überlegte. »Wenn ich meine orangefarbene Leinenhose anziehe und eine rote Jacke dazu, ist das in Ordnung für den Klub? Ich finde es schick, aber …«

»Das ist sicher gut«, beruhigte sie Lilo und scheuchte sie Richtung Treppe. Poppi blieb aber stehen und deutete auf den offenen Laptop am Esstisch. »Und was wird aus unserem Raubzug? Wie willst du beweisen, dass wir unschuldig sind?«

»Ich versuche auf jeden Fall noch einmal, Kontakt zu meinem Kollegen aufzunehmen. Vielleicht hat es das erste Mal nur nicht geklappt, weil ich einen falschen Code verwendet habe. Da genügt schon eine Zahl oder ein falscher Buchstabe, und sein Sicherheitssystem macht dicht.«

»Na dann, an die Arbeit, Frau Superhirn«, sagte Axel.

Lilo nickte. Sie öffnete den Browser auf Philips Laptop und begann erneut mit der Eingabe langer Folgen von Zahlen und Buchstaben. Der Bildschirm verhielt sich wie beim ersten Mal: Zuerst wurde er blutrot, danach schwarz. Sehr sorgfältig tippte Lilo nun die Kombinationen in die kleinen weißen Fenster, die alle paar Sekunden herumsprangen.

»Fertig«, meldete sie und lehnte sich zurück.

Auf dem Bildschirm pulsierte ein weißer Kreis und erinnerte an den Herzschlag.

Axel und Poppi, die einen Blick über Lilos Schulter warfen, wollten wissen, was der Kreis zu bedeuten hatte.

»Er ist wie das Freizeichen beim Telefonieren. Bei Magnus ›klingelt‹ es jetzt. Bleibt nur die Frage, ob er abhebt.«

Minuten vergingen. Sie starrten auf den Bildschirm und warteten, aber das Pulsieren ging immer weiter, im selben Rhythmus, ohne schneller oder langsamer zu werden.

Lilo erhob sich und ging unruhig in der Küche herum. Sie nahm sich Wasser und schnitt eine Zitronenscheibe hinein.

Axel verschwand nach unten, um das Beste anzuziehen, was er dabeihatte. Poppi folgte ihm. Lilo wartete noch eine Weile, aber dann kam Dominik in einem perfekt sitzenden dunkelblauen Anzug, weißem Hemd und einer grünen Krawatte zurück. »Wir sollten bald los.«

»Ich bin gleich fertig, halte du die Stellung.« Lilo lief die Treppe hinunter, um schnell in das dunkle, enge Kleid zu schlüpfen, das sie mitgebracht hatte. Es war neu, und sie hatte eigentlich gehofft, Axel darin zu gefallen. Das Kleid betonte ihre Figur, reichte nur bis knapp zu den Knien und hatte keine Ärmel. Normalerweise legte Lilo auf Kleidung wenig Wert, aber dieses Kleid hatte ihr schon im Schaufenster sehr gut gefallen.

Ob Axel überhaupt auffallen würde, dass sie etwas Schickes trug? Sie rechnete nicht mehr damit, von ihm als Frau wahrgenommen zu werden. Für ihn war sie wahrscheinlich einfach nur Lilo, das »Superhirn«, das alles andere als attraktiv oder sexy war.

Dominik bekam einen Anruf von Larry, der ihm mitteilte, dass er den Anwalt engagiert hatte. Während des Gespräches suchte Dominik das Wohnzimmer nach einem Drink ab.

»Dein Anwalt meint, vorerst ist Ruhe und wenig von der Polizei zu befürchten.«

»Was ist mit der Rolle?«, platzte es aus Dominik heraus.

»Dazu habe ich halb gute Neuigkeiten.«

»Welche?«

»Du bist nicht draußen. Ich habe mit einer Mitarbeiterin von Simone Prix gesprochen, die ich ganz gut kenne.«

»Du hast mit ihr geschlafen!«

»Dominik. Das geht dich nichts an.«

»Egal. Wenn es hilft, dann sei dir dein Vergnügen gegönnt.«

»Simone Prix steht unter Zeitdruck. Deshalb hat sie entschieden, dass du morgen deine Probeaufnahmen absolvieren kannst. Allerdings wirst du die Rolle nur dann bekommen, wenn deine Unschuld hundertprozentig feststeht.«

Diesen Beweis konnte Dominik vielleicht bald liefern, wenn der Abend erfolgreich verlief.

Den Laptop hatte Dominik nicht weiter beachtet. Der Mauszeiger hatte sich von alleine auf dem Bildschirm hin und her bewegt. Die Festplatte war geschützt und gesperrt. Lange Kolonnen von Zahlen und Kombinationen liefen über den Bildschirm.

Als Lilo in ihrem schicken, neuen Kleid zurückkehrte, stand der Laptop genauso da, wie sie ihn zurückgelassen hatte. Der weiße Ring pulsierte weiter. Sie zog das Kleid links und rechts ein wenig hinunter, weil sie ständig das Gefühl hatte, es würde nach oben wandern. Nach einem letzten Blick auf den Computer rief sie: »Alle fertig? Dann fahren wir.«

34) ZUSATZAUFTRAG

Natürlich las auch Mauro über Dominik im *Evening Standard*. Er hatte sich, nachdem er das Gelände der Pinestudios verlassen hatte, in den nächsten Bus gesetzt und war Richtung West End gefahren, dem Zentrum von London. Hier befanden sich die meisten Theater und viele Touristen, hier fühlte er sich am sichersten.

Nachdem er in einem Pub ein großes Bier, ein Pint, wie es hier hieß, gekippt hatte, besorgte er sich in einem Drogeriemarkt Heftpflaster für zwei tiefe Kratzer auf seinen Händen. Seine Finger schmerzten, denn solche Schläge war er nicht gewohnt. Kraft hatte ihm nur der Hass auf Dominik verliehen, der als Schauspieler alles erreicht hatte, was Mauro versagt geblieben war.

Seine Nachfrage wegen des Honorars ließ lange auf sich warten. Als endlich eine E-Mail von Monte Christo eintraf, saß Mauro im St James's Park auf einer Bank in der Sonne und sah zu, wie sich der Pelikan von Besuchern am Kopf streicheln ließ. Er las die Nachricht dreimal, um ganz sicher zu sein, dass er den Inhalt richtig verstand.

Monte Christo bot ihm mehr Geld, wenn er dafür auch noch einen Einbruch machte.

Mauro stammte aus einer Familie von Kleinkriminellen, und ein Einbruch war für ihn keine große Sache. Er wusste, wie man Schlösser knackte und Fenster von außen öffnete. Alarmanlagen konnte er in Sekundenschnelle ausschalten. Das hatte er in seiner Jugend gelernt und damit sein Taschengeld aufgebessert.

Ein Einbruch war also für ihn fast schon Routine.

Eigentlich hatte er aus dem Mief und dem Dreck, in dem er aufgewachsen war, endlich und für immer entkommen wollen. Das Geld für seine Ausbildung zum Schauspieler hatte er sich als

»Gesellschafter« einer mittelalterlichen, sehr reichen Dame in New York verdient. Er hatte sie ins Theater, zu Empfängen und in die besten Restaurants begleitet – und an mehreren Abenden auch ins Bett. Dafür hatte sie die Bezahlung der nicht gerade niedrigen Gebühren für die Schauspielschule übernommen und ihm ein großzügiges Taschengeld zugesteckt.

Die reiche Dame aber hatte sich dann in einen Mann ihres Alters und ihrer Vermögensklasse verliebt und Mauro abserviert. Nach Abschluss der Schauspielschule hatte er als Schauspieler nur unbezahlte Kleinstrollen in Off-Broadway-Theatern und Kurzfilmen bekommen und sich sein Geld auf andere Art und Weise verdienen müssen.

Als Kellner zu arbeiten, wie das viele seiner Kolleginnen und Kollegen taten, war für ihn nicht infrage gekommen. Durch einen »Freund« hatte er begonnen, auf Anfrage kleine und nicht ganz so kleine Gaunereien zu erledigen.

Nun also hieß es, zu seinen Wurzeln und Anfängen zurückzukehren und einen Einbruch zu begehen. Da das Honorar aber überaus gut klang, würde er auch diesen Auftrag für Monte Christo ausführen.

35) BRYDGES PLACE

»Wo ist dieser Brydges Place?« Lilo hasste es, wenn sie etwas nicht finden konnte. Sie hatte auf Google Maps die Adresse eingegeben und gesehen, dass es sich um eine Seitengasse der St Martin's Lane in Covent Garden handelte. Der Taxifahrer, ein brummiger Londoner, hatte etwas gebrummt, was nicht einmal Dominik verstanden hatte, obwohl sein Englisch wirklich perfekt war. Er hatte sie vor einem Theaterportal aussteigen lassen und etwas vor sich hin gemurmelt, aus dem sie schließen konnte, Brydges Place wäre nur ein paar Schritte entfernt.

Zielstrebig war Lilo losgegangen, die anderen waren ihr gefolgt. Dominik hatte einen sehnsüchtigen Blick auf die Poster neben den Holztüren des Theaters geworfen. Es waren Werbeplakate für Opern.

Axel und Poppi, die auf Lilos Orientierungssinn vertraut hatten, waren überrascht, als sie sich an der Ecke eines weitläufigen Platzes wiederfanden. Poppi deutete auf die hohe Säule in der Mitte.

»Das ist doch Lord Nelson's Column.« Sie kannte die Säule noch aus dem Englischbuch der Schulzeit. »Wir sind auf dem Trafalgar Square.«

Lilo drehte sich im Kreis. Sie konnte ein lang gestrecktes Gebäude auf der Stirnseite des Platzes sehen, zu dem breite Steinstufen nach oben führten. Es gab auch eine Kirche mit Säulenportal, und am Ende einer langen Straße, durch die sich Busse, Taxis und Autos wälzten, war Big Ben zu erkennen.

»Brydges Place muss genau in der anderen Richtung liegen«, sagte sie und ging mit energischen Schritten zurück zur St Martin's Lane. Hintereinander marschierten die vier die Straße hinauf. Dominik fiel auf, dass es hier noch zwei weitere Theater gab. In einem der beiden war die Vorstellung gerade zu Ende, und viele Menschen strömten heraus.

Die vier liefen immer weiter bis zum Ende der St Martin's Lane, ohne aber Brydges Place finden zu können. Nervös warf Dominik einen Blick auf die Uhr seines Handys.

»Es ist fast halb zehn Uhr. Wir müssen diesen verdammten Platz endlich finden.«

An der Ecke zur Garrick Street trafen sie auf zwei Polizisten mit den typischen schwarzen Helmen und schusssicheren Jacken, die sie über weißen Hemden trugen. Dominik ging auf sie zu und fragte sie nach der Adresse. Sie wiesen ihn in dieselbe Richtung, aus der sie gerade gekommen waren. Als er einwarf, dort keinen »Place« gefunden zu haben, erhielt er eine Erklärung, die ihn die Stirn runzeln ließ.

»Was ist?«, wollte Lilo wissen, als er zu ihnen zurückkehrte.

»Das werdet ihr gleich sehen.« Dominik lief voran Richtung Trafalgar Square, vorbei an der Oper, vor deren Eingang der Taxifahrer sie abgesetzt hatte. Um ein Haar hätte er es wieder übersehen, aber dank des Hinweises der Polizisten wusste er, wonach er Ausschau halten musste.

»Das soll es sein?« Axel konnte es nicht glauben. Sie standen vor einem engen Durchgang zwischen zwei Häusern, durch den gerade einmal eine Person durchgehen konnte. Wenn einem da jemand entgegenkam, hieß es, Bauch einziehen und die Luft anhalten. Poppi sah die dunklen Hauswände hoch zu dem sehr schmalen Streifen Abendhimmel, der vier Stockwerke über ihnen zu erkennen war.

Dominik trat in den Durchgang, in dem es nach Urin stank. Nach hinten öffnete sich der Gang ein wenig. Hintertüren standen offen und Leute mit vollen Biergläsern davor. Im

Vorbeigehen konnten sie gleich in mehrere typische englische Pubs blicken.

»Sollen wir hier hin?« Axel hatte sich einen Klub anders vorgestellt.

»Wir müssen zu Nummer 2.« Lilo deutete zum Ende des sehr langen Durchganges. »Das ist sicherlich weiter hinten.« Sie erreichten eine schwarz gestrichene Holztür mit einer großen Zwei aus poliertem Messing darauf. An der Wand daneben gab es auf einer ebenfalls auf Hochglanz polierten Messingplatte zwei Klingelknöpfe. Einer hatte die Beschriftung MEMBERS, der andere DELIVERIES.

Dominik sah auf sein Handy. Es war 21.27 Uhr. Wozu noch drei Minuten warten? Er drückte den Klingelknopf für MEMBERS. Einige Sekunden verstrichen, dann knackte es im Lautsprecher der Gegensprechanlage.

»Hello?«

»Äh, wir sind Gäste von Valentin Brown.«

»Willkommen, bitte treten Sie ein und kommen Sie in den ersten Stock.« Die Frau am anderen Ende klang geradezu begeistert. Es summte, und Axel drückte die Tür auf. Sie betraten den kleinen Vorraum und blickten eine schmale, steile Treppe nach oben. Als sie die ausgetretenen Stufen hinaufstiegen, tauchte oben eine Frau auf. Dominik schätzte sie auf Ende vierzig, und sie kam ihm vor, wie einem uralten Kriminalfilm entstiegen.

Poppi dachte bei sich, dass sie sich einen feinen Londoner Klub anders vorgestellt hatte. Das Holz des Treppenhauses war dunkelgrau, der Teppich unter ihren Schuhen hatte auch schon bessere Zeiten gesehen. Einige Stufen knacksten, und den Aufgang hätte sie eher in einem Geisterhaus vermutet als hier.

»Herzlich willkommen, ich bin Sharon«, stellte sich die Frau vor und schüttelte ihnen nacheinander die Hand. Sie führte sie durch zwei kleine Räume, in denen mehrere Tische standen, an denen Leute saßen und aßen. Das hinterste und kleinste Zimmer hatte eine karminrot gestrichene Decke und Regale voller Bücher an den Wänden. In dieser Bibliothek gab es einen einzigen runden Tisch, an dem für vier Leute gedeckt war.

»Ich bin über alles informiert und wünsche Ihnen einen angenehmen Abend«, sagte Sharon.

Etwas ratlos bewegten sich die vier Freunde auf die Stühle zu und blieben dahinter stehen. Sharon bedeutete ihnen mit einer freundlichen Geste, Platz zu nehmen.

»Ich dachte, wir treffen hier diesen Mr Brown«, flüsterte Poppi.

Sharon musste den Namen aufgeschnappt haben. »Valentin hat uns angerufen und Sie angekündigt. Wie Sie wissen, kann er Ihnen selbst nicht Gesellschaft leisten, aber fühlen Sie sich wie zu Hause. Für ihn machen wir eine Ausnahme und empfangen seine Gäste auch ohne seine Anwesenheit. Schließlich ist er eines unserer längsten und liebsten Mitglieder.«

Dominik war Schauspieler genug, um sein Erstaunen zu verbergen und zustimmend zu nicken, als hätte er das alles längst gewusst.

Sie setzten sich, und Sharon brachte lächelnd die Karten. Sie fragte nach ihren Getränkewünschen, und als Dominik eine Flasche Sauvignon blanc verlangte, erntete er von Poppi einen strengen Blick. Er blieb aber bei seiner Bestellung, obwohl die anderen Mineralwasser und Coca-Cola bestellten.

Poppi spielte nervös mit ihrer Serviette. »Was jetzt? Sollen wir hier einfach sitzen und essen und warten, was geschieht?«

Wie Lilo die Lage einschätzte, blieb ihnen nicht viel anderes übrig. Sie studierten die Speisekarte und Lilo entschied sich für »Fishcakes and green beans«, Axel wählte »Chicken and Mushroom Pie«, Poppi »Rigatoni with Vegetable Sugo« und Dominik einen »Hamburger«.

Sie warteten und blickten immer wieder durch die rechteckige Öffnung zwischen den Buchregalen in den Nebenraum. Zweimal vernahmen sie den Türsummer und hörten anschließend Sharon, die über die Gegensprechanlage fragte, wer eingelassen werden wollte.

Als Sharon ihre Bestellungen aufnahm, sagte sie: »Ich gebe das schnell an die Küche weiter, denn die Oper und die Theater sind auch gerade aus, und bald wird es hier voll.« Sie lächelte und schwebte davon. Dabei hinterließ sie eine Wolke Parfümduft.

36) LIBRARY TABLE

In der kleinen Küche im dritten Stockwerk war es heiß, schrecklich heiß. Elena hatte ihre kurzen Haare unter einer Perücke mit rotblonden Locken versteckt, die sich anfühlte wie eine dicke Strickhaube. Darüber trug sie eine Kochmütze und schwitzte doppelt.

Jan war bisher nur Hilfskoch im Klub gewesen und trotzdem nicht sonderlich stolz darauf oder gar aufgeregt, dass er an diesem Abend die Nummer eins sein durfte. Sein einziges Interesse galt der Frage, wie viel er dafür bezahlt bekäme. Elena verwendete einen Akzent, wenn sie mit ihm sprach. Jan selbst war aus den Niederlanden und sein Englisch nicht sehr gut.

Kochen war für Elena kein Problem, da es ihr einziges Hobby war. An den wenigen freien Tagen des Jahres verbrachte sie viel Zeit in der Küche. Daher konnte sie auch gut verbergen, dass sie keine Ausbildung als Köchin hatte. Jan war mit ihr die Speisen durchgegangen und kommandierte sie für alle Hilfsdienste herum. Die Zubereitung übernahm er selbst, sie durfte ihm nur zuarbeiten: schneiden, schälen, rühren und hin und wieder die vollen Teller hinuntertragen. Unglücklicherweise war ein Mädchen, das servieren sollte, nicht zum Dienst erschienen, und daher gab es immer wieder Engpässe im Service.

Für Elena war das ein Glücksfall. Das Servieren der Speisen eröffnete ihr die Möglichkeit, unauffällig in den ersten Stock zu gehen und dort in Erfahrung zu bringen, welcher Tisch für die »Gäste« von Valentin Brown reserviert war.

Als die vier eintrafen, erkannte sie sie sofort. Axel, Lilo, Dominik und Poppi gingen auf dem Weg zu ihrem Tisch sogar an ihr vorbei. Elena trat hinter die Bar und tat so, als würde sie

Bestellungen durchsehen. Sharon war mit Gästen beschäftigt, und der junge Kellner, der aussah wie ein Mehlwurm, versuchte gerade, ein sehr volles Tablett mit schmutzigem Geschirr über die sehr enge Treppe nach oben zu bringen, wo es gespült werden sollte.

In Elenas Hosentasche vibrierte ihr Handy. Es war das vereinbarte Zeichen, auf das sie gewartet hatte. Sie beobachtete Sharon, die über die Türgegensprechanlage mit ankommenden Gästen redete und zum Öffnen der Tür eine Taste drückte. Als Sharon zu ihr hinüberblickte, beugte sich Elena wieder über die Zettel mit den Bestellungen.

»Kann ich schon neue Bestellungen mit nach oben nehmen?«, fragte Elena geschäftig.

»Gleich. Tisch Library wählt noch aus.«

Das war der Tisch, an dem die vier saßen.

»Ich gehe dann wieder«, sagte Elena. Sharon nickte abwesend und begann, zwei Negronis zu mixen.

Als sie einige Minuten später die Bestellung für den Library Table durchgab, stellte Elena erleichtert fest, dass es nur eine vegetarische Speise darauf gab. Das machte für sie alles viel einfacher. Allerdings hatte sie in ihrem Job gelernt, dass man immer mit unvorhergesehenen Dingen rechnen musste. Es konnte daher auch sein, dass Poppi keine Vegetarierin mehr war und jemand anderer die Rigatoni bestellt hatte.

Aber Elena hielt die Wahrscheinlichkeit für gering. Ihren Informationen zufolge handelte es sich um Poppis Bestellung, und sie konnte ihren Plan durchziehen.

37) FEHLER

»Versteht ihr, wieso dieser Valentin Brown uns hierherbestellt, um uns etwas mitzuteilen, wenn er gar nicht vorhat herzukommen?« Dominik sah seine Freunde der Reihe nach an.

»In dem Anruf wurde dir nicht versprochen, dass er persönlich anwesend ist. Wir sollten nur nach ihm fragen und auf die Information warten«, erklärte ihm Lilo.

»Ja, Frau Professor«, fuhr Dominik sie an. Er hatte sein erstes Glas Wein schon geleert und goss sich gerade das zweite ein.

»Dominik, du musst klar bleiben«, ermahnte ihn Poppi.

»Wo sind wir hier? Im Kindergarten?« Dominik lehnte sich so heftig zurück, dass der etwas wackelige Holzstuhl krachte.

»Poppi hat recht«, kam ihr Axel zu Hilfe.

»Versteht ihr nicht, um was es geht?« Dominik beugte sich wieder vor und deutete den anderen, näher zu kommen. Mit gesenkter Stimme sagte er: »Das ist die Rolle meines Lebens. Ich MUSS sie bekommen. Das wäre mein Durchbruch auf allen Linien, und außerdem ist so etwas auch noch hoch bezahlt.«

»Musst du nicht zuerst einmal im Casting überzeugen?«, gab Lilo zu bedenken.

Wieder warf sich Dominik zurück. »Was ist los mit euch? Habt ihr alle die Vernunftpille geschluckt?«

»Auf dich wurde ein Schläger angesetzt, du stehst unter Verdacht der Körperverletzung, wir sind wahrscheinlich in den Raub von Kryptowährung verwickelt und werden deshalb von Hackern gejagt. Wir haben wirklich andere Sorgen«, erinnerte ihn Lilo.

Dominik machte eine wegwerfende Handbewegung. »Mir wird das alles langsam zu viel. Wir hätten uns nicht treffen sollen, dann wäre das alles nicht passiert.«

Poppi sah ihn erschrocken an. »Wie kannst du so etwas sagen? Wir haben uns doch gefreut, dass wir endlich wieder zusammen sind …«

Aber Dominik war nicht mehr zu beruhigen. Er leerte hastig das zweite Glas Wein und griff wieder nach der Flasche. »MIR hat keiner einen Datenstick zugesteckt. ICH bin nicht in irgendeinen Raub oder was verwickelt. Der Schläger wäre MEINETWEGEN nie aufgetaucht. ICH wäre also nicht in irgendwelchen Schwierigkeiten, wenn wir nicht wieder zusammen sein wollten.«

Axel runzelte die Stirn. »He, Superstar, willst du sagen, dass dir unsere Freundschaft egal ist?«

Da Sharon mit dem Essen in der Tür erschien, verstummte die aufgebrachte Diskussion augenblicklich. »Hier, lassen Sie es sich gut schmecken. Sie haben drei der Lieblingsspeisen von Valentin gewählt, was ihn sicher freuen wird, wenn ich ihm das erzähle.«

Lilo sah ihr hinterher, als Sharon den Raum wieder verließ.

»Das ist die Lösung. Die Frau hat doch seine Nummer. Vielleicht sollten wir sie danach fragen und ihn anrufen.«

Hungrig stürzte sich Dominik auf seinen Burger. Poppi wickelte ihre Nudeln gekonnt auf die Gabel. Sie liebte Nudelgerichte über alles und war froh, hier ein vegetarisches gefunden zu haben. Die Gemüsesoße schmeckte würzig, fast ein bisschen scharf. Da auch Poppi erst jetzt bemerkte, wie hungrig sie war, machte sie sich gierig über das Gericht her.

Auch Axel und Lilo ließen es sich schmecken, aber auch sie aßen hastig, teils aus Unruhe, teils aus Hunger. Lilo konnte nicht aufhören zu überlegen, ob sie etwas übersehen hatten. Kurz kam ihr der Gedanke, es könnte sich um eine Falle handeln.

Poppi war als Erste fertig. Sie legte das Besteck weg und nahm einen großen Schluck Mineralwasser. Bevor die anderen zu Ende gegessen hatten, entschuldigte sie sich. Sie traf Sharon im Zimmer mit der Bar, und auf ihren fragenden Blick deutete Sharon hinunter.

Sie musste die steile Treppe sehr vorsichtig hinuntersteigen und den Handlauf immer fest umklammern. Die Stufen waren sehr schmal und hoch.

Poppi wunderte sich. Normalerweise war ihre Blase viel stärker. Aber nun verspürte sie einen Drang wie sonst selten. »Ein bisschen zu viel Mineralwasser und ein bisschen zu viel Aufregung«, sagte sie leise zu sich selbst. Sie sah den Wegweiser zu den Toiletten, die sich im Keller befanden, und nahm die nächste Treppe, die weniger gefährlich war.

Die Damentoilette lag am Ende eines niedrigen Ganges. Poppi eilte darauf zu und schaffte es gerade noch in die Kabine. Als sie ein paar Minuten später die Tür wieder öffnete, glaubte sie im ersten Moment, die Orientierung verloren zu haben. Sie blickte sich selbst in die Augen, obwohl der Spiegel auf der anderen Seite hing.

Als Nächstes spürte sie einen Stich hinten an ihrem Oberschenkel. Sie fuhr herum und sah zu ihren Füßen einen kleinen Mann in einem braunen Anzug knien. Er hielt eine Injektionsspritze in der Hand, die leer war. So etwas erkannte Poppi als Tierärztin sofort.

Der Stich. Die Spritze. Leer. Dann wurde alles um sie herum dunkel.

Ihre Beine knickten ein, und sie spürte noch, wie sie aufgefangen wurde. Von jemand, der nach feuchtem Keller roch.

Das war das Letzte, das Poppi wahrnahm.

38) VERSCHWUNDEN

»Dessert?« Sharon stand am Tisch der vier Freunde und winkte mit den Speisekarten.

Dominik strich sich über den Gürtel und schüttelte den Kopf, als hätte ihm Sharon gerade ein unsittliches Angebot gemacht. Axel lehnte lächelnd ab, Lilo auch. Sie blickte auf Poppis leeren Platz.

»Wieso ist sie so lange fort?«

»Kaffee? Tee? Oder einen Digestif?«, bot Sharon an.

»Ja, einen doppelten Espresso«, verlangte Dominik.

Lilo erhob sich. »Wo sind die Toiletten?«

»Im Keller.«

Selbst Lilo, die schmalste Klettersteige gewohnt war, hatte auf der steilen Treppe ihre Probleme, die Balance zu halten. Vorsichtig ging sie seitlich hinunter, ein alter Trick, der sich oft bewährt hatte.

Im Keller holte der junge Kellner gerade eine Kiste Weinflaschen aus einem Vorratsraum. Leise fluchend, schleppte er sie nach oben. Lilo zwängte sich an ihm vorbei und sah sich nach der Damentoilette um. Sie musste bis zur letzten Tür gehen, auf der ein großes rotes L angebracht war. L für Ladys. Lilo öffnete die Tür und betrat einen kleinen Vorraum. Zu ihrer Linken befand sich eine tiefe Nische mit einem Spiegel, der die ganze Wand bedeckte, und einem Waschbecken samt Papierhandtuchspender. Direkt vor ihr waren zwei Kabinen. Eine war besetzt, die andere leer.

»Poppi?«, fragte Lilo leise. Sie bekam keine Antwort, wollte aber auch nicht an die versperrte Tür klopfen.

»Alles in Ordnung mit Poppi?«, wollte Axel wissen, als Lilo zurück an den Tisch kam.

»Sie ist nicht auf der Toilette.«

»Was heißt, sie ist nicht auf der Toilette? Wo soll sie sonst sein?«

Axel sprang auf. »Das gibt es doch nicht! Ich schau oben nach, und du suchst noch einmal unten«, sagte er zu Lilo.

»Und ich?« Dominik schwankte leicht, als er sich aus dem Sessel in die Höhe stemmte.

»Du bleibst hier.« Axel drückte Dominik zurück auf den Sessel. Er rannte die Treppe, die steil und gewunden nach oben führte, hinauf, immer drei Stufen auf einmal nehmend. Ihn hatte plötzlich eine Sorge und Unruhe befallen, wie er sie sonst nur kannte, wenn Lotta ein paar Minuten nicht auffindbar war.

In den beiden Räumen des zweiten Stockes saß niemand an den gedeckten Tischen. Im nächsten Stockwerk sah er durch eine halb offene Tür in ein winziges Büro und durch eine andere in die Küche, wo es dampfte und zischte. Ein heißer Schwall schlug ihm entgegen, als er den Kopf in den Raum steckte. Eine bullige Köchin kehrte ihm den breiten Rücken zu, und ein dürrer Koch schüttelte hektisch Pfannen auf dem Herd.

»Entschuldigung.«

Der Koch wandte sich nicht einmal um, sondern sagte nur: »Die Toiletten sind im Keller.«

»Ich suche nicht die Toilette. Aber war vielleicht eine junge Frau hier? Braunhaarig, in einer roten Jacke?«

Der Koch drehte sich zu ihm um. Der Schweiß stand ihm auf der Stirn. »Niemand war hier. Hier ist kein Zutritt für Gäste.« Es war eine freundliche Art zu sagen, dass Axel verschwinden sollte.

Axel kehrte zu ihrem Tisch zurück, wo Dominik saß und ihm fragend entgegenblickte. Kurz nach Axel kam auch Lilo, und beide setzten sich.

»Nicht da«, sagten sie fast gleichzeitig.

»Was heißt, nicht da? Sie kann doch nicht weggegangen sein, ohne uns etwas zu sagen«, fragte Dominik.

»Klaus! Vielleicht hat er sie angerufen. Vielleicht steht sie vor dem Klub und telefoniert«, fiel Axel ein. Er machte Anstalten, gleich loszurennen.

»Warte!« Lilo hatte ihr Handy aus der Jackentasche gezogen und suchte aus den Favoriten Poppi heraus. Sie drückte ihren Namen und schaltete den Lautsprecher ein.

Das englische Freizeichen ertönte. Es war ein zweifaches tiefes Brummen. Es läutete einmal, zweimal, dreimal, viermal, fünfmal, sechsmal.

Sharon tauchte in der Tür auf und deutete auf Lilos Handy. Sie schwenkte den erhobenen Zeigefinger und formte mit den Lippen »Ausschalten!«.

Von unten schrie eine Frau. Es war ein sehr schriller Schrei, dem ein zweiter folgte, dann ein gellendes: »Help! Quick! In the toilet!«

Lilo sprang auf und stürmte an der verdutzten Sharon vorbei durch den anderen Gastraum. Sie erreichte die steile Treppe, griff links und rechts nach dem Handlauf und eilte, so schnell es das enge Kleid erlaubte, die Stufen hinunter. Ungefähr auf der Mitte rutschte sie aus und landete auf dem Hinterteil. Wie auf einer holprigen Rutschbahn rumpelte sie die letzten Stufen in die Tiefe. Unten kippte sie nach vorne und blieb auf der Seite am Ende der Treppe liegen.

Von oben kam Axel, der nur knapp selbst einem Sturz entging. Er kniete sich vor Lilo.

»Bist du okay?«

»Mein Steißbein … aua.« Lilo verzog gequält das Gesicht.

»Kannst du aufstehen?« Axel nahm sie behutsam unter dem Arm.

»Ja, ja, es geht schon wieder.«

»Help!«

»Hinunter.« Lilo hatte Mühe, normal zu sprechen.

Dominik tauchte bei den beiden auf, lief aber sofort weiter in das Kellergeschoß. Axel lehnte Lilo gegen die Wand und folgte ihm.

Vor der Damentoilette stand eine kleine Frau mit wilder Kraushaarfrisur, die ihren Kopf viel zu groß erscheinen ließ. Sie hatte eine Hand vor den Mund gepresst und deutete mit der anderen in die Toilette. Ihre Augen waren vor Entsetzen geweitet. Sie stammelte beim Sprechen.

»Ein Handy … es hat geläutet … Blut.« Axel trat neben sie und folgte ihrem Blick.

Die linke Kabine war offen. Unter den Türen und der Trennwand war ein breiter Spalt, ungefähr zwei Handbreit hoch. Aus der anderen Kabine war ein Handy herübergerutscht. Axel erkannte es sofort an der Hülle, die das Muster eines Zebras hatte.

Es war Poppis Handy.

Auf den weißen Streifen glänzte frisches Blut.

»Poppi!« Axel schrie jetzt. Er kniete sich nieder und beugte den Kopf zum Boden, um unter der verriegelten rechten Kabinentür durchsehen zu können.

Durch den Spalt sah er zwei Beine in einer orangefarbenen Leinenhose. Axel griff unter der Türkante durch und berührte Poppis Fuß. »Poppi, sag etwas!«

Nach Sekunden, die ihm wie eine Ewigkeit erschienen, kam endlich eine Reaktion. Es war ein Stöhnen und dann ein Schluchzen.

Axel sprang in die Höhe und rüttelte an der Klinke der Kabinentür. Er packte sie mit beiden Händen und stemmte einen Fuß gegen den Rahmen. Mit aller Kraft riss er an der Tür, um sie aufzubekommen. Aber es gelang ihm nicht.

»Poppi, mach auf!«, rief Dominik.

Langsam, fast wie in Zeitlupe wurde die Tür von innen entriegelt. Axel öffnete die Tür.

»Mein Gott, mein Gott!«, jammerte die Frau, die noch immer auf dem Gang stand und alles verfolgte.

Dominik und Axel starrten beide gleichermaßen geschockt auf ihre Freundin. Lilo war durch den Sturz auf das Steißbein beeinträchtigt und erst jetzt bei der Toilette angelangt. Ihr Entsetzen war genauso groß.

»Oh nein, Poppi, was ist geschehen?«

»Egal.« Axel übernahm das Kommando. »Wir brauchen sofort einen Arzt. Oder einen Krankenwagen.«

39) LIEFERUNG ERFOLGT

Dorits Handy vibrierte in ihrer Tasche, als sie im Lift in den dritten Stock nach oben fuhr. Als die beiden Hälften der Tür auseinanderfuhren und sie auf den weichen Teppich des Flures hinaustrat, holte sie das Handy aus der Tiefe ihrer großen Schultertasche.

Es war eine WhatsApp-Nachricht von einer Nummer mit der Vorwahl des Senegals.

Freue mich, Ihnen mitzuteilen, dass das Hilfsprojekt gut angelaufen ist. Danke für Ihre großzügige Spende. Wir konnten bereits Hilfsgüter ausliefern. Bestimmt können wir Sie bereits in Kürze informieren, wenn die Güter angekommen sind und das Leben von Menschen verändern.

Während sie das las, ging sie langsam den Flur entlang. Der Teppich verschluckte jedes Geräusch. In der Klinik lag diese fast gespenstische Stille. Vor der gepolsterten Tür mit der Nummer 35 blieb Dorit stehen. Sie hätte einfach die Kombination drücken und eintreten können, zögerte aber. Stattdessen betätigte sie die Taste mit dem Glockensymbol. Onkel Ray sollte diesmal vorgewarnt sein, damit er seinen Hut oder seine Perücke aufsetzen konnte.

Nachdem Dorit ein paar Momente abgewartet hatte, tippte sie die Ziffernfolge ein, und die Tür sprang auf. Die Polsterung war so dick, dass von innen kein Ton nach außen dringen konnte, daher konnte Dorit weder das Klingeln noch ein »Herein« ihres Onkels hören.

Er saß wieder in seinem Lehnsessel am Fenster und trug an diesem Tag ein schwarzes Haarteil und dazu eine dunkle Sonnenbrille. Das glänzende Schwarz war viel zu tief und kräftig für einen Mann seines Alters und sah sehr unnatürlich aus.

»Schon wieder da?«

»Freust du dich gar nicht, Onkel Ray?«

»Du machst dieses Gesicht wie früher, wenn du mit einem schlechten Zeugnis heimgekommen bist.«

Dorit trat neben ihn und küsste ihn auf das Haarteil, das nach Stylingspray roch. Sie holte einen der vier Stühle, die um den runden Esstisch standen, und zog ihn neben den Lehnsessel.

»Lieferung erfolgt«, sagte sie.

Hermes, der bisher nur trübsinnig ins Freie gestarrt hatte, drehte sich mit einem Ruck zu ihr. »Und?«

»Mehr ist noch nicht passiert.«

»Und nun?«

»Es wird eine Weile dauern. Aber vielleicht kann es noch in dieser Nacht geschehen.«

»Nichts überstürzen. Es gibt nur diese eine Gelegenheit, und da darf nichts schiefgehen.«

»Dafür ist gesorgt. Ich habe deine Instruktionen alle genau weitergegeben. Vertrau mir, die Sache ist in guten und professionellen Händen.«

»Das will ich hoffen.« Wieder blickte Hermes ins Leere.

Nach einer kurzen Pause sagte Dorit: »Vielleicht würde dir ein Spaziergang guttun.«

»Ich bin zu müde.«

»An der frischen Luft spricht es sich leichter«, gab ihm Dorit einen Wink, wieso sie mit ihm in den Park gehen wollte. Sie hatte durch Zufall mitbekommen, dass die Patienten der Klinik vom Pflegepersonal abgehört und über Kameras beobachtet werden konnten. Aus Sicherheitsgründen. Auch wenn sie nicht wusste, ob ihr Onkel unter Beobachtung stand, wollte sie kein Risiko eingehen.

Obwohl er den ganzen Tag nur in seinem Zimmer verbrachte, trug Hermes einen dünn gestreiften, dunklen Anzug und ein weißes Hemd. Er saß auch nicht in Pantoffeln da, sondern in seinen maßgeschneiderten Lederschuhen. Dorit bot ihm ihren Arm an, damit er sich einhängen konnte, aber er lehnte ab. Seine Schritte waren etwas wackelig, und sie blieb dicht neben ihm, um notfalls schnell zugreifen zu können.

Es war ein heißer Tag, und die Luft war feucht. Hermes und seine Nichte gingen nicht weit, sondern ließen sich auf einer Bank im Schatten der alten Bäume nieder.

»Ich muss dir leider etwas sagen«, begann Dorit.

Er drehte den Kopf zu ihr. »Sie haben es herausgefunden.«

Dorit nickte. »Wieso weißt du das?«

»Deine Schwester und ihre Bluthunde von Rechtsanwälten und Controllern finden solche Spuren schnell, weil es ihnen die höchste Lust verschafft, anderen auf die Schliche zu kommen.«

»Ich kann sofort mit der Umsetzung unseres Notfallplanes beginnen, aber ich will sicher sein, dass du mit allem einverstanden bist.«

Dorit hatte alles vorbereitet. Zuerst mussten zwei der Labors liquidiert werden. Die Ergebnisse der Forschungen hatte sie längst sichergestellt, und für die Wissenschaftler, die dort gearbeitet hatten, war die Auswanderung nach Südamerika organisiert worden. Es war vorgesehen, dass sie dort unter falschen Namen weiterleben und vielleicht sogar arbeiten konnten. Man würde für sie sorgen, allerdings nur so lange, wie sie unauffindbar blieben.

»Labor Omega kann nicht so leicht aufgespürt werden«, sagte sie. Ihr Onkel nickte langsam. Bei diesem Labor hatte Geheimhaltung immer höchste Priorität gehabt, und alle Spuren zu diesem Labor waren laufend verwischt worden: Die Gelder flossen auf Konten auf den Bahamas, die Adresse des Inhabers der Konten war in Liechtenstein, und immer wieder tauchten absichtlich gefälschte Briefe und E-Mails auf, die alle nach Neuseeland führten.

In Wirklichkeit befand sich das Labor an einem völlig anderen Ort, der aber so raffiniert gewählt worden war, dass seine Entdeckung nahezu ausgeschlossen war. »Labor Omega« musste bestehen bleiben und die Ergebnisse auswerten, die in Kürze vorliegen würden. Wenn sie erwartungsgemäß ausfielen, so hielte er eine Technologie in Händen, die ihm nicht nur Milliarden von Dollar einbringen, sondern auch eine ungeheure Macht verleihen würde. Allein die Vorstellung machte ihn munter und gab ihm neue Kraft.

Aber noch etwas musste Dorit ihrem Onkel klarmachen. »Du musst hierbleiben. Hier können sie nicht an dich heran. Das FBI ist dir wegen Canon Island auf der Spur. Aber selbst wenn sie Beweise vorlegten, die dich belasten, bist du hier sicher, weil du nicht vor Gericht gestellt werden kannst.«

Bisher hatte er den Gedanken, entmündigt worden zu sein, immer weggeschoben, aber in diesem Moment musste er der Gewissheit ins Gesicht schauen. Er krümmte sich kurz, als hätte er Magenschmerzen.

»Ist etwas?«, fragte Dorit besorgt.

Er schüttelte stumm den Kopf. »Ich will die Ergebnisse haben. Mach Druck!«

40) SCHOCK

Axel konnte kaum hinsehen. Vor ihm saß Poppi auf dem Deckel der Toilette und blutete heftig aus einer Wunde an der Schläfe. Mit glasigen Augen starrte sie ihn an, bevor sie in Tränen ausbrach. Sie hatte Mühe zu sprechen, und ihre Stimme war nur ein Krächzen.

Überall waren Blutspritzer – auf ihrer Kleidung, auf ihrem Handy, der Trennwand und den hellen Bodenfliesen.

Lilo nahm Poppi unter den Achseln, und Axel griff nach ihren Beinen, gemeinsam hoben sie sie vorsichtig von der Klomuschel. Sie trugen sie auf den Gang und setzten sie auf den Boden, sodass sie sich an die Wand lehnen konnte. Ihre Haut war sehr weiß und kalt.

»Bestimmt steht sie unter Schock«, hatte Lilo Axel zugeraunt.

Die Rettung traf erst nach fünfzehn Minuten ein. Ein junger Arzt, der schwitzte und hektisch an seinem Erste-Hilfe-Koffer herumfummelte, sorgte für die Erstversorgung von Poppis Wunde am Kopf.

»Sie muss ins Krankenhaus. Klammern oder nähen«, erklärte er knapp.

Lilo begleitete Poppi, da nicht sicher war, in welches Krankenhaus sie gebracht wurde. Axel und Dominik warteten im Klub.

Sharon schüttelte ständig den Kopf und jammerte, dass so etwas in der dreißigjährigen Geschichte des Klubs noch niemals vorgekommen war. Die beiden Männer saßen im ersten Stock an der Bar, wo Dominik einen Whisky kippte und Axel ein großes Bier – in der Hoffnung, es könnte ihn beruhigen.

»Kommt man in den Klub, ohne anzuklingeln?«, wollte er von Sharon wissen.

Sie schüttelte stumm den Kopf und deutete auf den schmalen Telefonapparat an der Wand. »Wir fragen immer nach dem Namen, bevor wir öffnen.« Sie rief nach Oliver, so lautete der Name des jungen Kellners, der nebenan gerade die Tische abräumte. Aber auch er hatte niemanden hereingelassen, den er nicht kannte oder der keine Verabredung im Klub hatte.

»Valentin wird entsetzt sein, was seinen Gästen hier zugestoßen ist«, jammerte Sharon.

»Wird er nicht«, platzte Dominik heraus. Axel hätte ihn gerne gestoppt, aber Dominik redete einfach drauflos. »Wir kennen ihn gar nicht. Wir sollten nur sagen, dass wir uns hier mit ihm treffen.«

Oliver kam aus dem Nebenraum und reichte Sharon den *Evening Standard*. Er deutete mit dem Finger auf die Titelseite, und Dominik wusste sofort, worum es ging.

»Das bin ich.«

Sharon runzelte die sonst sehr glatte Stirn. Dominik glaubte, ihre Gedanken lesen zu können, und brauste auf: »Ich habe doch nicht meine Freundin zusammengeschlagen. Wieso sollte ich so etwas tun? Außerdem war ich die ganze Zeit hier.« Er rang nach Luft. »Aber wieso verteidige ich mich überhaupt.«

»Wieso solltet ihr Valentin hier treffen, wenn ihr ihn nicht kennt?«, wollte Sharon wissen.

»Weil Dominik einen Anruf bekommen hat, in dem ihm in Aussicht gestellt wurde, hier Information darüber zu erhalten, wer seinen Kollegen wirklich zusammengeschlagen hat. Er hat seinen Kollegen nicht einmal berührt und ist selbst angegriffen worden«, erklärte Axel.

»Aber keiner glaubt es mir, und jetzt ist vielleicht die Chance meines Lebens dahin, verdammt noch einmal.« Voller Zorn schlug Dominik mit beiden Händen auf die Theke, sodass die Gläser, die dort standen, klirrten.

Lilo meldete sich auf Axels Handy und teilte ihm mit, dass Poppi ins St Thomas Hospital gebracht worden war, das nicht weit vom Klub entfernt lag. Dominik und er machten sich sofort auf den Weg.

»Die Polizei ist gleich hier«, rief ihnen Sharon hinterher.

»Aber wir müssen ins Krankenhaus!« Axel und Dominik ließen sich nicht aufhalten. Die Polizei würde sicher nachkommen.

41) FALLE

Das St Thomas Hospital befand sich am Ufer der Themse, direkt gegenüber des Houses of Parliament.

Poppi lag in einem flussseitigen Zimmer und konnte von ihrem Bett aus Big Ben sehen. Die anderen beiden Betten, die es hier gab, waren derzeit leer. Lilo saß bei ihrer Freundin auf der Bettkante, Axel und Dominik warteten auf dem Gang.

»Wir haben keine Info über den Irren bekommen, der beim Casting aufgetaucht ist«, sagte Dominik. Aus lauter Nervosität wusste er nicht, wohin mit seinen Händen. Am liebsten hätte er jetzt eine Zigarette geraucht, obwohl er schon vor Jahren damit aufgehört hatte.

Axel fuhr herum und öffnete empört den Mund. »Sag, bist du noch ganz richtig im Kopf?«

»Reg dich ab«, schnauzte Dominik ihn an.

»Wir haben eine sehr klare Information bekommen. Der Vorfall hat doch ganz deutlich gezeigt: Der Kerl ist noch immer dort draußen unterwegs und hat uns im Auge.«

»Dann war das Essen in diesem Klub eine Falle?« Dominik ließ sich auf einen Metallstuhl sinken, der an der Wand stand. Der Geruch von Desinfektionsmitteln und Schweiß, der in der Luft hing, verursachte ihm Übelkeit.

»Ja, das war es. Und diesmal hat Poppi daran glauben müssen.«

Sie warteten jetzt bereits eine Stunde lang im St Thomas Hospital vor Poppis Zimmer. Außer Lilo durfte im Augenblick niemand zu ihr. Die Wunde war geklammert worden, und sie hatte ein leichtes Beruhigungsmittel bekommen. Die Ärztin, die sie versorgt hatte, wollte noch ein CT von Poppis Kopf machen, um sicherzugehen, dass sie keine weiteren Verletzungen beim Überfall davongetragen hatte.

»Wer hat dir das nur angetan?«, dachte Lilo, während sie die ruhende Poppi im schwachen Schein der Nachtlampe des Krankenzimmers betrachtete. Poppis Auge war blau, die Wunde mit einem Pflaster bedeckt. Das Blut war abgewischt worden, aber sie hatte noch da und dort dunkelrote Spuren.

Sie trug noch immer ihr blassblaues T-Shirt und die orangefarbene Leinenhose. Nur die rote Jacke hatten ihr die Schwestern ausgezogen. Sie hing an einem Haken neben der Tür.

Lilo ging zwischen dem Bett und dem Fenster auf und ab und blickte hinunter zum Fluss. Wie ein schwarzes Band schlängelte sich die Themse dahin, unter der Westminster Bridge durch und weiter zum Riesenrad, dem London Eye. Im Wasser spiegelten sich die Lichter des Parlamentes und die Laternen der Brücke.

Warum waren sie in diesen Klub bestellt worden? Damit einer von ihnen niedergeschlagen werden konnte? War das eine weitere Warnung? Ging es um den Datenstick und das Programm? Oder …?

Lilo fiel nichts mehr dazu ein, und das war selten.

Im Krankenwagen hatte Lilo versucht, Poppi zu beruhigen, und sie am Arm gestreichelt. Diese hatte die Augen halb geöffnet und sie sogar schwach angelächelt.

»Wer war das?«, wollte Lilo wissen.

»Es ging so schnell. Ich bin aus der Toilette gekommen. Da war schon der Schlag, und es hat so wehgetan.«

»Hast du irgendetwas erkennen können?«

»Nein. Nichts.«

Die Tür wurde geöffnet, und ein Pfleger erschien mit einem Rollstuhl, um Poppi zum CT zu bringen.

Poppi schlief nicht richtig, sondern war nur leicht benebelt. Sie stöhnte, als der Pfleger sie aufrichtete und in den Rollstuhl setzte. Lilo folgte ihm, als er mit Poppi das Zimmer verließ.

Sie konnte nicht mitkommen und trat deshalb zu Axel und Dominik.

»Es macht keinen Sinn«, murmelte Dominik vor sich hin, der noch immer auf dem Metallstuhl kauerte, die Ellbogen auf die Knie gestützt.

»Was macht keinen Sinn?«, wollte Lilo wissen.

»Der Typ, der Toby zusammengeschlagen hat. Er hat zu mir gesagt, dass wir etwas hätten, das ihm gehört und das er zurückhaben will.«

»Ja, und?«

»Wenn er uns in den Klub gelockt hat, wieso verprügelt er dann Poppi? Das bringt ihm das Ding doch auch nicht.«

Axel atmete heftig ein. »Und wenn er uns nur aus dem Haus locken wollte, um sich den Datenstick zu holen.«

Lilo war nicht dieser Meinung. »Das ist doch absurd. Glaubt ihr, dass er erst Poppi niederschlägt, dann zum Haus rast und dort einbricht? Oder glaubt ihr, dass er einen Komplizen hat?«

»Wir finden es nur heraus, wenn wir nachsehen«, sagte Axel.

»Moment, langsam. Wir müssen abwarten, was mit Poppi ist, und außerdem wäre es viel zu gefährlich, einfach in das Haus zu gehen. Wir sollten besser die Polizei einschalten.«

Dominik sah sie flehend an. »Muss das wirklich sein? Zum zweiten Mal an diesem Tag wird jemand zusammengeschlagen, und wieder bin ich verwickelt. Und dann tauchen mysteriöse Verdächtigungen auf, dass jemand das Haus durchsucht, in dem wir wohnen. Kannst du dir nicht vorstellen, dass das ein gefundenes Fressen für die Presse wäre.«

Axel gab ihm recht. »Ich fahre zurück.«

»Axel, nein.« Lilo machte einen Schritt auf ihn zu, als wollte sie ihm den Weg verstellen. »Das ist viel zu riskant.«

»Dieses Risiko gehe ich ein. Vielleicht kann ich so den Kerl erwischen, der Poppi das angetan hat.«

»Sei nicht so stur.« Flehend sah ihn Lilo an.

»Ich soll nicht stur sein? Das sagst ausgerechnet du?« Axel grinste schief. »Wo ist dieser Datenstick überhaupt?«

»In unserem Zimmer. In meinem Kulturbeutel.«

»Du hast ihn zu deinem Shampoo und deiner Haarbürste gelegt?« Axels Erstaunen hätte nicht größer sein können.

»Es erschien mir als gutes Versteck. Mein Laptop ist übrigens unter der Matratze meines Bettes.«

»Manchmal bist du echt menschlich.«

»Was soll das heißen?«, fragte Lilo erstaunt.

»Ich mache mich auf den Weg.«

»Ich komme mit!« Dominik stellte sich neben Axel. Lilo hielt das für eine sehr gute Idee, und auch Axel nickte zustimmend.

»Ruft sofort an, wenn ihr das Haus abgesucht habt«, schärfte Lilo den beiden ein.

Axel versprach es. Als er schon ein paar Schritte gegangen war, drehte er sich noch einmal um und sagte: »Übrigens boxe ich mindestens einmal die Woche. Falls dich das beruhigt.«

42) KLAUS

Noch nie zuvor war die Küche des Klubs so sorgfältig und zugleich so leise aufgeräumt worden. Die letzten Bestellungen waren fertig angerichtet, und Jan brachte sie persönlich hinunter. Elenas Aufgabe war es, die Töpfe und Pfannen zu reinigen und wegzuräumen. Es gab einen Grund, wieso sie das fast ohne Klappern tat.

Ein Polizist und eine Polizistin waren mit Henry in seinem Büro. Die Tür stand offen, und Elena wollte hören, was geredet wurde.

»Unsere Gäste sind aufgebracht, und ich muss alles tun, damit unser Klub keinen Imageschaden erleidet«, erklärte Henry.

»Ist der Frau etwas gestohlen worden?«, fragte die Polizistin.

Henry rief über die Hausleitung in der Bar an und beorderte Sharon nach oben. Sie kam sofort und bat um Verständnis dafür, dass die Ereignisse sie viel zu sehr mitgenommen hatten und sie noch nicht klar denken konnte. Man möge ihr daher verzeihen, wenn sie stottere.

»Ist der Frau bei dem Überfall etwas gestohlen worden?«, wollte Henry von ihr wissen.

»Sie hat nichts gesagt. Aber sie stand unter Schock und hatte starke Schmerzen von dem Schlag, den sie bekommen hat. Wir dachten, die Frau und die drei anderen wären Gäste von Valentin Brown, einem unserer ältesten Mitglieder. Seine Assistentin hatte sie am Nachmittag telefonisch angekündigt.«

»Sind die Leute Verwandte von ihm?«, forschte die Polizistin weiter.

»Ich habe bei Valentin Brown angerufen«, sagte Sharon zögerlich. »Henry, es ist nicht meine Schuld. Ich wäre nie auf die Idee gekommen, dass jemand nur vorgeben könnte, für ihn zu arbeiten.«

Henry gab einen brummigen Laut von sich, bevor ihm klarwurde, was Sharon meinte. »Die vier haben mit Valentin nichts zu tun?«

»Er kennt sie nicht einmal. Seine Frau auch nicht. Und seine Assistentin ist auf Urlaub.«

»Wer hat die vier dann angekündigt? Haben sie sich selbst hier Zutritt verschafft?« Henry schnaufte immer heftiger.

Zu Elenas Freude hatte niemand eine Ahnung, was hier vorgefallen war.

»Vielleicht kann uns der Mann der Frau mehr sagen«, verkündete Sharon.

»Ihr Mann? Wieso?«, sagte Henry.

»Das Handy der Frau ist auf der Toilette auf dem Boden liegen geblieben. Nachdem alle fort waren, hat Oliver es gefunden und zu mir gebracht. Auf einmal hat es geläutet. Auf der Anzeige stand Klaus, und ich habe abgehoben.« Sharon entschuldigte sich, sie wollte sich ein Glas Wasser holen. Elena konnte gerade noch rechtzeitig in die Küche zurückweichen, sonst hätte Sharon bemerkt, dass sie lauschte. So aber fand sie die Küchenhilfe beim Scheuern eines verkrusteten Topfes vor.

»Ich brauche Wasser«, zwitscherte Sharon. Sie fand kein Glas und nahm dafür ein Soßenkännchen. Sie füllte es unter dem Wasserhahn, den Elena nur widerwillig freigab, und trank daraus. Danach kehrte sie zu Henry und den Polizisten zurück und setzte den Bericht fort.

»Dieser Klaus war sehr erstaunt und fragte nach seiner Frau, und ich wollte ihm aber nicht sagen, was mit ihr geschehen ist. Schließlich konnte ich ja nicht wissen, ob er wirklich ihr Mann war.«

»Wo ist der Mann?«, fragte die Polizistin.

»Heathrow. Er war gerade gelandet, und ich habe ihm gesagt, er soll in den Klub kommen.«

»Gut. Sehr gut.« Die Polizisten klangen zufrieden.

Sofort aber überkam Elena diese eiserne Ruhe, die sie immer verspürte, wenn die Lage bedrohlich wurde.

»Wir fahren jetzt ins Krankenhaus. Verständigen Sie uns bitte sofort, wenn der Mann hier eintrifft.« Die Polizisten brachen auf.

Schnell hängte Elena die letzten Töpfe und Pfannen auf die Haken, die von der Decke baumelten. Sie musste hier einen guten Eindruck hinterlassen, damit nicht zu schnell herausgefunden wurde, dass sie gar nicht von der Agentur geschickt worden war.

Der Koch kehrte zurück und setzte sich auf die Kante der Arbeitsfläche, wo die Teller angerichtet wurden.

»Du kommst doch morgen wieder?«

»Klar.« Elena war sehr froh über diese Frage. Bis morgen Mittag würde also niemand Fragen zu ihrer Person stellen. Sie verabschiedete sich von ihm und ging nach unten.

Henry und Sharon waren ihr vorausgegangen, und sie sah sie durch die offene Tür an der Bar stehen.

»Er müsste in Kürze hier ankommen«, hörte sie Sharon sagen. Natürlich wusste Elena, wer gemeint war. Sie eilte die lange Treppe hinunter und verließ lautlos den Klub.

Der Durchgang wurde von alten Straßenlampen erhellt, die hoch über den Köpfen an einer Hausmauer angebracht waren. Darüber war ein Streifen dunkelblauer Nachthimmel zu sehen.

Es hatte stark abgekühlt, was Elena nur gelegen kam. Sie mochte keine Hitze, und die Temperatur in der Küche war für sie eine Qual gewesen. Hier im Freien hatte sie das Gefühl, endlich wieder richtig atmen zu können.

Es galt nun, die richtigen Schritte zu setzen. Sie postierte sich sehr nahe am Klubeingang genau zwischen zwei Lampen im Halbdunkel. Wer den Klub verließ, würde sie nicht sofort sehen. Gleichzeitig aber hatte sie die Tür im Auge und damit jeden, der in den Klub wollte.

In dem Durchgang war Stille eingekehrt. Die Hintertüren der Pubs waren alle geschlossen und die Gäste drinnen. Im Lichtschein am Ende bei der St Martin's Lane sah Elena einen Betrunkenen, der sich erleichterte. Angewidert drehte sie sich weg.

Was zu tun war, das war ihr klar. Aber sie brauchte dazu Hilfe. Elena nahm ihr Handy und wählte eine Nummer.

»Ja?«

»Alles unter Kontrolle?«

»Alles.«

»Hier nicht. Ihr Mann kommt.«

»Was?«

»Ich nehme ihn mit.«

»Unmöglich.«

»Gleiche Behandlung vorbereiten.«

»Wann?«

»Kann noch etwas dauern.«

An die Wand gelehnt, stand Elena da und wartete. Aus der Ferne drang der Schlag von Big Ben an ihr Ohr. Es war inzwischen halb zwölf Uhr. Es verstrichen noch einige Minuten, bis Elena jemanden kommen hörte. Mit unsicheren Schritten näherte sich ein groß gewachsener Mann mit breitem Oberkörper und Halbglatze. Er sah sich suchend um, offensichtlich war er unsicher, ob er an der richtigen Adresse war.

»Hier!« Elena trat aus dem Schatten vor ins Licht und winkte. Der Mann eilte mit großen Schritten auf sie zu.

»Sharon?«

»Ja. Und Sie sind Klaus.«

»Wo ist meine Frau?«

»Ich bringe Sie zu ihr. Ihre Frau hatte einen kleinen Unfall.«

»Unfall?«

»Es ist nicht weiter schlimm. Bitte regen Sie sich nicht auf.«

Elena führte ihn auf den Trafalgar Square und winkte nach einem Taxi.

43) VERSTECKTE EINGÄNGE

Mauro glaubte zunächst, an der falschen Adresse zu sein, als er das ehemalige Theater erreichte. Abwartend stand er auf der gegenüberliegenden Straßenseite und beobachtete das Haus. In diesem Augenblick eilte eine geschäftige ältere Dame an ihm vorbei, die wohl mit einem ebenso geschäftigen Corgi die letzte Gassirunde des Tages drehte. Sie blieb neben Mauro stehen und folgte seinem Blick.

»Unglaublich, dass jemand dort drinnen wohnen will, nicht wahr?«

Mauro hasste nichts mehr als Aufdringlichkeit. Eigentlich war sie sehr untypisch für England. Aber die Frau hatte einen amerikanischen Akzent.

»Wem gehört denn das Haus?«, fragte er widerwillig, weil er eigentlich lieber jedes Gespräch vermieden hätte. Falls es jemals dazu kommen sollte, dass die Polizei Nachforschungen anstellte, sollte sich niemand an ihn erinnern. Aber nun war es zu spät, und daher konnte er ebenso gut ein paar Informationen sammeln, die für seinen Einbruch hilfreich waren.

»Philip King, einem seltsamen Kauz. Sein Vater hat zwei Hits komponiert, und der Sohn lebt immer noch von den Einnahmen, die solche Lieder bringen.«

»Was es alles gibt«, murmelte Mauro.

»Aber er wohnt nicht selbst in dem Haus. Er vermietet es an Touristen.«

»Interessant.«

»Wahrscheinlich ist es ihm selbst zu unheimlich.«

»Wieso das?«

»Es hat einen Mord hier gegeben, als das Haus noch ein Theater war. Ein Zuschauer wurde am Ende der Vorstellung tot in seinem Sitz gefunden worden, er ist von hinten erstochen worden.«

»Nicht möglich.« Mauro war nicht sicher, ob die Geschichte erfunden war oder wahr sein konnte, und es interessierte ihn auch nicht wirklich.

»Der Mord ist vertuscht worden. Aber ich verfüge da über meine Quellen«, sagte die Frau. »Das Gebäude soll versteckte Ein- und Ausgänge besitzen und sogar einen Tunnel in ein Nachbarhaus.«

»Das klingt nach einem Horrorfilm«, stellte Mauro trocken fest.

Seine Gesprächspartnerin ließ sich nicht beirren. »Wenn Sie Philip King im Dunkeln begegnen, dann fühlen Sie sich wie in einem Horrorfilm.«

Dem Corgi war langweilig, und er zerrte an der Leine. Sein Frauchen wünschte eine gute Nacht und ging weiter. Mauro war der alten Dame nun fast dankbar. Vielleicht war etwas Wahres an der Geschichte, und das Haus besaß wirklich Hintereingänge. Das würde sein Vorhaben erleichtern! Die Eingangstür war durch ein zusätzliches Gittertor geschützt, und die bunten Glasfenster boten auch keine Möglichkeit zum Einsteigen.

Mauro sah sich das Haus auf Google Earth aus der Vogelperspektive an. Das Gebäude hatte seitlich einen Zubau, der eine Garage sein konnte. Das Tor befand sich aber in der Parallelgasse. Außerdem konnte er einen Innenhof erkennen. Mauro beschloss, es dort zu versuchen.

Das Garagentor war schwarz, und rechts davon gab es ein paar vergitterte Fenster in etwa zwei Metern Höhe. Links neben dem Zubau aber schloss ein anderes Haus an, an dessen Kante zwei dicke Rohre verliefen. Es waren wohl Abwasserrohre, die Mauro aber ausgezeichnet als Kletterstangen dienen konnten. Er war sehr trainiert und turnte ohne große Mühe an den Rohren nach oben, sprang auf das Flachdach der Garage, lief geduckt bis zur Kante, blickte in den Innenhof, sah sofort die erwartete Tür und ließ sich vom Dach auf die Steinfliesen des Hofes herunter.

Die Tür war aus Holz und dürfte ziemlich alt sein. Mauro musste sie nicht einmal knacken, da sie unversperrt war.

Nun stand er in einem Raum, in dem es muffig nach altem Gewand und feuchten Büchern roch. Er leuchtete mit der Taschenlampe seines Handys herum, und der Lichtschein fiel auf Regale, die mit Kartons vollgestopft waren.

Nächste Tür. Er betrat einen Raum, dessen Form ihn erstaunte. Der Raum war sechseckig. An fünf Wänden gab es Türen, an der sechsten führte eine Treppe nach oben.

Drei Zimmertüren standen offen, und Mauro vergewisserte sich schnell, dass hier keiner war. Die Betten in zwei Zimmern waren nicht gemacht. Auf dem Boden standen offene Koffer und Taschen herum.

Nachdem er sich Gummihandschuhe übergestreift hatte, wie sie Chirurgen beim Operieren trugen, begann Mauro auszuführen, was ihm Monte Christo aufgetragen hatte. Er sollte den Laptop von einer der Personen finden, die hier wohnte. Doch die Suche in den Schlafzimmern blieb erfolglos. Er durchwühlte Koffer und Taschen und öffnete Laden und Schranktüren, ohne Erfolg zu haben.

Schließlich stieg er die Treppe hinauf in das obere Geschoß und fand sich in einem riesigen Wohnraum wieder. Das Licht der Straßenbeleuchtung fiel von draußen durch die bunten Glasfenster. Rote, blaue und gelbe Lichtflecken schimmerten auf den Sofas und dem Boden.

Der hintere Teil des Raumes war erhöht, und auf einem Esstisch stand ein offener Laptop. Ein pulsierendes, weißes Licht fiel vom Bildschirm auf den Tisch. Mauro stieg die fünf Stufen hoch und erkannte die Einrichtung einer Küche. Als ihm klar wurde, dass er auf der ehemaligen Bühne stand, konnte er einem inneren Drang nicht widerstehen: Er trat vor an die Bühnenrampe, als befände er sich in einer Vorstellung. Er vergaß die Möbel des Wohnzimmers, die im schwachen Lichtschimmer ohnehin nur verschwommen zu sehen waren, und verneigte sich, als hätte er seine Vorstellung beendet und würde nun den Applaus des Publikums entgegennehmen.

Er drehte sich um und sah auf dem Bildschirm einen breitrandigen weißen Kreis pulsieren. An der Oberkante leuchtete ein roter Punkt, der mehrfach blinkte. Mauro trat näher, um sich den Laptop genauer anzusehen. Der zweite Teil des Auftrages lautete, dafür zu sorgen, dass der Laptop mit dem Internet verbunden war.

Da bewegte sich vor ihm etwas. Als er aufsah, blickte er in ein langes, sehr bleiches Gesicht mit tief liegenden Augen. Er holte sofort mit der Faust aus, um den Mann, der da vor ihm stand, niederzustrecken.

Es gab einen dumpfen Schlag, dann sackte ein Körper zu Boden.

44) GRÜNDLICH

Das schwarze Taxi hielt vor dem ehemaligen Theater.

»Dominik, aufwachen«, sagte Axel. Dominik hatte sich bei Beginn der Fahrt zurückgelehnt und den Kopf auf die Oberkante der Rückbank gelegt. Er war eingeschlafen.

Axel bezahlte den Fahrer und sperrte das Gittertor auf. Als er den Schlüssel in das Schloss der Eingangstür stecken wollte, wurde diese von innen aufgerissen. Dominik und Axel sprangen erschrocken zurück.

In der Tür stand Philip, der in diesem Moment noch größer, noch dünner und noch grauer im Gesicht erschien.

»Was soll das?«, fuhr ihn Axel an.

»Wohnt hier ein Fünfter?«, wollte Philip wissen.

»Wie bitte?« Axel verstand die Frage nicht.

»Haben Sie noch einen fünften Gast erwartet?«

»Nein. Wieso?«

»Mein sechster Sinn hat mich also wieder nicht getrogen.«

»Was ist los? Wieso sind Sie im Haus? Das ganze Haus wurde von meinem Agenten gemietet«, feuerte Dominik los.

»Es hat jemand eingebrochen. Ein Mann, der mich niederschlagen wollte.«

Beim Wort »schlagen« zuckten Axel und Dominik zusammen.

»Aber ich bin ihm zuvorgekommen.« Der Stolz darüber war in Philips Stimme deutlich zu hören.

»Sie haben ihn überwältigt?« Axel hätte so etwas Philip nicht zugetraut.

»Ja, zu meiner eigenen Verwunderung ist es mir gelungen.«

»Wo ist der Mann jetzt?«

»In der Küche, er liegt neben dem Esstisch.«

Dominik und Axel drängten sich an Philip vorbei und stürmten nach oben und ins Wohnzimmer. Philip hatte dort eine Deckenlampe eingeschaltet, die ein helles Licht in den Raum warf. Die Männer liefen Slalom um die Sofas und stürzten auf die Bühne und zum Esstisch.

»Hier ist niemand!«, rief Dominik Philip zu, der ihnen gefolgt war.

»Als ich gegangen bin, um Ihnen zu öffnen, lag er noch da. Ich habe nämlich gehört, wie Ihr Taxi anhielt.«

Philip eilte zu ihnen und deutete auf die Stelle vor dem Tisch, wo Mauro gelegen war.

»Er war bewusstlos«, beteuerte Philip. »Bewegungsunfähig.«

»Sieht nicht danach aus«, sagte Axel trocken.

»Vielleicht ist er noch im Haus«, fiel Dominik ein.

»Warten Sie hier!« Philip verschwand in der Vorratskammer der Küche, auf demselben Weg, auf dem er schon einmal so überraschend aufgetaucht war. Nach nicht einmal einer Minute war er zurück und reichte Dominik und Axel eine Pistole.

»Ich kann mit so etwas nicht umgehen«, sagte Dominik. Er hielt die Waffe mit spitzen Fingern vor sich.

»Keine Sorge, Sie ist ja nicht echt und soll nur zur Abschreckung dienen«, raunte ihm Philip zu.

Axel rollte mit den Augen. Sein Blick fiel dabei auf die Arbeitsfläche, wo ein großer Messerblock stand. Aus ihm ragten die Griffe von Messern in allen Größen. Axel nahm ein besonders langes Messer mit breiter Klinge und hielt es vor sich. »Da vertraue ich lieber darauf.«

Dominik griff nach einem Fleischhammer aus Holz und Metall, der neben dem Messerblock lag. Philip zuckte mit den Schultern.

Zu dritt suchten sie das ganze Haus ab. Die Zimmer, die die vier Knickerbocker bezogen hatten, waren durchwühlt worden.

Das Bettzeug und der Inhalt ihrer Koffer und Taschen lagen auf dem Boden verstreut. Die Tür zum Abstellraum stand offen, Philip schloss sie wieder und wies Axel und Dominik darauf hin, dass sie immer versperrt sein sollte.

Der Datenstick war noch immer in Lilos Kulturbeutel, der unberührt im Bad lag. Ihr Laptop fand sich unter der Matratze, wie sie gesagt hatte.

Dominik strich sich über das Kinn. »Sehr gründlich hat der Einbrecher nicht gesucht«, flüsterte er Axel zu. Da musste ihm Axel recht geben, sagte aber nichts.

Schließlich beendeten sie die Suche. Philip versicherte ihnen, es wäre unmöglich, sich sonst irgendwo im Haus zu verstecken.

»Ich werde den Einbruch auf jeden Fall bei der Polizei melden«, sagte Philip.

»Das tun wir. Überlassen Sie das uns«, sagte Dominik schnell. »Wir können da unter Umständen Hinweise geben, über die ich jetzt aber nicht sprechen kann …«

Nach kurzem Zögern war Philip einverstanden. Er wünschte ihnen eine gute Nacht und verließ das Haus durch den Durchgang in der Speisekammer, als wäre es die größte Selbstverständlichkeit.

Axel rief Lilo im Krankenhaus an. Dominik beobachtete ihn dabei. Lilo hatte einiges zu erzählen, und Axel sagte immer wieder: »Aha, verstehe. Ja, ja. Klar.«

»Was ist passiert?«, drängte Dominik, sobald Axel aufgelegt hatte.

»Poppis CT ist in Ordnung, und sie muss nicht im Krankenhaus bleiben. Lilo und sie sollten in spätestens einer Stunde hier sein.«

Dominik sprach nicht laut aus, was er sich dachte: Er würde die halbe Nacht lang wach sein und morgen früh noch schlimmer aussehen. Das war das Ende seiner großen Chance.

Axel und er kehrten ins Wohnzimmer zurück und streckten sich auf den Sofas aus.

»Das darf alles nicht wahr sein«, stöhnte Dominik.

»Wie in alten Zeiten bei uns«, stellte Axel fest.

Es gab eine Frage, die Dominik jetzt loswerden wollte.

»Ist zwischen dir und Lilo alles in Ordnung?«

Axel drehte den Kopf zu ihm. »Wieso?«

»Als ihr euch im Krankenhaus voneinander verabschiedet habt, gab es weder einen Kuss noch eine Umarmung oder sonst etwas. Ihr habt ausgesehen wie … wie Freunde eben.«

»Wie bitte?«

»Keine liebe Geste. Nichts. Obwohl du dich in Gefahr begeben hast«, erklärte Dominik.

»Das ist dir aufgefallen?« Axel war überrascht. Das hätte er Dominik nicht zugetraut. Eine Weile sagte er nichts.

»Ich habe mich also nicht getäuscht«, schloss Dominik aus Axels Reaktion.

»Nein. Aber es ist nicht meine Schuld.«

»Geht es bei so etwas um Schuld?«

»Wir sind irgendwie wie früher. Freunde. Und für mehr reicht es offenbar einfach nicht.«

»Heißt das, es funktioniert nicht zwischen euch? Ist es aus?«

»Aus? Nein, das nicht. Wir haben auch noch gar nicht darüber geredet. Ich habe auf die Reise gehofft, darauf, endlich mal Zeit mit Lilo zu haben. Aber daraus wird wohl nichts.« Er zögerte kurz. »Ganz ehrlich, ich glaube, aus uns kann nichts werden.«

»Wieso?« Dominik verstand ihn nicht.

»Weil wir zu verschieden sind. Weil es nicht richtig funkt und ich nicht nur Händchen halten will. Weil …« Er warf die Arme in die Luft. »Ach, vergiss es. Ich kenne mich selbst nicht aus.«

Axel stand auf und begann, unruhig im Raum herumzugehen.

Noch immer warf der Bildschirm des Laptops diesen pulsierenden weißen Schein. Axel ging auf die Bühne und trat davor. Er wusste nun, woran ihn das Blinken des Kreises erinnerte: Es war der Rhythmus des Herzschlages.

Der Bildschirm leuchtete schlagartig rot. Der weiße Ring war verschwunden. Auf dem Bildschirm aber waren kleine Fotos zu erkennen. Sie poppten der Reihe nach auf und wurden groß.

»Dominik ...« Axel konnte die Augen nicht vom Bildschirm nehmen und winkte dem Freund, schnell zu kommen.

45) VOLLIDIOT

Mauro saß in dem winzigen Zimmer des schmuddeligen Hotels, das er gewählt hatte. Er hatte es bar bezahlt, da jede Kreditkarte Spuren hinterließ.

Das Zimmer lag im Keller, und die einzige Lichtquelle war ein schmales Oberlicht, das in einen Schacht führte. Wenigstens konnte man es kippen und ein wenig frische Luft hereinlassen. Sonst wäre es unerträglich heiß und stickig im Raum gewesen.

Wie hatte er nur so unvorsichtig sein können? Er war ein Vollidiot. Mauro war so wütend auf sich selbst wie selten in seinem Leben. Wieso war er in dieses Haus eingestiegen, ohne sich mit einer Kapuze oder einer Kappe zu schützen.

Wenn er Pech hatte, gab es Kameras in diesem alten Theater. Dann hatte die Polizei spätestens morgen ein Bild von ihm. Er war nicht dazu gekommen, dieses bleiche Gespenst, das da auf einmal wie aus dem Boden gewachsen hinter ihm aufgetaucht war, zu Boden zu strecken. Der Kerl war ihm zuvorgekommen und hatte einen Treffer auf Mauros Wange gelandet, der allerdings viel zu schwach gewesen war, um ihn außer Gefecht zu setzen. Mauro hatte den Bewusstlosen nur gemimt, damit der Angreifer ihn in Ruhe ließ. Sich »tot« zu stellen, war ein beliebter Trick, der immer wieder nützte und vor allem in der Tierwelt üblich war.

Sein erster Plan war gewesen, darauf zu warten, dass ihm der unheimliche Kerl den Rücken zudrehte. Er wollte ihn von hinten packen und gegen ein Möbelstück schleudern. Dann aber hatte er mit ansehen und anhören müssen, wie der Mann die Haustür öffnete und Dominik Kascha begrüßte.

Dominik Kascha! Und ein zweiter Mann. Mauro war schnell aufgestanden und über die Treppe, die er heraufgekommen war, wieder verschwunden. Er konnte es nicht riskieren, von Kascha erkannt zu werden. Sie waren einander früher mehrfach bei Castings begegnet. Er traute Kascha kein gutes Gedächtnis zu, da der Kerl nur an sich selbst interessiert war, aber er wollte es auch nicht darauf ankommen lassen.

Er schickte eine kurze E-Mail an Monte Christo und informierte ihn darüber, dass ein Laptop offen an der angegebenen Adresse stand und dass er eingeschaltet war. Mehr habe er aber nicht tun können. Er machte ihn darauf aufmerksam, dass er seinen Auftrag als erledigt betrachtete und in die USA zurückkehren würde.

Außerdem wies er ihn darauf hin, dass der letzte Teil seines Honorars noch ausständig war und er umgehend eine Überweisung erwarte.

Antwort bekam er keine von Monte Christo. Schlief der Kerl schon, wer auch immer er war? Mauro wusste, dass an Schlaf nicht zu denken war. Deshalb zog er noch einmal los, um nach einer Bar zu suchen.

46) LETZTE STUFE

Monte Christo schlief nicht und hatte auf Mauros E-Mail nur gewartet. Axel, Lilo, Poppi und Dominik waren jetzt sicherlich schon in Panik. Zuerst ein Schläger, der Dominik um ein Haar verprügelt hätte, nun ein Einbrecher, der alles durchwühlt hatte.

Bestimmt rätselten die schlauen »Detektive«, woher der Einbrecher ihre Adresse kannte. Sie würden es nie erfahren. Auf diese Lösung kam selbst dieses Superhirn Lilo nicht, wie sie von ihren Freunden früher immer hochtrabend genannt worden war.

Mauro hatte den Auftrag nicht vollständig ausgeführt, wie er sehen konnte. Lilos Computer war noch immer offline. Er konnte sich aber nicht vorstellen, dass Lilo ihren Laptop nicht mehr anrühren und nie wieder die Verbindung mit dem Internet herstellen würde.

Sie musste nur noch zehn Minuten mit dem Internet verbunden sein. Das reichte schon aus. Er überlegte kurz, ob er ihr noch eine Nachricht senden sollte, entschied sich aber dagegen.

In dieser Nacht würde er kein Auge zubekommen. Er starrte auf seinen Monitor im Arbeitszimmer, als könnte er Lilo auf diese Weise hypnotisieren. Sobald sie online war, würde er das sehen, und dann ging es nur um Zeit.

Es musste klappen.

Es würde klappen.

47) BEKANNT

Poppi sah jämmerlich aus mit dem breiten Pflaster über der Wunde an der Schläfe und dem blau unterlaufenen Auge. Lilo hielt sie am Arm und stützte sie beim Gehen, da sie etwas wackelig auf den Beinen war.

»Du musst das sehen! Dominik kennt ihn!« Axel hatte die beiden hereinkommen gehört und war in die Diele gestürzt. Er winkte wild mit beiden Armen.

»Ich muss zuerst einmal Poppi ins Bett bringen«, erklärte Lilo mit betont ruhiger Stimme.

»Was ist denn hier geschehen?«, wollte Poppi wissen.

»Hier hat jemand eingebrochen! Der Typ, der Dominik niedergeschlagen hat. Oder wenn nicht er, dann jemand, der dazugehört. Er ist bei uns eingedrungen. Philip hat ihn überrascht und niedergeschlagen, aber der Mann ist geflüchtet.«

Auf Lilo gestützt und mit der anderen Hand am Geländer, kam Poppi die Stufen zur Diele herauf und zum Wohnzimmer.

»Einbrecher? Hier?«

»Er hat alles durchwühlt in den Zimmern. Bestimmt hat er den Datenstick gesucht«, berichtete Axel.

»Hat er ihn gefunden?« Jetzt war auch Lilo interessiert.

»Nein. Aber auf dem Laptop in der Küche, dem Laptop von Philip, sind Fotos des Mannes. Er muss vor dem Laptop gestanden sein, und das Ding hat Fotos von ihm gemacht.«

Schlagartig galt Lilos Aufmerksamkeit nicht mehr Poppi. Sie übergab sie an Axel und rannte ins Wohnzimmer und hinauf zur Küche. Dominik saß vor dem Laptop und hatte sein Handy in einer Hand. Er googelte etwas.

»Lass mich hierher!« Sie scheuchte Dominik vom Stuhl und ließ sich darauf fallen. Die Hände im Schoß, betrachtete sie die rote Bildschirmoberfläche und die Fotos. Sie kontrollierte die Kamera am oberen Rand, und es bestand für sie kein Zweifel, dass mit ihr die Fotos dieses Mannes aufgenommen worden waren.

Von allein aber knipste keine Kamera einfach los. Jemand musste den Auslöser betätigt haben. Sie hatte eine ziemlich klare Vorstellung davon, wer es gewesen war. Nach kurzem Nachdenken hob sie die Hände wie ein Pianist zu Beginn des Konzertes. Sie ließ sie auf die Tastatur sinken und begann zu schreiben.

»Was tust du?«, wollte Dominik wissen. Lilo machte energisch »Psst« und tippte weiter. Dominik beugte sich zu ihr, konnte aber auf dem Bildschirm nicht sehen, was sie tippte.

»Ich kenne den Einbrecher«, sagte Dominik.

Lilo nickte abwesend, als wäre es etwas völlig Selbstverständliches, was er gerade gesagt hatte.

»He, hast du mich nicht gehört?«

»Gleich.« Lilo war voll auf das konzentriert, was sie gerade schrieb. Dominik verdrehte genervt die Augen. Schließlich nahm Lilo die Hände von den Tasten und lehnte sich zurück. Sie starrte auf den Bildschirm, und Dominik hörte sie leise und beschwörend sagen: »Los, komm, melde dich. Du weißt, dass ich es bin. Los, mach schon.«

»Sie legt sich hin.« Axel war die Treppe aus dem Untergeschoß heraufgekommen.

»Braucht sie noch etwas? Wasser? Oder Tee?«, fragte Dominik.

»Nur Ruhe. Sie will schlafen. Sie liegt in dem freien Zimmer, nicht mehr bei dir, Lilo.«

»Ja, ja.« Es war Lilo anzumerken, dass sie gar nicht hingehört hatte.

Axel ging zu Dominik, und beide starrten nun gemeinsam mit Lilo auf den roten Bildschirm mit den Fotos.

»Ich kenne ihn. Dieses Gesicht kenne ich von irgendwo. Das ist ein Kollege«, sagte Dominik.

Zum ersten Mal nahm Lilo für einen Moment die Augen vom Laptop. »Das ist nicht dein Ernst?«

»Doch. Ich merke mir Gesichter, aber keine Namen. Und dieses Gesicht habe ich schon einmal gesehen. Nicht nur einmal.«

»Ein Kollege? Ein Schauspieler? Aus den USA?« Lilo konnte es nicht glauben.

»Ja. Sicher aus Amerika.«

»Wieso bricht ein Schauspieler hier ein?«

Axel hatte eine ganz andere Frage. »Ist das derselbe Mann, der dich niedergeschlagen hat?«

»Ich habe ihn nicht richtig gesehen. Es kann sein, aber ich bin nicht sicher. Es ging alles viel zu schnell.«

»Poppi muss das Foto auch sehen. Vielleicht erkennt sie den Mann.« Lilo schnappte den Laptop und trug ihn hinunter. Axel lief hinter ihr her. »Lilo, sie schläft vielleicht schon. Lass sie, das muss warten bis in der Früh.«

Aber Lilo war nicht zu bremsen. Sie stürmte in das Zimmer, das sie sich mit Poppi geteilt hatte.

»Dort ist sie doch nicht«, sagte Axel mit gesenkter Stimme. Er deutete auf die Tür daneben.

»Poppi«, rief Lilo leise.

»Ja?«, kam es aus dem Zimmer. Lilo trat ein. Poppi lag im Bett, die Decke bis zum Kinn gezogen. Sie sah sehr leidend aus.

»Ist hier alles gut für dich? Willst du nicht bei mir bleiben?«

»Bitte lass mich hier. Bitte.« Poppi versuchte, Lilo anzulächeln, aber sie schaffte es nicht ganz. Eine gequälte Fratze war das Einzige, was sie zusammenbrachte.

»Ich lass dich gleich schlafen«, versicherte ihr Lilo. Sie stellte den Laptop auf die Decke, sodass Poppi das Bild sehen konnte. »War das der Mann, der dir auf der Toilette aufgelauert hat?«

Poppi sah das Bild ratlos an. »Wer ist das?«

»Der Mann, der hier eingebrochen und alles durchwühlt hat, weil er den Datenstick gesucht hat.«

»Ich habe nichts erkennen können. Das habe ich doch schon gesagt.«

»Ich dachte nur, vielleicht war es wenigstens ein Schatten oder so etwas.«

»Nein. Nichts. Nichts, an das ich mich erinnern könnte.« Poppi hatte wieder Tränen in den Augen.

Lilo stand von der Bettkante auf. »Ich wollte dich nicht aufregen. Entschuldige.« Sie verließ das Zimmer. »Wir sind oben. Soll ich die Tür offen lassen?«

»Nein.« Poppi ließ sich tiefer in ihr großes Kissen sinken. »Ich bin kein kleines Mädchen mehr.«

»Das weiß ich doch.« Lilo wünschte ihr eine gute Nacht und zog die Tür zu.

»Ungewöhnlich, dass sie allein sein will«, stellte sie fest.

»Kann es am Schock liegen?« Axel sah sie fragend an.

»Möglich.« Lilo ging mit dem Laptop wieder nach oben.

48) CASTINGLISTEN

Axel, Dominik und sie setzten sich auf die Sofas. Den Computer stellte Lilo auf den großen, niederen Couchtisch vor sich.

»Was hast du da getippt? Wieso war nichts zu sehen?«, wollte Dominik endlich wissen.

»Wir haben eine Verbindung mit Magnus, meinem Kollegen, der die Sicherheitseinrichtungen für Kryptowährungen macht. Er hat auf diesen Computer zugegriffen und die Kamera aktiviert. Wahrscheinlich wollte er sichergehen, dass wirklich ich es bin, die sich da mit ihm in Verbindung setzt.«

»Dieser Mann kann auf den Laptop zugreifen und Fotos knipsen?«

»Magnus hat wahrscheinlich auch alle Passwörter geknackt und sich den Inhalt der Festplatte angesehen. Für ihn ist das kein Problem.«

»Das ist doch Hacking«, warf Dominik ein.

»Wenn du ihn fragst, dann wird er dir sagen, dass es sich um eine Versicherung handelt, dass er es mit der Person zu tun hat, die ich zu sein behaupte.«

»Dann glaube ich nicht, dass wir von ihm hören werden«, meinte Axel.

»Wieso nicht. Natürlich wird er sich melden. Ich habe ihm vorhin alle Informationen geschickt und noch einen Hinweis darauf, wer ich bin und wo wir uns begegnet sind, den nur ich und er kennen.«

»Aber der Computer gehört Philip, und auf der Festplatte sind nur Daten von Philip, und in der Kamera hat er einen Mann gesehen, der wenig Ähnlichkeit mit dir hat.«

»Warten wir es ab.« Lilo ließ sich nicht entmutigen.

Dominik tippte auf seinem Smartphone herum. »Wenn ich doch nur ein Foto von dem Mann finden könnte.«

»Ich glaube nicht, dass der Typ, mit dem wir es hier zu tun haben, in einer bekannten Serie mitspielt«, meinte Lilo nachdenklich. Dominik stieß einen Pfiff aus.

»Das ist natürlich voll zutreffend. Ich habe ihn entweder auf einer Bühne gesehen oder bei einem Casting.«

»Bist du sicher?« Noch immer konnte sich Lilo nicht vorstellen, dass Dominik recht hatte.

»Mein Grad an Überzeugung wächst mit jeder Minute.«

»Wieso verprügelt dich ein Kollege, der eigentlich ein Hacker ist und dem etwas gestohlen wurde, was Poppi auf einem Datenstick in die Tasche gesteckt worden ist?« Axel fand die Angelegenheit immer verwirrender.

Dominik sah kurz zu ihm hoch und konnte zu all diesen Fragen nur mit den Schultern zucken. Er hatte auch nicht den Schimmer einer Idee, dafür aber war ihm etwas anderes eingefallen. Er rechnete im Kopf aus, wie spät es in New York war und wie spät in Los Angeles.

»Die Büros in L.A. sind ziemlich sicher noch offen«, sagte er mehr zu sich selbst. Er googelte weiter auf seinem Handy.

»Was hast du vor?«, wollte Lilo wissen.

»Halte die Daumen, dass sie noch immer mit mir ausgehen will«, sagte Dominik nur. Er drückte auf den Bildschirm des Smartphones und gleich darauf noch einmal. Aus dem Lautsprecher kam ein Freizeichen. Nach fünfmaligem Läuten wollte Dominik wieder auflegen. Doch da meldete sich eine Frauenstimme.

»Jackson and Smollinsky, mit wem darf ich Sie verbinden?«

Dominik antwortete in einem Englisch, das in Lilo und Axels Ohren sehr amerikanisch und sehr echt klang. Er verlangte eine Kathy Swanson. Filmmusik war zu hören, dann meldete sich Kathy.

»Hallo, ich bin's. Dominik.« Seine Freunde wechselten einen grinsenden Blick. Dominiks Schmeichelstimme und sein Versuch, aus großer Entfernung zu flirten, waren unüberhörbar.

»Dominik? Du?« Kathy schien es kaum zu fassen.

»Live and in person«, scherzte Dominik.

»Was kann ich für dich tun?«

»Zuerst einmal will ich wissen, ob es dir so gut geht, wie du es verdienst?«

»Nein. Aber ich weiß, dass es dich nicht im Geringsten interessiert, weil du ein Scheißkerl bist, der sich einfach nicht mehr gemeldet hat.«

»Du musst das verstehen, ich wusste, dass ich aus LA wegziehe und …«

»Das wusstest du sicher schon, bevor du mit mir ausgegangen bist, und du hast es mit keiner Silbe erwähnt.«

Das Gespräch verlief nicht, wie Dominik es erhofft hatte. »Du kannst mich mal«, erklärte ihm Kathy und legte einfach auf.

Dominik grinste ein wenig verlegen. »Na ja, wer einmal von der verbotenen Frucht Dominik genascht hat, der will nie wieder davon lassen.«

Lilo rollte die Augen. »So ein Spruch kann nur dir einfallen.«

»Was wolltest du von ihr eigentlich?«, fragte Axel.

»Kathy arbeitet in einer Castingagentur. Sie sucht mögliche Kandidaten für Rollen in Fernsehserien, die dann den Produzenten vorgeschlagen werden.«

Axel machte eine Geste, dass er noch immer nicht verstand, was Dominik meinte.

»Ich will die Namenslisten der Castings sehen, bei denen ich war, bevor ich bei ›Bad Boys‹ eingestiegen bin. Wenn ich charmant genug bin, bekomme ich vielleicht sogar Headsheets, da sind die Fotos gleich dabei.«

»Verstehe. Du hast natürlich mit Mitarbeiterinnen bei allen diesen Agenturen was gehabt.«

»Axel, also wirklich, was denkst du von mir?« Dominik tat, als wäre er sehr empört, in Wahrheit aber schmeichelte ihm Axels Unterstellung sehr. Er tippte auf dem Handy und durchsuchte sein Telefonregister nach anderen Kandidatinnen, von denen er die gewünschten Informationen bekommen könnte.

49) GEWALTIG

Er liebte das Licht dieser langen Sommernächte. Die Sonne versank erst spät in der Nacht und ging bereits um drei Uhr morgens wieder auf. Es wurde nie richtig dunkel, was für Magnus bedeutete, dass er nie wirklich müde wurde.

Sein Haus stand oben auf den Klippen, zwanzig Kilometer von Reykjavík entfernt, und er hatte von allen Zimmern einen prachtvollen Blick hinaus auf das offene Meer.

Es war kurz nach zweiundzwanzig Uhr, und er stand an der Glasfront seines Arbeitszimmers, ein Glas Ginger Beer in der Hand. Eigentlich war es kein Bier, sondern ein würziges Getränk aus Ingwer, das er immer trank, wenn er überlegte.

Die vergangenen vier Wochen waren die erfolgreichsten seines Lebens gewesen. Magnus hatte eine neue Kryptowährung auf den Markt gebracht, deren Kurs sich schlagartig versiebenfacht hat. Grund dafür war die Empfehlung einer internationalen Investmentfirma, die seine Währung als eine der sichersten Anlagen einstufte.

Das traf auch zu, denn Magnus war ein Genie, wenn es darum ging, Daten, Rechner und Speichermedien zu schützen. Er hatte seine ganze Erfahrung, sein Wissen und seine gesamte Fantasie eingesetzt, um eine Kryptowährung zu entwickeln, die alle Sicherheitskriterien erfüllt, die sich Unternehmen wünschten.

Sein Hauptgeschäft bestand nach wie vor darin, Systeme zur Datensicherung und Kryptowährungen zu entwickeln. Da er als Spezialist bekannt war, hatte sich darüber hinaus ein neues Geschäftsfeld eröffnet: Er wurde als eine Art Detektiv eingesetzt, wenn ein Kryptoraub stattgefunden hatte. Wer die besten Sicherheitssysteme erstellen konnte, der war auch in der Lage, sich gedanklich auf die andere Seite zu begeben und wie ein Dieb zu denken. So war er schon einigen Gaunern auf die Spur gekommen, doch er wusste, dass die Diebe immer raffinierter wurden.

Große Vorsicht und gute Deckung waren für ihn von größter Bedeutung geworden. Er verfügte über ein fotografisches Gedächtnis, das es ihm ermöglichte, wichtige Daten, die der Schlüssel zu seinen Sicherheitsanlagen waren, nirgendwo zu speichern außer in seinem Kopf. Nicht einmal der beste Hacker der Welt konnte dort an sie herankommen.

Misstrauen gehörte zu Magnus' Grundprinzipien im Leben. Er wohnte allein und verließ sein Haus nur zu ausgedehnten Spaziergängen auf den Klippen oder langen Fahrten in seinem Motorboot, das am Fuß der Klippen vertäut lag. Nahrungsmittel wurden ihm einmal die Woche geliefert, alle Informationen, die er benötigte, holte er sich aus dem Internet.

Einmal hatte es in seinem Leben eine Frau gegeben, mit der er zusammenbleiben wollte. Er hatte sie in den USA, in Denver, Colorado, kennengelernt, wo er damals lebte. Drei Tage nachdem sie beschlossen hatten, zusammenzuziehen, war sie in einen Raubüberfall auf eine Tankstelle geraten.

Die vier Leute, die sich zu diesem Zeitpunkt in dem kleinen Laden der Tankstelle aufgehalten hatten, hatten sich alle auf den Boden geworfen, wie es der Täter verlangt hatte. Aber ein zweijähriges Mädchen, das sich ein paar Meter entfernt von seiner Mutter befunden hatte, war mit wackeligen Schritten hinter einem Regal hervorgetreten. Reflexartig hatte seine Freundin nach ihm geschnappt. Der Täter aber hatte die Bewegung bemerkt und gleich geschossen. Sie war sofort tot gewesen.

Den Schmerz von damals hatte Magnus nie überwunden. Seine einzigen Gefährten in Island waren nun ein Golden Retriever und zwei Jack Russels, die mit ihm das Haus teilten und mit denen er mindestens zwei ausgedehnte Spaziergänge am Tag unternahm, damit die Hunde und er fit blieben.

Weil er an diesem Tag so sehr in seine Arbeit vertieft war und nicht damit rechnete, dass jemand Kontakt zu ihm aufnehmen wollte, hatte er lange nichts bemerkt. Als er in einer Arbeitspause einen Blick auf den Bildschirm warf, wo solche Kontaktanfragen angezeigt wurden, fielen ihm verschiedene Meldungen auf. Jemand hatte an der hoch komplizierten Firewall einen falschen Code eingegeben, und daher war auch zuerst keine Anfrage an ihn geschickt worden. Der zweite Versuch war erfolgreicher gewesen, lag aber auch schon mehrere Stunden zurück.

Magnus setzte sich an den Computer und tippte einige Codes ein, die ihm Zugriff auf den Computer verschafften, von dem die Kontaktaufnahme erfolgt war. Die Person, die er über die Kamera des Laptops sehen und aufnehmen konnte, war ihm unbekannt, behauptete aber, Lieselotte Schroll zu sein. Da er einen Mann sah, lag der Verdacht nahe, dass sich hier nur jemand als Lieselotte ausgab.

Er kannte Lilo von einer der wenigen Tagungen, an denen er einen Vortrag gehalten hatte. Sie war ihm sofort aufgefallen, weil sie – als Gelegenheit dazu war – sehr interessante Fragen gestellt hatte. Außerdem hatte er sie attraktiv gefunden, und sie war die erste Frau, die seit Langem sein Interesse geweckt hatte. Sie hatten einen langen Abend miteinander verbracht, und er hatte ihr damals die Codes gegeben, mit deren Hilfe sie Kontakt zu ihm aufnehmen konnte.

Nun aber hatte er den dringenden Verdacht, ihr Computer könnte gehackt und die Codes gestohlen worden sein. Es war sehr unvorsichtig, sie in einem Dokument abzuspeichern, aber selbst große Experten waren der Meinung, selbst nie Opfer von Cyberkriminalität werden zu können.

Zu seinen Füßen drängten sich die drei Hunde. Sie hechelten nach Aufmerksamkeit, denn es war Zeit für ihren Spaziergang. Magnus ging in die Hocke und streichelte sie mit der freien Hand.

Der Computer, von dem die aktive Kontaktaufnahme zu ihm erfolgt war, gehörte keiner Lieselotte Schroll, sondern einem Philip King. Er befand sich in London, und auf der Festplatte hatte Magnus äußerst verstörende Dateien gefunden. Das Passwort zu knacken, war für die Programme, die ihm zur Verfügung standen, eine Kleinigkeit. Die Videos, die in einem Ordner abgespeichert waren, hatten alle zusätzlich noch einen Schutz, den er knacken musste. Er tat es beim ersten Video und war vom Inhalt geschockt. Er hoffte inständig, es wäre nicht das, wonach es aussah.

Aus diesem Grund öffnete er auch die nächsten drei Videos, die alle ähnlich waren. Es waren alles Aufnahmen einer Kamera, die selbst im Stockdunkeln filmen konnte.

Der Inhalt der Videos war immer derselbe: Ein oder zwei Leute tappten durch einen stockfinsteren Gang und versuchten, den Ausgang ins Freie zu finden. Die Leute hatten alle entsetzliche Angst.

Fast genau an derselben Stelle des Ganges tauchte von hinten dann ein Mann mit einem sehr langen, hageren Gesicht auf, der auf unterschiedliche Weise über die Leute herfiel. Entweder erdrosselte er sie mit einem Seil, erstach sie mit einem Küchenmesser oder erschlug sie mit einem schweren Hammer. Danach keuchte er jedes Mal, als hätte er Schwerstarbeit verrichtet, und schien mit sich sehr zufrieden.

Magnus war äußerst verstört und überlegte, was er tun sollte. In diesem Augenblick jedoch erreichte ihn eine weitere Nachricht von Lieselotte Schroll, und dem Inhalt nach musste sie von ihr stammen. Sie erinnerte ihn an zwei Details des Restaurants, in dem sie gegessen hatten – an einen Elchkopf mit Sonnenbrille, der an der Wand gehangen hatte, und an eine Büste von Sokrates, die in einer Nische gestanden war und der jemand eine blonde Frauenperücke aufgesetzt hatte.

Leider hatte er den Moment verpasst, als die Nachricht an ihn getippt worden war. Er hätte sehen können, wer sie schrieb. War es vielleicht wirklich Lieselotte Schroll?

Hinter ihm standen drei Schreibtische halbkreisförmig angeordnet mit Blick zum Meer, auf jedem ein großer Bildschirm. Von einem der Computer kam ein hoher Signalton. Magnus trat hinter den Schreibtisch und warf einen Blick auf den Monitor. Es war eine Meldung einer Webseite, die sich ausschließlich mit den Gefahren von Kryptowährungen befasste. Dort war ein anonymer, aber ernst zu nehmender Hinweis über den größten Raubversuch eingegangen, den es seit Bestehen dieser Währungen gegeben hatte. Er überflog die Zeilen und beugte sich vor, um mit der Maus weiterzuscrollen. Plötzlich aber ertönte ein kurzer, sehr schriller Alarmton vom mittleren Schreibtisch.

In einer der Rechenanlagen, in denen seine Kryptowährung geschürft wurde, wie das in der Fachsprache hieß, war ein Brand ausgebrochen. Die Anlage befand sich auf Island, und er musste auf der Stelle hinfahren. Magnus pfiff nach den Hunden, die sofort gelaufen kamen, und verließ das Haus. Er gab über sein Handy einen Code ein, der Fenster und Türen verriegelte. Die Scheiben waren alle aus unzerstörbarem Sicherheitsglas und die Türen aus Stahl. In dieses Haus konnte keiner einbrechen.

Die Videos von Philip King hatte er im Augenblick vergessen.

50) DIE WERKSTATT

»Was ist mit meiner Frau geschehen? Wieso beantworten Sie meine Frage nicht? Ich bin Arzt!« Klaus saß neben Elena auf der Rückbank des Londoner Taxis und sah sie flehend an.

Elena hatte ein ernstes Gesicht aufgesetzt und tat so, als würde sie mit sich ringen, ob sie etwas verraten sollte. Sie war nicht sehr gut im Erfinden irgendwelcher Geschichten und ließ es daher lieber bleiben.

»Was ist überhaupt los?« Klaus lehnte sich zurück und atmete tief durch. Er drückte den Fensterheber und ließ die Scheibe der Tür hinunterfahren. Von draußen schlug ihm ein kühler Fahrtwind ins Gesicht. Das tat gut.

»Hat es etwas damit zu tun, was der Anrufer heute angedeutet hat.«

»Wie meinen Sie das?« Ihr feines Gespür zeigte Elena immer an, wenn etwas wichtig sein könnte.

»Ein Mann hat sich heute bei mir gemeldet. Er hat gesagt, er hätte Fragen zu meiner Frau. Sie würde etwas verschweigen, könnte in etwas verwickelt sein, was sich sogar jenseits der Legalität bewegen würde. So ungefähr hat er das ausgedrückt.«

»Haben Sie eine Idee, was er meinen könnte?«

»Nein, nicht im Geringsten. Meine Frau ist leidenschaftliche Tierärztin. Sonst nichts.«

»Wer kann der Mann gewesen sein, der da angerufen hat?«, fragte Elena so beiläufig wie möglich. Unter keinen Umständen durfte sie sich anmerken lassen, dass sie einen Verdacht hatte und viel mehr wusste, als sie zeigte.

»Er hat behauptet, für das FBI zu arbeiten, aber das habe ich ihm nicht geglaubt. Ich dachte ehrlich gesagt, jemand würde sich einen Scherz mit mir erlauben, weil er irgendetwas über Poppi und ihre Freunde gelesen oder gehört hatte.« Klaus sah aus dem Fenster. »Sind wir endlich da? Wo liegt dieses Krankenhaus? Wieso ist es so weit entfernt?« Klaus blickte auf geschlossene Läden und schmutzige Häuser. Sie waren in einer Gegend Londons, in die sich kaum jemals Touristen verirrten.

»Gleich«, versicherte Elena.

Das Taxi bog in eine Nebengasse ein. Die einzige Straßenlampe hier war kaputt. Der schwarze Wagen hielt vor einer Hofeinfahrt, die mit einem hohen Metalltor verschlossen war. Klaus riss die Tür auf und sprang hinaus. Elena drückte dem Taxifahrer den Fahrpreis inklusive Trinkgeld in die Hand.

»Das ist kein Krankenhaus.« Klaus klang misstrauisch, und es war nicht verwunderlich, standen sie doch vor einem schmutzigen Ziegelbau, der nur Oberlichter als Fenster hatte. Es war früher eine Autowerkstatt gewesen, und Elena hatte das Gebäude über ihren Komplizen für ein paar Tage angemietet.

»Wieso haben Sie mich hergebracht?« Klaus war nahe daran, die bullige Elena an den Rändern ihrer Jeansjacke zu packen und zu schütteln.

»Weil Ihre Frau tatsächlich in etwas verwickelt ist und nur Sie ihr helfen können.« Das klang dramatisch genug, war aber gleichzeitig völlig vage, dachte Elena. Sie wollte Zeit gewinnen. Natürlich hätte sie das Tor einfach aufschieben und mit Klaus den Hof betreten können, aber das schien ihr zu riskant. Er könnte wittern, dass nichts von dem stimmte, was sie ihm erzählt hatte, und die Flucht ergreifen oder Alarm schlagen. Die Nachbarschaft bestand hauptsächlich aus Lagerhallen und anderen Werkstätten, aber trotzdem könnte ihn jemand hören. Dieses Risiko nahm sie nicht in Kauf.

Elena hielt aus dem Augenwinkel Ausschau nach ihrem Komplizen. Wo blieb der Idiot? Sie hatte ihr Eintreffen doch mit einer Nachricht aus dem Taxi angekündigt. Wieso wartete er nicht schon hier im Dunkeln?

»Hier stimmt doch etwas nicht. Ich rufe jetzt die Polizei!« Klaus nahm sein Handy heraus und drückte 999. Mit einer schnellen Bewegung entriss Elena es ihm. Bevor Klaus reagieren konnte, holte sie aus und wollte ihm einen Faustschlag ins Gesicht verpassen.

Aber seine Reaktionsfähigkeit war wesentlich besser, als sie das vermutet hatte. Klaus duckte sich, und sie schlug ins Leere. Er warf sich herum und wollte zurück zur Hauptstraße rennen. Elena sprang hinter ihm her und griff nach seiner Raulederjacke.

Da flog seitlich etwas an ihr vorbei. Sie registrierte nur einen Schatten, einen Arm, der in die Luft erhoben wurde und rasend schnell wieder heruntergezogen wurde. Klaus spürte den Stich im Rücken und bäumte sich auf. Dabei drehte er sich um und sah einen Mann. Es war ein kleiner Mann, und in der Hand hielt er eine Spritze.

Klaus' Beine knickten ein, und er sackte in sich zusammen. Der Mann und Elena kamen gerade noch rechtzeitig, um ihn aufzufangen. An Armen und Beinen schleppten sie ihn zur Einfahrt.

»Wieso hast du dir so viel Zeit gelassen?«, fauchte Elena.

»Weil ich die Spritze nicht finden konnte.«

»Idiot.«

»Reg dich ab.«

Der Mann holte einen Schlüssel aus der Tasche seines braunen Anzuges und schloss die Tür der Werkstatt auf. Der Geruch von Schmieröl und Benzin schlug ihnen entgegen. Sie schleiften Klaus, der fast einhundert Kilogramm hatte, ziemlich unsanft in den Flur. Aus der alten Werkstatt, die schon lange Zeit stillgelegt war, holte der Mann eine dieser Platten auf Rollen, auf denen Mechaniker unter Autos rollen konnten. Sie legten Klaus darauf und konnten ihn auf diese Weise leichter bewegen.

Das Ziel war ein Lagerraum hinter der Werkstatt. Der Raum war nicht einmal vier mal vier Meter groß und fensterlos. Die einzige Tür war aus Metall und nur von außen zu öffnen. In diesen Raum beförderten sie Klaus.

Dort lag schon jemand, der leise im Nebel der Betäubung stöhnte. Da der Mann von dem Narkotikum alles verbraucht hatte, konnte er keine weitere Dosis verabreichen.

Der Rest der Arbeit musste erledigt werden, solange die Wirkung des Mittels noch halbwegs anhielt.

51) MUSKELN

Axel gähnte, ohne sich die Hand vorzuhalten. Lilo warf ihm einen tadelnden Blick zu.

»Ach, komm, tu nicht so, als wärst du die Queen«, brummte Axel.

Lilo öffnete den Mund, ließ es aber dann bleiben.

Dominik hing auf einem der Sofas und flirtete am Telefon mit einer Meghan. Er ließ sich Zeit, bis er auf sein Anliegen zu sprechen kam. Das hatte er auch bei den anderen beiden Frauen, mit denen er davor gesprochen hatte, so gehandhabt. Eine hatte ihm per E-Mail vier Castingsheets mit Namen und Fotos von Schauspielern geschickt, aber auf keinem erkannten sie den Mann, der bei ihnen eingebrochen war.

Lilo warf immer wieder einen Blick auf den offenen Laptop, der vor ihr auf dem Couchtisch stand. Außer den Fotos des Einbrechers war nichts Neues auf dem Bildschirm aufgetaucht. Um inzwischen aber irgendetwas tun zu können, nahm Lilo ihr Smartphone und begann, im Internet nach Neuigkeiten auf dem Gebiet der Kryptowährungen zu surfen.

»Hört euch das an«, rief sie.

Energisch deutete ihr Dominik, still zu sein. Er widmete sich wieder seiner Meghan und erinnerte sie an ein Lokal am Meer, in dem es den besten Hummer der Erde gab und sie gegessen hatten, bis ihnen übel wurde.

Axel sprang vom Sofa auf und lief zu Lilo. Sie streckte ihm das Handy hin. »Anonymer Hinweis auf größten Raub in der Geschichte der Kryptowährungen. Neuer Beweis für mangelnde Sicherheit«, las Axel.

»Vor einer halben Stunde veröffentlicht«, flüsterte Lilo. »Ob das was mit dem Programm zu tun hat, das auf dem Datenstick war? Wenn ja, dann kann der Diebstahl sicher zu meinem Computer rückverfolgt werden.« Sie lehnte sich zurück und stieß die Luft heftig aus. »Axel, der Laptop gehört eigentlich der Uni. Wenn das dort jemand mitbekommt …« Sie schluckte und begann, ihre Nase heftig mit den Fingern zu kneten und zu massieren. Normalerweise half ihr das beim Nachdenken, aber dieses Mal lieferte ihr Gehirn einfach nichts. Es war wie leer, als wäre es abgeschaltet.

Eine wahnsinnige Angst, was geschehen könnte, wenn alles aufflog, hatte sie plötzlich befallen und lähmte sie. So etwas passierte Lilo sonst nicht.

»Mit deiner Karriere wäre es dann vorbei«, sagte Axel, und das Mitgefühl war ihm anzuhören.

Lilo nickte stumm. »Aber wie soll ich beweisen, dass ich unschuldig bin?«

»Mithilfe des Datensticks und Poppis Aussage, dass er ihr zugesteckt worden ist.«

»Das wird nichts nützen. Wir könnten uns abgesprochen haben. Ich reiße euch dann alle mit hinein.«

Axel stellte sich hinter Lilo und massierte ihr die Schultern. »Ruhig bleiben. Wir dürfen jetzt nicht die Nerven verlieren, sondern müssen den Überblick behalten.«

»Du hast leicht reden. Du kannst immer und überall irgendwelche Leute antreiben, Liegestütz zu machen«, platzte Lilo heraus. Augenblicklich nahm Axel seine Hände von ihr.

»Du hast aber eine schöne Meinung über meinen Beruf?«

»Jetzt sei nicht gleich beleidigt. Aber bei mir geht es um mehr! Ich habe mich nun einmal für eine wissenschaftliche Laufbahn entschieden, und die ist vorbei, wenn das alles rauskommt. Ich bin ruiniert.«

»Jetzt hör auf, so hysterisch zu sein, und fang an, klar zu denken. Oder muss das ein Mann übernehmen, der ja nur Muskeln hat und sonst nichts.«

In ihrer Aufregung bemerkte Lilo den zynischen Unterton nicht.

»Vielleicht ist es am besten, wenn ich mich der Polizei stelle und alles erkläre. Was meinst du?«

»Love you!«, hörten sie Dominik trällern. Er legte auf und rief seine E-Mails ab. »Dann sehen wir uns an, was Meghan geschickt hat.«

»Ich hätte sofort etwas unternehmen müssen. Ich hätte mich gleich an die Polizei wenden sollen.« Lilo rannte wie ein aufgescheuchtes Huhn in der Küche herum.

»Hör endlich auf mit diesem Gejammer«, fuhr Axel sie an. Sie schrak zurück und sah ihn mit großen Augen an.

»Schrei mich nicht an.«

»Ich muss schreien, weil du in deiner Panik nichts mehr mitkriegst.«

»Könntet ihr leiser sein, sonst weckt ihr Poppi auf, und die braucht ihren Schlaf«, ermahnte sie Dominik. Er war in das Durchsehen der Dokumente vertieft, die ihm Meghan hatte zukommen lassen.

»Du könntest auch etwas Freundliches sagen. Etwas Liebes. Etwas, das mich beruhigt«, warf Lilo Axel vor.

Axel verzog den Mund zu einem bitteren Lächeln. »Dafür reichen meine Gehirnzellen nicht.«

»Was soll das heißen?«

»Das ist er«, rief Dominik in diesem Moment. Er kämpfte sich aus dem weichen Sofa hoch und stolperte zu seinen Freunden. Er zog mit zwei Fingern das Foto auf dem Bildschirm seines Handys groß und zeigte es Axel und Lilo. Es bestand kein Zweifel, der Mann auf dem Foto war der Mann, der mit der Laptop-Kamera aufgenommen worden war.

»Mauricio Langelani«, las Dominik. Er suchte nach etwas in dem Dokument, und seine Freunde hörten ihn sagen: »Gut, oh, noch besser.«

»Was?«, wollte Lilo wissen.

»Hier steht eine Handynummer. Und er scheint bei keinem Agenten zu sein. Spricht nicht für sein Können.«

Axel versuchte, geduldig zu bleiben. »Was ist gut daran und was noch besser? Kannst du uns Außenstehenden das erklären?«

»Die Handynummer ist gut. Noch besser aber ist, dass Mauricio keine Agentur hat. So kann ich ihn anrufen und behaupten, es ginge um eine Rolle. Sonst müsste das über seinen Agenten laufen, aber da er keinen hat, wird er mir alles glauben, was ich sage.«

Noch immer hatten Axel und Lilo wenig Ahnung, wovon Dominik redete.

Dominik tippte auf seinem Handy herum. »Jetzt anrufen ist am unauffälligsten. Schließlich wissen nur wir, dass er in Europa ist.«

»Was tust du da?« Axel konnte sehen, dass Dominik die Einstellungen am Smartphone geöffnet hatte.

»Ich unterdrücke meine Nummer, damit er sie nicht sehen kann, wenn ich ihn anrufe.«

»Lautsprecher«, verlangte Axel. Er wollte mithören. Dominik schüttelte den Kopf, weil er das Handy nicht mehr vom Ohr nehmen wollte. Anscheinend wurde schon eine Verbindung aufgebaut. Lilo und Axel hörten leise eine Stimme aus dem Handy, aber Dominik sagte nichts. Seiner Miene nach war er über das bisherige Ergebnis des Anrufes enttäuscht. Dominik legte wieder auf. »Mobilbox. Ich kann keine Nachricht hinterlassen, weil ich meine Nummer nicht angeben kann.«

»Dann soll es dein Agent machen«, schlug Lilo vor.

Dominik schnippte mit den Fingern. »Du bist und bleibst Frau Superhirn.«

Daran zweifelte Lilo derzeit zwar massiv, trotzdem freute sie sich über das Kompliment. Dominik hatte Larrys Nummer natürlich als Favorit gespeichert. Der Agent hob nach dem dritten Freizeichen ab, klang aber sehr verschlafen.

»Ich weiß, wer der Typ ist, der Toby niedergeschlagen hat. Und wir können ihn uns schnappen, hier in London. Aber dabei musst du uns helfen. Du musst bei ihm anrufen und behaupten, du könntest ihm eine Rolle im neuen James Bond verschaffen.«

Sein Agent fragte als Erstes, wie viel Dominik getrunken hatte.

»Ich bin vollkommen nüchtern, und du musst den Anruf auf der Stelle machen und danach wach bleiben, falls er sich meldet. Handle die Angelegenheit völlig professionell ab. Sag, er muss natürlich bei dir unterschreiben und dich als Agent nehmen, und vereinbare so schnell wie möglich ein Treffen. Aber tu so, als würdest du glauben, dass er in den Staaten ist. Schließlich kannst du nicht wissen, dass er sich in London aufhält.«

Larry fand den Vorschlag völlig verrückt, aber er versprach trotzdem, bei Mauricio anzurufen.

52) RACHEL

Rachel schluckte zwei Schmerztabletten und außerdem das Medikament, das sie in den nächsten vierundzwanzig Stunden wach halten würde. Es war verboten und hatte hohe Risiken, aber die nahm sie in Kauf. Sie musste in dieser Nacht hellwach bleiben und durfte keinen Fehler machen. Nur dann hatte sie die Chance, endlich in Ruhe leben zu können. Mit dem Honorar für diesen Job würde sie endlich frei sein.

Lange hatte sie auf diesen Zeitpunkt gewartet. Lange hatte sie nicht einmal gewusst, was sie genau tun musste.

Erst vor etwas mehr als einer Woche war eine blonde Frau bei ihr aufgetaucht und hatte sie darüber informiert, dass der Tag gekommen war. Die Frau hatte angekündigt, dass Rachel mit der Verabreichung von intravenösen Injektionen vertraut gemacht werden musste. Noch in der gleichen Nacht war ein Mann mit einem grauen Gesicht bei ihr erschienen, der bei jedem Schritt schnaufte und ihr zeigte, wie solche Injektionen funktionierten und was sie zu beachten hatte.

Die Flüssigkeit, die Rachel verabreichen sollte, musste in die Armvene gespritzt werden. Dabei durfte kein Tropfen verloren gehen. Sie durfte auch nicht aus Versehen die Vene verfehlen oder einen Muskel erwischen.

In dieser Nacht musste es geschehen. Das war ihr vielfach eingeschärft worden. Sie schob alle Bedenken beiseite und vor allem die Gedanken an die drei Menschen, die der Test betraf.

Sie war ihnen persönlich erst vor einigen Stunden begegnet, kannte sie aber schon viel länger. Sie hatte sich nicht nur die Gesichter einprägen, sondern auch alles über sie lernen müssen. Während ihres Zusammenseins und in den wenigen Gesprächen, die sie führen würden, durfte ihr kein Fehler unterlaufen, der die drei argwöhnisch machen konnte.

Bisher war die Sache gut gelaufen. Für Rachel war es nur ein Schock gewesen, ihrem Ebenbild gegenüberzustehen. Sie hätte niemals gedacht, dass es möglich war, durch plastische Chirurgie so eine Ähnlichkeit zu erzeugen. Vierzehn Eingriffe waren bei ihr notwendig gewesen, bis sie dem Original fast zum Verwechseln ähnlich gesehen hatte.

Axel, Lilo und Dominik hatten nichts bemerkt, davon war sie überzeugt. Ihr Auftraggeber hatte sie mit allem vertraut gemacht, was sie wissen musste. Allerdings hatte er ihr verschwiegen, dass sie bei dem Austausch einen Schlag ins Gesicht bekommen würde und eine Platzwunde erleiden sollte. Sie vermutete, dass der Schlag ein paar Kleinigkeiten an ihr, die sie verraten hätten, verdecken und ihre Verwirrung rechtfertigen sollte. Die Verletzung, das Blut, das blaue Auge – alles lenkte ab. Außerdem konnte sie ihre Stimme heiser klingen lassen, ohne sich verdächtig zu machen.

Ein solcher Schock, der machte eben heiser.

Immer wieder öffnete Rachel die Zimmertür und warf einen Blick in den sechseckigen Vorraum und zu den anderen Schlafzimmern. Die drei schienen kein Bedürfnis nach Schlaf zu haben und hielten sich immer noch im Wohnzimmer auf. Sie konnte ihre Stimmen bis nach unten hören.

Damit sie beginnen konnte, mussten die drei aber schlafen. Sie würde sie mithilfe eines neuartigen Betäubungssprays im Schlaf überraschen und narkotisieren. Die Wirkung ließ bereits nach dreißig Minuten wieder nach, und es waren keine Nebeneffekte oder Nachwirkungen zu erwarten. Axel, Dominik und Lilo würden nicht einmal merken, dass mit ihnen etwas geschehen war.

Wenn sie nur endlich herunterkämen!

Hinaufzugehen und sie zum Schlafen aufzufordern, traute sich Rachel einfach nicht. Vielleicht wollten die drei dann mit ihr reden und würden ihr Fragen stellen, die sie nicht beantworten konnte. Oder sie sprächen über Dinge, die der echten Poppi geläufig gewesen wären, sie aber nicht wissen konnte.

Ihr Handy lag bereit. Die Nachricht, die bestätigte, dass der erste Teil des Auftrages ausgeführt war, stand fertig getippt in der App und wartete nur darauf, abgeschickt zu werden. Natürlich getarnt als eine völlig harmlose und unverdächtige Nachricht, bei der es um das Gelingen einer Geburtstagsparty ging.

Der zweite Teil von Rachels Aufgabe bestand darin, alles auf Video aufzuzeichnen, was am folgenden Tag geschah. Sie wusste nicht genau, was sie zu erwarten hatte, aber sie war vorgewarnt worden, dass es »heftig« werden konnte.

Was auch immer damit gemeint war.

»Was ist nur aus mir geworden?«, fragte sich Rachel. Sie fühlte eine Kälte in sich, mit der sie sich schützte, die sie aber früher nie für möglich gehalten hätte.

Wenn sie Glück hatte, dann war alles in wenigen Stunden vorbei. Wenn die drei von dort oben nur endlich müde wurden.

Rachel setzte sich auf die Bettkante und zog am Bund von Poppis orangefarbener Leinenhose, der etwas eng für sie war. Auch das hellblaue T-Shirt und die rote Jacke passten nicht perfekt, da Rachel ein wenig größer als Poppi war. Diese Zentimeter hatte kein plastischer Chirurg wegnehmen können.

Im Klub auf der Toilette hatte sie mit der betäubten Poppi die Kleidung gewechselt. Sie hatte an den Stücken gezerrt, sie gedehnt und etwas ausgeleiert. Durch den vorgetäuschten »Überfall« war es niemandem aufgefallen.

Während sie so dasaß und ins Halbdunkel starrte, wanderten immer wieder die Bilder von früher durch ihren Kopf.

Wieso war sie so dumm gewesen? Wie hatte ihr das nur geschehen können? Wenn sie doch nur die Zeit zurückdrehen könnte, um noch mal von vorn anzufangen. Es war eine kindliche Vorstellung, an die sie sich manchmal klammerte, weil sie ihr einziger Trost war.

Das heißt, nein, ihr wirklicher Trost war die Aussicht auf ein normales Leben. Auch wenn es mit dem Gesicht eines anderen Menschen sein würde.

53) WARTEN

Dorit musste sich mit aller Kraft zurückhalten, Rachel anzurufen. Sie wollte wissen, wie die Dinge lagen.

In dieser Nacht schlief Dorit in einem kleinen Apartment in San Diego, nahe der Klinik. Sie stand auf dem schmalen Balkon und starrte in den frühen Abend hinaus.

Sie hatte einen direkten Blick auf den Strand und das Meer. Die Sonne stand noch recht hoch am Himmel, es war drückend heiß, und die Wellen rollten tosend im Sand aus.

In der Hand hielt Dorit ein schweres Glas, in dem sie eine goldbraune Flüssigkeit schwenkte. Sie genehmigte sich einen Whisky, weil sie das warme Gefühl des Alkohols in ihrem Körper brauchte. Ihre Nervosität wuchs von Minute zu Minute.

Die drei mussten doch schon schlafen. Wieso tat diese Rachel nicht endlich, was ihr aufgetragen worden war? Wann war die kostbare Flüssigkeit endlich im Blutkreislauf der Versuchspersonen?

Wann traf endlich die ersehnte Mitteilung von der »gelungenen Party« ein? Dorit würde dann sofort zu ihrem Onkel eilen, denn er hatte sich ausbedungen, den Test persönlich durchzuführen. Schließlich handelte es sich um seine größte Entwicklung und – wenn sie funktionierte – um eine bahnbrechende, die die Welt auf den Kopf stellen würde.

Das musste natürlich alles streng geheim ablaufen. Ihr Onkel plante, seine Technologie in Kreise zu verkaufen, die sie für dunkle Machenschaften einsetzen würden. Die Preise, die er dafür erzielen konnte, lagen bei Milliardenbeträgen.

Natürlich war Dorit klar, wo die Beweggründe ihres Onkels lagen: Rache! Er wollte sich an einer Gesellschaft rächen, die ihn in einen sinnlosen Krieg geschickt hatte. Er war zum Opfer geworden, weil ein Präsident seine Macht beweisen wollte. Nun aber war Hermes selbst der Täter und schlug zurück. Seine Vergeltung war subtil, weil sie Menschen, die sich über alle Gesetze hinwegsetzten, ein Mittel in die Hände gab, mit dem sie noch viel größeres Unheil anrichten konnten, als sie es ohnehin schon taten.

Sobald Lilo, Axel und Dominik die Injektionen verabreicht bekommen hatten, würde Hermes die drei manipulieren können – wie ferngesteuerte Roboter.

Diesen Moment sehnte er herbei.

Wie erleichtert würde sie sein, wenn der Test endlich abgeschlossen war und alle Spuren beseitigt worden waren. Dabei dachte sie vor allem an die vier Versuchspersonen.

Sie schenkte sich Whisky nach und schwenkte ihn wieder im Glas. Natürlich waren ihre Aktionen nicht uneigennützig. Ihr Onkel war sehr krank, und die Ärzte gaben ihm nicht mehr viel Zeit. Die Firma erbte sie zu gleichen Teilen mit ihrer strebsamen Schwester, die von alledem nichts wusste. Dorit hatte nichts dagegen, dass sie die Geschäfte weiterführen würde.

Die geheimen Projekte des Onkels aber, die gingen alle in Dorits Besitz über. Sie war seine einzige Mitwisserin.

Ihr Handy gab ein Pling! von sich. Sie riss es in die Höhe und schnaubte im nächsten Moment enttäuscht. Es war nur eine Nachricht von Natascha, die sich erkundigte, ob Dorit von ihrem Onkel Informationen über die geheimen Labors bekommen hatte.

Nichts – textete Dorits zurück. *Onkel geht es schlecht. Ist nicht gut ansprechbar. Versuche es morgen wieder.*

Dann ging das Warten weiter.

54) ERWACHEN

Da war ein schwacher Schimmer. Ein sehr dünner Lichtstreifen irgendwo vor ihr. Sie konnte nicht einschätzen, wie weit entfernt.

Es roch nach Maschinenöl und Benzin. Wie auf einer Tankstelle oder in einer Autowerkstatt.

Sie spürte, wie schwer ihre Lider waren. Es kostete sie viel Kraft, die Augen weiter zu öffnen und nicht nur durch den Vorhang der Wimpern zu blinzeln. Sie sah aber nichts weiter als Dunkelheit, die nur durch diesen Lichtstreifen unterbrochen wurde. Er fiel auf einen rauen Betonboden.

Langsam wurde sie sich bewusst, dass sie zusammengekrümmt auf dem Boden lag und ihre Wange den kalten Beton berührte. Sie versuchte, den Kopf zu heben, und spürte sofort einen dumpfen, hämmernden Schmerz unter ihrer Schädeldecke. Ihr Mund war ausgetrocknet, die Zunge fühlte sich an wie Löschpapier.

Wasser, dachte sie. Ihr einziger Wunsch im Augenblick war ein großes Glas Wasser und eine Kopfschmerztablette.

Das Brennen ihrer Augen war stark, und sie musste sie wieder schließen. Kaum waren ihre Lider unten, tauchten Bilder in ihrem Kopf auf, die sie erschreckten, die sie aber nicht richtig zuordnen und verstehen konnte.

Sie sah sich selbst. Sie hatte das Gefühl, im eigenen Körper zu stecken und trotzdem sich selbst gegenüberzustehen. Es war aber nicht ihr Spiegelbild, denn ihr Gegenüber, das haargenau so aussah wie sie, trug eine Kapuzenjacke.

War das so gewesen? Hatte sie das wirklich erlebt? Oder war es ein Albtraum gewesen? Sie unternahm einen neuerlichen Versuch, die Augen zu öffnen, und starrte in die Dunkelheit. Ein

Stück von ihr entfernt tauchten die Umrisse eines Menschen auf, der ebenfalls auf dem Boden lag und sich nicht bewegte.

Durch den Werkstattgeruch schwebte zu ihr der angenehme Duft von Lavendel und Bergamotte. Es war das Herrenparfüm, das sie so sehr liebte und das sie Klaus zum Geburtstag geschenkt hatte. Er hatte es jeden Tag verwendet, ihr zuliebe.

Sie roch in die Luft und war sich ganz sicher, dass es sich um diesen Geruch handelte.

Klaus? Es war doch nicht möglich, dass Klaus hier war? Sie stemmte sich mit den Handflächen in die Höhe, worauf sofort wieder das glühende Hämmern im Kopf einsetzte. Auch wenn der Schmerz ihr eine Übelkeit verursachte, bei der sie sich am liebsten übergeben hätte, machte sie weiter, bis sie kniete.

Auf allen vieren kroch sie in die Richtung des leblosen Körpers.

»Klaus?«, flüsterte sie immer wieder. Sprechen konnte sie nicht, weil ihre Kehle so brannte. »Klaus? Klaus, sag etwas.«

Nur langsam gewöhnten sich ihre Augen an die Dunkelheit, aber dank des Lichtschimmers, der unter der Tür durchfiel, konnte sie erkennen, dass es sich wirklich um Klaus handelte. Seine Augen waren geschlossen, sein Gesicht fühlte sich kalt an. Er lag auf dem Rücken, die Arme verdreht neben sich.

Sie strich ihm über die Stirn und die Wange. »Klaus! Sag etwas. Klaus?«

Ihr Herz begann zu rasen. Sie beugte sich vor, was wieder höllische Kopfschmerzen auslöste, aber sie kümmerte sich nicht darum. Zuerst tastete sie nach der Halsschlagader.

Zu ihrer Erleichterung fühlte sie seinen Puls. War er genauso wie sie betäubt worden?

Sie rüttelte Klaus an der Schulter, strich ihm über die kurzen Haare, kniff ihn in den Unterarm, der aus dem zu kurzen Ärmel seines Jacketts ragte, aber nichts half.

Poppi versuchte aufzustehen. Sie ächzte, und Tränen rannen ihr über das Gesicht, weil die Schmerzen in ihrem Kopf so heftig waren.

Raus, ich muss hier raus, schoss es Poppi durch den Kopf. Mit den Zehenspitzen tastete sie sich voran, um nicht auf Klaus zu treten. Sie hatte keine Schuhe mehr an. Jemand hatte sie ihr ausgezogen. Als sie mit den Händen über ihre Kleidung fuhr, spürte sie nicht das Leinen der Jacke und die glatte Oberfläche ihrer Leinenhose. Sie trug eine Jeans, die zu weit war und rutschte, und eine schlabbrige Jacke mit Kängurutaschen. Über ihre Schultern hingen Kordeln einer Kapuze.

War das die Kleidung ihrer Doppelgängerin? Poppis Verwirrung wurde immer größer.

Sie tastete sich mit den Füßen langsam vorwärts. Dabei hatte Poppi die Hände nach vorne gestreckt, um Hindernisse rechtzeitig zu spüren und sich abzufangen. Sie erreichte die Tür, unter der das Licht hereinfiel. Ihre Finger berührten etwas Kühles, das eine Metalltür sein musste.

Suchend wischte Poppi über die Seiten der Tür. Es musste doch eine Klinke geben oder einen Türknauf. Sie streckte sich und stellte sich auf die Zehenspitzen, danach ging sie in die Hocke. Aber weder oben noch unten hatte die Tür etwas, womit man sie öffnen konnte.

Sie waren eingesperrt. Wer hatte das getan? Was hatte man mit ihnen vor?

Poppi klopfte die Taschen der Jeans ab und suchte in der Kängurutasche der Sweaterjacke, sie konnte aber ihr Handy nicht finden.

Sie griff sich an den Kopf, natürlich hatten ihr die Entführer das Handy abgenommen. Das Bohren in ihrem Kopf machte das Denken sehr schwer.

Was würde Lilo jetzt tun, fragte sie sich. Was? Was nur?

Sie war noch immer ganz benommen von dem Betäubungsmittel. Wie aus einem dichten Nebel kam der Gedanke, die Wände abzutasten und nach irgendetwas zu suchen, das nützlich sein könnte, die Tür aufzubrechen oder auf andere Art und Weise zu entkommen.

Also zog sich Poppi mit aller Kraft seitwärts an der Wand entlang, bis sie die Ecke erreichte und die Richtung um neunzig Grad ändern musste. Ihre Handflächen wischten wieder suchend über raue Wände, die ihr die Haut abschürften. Sie drückte weniger auf und schob sich immer weiter. Vier Ecken später hatte sie die Erkenntnis gewonnen, dass es sich um kahle Wände handelte. Sonst nichts.

Entmutigt und mit Tränen in den Augen, ließ sie sich neben Klaus auf den Boden sinken. Sie legte ihr Gesicht auf seine Brust, die sich langsam hob und senkte. Sein Jackett war alt und ein wenig zu klein, aber Klaus würde es tragen, bis es auseinanderfiel. Liebevoll streichelte Poppi darüber. Als sie die Brusttasche erreichte, fühlte sie etwas darin. Sie griff hinein und zog ein Heftchen mit starkem Einband heraus.

Es musste sein Reisepass sein. Er steckte ihn immer in die Brusttasche. Genauso wie er sein Handy immer in der unteren Innentasche hatte.

Das Handy! Wenn er es noch bei sich hatte, konnte Poppi damit Hilfe rufen. Sie spürte, wie ein Hoffnungsstrahl durch ihren Körper schoss und sie wacher werden ließ.

Das Handy! In der unteren Innentasche! Sie öffnete das Jackett und knetete mit beiden Händen den Stoff.

Die Tasche war leer. Sie untersuchte die andere Seite.

Auch kein Handy.

55) IDEEN

»Kann ich endlich einen Drink haben?« Dominik spielte nervös mit den Fingern.

»Du scheinst ja wirklich ein Alkoholproblem zu haben«, sagte Lilo und deutete auf Dominiks Hände.

Axel, Dominik und sie hingen auf den Sofas im Wohnzimmer herum, halb sitzend, halb liegend.

»Nein. Lasst mich einfach in Ruhe.«

»Aber du zitterst.«

»Ich zittere, weil ich angespannt bin. Wenn wir diesen Mauricio schnappen können, dann besteht noch Hoffnung, dass ich die Rolle in dem James Bond bekomme. Das wäre der größte Sprung in meiner Karriere überhaupt. Danach stünden mir alle Türen offen.«

»Lilo hat recht. Du hast ein Alkoholproblem.« Axel schenkte sich Cola nach.

»Ihr habt keine Ahnung, wie stressig mein Beruf ist«, brauste Dominik auf. »Du turnst ein bisschen herum, Axel, und Lilo sitzt den ganzen Tag im Büro und rechnet. Ich aber muss immer gut drauf sein, andauernd auf Partys gehen, um gesehen zu werden, und oft zwölf Stunden am Tag vor der Kamera stehen. Mein Vertrag bei ›Bad Boys‹ ist verlängert worden, aber wenn es den Produzenten einfällt, einen neuen fiesen Typen für die Serie zu engagieren, kann ich in ein paar Monaten später draußen sein. Derzeit habe ich aber Nikolaus Kramer auf meiner Stirn stehen und bekomme nicht so leicht eine neue Rolle in einer anderen Serie.« Er stand auf. »Wo ist der Whisky? Wo hat Poppi ihn versteckt?«

Axel stellte sein Glas ab, stand auf und fischte die Whiskyflasche und den Cognac hinter einem Armsessel hervor. Dominik holte ein Glas aus der Küche und schenkte sich großzügig ein.

»Ich habe eine Tochter, die ich allein großziehe«, erinnerte Axel Dominik. »Wahrscheinlich habe ich wegen ihr mehr schlaflose Nächte verbracht und mehr Stress gehabt als du wegen deiner Schauspielerei.«

»Sorry!« Dominik warf die Arme in die Luft. Er wandte sich an Lilo. »Ich weiß, du sitzt auch nicht nur im Büro.«

»Nein, ich darf mich mit Intrigen an der Uni herumschlagen und um meinen Posten kämpfen. Meinen Neidern wird diese Sache mit dem Kryptodiebstahl nur gelegen kommen.«

Zuerst sah es aus, als wollte Dominik den Whisky in einem Zug runterkippen, dann aber überlegte er es sich anders und nahm nur einen kleinen Schluck. Den Rest leerte er in den Topf einer Grünpflanze, die hinter ihm auf einer Säule stand.

»Ihr habt ja recht, ich muss mich zusammenreißen.«

Lilo nickte ihm zu. »Wir benötigen alle einen klaren Kopf.«

Herzhaft gähnend meinte Dominik: »Ich brauche vor allem Schlaf.«

Sein Gähnen steckte nun auch die anderen zwei an. Die Müdigkeit drückte ihnen auf die Augen.

Lilo warf einen Blick auf Philips Laptop, auf dem sich immer noch nichts Neues getan hatte.

»Versuche noch einmal, über deinen eigenen Laptop mit deinem Freund Kontakt aufzunehmen«, riet ihr Axel.

»Ich gehe nicht mehr online. Falls ich vielleicht doch rechtzeitig offline gegangen bin, kann keine Spur zu meinem Laptop verfolgt werden.«

»Es ist jemand auf uns angesetzt worden, um den Datenstick zurückzuholen«, erinnerte sie Axel. »Dieser Teil der Drohung stimmt also. Ziemlich sicher trifft dann auch der Rest zu, und du kannst ohnehin nichts mehr verhindern. Du kannst nur noch versuchen, rechtzeitig deine Unschuld zu beweisen.«

Lilo sah ihn mit einem Blick an, der zeigte, dass sie nur mit einem Ohr zugehört hatte und über etwas nachdachte. »Wer kann dieser Dantès sein, der uns das Passwort geschickt hat?«

»Dantès?« Dominik verzog den Mund. »Es nennt sich jemand Dantès?«

»Mir ist der Name bekannt vorgekommen, aber ich kann ihn mit niemandem verknüpfen.«

»Der Graf von Monte Christo.«

»Das ist ein Film«, fiel Axel ein.

»Es ist ein Roman von Alexandre Dumas, vielfach verfilmt. Es gibt die Geschichte als TV-Serie, als Spiel- und Zeichentrickfilm und als Musical.« Dominik hatte eine amerikanische Verfilmung geliebt, die zu großen Teilen auf Burg Liechtenstein bei Wien gedreht worden war.

»Leider hilft uns das auch nicht weiter, sondern zerstört jede Hoffnung, dem Absender auf die Spur zu kommen.«

»Wisst ihr, was mir einfach nicht klar ist.« Axel blickte von Lilo zu Dominik und wieder zurück. Dominik zuckte auffordernd mit den Schultern. »Wieso stiehlt jemand ein Programm, mit dem man diese Kryptowährung klauen kann, und gibt den Hackern dann noch einen Hinweis, dass wir den Datenstick haben.«

Für Dominik gab es auf alle diese Fragen nur eine Antwort. »Jemand will uns fertigmachen.«

»Wieso? Wer hasst uns so sehr?« Die Vorstellung machte Lilo fassungslos.

»Hermes, der Bote der Götter«, sagte Axel.

»Der Wahnsinnige? Wie kommst du jetzt auf den? Meinst du, er lebt noch?« Dominik hatte ihn nach der letzten Begegnung auf den Klippen in Südengland für tot gehalten. Jedenfalls hatte er sich das zu seiner Beruhigung eingeredet.

Lilo hatte sich den Text ins Gedächtnis gerufen, der sich geöffnet hatte, nachdem sie das Passwort eingegeben hatten. »Die Rede war darin immer von ›uns‹, also nicht nur von mir.«

»Poppi!«, hörte sie Axel ausrufen. Sie richtete sich auf und sah Poppi auf der obersten Stufe der Treppe stehen, die von unten ins Wohnzimmer führte.

»Ich bin aufgewacht«, sagte sie halb flüsternd. »Geht ihr nicht ins Bett?«

»Bald. Leg dich wieder hin.« Lilo stand auf und ging zu ihr, um sie wieder nach unten zu begleiten. Nachdem, was ihr widerfahren war, brauchte sie unbedingt Ruhe und sollte nicht von den Überlegungen belastet werden, die sie gerade wälzten.

»Mir ist noch sehr schwindlig.« Poppi griff nach dem Treppengeländer. »Ich bringe dich wieder in dein Zimmer.« Lilo klang sehr fürsorglich.

»Nein. Brauchst du nicht. Aber ihr solltet euch auch hinlegen. Findet ihr nicht?«

»Das machen wir gleich«, versicherten ihr die anderen. Langsam drehte sich Poppi um. Ihr war anzusehen, dass sie starke Schmerzen hatte. Vorsichtig stieg sie wieder hinunter. Axel, Dominik und Lilo sahen ihr nach.

Dominik folgte ihr mit seinem Blick. Irgendetwas an ihr kam ihm komisch vor! Er rätselte, was es war, was an Poppi anders war, aber er kam nicht drauf. Wahrscheinlich liegt es an dem Verband und den Schwellungen, dachte er und wischte den Gedanken beiseite.

Lilo stand auf und stellte Philips Laptop wieder auf den Küchentisch. Ein letztes Mal warf sie einen Blick auf den Bildschirm: Es hatte sich nichts verändert.

»Zurückverfolgt«, hörten Axel und Dominik sie murmeln. Lilo drehte sich zu ihnen. »Magnus ist berufsbedingt äußerst misstrauisch und hat ziemlich sicher überprüft, welche IP-Adresse dieser Laptop hat. Er kann erkennen, dass das nicht mein eigener ist. Daher lehnt er die Anfrage ab.«

»Wie kann er das erkennen?« Axel empfand das als ein kleines Wunder, das er sich nicht vorstellen konnte.

»Magnus hat mehr Zugang zu Daten, als du dir träumen lassen würdest. Er hat sich auch bestimmt den Inhalt der Festplatte angesehen. Passwörter zu knacken, ist für ihn ein Kinderspiel.«

»Dann weißt du ja, was du zu tun hast«, erklärte Dominik.

Lilo stand beim Zugang zum Treppenhaus. »Ja. Ich muss noch einmal mit meinem Computer online gehen, um ihn zu kontaktieren.«

Axel und Dominik hielten es für einen guten Weg. Vielleicht war es sogar der einzig mögliche.

»Mir verschwimmt schon alles vor den Augen«, gestand Dominik.

Auch Axel brannten die Augen vor Müdigkeit.

»Wir legen uns kurz hin«, schlug Dominik vor. »Lange kann ich ohnehin nicht schlafen.«

Axel streckte sich und gähnte erneut. »Wenn sich dein Magnus bis dahin noch immer nicht gemeldet hat, sollten wir vielleicht wirklich die Polizei über alles informieren.«

56) VORBEREITUNGEN

Rachel warf den gefühlten hundertsten Blick auf ihr Handy. Es war 2.48 Uhr am Morgen. Vor etwas mehr als einer halben Stunde hatten sich die beiden Männer und die Frau in ihre Zimmer zurückgezogen. Noch erschien es Rachel zu früh, um anzufangen. Sie musste ganz sicher sein, dass alle drei eingeschlafen waren. Erst dann konnte sie es wagen, in die Zimmer zu schleichen.

Wie gut, dass die echte Poppi ihre Handtasche sogar auf die Toilette mitgenommen hatte. Darin hatte Rachel alles unterbringen können, was sie nun benötigte.

Sie zog zwei längliche Geldtaschen mit Reißverschluss heraus. Der ersten entnahm sie drei Einwegspritzen, die steril verpackt waren. Auch die Nadeln waren in sterilen Plastikhüllen verstaut.

Spritze nach Spritze holte Rachel aus der Verpackung. Sie steckte die Nadeln auf die Spritzen und legte sie auf das altmodische Nachtkästchen. Ihre Großmutter hatte auch so eines gehabt, und es erinnerte sie an glücklichere Tage ihrer Kindheit.

Die zweite Geldtasche enthielt drei Phiolen mit Metallverschluss. In der Mitte war ein Stück Gummi eingesetzt, das mit der Nadel der Spritze durchstochen werden konnte, um die Flüssigkeit aus der Phiole aufzuziehen.

Als Rachel eine Phiole in das Licht der Nachttischlampe hielt, konnte sie darin ein eigenartiges Glitzern sehen. Die Flüssigkeit schien glasklar, trotzdem aber musste sie etwas beinhalten, das den Lichtschein reflektierte.

In der zweiten Brieftasche befand sich außerdem ein Spray mit einem Diffuseraufsatz, der an einen Inhalator für Asthmatiker erinnerte. Sie musste die Öffnung des Aufsatzes, der rechtwinkelig von der Dose abstand, nahe an die Nasenlöcher bringen oder noch besser in den offenen Mund. Ein kräftiger Pumpstoß genügte, um eine prompte Betäubung zu verursachen, die innerhalb von ein paar Sekunden einsetzte. Falls einer der drei zu schreien versuchte, musste sie ihm oder ihr nur kurz den Mund zuhalten.

Sie musste zuerst alle drei betäuben, um ihnen dann anschließend die Injektion zu verabreichen.

Was war das für eine Flüssigkeit? In ihren schlimmsten Vorstellungen sah sie, wie einer der Männer oder die Frau starb, nachdem sie ihnen das Mittel gespritzt hatte. Dann wäre sie eine Mörderin.

57) SCHWEISSTROPFEN

Um 2.50 Uhr am Morgen betrat Philip die Vorratskammer durch die versteckte Verbindungstür. Er hatte Übung darin, Türen lautlos zu öffnen. Philip trug eine Stirnlampe, die angeknipst war und Licht nach allen Seiten streute.

Auch als Philip den Knauf der Tür zur Küche drehte, geschah dies ohne jedes Geräusch. Sein ohnehin schon sehr bleiches Gesicht war in dieser Nacht noch weißer. Er hatte kleine Schweißtropfen auf der Oberlippe, und seine Finger zitterten leicht.

Durch die hohen Fenster mit dem bunten Glas fiel von der Straße ein wenig Licht in den großen Wohnraum und in die Küche. Aber Philip brauchte kein Licht, um sich in der Nacht in seinem Haus zurechtzufinden. Er hätte auch im Stockdunkeln gehen können, ohne gegen ein einziges Möbelstück zu stoßen.

Er war aufgebracht und verwundert. Er konnte nicht verstehen, wieso ihn dieser Mann angerufen hatte. Der Unbekannte wusste über die Videos auf seinem Laptop Bescheid. Aber wie hatte er davon erfahren?

Philip eilte mit großen Schritten zum Tisch. Seine Bewegungen erinnerten an eine Spinne, die in ihrem Netz krabbelte, um sich die Beute zu holen, die sich dort gerade verfangen hatte. Er sah die Aufnahmen des Mannes auf dem Bildschirm, den er niedergeschlagen hatte. Wie sie dorthin kamen, blieb ihm ein Rätsel.

Mit einer schnellen Bewegung klappte er den Laptop zu und steckte ihn unter den Arm. Philip ging auf die Treppe zu, die in das Untergeschoß zu den Schlafzimmern führte.

58) GELD

Denk an das Geld, wiederholte Rachel für sich immer wieder. Denk nur an das Geld und deine Freiheit!

Skrupel befielen sie und weckten in ihr einen heftigen Widerstand, den Auftrag auszuführen, den sie erhalten hatte.

Aber sie brauchte das Honorar, um sich endlich von ihrer Schuld zu befreien, die wie eine schwere Last auf ihr ruhte. Sonst würde sie ihre Eltern und ihre Großeltern ins Unglück reißen.

Vor dem Antritt ihrer Reise nach London hatte sie einen ausführlichen Bericht verfasst, in dem sie sich alles von der Seele geschrieben hatte, was geschehen war. Der Bericht war in ihrem Nachtkasten hinterlegt. Falls ihr etwas zustieße, würde die Polizei darin eine Erklärung für ihr Verhalten finden, allerdings auch ihre Eltern. Niemals hätte sie es gewagt, ihnen die ganze Geschichte persönlich zu erzählen.

Ich habe Dexter für die große Liebe in meinem Leben gehalten und ihm alles geglaubt, was er mir gesagt hat.

Wenn ich an seinen Worten auch nur den leisesten Zweifel angemeldet habe, hat er schnell anklingen lassen, dass er mich auch wieder verlassen könnte. Diese Vorstellung war mir damals unerträglich gewesen.

Dexter handelte mit Aktien, und so, wie er es darstellte, war er ein erfolgreicher Broker der Wall Street. Oft erzählte er am Abend, wie viele Millionen Dollar Gewinn er an diesem Tag wieder gemacht hatte. Er schilderte mir die Begeisterung seiner Kunden, wenn er ihr Geld verdoppelt, verdreifacht oder sogar verzehnfacht hatte.

Seine Erregung über die Gewinnmöglichkeiten steigerte sich von Tag zu Tag. Schließlich hatte er drei neue Aktien im Visier, die die höchsten Gewinne in der Geschichte der Wall Street bringen könnten. Er überredete mich zur größten Dummheit meines Lebens. Wenn ich nicht tun würde, wozu er mir riet, dann wäre ich nicht die richtige Frau für ihn, ließ er fallen. Er wollte nicht sein Leben lang nur Geld für andere machen. In den vergangenen Jahren war er durch einige gute Transaktionen zu einem kleinen Vermögen gekommen, behauptete er.

Ich hätte damals schon längst misstrauisch werden müssen. Dexter hatte selten Geld eingesteckt und meistens auch keine Kreditkarte dabei. Daher bezahlte meistens ich.

Er schlug mir vor, das Haus meiner Eltern zu belehnen. Den Betrag, den ich dafür bekommen könnte, würde er in dieses todsichere Geschäft investieren und Aktien kaufen, die ihren Wert innerhalb von Monaten bestimmt auf ein Vielfaches steigern würden.

Dexter organisierte nicht nur eine Bank, die uns das Geld lieh, sondern auch Anwälte, die die Verträge dazu aufsetzten. In meiner Naivität glaubte ich ihm sogar, dass ich meine Eltern nicht einmal informieren musste.

Ich sollte sie einfach nur die letzte Seite des Dokumentes unterschreiben lassen. Das tat ich unter dem Vorwand, es ginge um eine unwichtige Angelegenheit der Stadt, zu der wir unsere Einwilligung geben mussten. Dexter versprach, sobald das viele Geld eintrudelte, würden die Schuldscheine zerrissen werden. Dann könnte ich meinen Eltern und Großeltern alle Wünsche erfüllen, die sie schon seit so langer Zeit hatten und sich niemals leisten konnten.

Nachdem ich unterschrieben hatte, informierte Dexter mich über das Eintreffen des Geldes von der Bank. Danach aber mel-

dete er sich nicht mehr. Ein Tag verging, dann zwei und am dritten war mir klar, dass ich betrogen worden war.

Es gab keine Spur zu Dexter mehr. Seine Handynummer war tot. Es war – wie ich herausfand – ein Handy mit Wertkarte, und es konnte kein Besitzer zurückverfolgt werden. Erst dann wurde mir klar, dass ich nie bei Dexter zu Hause gewesen war und weder seine Familie noch seine Freunde kannte.

Er war verschwunden und mit ihm das Geld.

Mein Vater und mein Großvater haben Herzprobleme, und die Aufregung hätte sie töten können. Außerdem schämte ich mich in Grund und Boden.

Meine Rettung kam in Form eines Angebotes, das ich zuerst für verrückt gehalten hatte. Ich sollte mein Gesicht verändern lassen und das Aussehen einer anderen Frau annehmen. Ich musste außerdem Deutsch sprechen, aber das war für mich kein Problem: Meine Großeltern waren aus Deutschland eingewandert, und ich war zweisprachig aufgewachsen. Ich redete fließend Deutsch mit einem leichten bayerischen Akzent, der dem Österreichischen nicht unähnlich war.

Die Raten an die Bank wurden von meinem Auftraggeber übernommen. Allerdings hätte es fast mein ganzes Leben gedauert, um alles abzuzahlen. Nur die Erfüllung des Auftrages, für den er mich vorgesehen hatte, würde dafür sorgen, dass alle Schulden getilgt wurden und mir sogar noch etwas Geld übrig blieb, das mein Leben erleichtern sollte.

Rückblickend werde ich das Gefühl nicht los, dass von diesem Mann alles von langer Hand geplant und auch Dexter von ihm geschickt worden war. Beweise dafür habe ich keine. Aber anders kann ich mir das Auftauchen des Mannes und sein Angebot nicht erklären.

Ich hatte keine andere Wahl. Meine Eltern haben sich oft über meine Operationen gewundert, und nun kann ich ihnen sagen, dass ich mein altes Gesicht sehr gemocht habe. Der Grund für die Prozedur lag darin, genauso auszusehen wie eine andere Frau.

Was der Auftrag nun genau ist, den ich ausführen soll, werde ich in Kürze erfahren.

Denk an das Geld, sagte sie im Stillen noch einmal zu sich.

Drei Uhr. Sie griff nach dem Spray und der ersten Spritze. Die einzige Lichtquelle war die Uhr auf ihrem Handy. Sie hatte in ihrem Zimmer in der Dunkelheit gewartet, damit ihre Augen sich an die spärliche Beleuchtung gewöhnen konnten.

Beim Verlassen des Zimmers packte sie den Knauf fest mit der freien Hand und drückte die Tür gegen den Rahmen, damit sie beim Öffnen kein Geräusch verursachte.

Von oben durch das Treppenhaus fiel ein schwacher Lichtschein in den sechseckigen Vorraum der Zimmer. Sie ging zu der Tür, die gegenüberlag, atmete noch einmal tief ein und zögerte dann aber.

Denk an das Geld!

Vorsichtig drehte sie den Knauf und zog die Tür dabei fest zu sich. Ohne das leiseste Geräusch zu verursachen, schwenkte sie die Tür nach innen auf und schlüpfte durch den schmalen Spalt in das Zimmer. Dann wartete Rachel ein paar Augenblicke, bis sich ihre Augen wieder an die Dunkelheit angepasst hatten.

Auf dem Bett lag jemand auf der Decke, bekleidet mit einem T-Shirt und Unterwäsche. Es war eine warme Nacht, und es war nicht nötig, sich zuzudecken. Auf Zehenspitzen schlich Rachel zum Kopfende des Bettes. Die Frau schlief auf dem Rücken, ihr Kopf war leicht zur Seite gesunken, sie schnarchte ein wenig.

Rachel hielt den Diffuser des Sprays direkt vor ihre Nase und pumpte zwei Mal. Sie hörte ein sehr leises Zischen, dann schnappte die Frau nach Luft.

Sofort wich Rachel zurück, in der Angst, die Frau könnte aufwachen und der Spray nicht wirken.

Der nächste Laut aber beruhigte sie wieder. Es hörte sich an wie ein tiefes Ausatmen und Erschlaffen. Prüfend tippte sie auf den Unterarm der Frau. Sie reagierte nicht. Auch als Rachel ihr Handgelenk ergriff und ihren Arm anhob, blieb die Frau still liegen.

Sie war betäubt, da bestand kein Zweifel. Rachel konnte durchführen, wofür sie eingeschleust worden war.

59) NOTRUF

»Klaus?« Poppi rieb seine große Hand zwischen ihren Händen. »Klaus, bitte wach auf!« Sie klatschte ihm zärtlich ins Gesicht.

Ihr Mann zeigte keine Reaktion.

Weil sie nicht wusste, was sie sonst tun sollte, setzte sie sich hinter ihn, hob seinen Kopf hoch und legte ihn in ihren Schoß. Sie streichelte ihm über das Haar, das schon längst wieder einen Schnitt vertragen hätte können, und massierte ihm die Schläfen und die Stirn.

»Bitte wach auf, Klaus, bitte.« Sie beugte sich vor und küsste ihn auf die Stirn, die Nase und dann den Mund. Seine Lippen fühlten sich kühl an.

Poppi fiel die schreckliche Situation vor ihrem Abflug ein. Der Moment, als sie Klaus im Schlafzimmer mit der anderen Frau überrascht hatte. Aus einem Reflex heraus wischte sie sich die Lippen mit dem Jackenärmel ab. Er hatte die andere sicher auch geküsst.

Aber ich liebe ihn doch, schoss es Poppi durch den Kopf. Sie küsste ihn erneut auf den Mund, und diesmal wischte sie sich danach nicht ab.

Was auch immer passiert war, sie konnten doch nicht elf gemeinsame Jahre einfach wegwerfen.

Wer war die andere? War es ernst zwischen ihr und Klaus? Wieso hatte Poppi davor nie etwas bemerkt? Seit wann trafen sie sich? Wie hatte er es geschafft, so etwas vor ihr zu verheimlichen?

Ach Klaus, dachte sie und spürte, wie sie zu weinen begann.

Klaus öffnete den Mund und gab schmatzende Laute von sich.

»Was trinken«, hörte sie ihn mit sehr heiserer Stimme leise sagen. »Bitte Wasser.«

»Klaus! Klaus, hörst du mich?«

»Poppi?«

Stöhnend versuchte Klaus, sich aufzurichten, aber sein Körper gehorchte ihm noch nicht, und er sank wieder auf den Boden und in Poppis Schoß zurück. Poppi versuchte, ihm zu helfen und ihn dabei so zu drehen, dass er sie sehen konnte.

»Poppi!«

»Klaus. Wie bist du hierhergekommen? Weißt du, wo wir sind?«

Sie sah, wie er trocken schluckte. »Ich muss etwas trinken.«

Natürlich hätte Poppi gegen die Tür trommeln können, um um Hilfe zu rufen und nach Wasser zu verlangen, aber das traute sie sich nicht. Solange sie nicht wusste, wer ihnen das angetan hatte, wollte sie sich lieber ruhig verhalten und versuchen, einen Weg hinaus zu finden.

»Hier drinnen ist kein Wasser.« Ihr Arm erlahmte, weil das Gewicht von Klaus' Oberkörper und seinem Kopf auf ihm lastete. Sie würde ihn nicht mehr lange so halten können.

»Du hast einen Unfall gehabt«, sagte Klaus.

»Nein. Ich bin …« Poppi zögerte, weil sie selbst nicht genau wusste, wie sie es ausdrücken sollte. »Ich bin überfallen worden. Auf der Damentoilette von einem Klub, in dem wir waren. Und da war auch eine Frau, die ausgesehen hat wie ich.«

»Das gibt es nicht.«

»Doch. Es war so. Ich kann mich nicht an alles erinnern, daran aber schon.«

Klaus unternahm den nächsten Versuch, sich aufzurichten, und diesmal schaffte er es. Er rubbelte sich mit beiden Händen über das Gesicht und massierte sich den Nacken. Mit müden Augen sah er Poppi an, die vor ihm kniete.

»He, Panda«, flüsterte er. Schon sehr lange hatte Klaus sie nicht mehr so genannt. Sie hatten sich die Spitznamen Panda und Panther gegeben, weil das ihre Lieblingstiere waren und sie darüber gesprochen hatten, als sie das erste Mal miteinander ausgegangen waren.

Sie konnte sich nicht mehr zurückhalten, und es war ihr egal, was sie gesehen hatte. Poppi kroch näher zu ihm und umarmte ihn etwas linkisch. Klaus erwiderte die Umarmung sofort und drückte sie fest an sich. Er zitterte, und Poppi bemerkte, dass er weinte. Sie wusste nicht, was sie sagen sollte, und zog die Arme deshalb einfach nur fester.

»Ach Poppi«, hörte sie ihn seufzen. Er weinte noch mehr. Aber was hatten seine Tränen zu bedeuten?

»Klaus, ganz ruhig«, sagte Poppi leise, aber bestimmt. »Wir müssen hier raus. Lass uns überlegen, wie wir das schaffen können.«

Er löste sich aus ihrer Umarmung, hielt sie vor sich, nahm dann ihr Gesicht mit beiden Händen und küsste sie. Poppi erwiderte den Kuss.

Vor ihren Augen tauchte aber wieder auf, was sie vor ihrer Abreise im Schlafzimmer gesehen hatte. Sie wollte etwas sagen, ließ es dann aber bleiben.

Es gab jetzt Wichtigeres. Immerhin waren sie zusammen. Klaus war nach London gekommen! Allerdings waren sie beide hier eingesperrt, ohne den Grund dafür zu kennen.

Wie konnten sie sich nur befreien?

»Wir rufen die Polizei«, sagte Klaus.

»Sie haben uns die Handys abgenommen.«

»Beide?«

»Deines und meines.«

»Meine zwei?«

»Hast du beide bei dir gehabt?« Klaus besaß ein privates Handy und ein Handy, auf dem die Besitzer der Tiere ihn erreichen konnten. Dieses Handy übernahm auch Poppi manchmal.

»Es ist nicht in deiner Tasche«, sagte Poppi.

»Socke«, sagte Klaus.

Sie wusste sofort, was er damit meinte. Klaus hatte die Angewohnheit, das Praxishandy in eine seiner Socken zu stecken. Er hatte es praktisch immer auf lautlos gestellt, spürte so aber trotzdem immer sehr deutlich das Vibrieren. Er hatte sich den Trick bei einem Kollegen abgeschaut, der ein leidenschaftlicher Golfspieler war, trotzdem aber immer für seine Patienten und ihre Besitzer da sein wollte.

Poppi tastete Klaus' Hosenbein ab, über das Knie und die Wade hinunter, bis sie zum Knöchel kam. Sie drückte herum, spürte aber kein Handy.

»Anderes Bein«, flüsterte Klaus. Poppi fasste hin, und dort war tatsächlich das Handy. Sie zog es heraus und drückte eine Taste. Die Anzeige wurde hell und zeigte das Logo der Praxis: die Umrisse einer Frau, die liebevoll einen Hund und eine Katze hielt. Es waren nur Linien, die kunstvoll gezeichnet waren und einen liebevollen, fürsorglichen Eindruck vermittelten.

Als Erstes sah Poppi, dass der Akku fast leer war. Auch das Signal war schwach. Aber beides schien ausreichend, um die Polizei zu alarmieren.

»Was soll ich wählen?«, fragte sie Klaus.

»Versuche 999. Ich glaube, das ist die Notrufnummer hier.«

Die drei Ziffern waren schnell eingetippt, und Poppi drückte auf die Wahltaste. Sekunden später meldete sich eine Frauenstimme mit »Police Emergency«.

»Hello! We need help.« Poppi redete so leise wie möglich, aber gleichzeitig so verständlich und klar, wie es ging.

»Please calm down und tell me where you are!«

»We don't know. We are locked in.«

»Tell me your name please.«

»Paula Reder.«

»Mrs Reder, I need an address so that my colleagues can find you.«

»Klaus?« Poppi reichte ihm das Handy. Vielleicht konnte er mehr sagen.

»Hello?«

»Sir, who are you?«

»I am the husband. We are both kept prison.«

»Do you have any idea where you are?«

»I can only remember a taxi ride. With a short and fat woman. She said, she is going to take me to my wife, who had an accident. We started at Trafalgar Square and drove to a poorer district.«

»By car?«

»By taxi.«

»Do you remember any street name? Underground station?«

Klaus zog die Luft ein. »Yes. Brixen.«

»Brixton?«

»Yes.«

»And how far from there are you now?«

»I remember a main road. Then a side street. Then a very small street.«

»Any street name, Sir?«

»No.«

Poppi schnupperte in die Luft. Der Geruch von Schmieröl und Benzin war ihr vorhin doch aufgefallen.

»Eine Werkstatt. Wir können in einer Autowerkstatt sein.«

Klaus nickte, verzog aber sofort vor Schmerz das Gesicht.

»I think we are in a workshop.«

»In a workshop?«

Das war das falsche Wort für Werkstatt. Sowohl Poppi als auch Klaus wussten es, aber das richtige fiel ihnen nicht ein.

»Sir? What do you mean?«

»Cars. Grease. Petrol.«

»Do you mean a garage?«

Jemand hantierte außen an der Tür.

»Leg auf und stecke es weg«, verlangte Poppi. Klaus drückte die Taste, um das Gespräch zu beenden, Poppi nahm ihm das Handy ab und stopfte es in seine Socke zurück.

Sie hörten, wie vor der Tür eine Frau fluchte. Danach wurde es wieder still. Niemand kam herein. Poppi atmete erleichtert aus.

»Ob uns die Polizei finden wird?«

»Ich weiß es nicht, Panda.«

Müdigkeit verspürte Hermes schon lange nicht mehr. Jedenfalls nicht jene Müdigkeit, von der man sich im Schlaf erholen konnte. Sein Geist war immer wach, seine Gedanken zuckten ständig wie grelle Blitze in einem heftigen Gewitter in seinem Kopf herum.

Unten im Park wurden die Schatten der Bäume immer länger. Zwei Patienten im Rollstuhl wurden von ihren Angehörigen zurück ins Haus geschoben.

Er verkniff es sich, Dorit im Halbstundentakt anzurufen und zu fragen, ob er endlich mit dem Test beginnen konnte. Sie würde es ihm sicher sofort mitteilen, sobald es so weit war und die Injektionen erfolgreich verabreicht worden waren.

Hermes ging auf die Toilette, die sich neben dem edel ausgestatteten Bad befand. Er wusch sich dort die Hände und hob kurz den Kopf. Normalerweise vermied er jeden Blick in den Spiegel, weil es ihn anekelte, wie verunstaltet sein Gesicht war.

An diesem Abend aber hob er den Blick zum Spiegel und sah sich selbst an. Das Auge, das ihm geblieben war, war ein trüber, dunkler Punkt in einem Schädel ohne Wimpern und Augenbrauen, umgeben von vernarbter Haut.

Du bist ein Genie, und du wirst deine Spuren auf dieser Welt hinterlassen, dachte er. Sich selbst zu loben oder gar zu lieben, waren für Hermes völlig unbekannte Dinge. Er kam wesentlich besser damit zurecht, sich selbst zu kritisieren.

In dieser Nacht hier in Kalifornien aber würde er Geschichte schreiben. Er war von der Funktionsfähigkeit seiner Entwicklung voll und ganz überzeugt. Die zahlreichen Tierversuche hatten erstaunliche Ergebnisse geliefert, doch es war noch nicht garantiert, dass die Wirkung beim Menschen genauso gut war.

Hermes glaubte felsenfest daran. Er verließ das Bad und ging zu dem kleinen Schreibtisch, auf dem sein Laptop stand. Die Festplatte enthielt das Programm, das er hoffentlich in Kürze würde öffnen können, um mit dem Test zu beginnen.

Seine vier Versuchspersonen waren hervorragend geeignet für seine Zwecke. Er kannte sie seit so vielen Jahren, und vor allem ihren überdurchschnittlich gut ausgebildeten Teamgeist.

Genau auf diesen Zusammenhalt hatte er es abgesehen. Mithilfe einer neu entwickelten Technologie wollte er die hohe Intelligenz der vier und ihren gut entwickelten Hausverstand unterwandern, manipulieren und letztlich – das interessierte ihn am meisten – sogar steuern.

Wenn alles klappte, würde er beweisen, dass es möglich war, dem Menschen per Tastendruck auf dem Computer Befehle zu erteilen, von denen er keine Ahnung hatte. Ganz im Gegenteil, er würde glauben, sich selbst für die Aktionen entschieden zu haben, und sie ausführen.

Bei den Tierversuchen in seinem geheimen Labor hatte es sehr hohe Ausfälle gegeben. Die Technologie wirkte auf Zentren des Gehirnes, die eigentlich verschont bleiben sollten.

Dorit hatte ihn darauf aufmerksam gemacht, dass die Tests nicht länger als zwei Tage dauern durften. Danach würden alle vier Testobjekte samt der Doppelgängerin, die bei ihnen eingeschleust worden war, an Bord einer Privatmaschine gehen, die über dem Atlantik explodieren und für immer verschwinden würde.

Bei diesem Absturz jedoch würden die Körper vernichtet werden, und das störte Hermes. Seiner Vorstellung nach sollten sie seziert werden, um weitere Ergebnisse zu bringen. Deshalb hatte er Dorit überredet, eines der Testobjekte schon vorher zu töten und obduzieren zu lassen. Sie hatten sich für den Schauspieler entschieden. Er lebte in den USA, und es würde niemanden verwundern, dass seine Leiche überstellt wurde. Hermes hatte dafür gesorgt, dass ein Testament von ihm auftauchen würde, in dem er verfügte, in New York bestattet und vor allem nicht verbrannt zu werden.

Die Zeit verstrich, und vor den Fenstern brach die Dämmerung herein. Hermes war hellwach, fühlte aber die Krankheit in seinem Körper, die nicht mehr aufzuhalten war.

Er wusste nicht, wie viel Zeit ihm noch blieb. Er musste die Tests so schnell wie möglich durchführen. Diesen Triumph wollte er noch erleben, bevor sein Körper den Kampf gegen die Geschwüre aufgab, die ihn seit Monaten zerfraßen.

61) DAS LÄUTEN

Ihre Hände zitterten leicht. Sie hatte sich Lilos Unterarm mit der Unterseite nach oben hingelegt und mit einem dünnen Gummischlauch das Blut am Oberarm abgesperrt. Die Venen traten auf diese Weise deutlich unter der Haut vor. Nun musste sie die Nadel platzieren und dann zustechen.

Zweimal hatte sie es schon fast getan, war dann aber nicht sicher gewesen, ob sie die richtige Stelle gewählt hatte. Lange konnte sie den Arm nicht mehr abgebunden lassen. Sie musste die Injektion verabreichen. Rachel wählte das Blutgefäß, das ihr am dicksten erschien, setzte die Nadel und …

Sie riss die Hand in die Höhe, so sehr erschrak sie über den unerwarteten Ton. Es war ein typisches Handyläuten, das nur einen Meter von ihr entfernt ertönte.

Mit der anderen Hand schnappte sie das Handy und sah auf die Anzeige.

UNBEKANNT!

Schnell drückte sie die rote Taste und lehnte das Gespräch ab.

Hinter ihr erschien jemand in der halb offenen Tür. Sie drehte sich um und blickte in ein bleiches Gesicht, tiefe Augenhöhlen und einen Mund, der halb fragend, halb verwundert geöffnet war. Rachel erhob sich und starrte den Mann an.

Er blickte an ihr vorbei auf die Spritze in ihrer Hand und den Gummischlauch, den sie um den Arm der Frau geschlungen hatte, um das Blut zu stauen.

»Was tun Sie da?«, fragte er.

Wer war das? Wo kam der Mann plötzlich her?

Sie richtete sich auf. Der Mann hielt eine Pistole am Lauf in der Hand und streckte sie hoch, um zu zeigen, dass er damit jederzeit zuschlagen würde. Rachel starrte auf die Waffe in seiner Hand, und er grinste schief. Sie reagierte instinktiv. Blitzschnell drehte sie sich um und griff nach der kleinen Sprayflasche, die neben der Frau lag. Mit einem Ruck fuhr sie herum und war mit einem Satz bei dem Mann. Er versuchte noch, nach ihr zu schlagen, aber sie schaffte es, ihm drei Stöße aus dem Spray ins Gesicht zu pusten.

Der Arm des Mannes sauste mit der Waffe herab und in ihre Richtung. Sie wich zur Seite aus, aber er hätte sie ohnehin verfehlt. Wie ein Sack Kartoffeln fiel er mit einem dumpfen Poltern zu Boden.

Rachel war ihn damit für eine gute halbe Stunde los. Sie hörte, wie eine andere Tür geöffnet wurde, und trat schnell in den Vorraum hinaus.

Axel, in Boxershorts und T-Shirt, war aus seinem Zimmer gekommen. Er blinzelte verschlafen.

»Was ist los?«

»Lilos Handy. Es hat geläutet und ich bin aufgewacht.«

»Wer war es?«

»Eine unbekannte Nummer, ich wollte abheben …«

»Poppi? Wie geht es dir überhaupt?«

»Alles gut.«

Die nächste Tür ging auf, und Dominik tauchte auf. Er war in einen dünnen Morgenmantel aus Seide geschlüpft und schien plötzlich hellwach zu sein.

»Wer hat angerufen? Ist es dieser Magnus?«

»Nein, ich weiß es nicht, der Anrufer hat wieder aufgelegt.«

»Lilo!«, rief Axel und machte sich daran, in ihr Zimmer zu gehen. Das konnte Rachel natürlich nicht zulassen. Ohne über die Folgen nachzudenken, riss sie den Spray hoch und pustete Axel eine doppelte Dosis unter die Nase.

»Poppi, spinnst du?« Mehr brachte Axel nicht mehr heraus, bevor er zusammensackte und auf den Boden donnerte. Er würde sich über die Schmerzen und die blauen Flecken wundern, wenn er das Bewusstsein wiedererlangte.

Dominik sah verwirrt zwischen dem bewusstlosen Axel und Poppi hin und her.

Rachel blieb stumm und bewegte sich nicht. Sie starrte Dominik nur an.

»Du ... du siehst irgendwie anders aus, Poppi?« An Dominiks Gesichtsausdruck war zu erkennen, dass ihm etwas zu Bewusstsein gekommen war. Er drehte sich um und wollte in sein Zimmer flüchten. Aber Rachel sprang ihn von hinten an und schlang ihm den Unterarm um den Hals. Sie drückte gegen seinen Adamsapfel und nützte die Schrecksekunde, um ihm gleichzeitig von hinten in die Kniekehlen zu treten. Dominiks Beine knickten ein, und sie konnte ihn zu Boden reißen. Er versuchte, sich zu wehren und wieder aufzustehen, aber er hatte keine Chance, da sie ihm drei Sprühstöße verabreichte, von denen er Sekunden später ebenfalls betäubt war.

Alle drei waren jetzt wehrlos, und sie konnte ihnen nun ungehindert die Injektionen verpassen. Aber was sollte mit dem Mann geschehen, den sie nicht kannte?

62) DAS TELEFONAT

Ihr Handy summte, weil sie es auf lautlos gestellt hatte. Dorit stürmte vom Balkon ins Zimmer zurück und riss es in die Höhe.

Rachel? Wieso rief diese Verrückte sie an? Sie nahm das Gespräch an. »Was soll das?«

»Es ist etwas schiefgelaufen.«

»Was ist schiefgelaufen?«

»Sie haben mich gesehen. Sie sind aufgewacht, bevor ich sie betäuben konnte.«

»Haben Sie die Spritzen verabreicht?«

»Ja.«

»Sie müssen sie beobachten und dokumentieren, was geschieht. Das wissen Sie.«

»Das kann ich nicht. Was sage ich, wenn sie wieder zu Bewusstsein kommen? Sie werden mir Fragen stellen. Außerdem ist da ein Mann aufgetaucht. Sehr groß und bleich. Ich musste ihn auch betäuben.«

»Sie sind unfähig.«

»Ich habe das Beste getan, was ich tun konnte. Aber ich kann nicht bleiben.«

»Sie müssen. Da führt kein Weg vorbei.«

»Was wird geschehen?«

»Genau kann ich es nicht sagen. Wir nehmen an, dass es zu Streit zwischen den dreien kommen wird. Sie könnten auch gewalttätig werden und aufeinander losgehen. Vor allem aber sollten ihre freundschaftlichen Gefühle füreinander verschwinden. Halten Sie sich auf jeden Fall raus und lassen Sie die drei frei agieren. Das ist das Wichtigste. Sobald Sie ein Video fertig haben, schicken Sie es sofort.«

Rachel hatte nur halb hingehört. »Ich muss hier weg. Ich will weg.«

»Sie bleiben. Wenn die Objekte das Bewusstsein wiedererlangen, dann leugnen Sie alles. Tun Sie so, als hätten die anderen das nur geträumt. Sind die drei in ihren Betten?«

»Nein, zwei liegen auf dem Boden.«

»Sie müssen sie ins Bett zurückbringen.«

»Und den Mann?«

»Verstecken Sie ihn irgendwo in Ihrem Zimmer und verabreichen Sie ihm sechs Pumpstöße des Sprays. Das sollte genügen, um ihn für vierundzwanzig Stunden k. o. zu setzen.«

»Und dann?«

»Noch einmal. In achtundvierzig Stunden sind Sie bereits auf der Rückreise.«

»Wieder in dem Privatjet?«

»Ja. Elena wird Sie abholen und zum Flughafen bringen.«

»Wann bekomme ich den Rest meiner Bezahlung?«

»Sobald Sie wieder hier sind. Das Geld steht in einem Koffer für Sie bereit. Also machen Sie jetzt …«

»Warten Sie.« Rachel zögerte und fragte dann mit bebender Stimme. »Meine Schulden … der Betrug … war das alles arrangiert. War das eine Falle??«

»Bis übermorgen.« Dorit legte auf und wiegte das Handy in der Hand. Sie starrte es an und musste kurz grinsen. Natürlich hatte ihr Onkel das alles eingefädelt und den unwiderstehlichen Lover geschickt. Rachel war nach ihrem Aussehen und nach ihrer Beeinflussbarkeit unter vier möglichen Frauen ausgewählt worden, die alle Ähnlichkeit mit der Frau aus der ehemaligen Kinderbande hatten.

Sobald die Versuchspersonen wieder wach waren und ihr Tag begann, konnte er die Testreihe starten.

63) EINE STUNDE

Wieso hob sie nicht ab? Magnus hatte eine Unruhe erfasst, wie er sie sonst nicht kannte.

Der Brand hatte sich zum Glück als harmlos erwiesen und nur einen Lagerraum betroffen. Wahrscheinlich war er durch einen Kurzschluss ausgelöst worden. Das Feuer hatte schnell gelöscht werden können, um alles andere würde er sich später kümmern.

Seine Hunde lagen zu seinen Füßen und schliefen. Magnus blickte durch die hohen Glasscheiben hinaus auf das Meer. Am Horizont ging schon wieder die Sonne auf, die nur ganz kurz verschwunden war. Während er in die Mitternachtssonne blinzelte, überlegte Magnus, wie er weiter vorgehen sollte.

Nach seiner Rückkehr hatte er sich die Telefonnummer des Mannes besorgt, dem der Laptop gehörte, von dem aus die Kontaktaufnahme mit ihm erfolgt war. Dem Mann war buchstäblich das Handy aus der Hand gefallen, als Magnus ihn angerufen und auf die Daten angesprochen hatte, die auf der Festplatte seines Laptops gespeichert waren. Magnus hatte ihm mit der Polizei gedroht, worauf Philip seinerseits damit konterte, ihn wegen Hackerei und Datendiebstahles anzuzeigen.

Diese Drohung hatte Magnus kaltgelassen.

»Was sind das für Videos auf Ihrem Laptop?«, hatte er nachdrücklich gefragt.

Philip hatte ein kehliges, fast unheimliches Lachen von sich geben. Die Erklärung, die Magnus dann von ihm erhalten hatte, war ungewöhnlich gewesen, aber glaubhaft und außerdem höchst unterhaltsam.

Danach hatte er ihn nach Lieselotte Schroll gefragt.

»Ein Gast von mir«, hatte Philip ohne Zögern gesagt. Er berichtete, was er mitbekommen hatte und wie es dazu gekommen war, dass er ihr seinen Laptop geliehen hatte.

Magnus spürte, dass er ihm glauben konnte.

»Bringen Sie den Laptop noch einmal zu ihr und sagen Sie ihr, ich wäre jetzt erreichbar.«

»Und wen darf ich melden?«, hatte Philip sarkastisch gefragt.

»Magnus.«

Das war vor mehr als einer Stunde gewesen, und seitdem ging Magnus unruhig in seinem Arbeitszimmer auf und ab. Es war also tatsächlich Lieselotte! Er konnte sich gut an sie erinnern und an den interessanten und gemütlichen Abend, den sie miteinander verbracht hatten. Wenn sie sich auf diese Art an ihn wandte, musste es um etwas Wichtiges gehen. Falls er ihr helfen konnte, dann würde er es gerne tun.

Die Computer auf den Tischen blieben still. Er hätte sofort einen Signalton gehört, wenn Lilo sich mit ihm in Verbindung gesetzt hätte.

Hatte dieser Philip den Laptop einfach nicht zu ihr gebracht? Oder wollte er sie nicht wecken? Magnus' Unruhe wuchs von Minute zu Minute. Schließlich hielt er es nicht mehr aus und trat hinter die Schreibtische, um selbst die Verbindung aufzunehmen. Sofort bemerkte er die Nachricht auf dem linken Monitor, die wohl während seiner Abwesenheit eingetroffen war.

Lieselotte Schroll hatte erneut versucht, ihn zu kontaktieren. An der Gerätenummer und dem Pfad konnte er erkennen, dass sie diesmal ihren eigenen Laptop verwendet hatte, der aber Eigentum der Universität war. Magnus antwortete auf ihre Anfrage, die sie bereits vor einer Stunde gestellt hatte. Danach lief er wieder in seinem Zimmer herum.

Draußen wurde es heller, und das Graugelb der Julinächte löste sich auf. Schließlich wollte Magnus nicht länger warten. Er nahm das Telefon, mit dem er über das Internet telefonierte, ohne dass das Gespräch zurückverfolgt werden konnte. Aus seinem Adressregister suchte er Lieselottes Nummer heraus und tippte sie ein.

Es dauerte lange, bis er endlich ein Freizeichen hörte. Der Klang bestätigte, was er ohnehin schon wusste, nämlich dass sie sich in London aufhielt.

Aber wieso hob sie nicht ab? Warum ging sie nicht an den Computer? Hatte Philip King ihr nicht Bescheid gegeben?

Das Gespräch wurde abgewiesen, und Lilos Mobilbox sprang an. Er hinterließ ihr eine sehr knappe Nachricht.

»Hier M, bitte nimm auf dem sicheren Weg mit mir Kontakt auf.«

64) CARLO

»Du wartest hier«, befahl Elena dem Mann, den sie für ihre Unternehmen in London angeheuert hatte. Sie sprach ihn mit Carlo an, weil das der Name war, den er ihr genannt hatte. Natürlich war es nicht sein richtiger Name, darüber war sich Elena im Klaren, aber das kümmerte sie nicht weiter.

Carlo war eine seltsame Erscheinung in seinem dunkelbraunen Anzug aus dünnem Cord, dem beigefarbenen Hemd mit abgestoßenem Kragen und der fleckigen Krawatte. Er roch, als hätte er in einem feuchten Keller geschlafen, und wenn er den Mund öffnete, zeigte er einige Lücken und ein paar schiefe, gelbliche Zähne.

Reden war nicht Carlos Sache. Wenn er sprach, dann klang es lallend, und Elena musste sich sehr anstrengen, ihn zu verstehen. Als sie ihm erklärt hatte, worum es bei dem Job ging, war die Kommunikation per E-Mail gelaufen. Erst in London war sie ihm zum ersten Mal begegnet.

Sie wusste, dass Carlos Tätigkeiten sich auf so ziemlich alles erstreckten, was illegal war. Bisher allerdings hatte er ihr nur geholfen, die Frauen im Klub auszutauschen. Alles war nach Plan gelaufen: Er hatte die betäubte Poppi durch den Lagerraum zu dem versteckten Ausgang geschleppt. Gleich davor hatte er das Auto geparkt und sie in die Garage gebracht.

Elena vermutete, dass in dieser aufgelassenen Autowerkstätte so einiges vor sich ging, was gesetzlich nicht erlaubt war.

Aber das war alles egal. Hauptsache, sie konnte alle Aufträge ausführen, für die Dorit sie engagiert hatte.

Elena hatte nur »Stoff« für einen der beiden. Was diese glitzernde Flüssigkeit war, die sie der Frau verabreichen sollte, wusste sie nicht, und sie würde auch nicht danach fragen.

Sie sollte die Flüssigkeit in eine Vene injizieren und danach beobachten, was mit der Frau geschah, so lautete ihr Auftrag. Wenn möglich, sollte sie Videos machen.

Elena gab Carlo mit dem Kopf ein Zeichen, die Tür zu öffnen. Zwischen den Fingern hielt sie die volle Spritze. Sie drückte den Kolben leicht und sah einen Tropfen der Flüssigkeit aus der Nadelspitze quellen und herablaufen.

Carlo entriegelte die Metalltür und zog sie auf. Die Frau und der Mann lagen auf dem Boden des trostlosen Raumes.

Ich muss das schnell hinter mich bringen, dachte Elena. Sie kniete sich neben Poppi, legte die Spritze kurz zur Seite und holte einen dünnen Gummischlauch aus der Brusttasche ihres Jeanshemdes.

Der Tritt kam unvermutet und so schnell, dass sogar Elena, deren Reaktionsvermögen viele Jahre lang geschult und trainiert worden war, davon überrascht wurde. Poppi trat ihr mit aller Kraft in den Unterkörper und gleich darauf gegen die Schläfe. Elena hatte sich rasch wieder unter Kontrolle und versuchte, Poppis Fuß festzuhalten, aber sie strampelte und trat wild um sich.

Auch der Mann war zu sich gekommen und richtete sich auf. Er holte mit der Faust aus und ließ sie, so schwungvoll, wie er nur konnte, in Richtung von Elenas Gesicht sausen. Sie wich aus, und er schlug ins Leere.

Von der Tür kam Carlo Elena zu Hilfe und versetzte dem Mann einen harten Tritt in den Schritt. Stöhnend sank der Mann wieder zusammen. Carlo bückte sich und angelte nach den Füßen der Frau. Unter seinem Schuh knirschte etwas und zerbrach.

»Idiot«, schrie Elena.

Er war auf die Spritze getreten. Auch wenn Carlo sehr dünn war und aussah wie ein Gerippe im Anzug, verfügte er über enorme Kräfte, die Poppi nun zu spüren bekam. Er schaffte es, Poppi an der Wade zu packen, und bohrte die dünnen Finger wie Krallen in ihr Fleisch. Mit einem wütenden Schnauben riss er das Bein in die Höhe. Poppi schlug mit den Schultern hart auf dem Beton auf.

»Raus hier!«, flüsterte Elena Carlo zu. Sie hatten im Moment hier nichts mehr verloren.

Sofort löste Carlo den Klammergriff um Poppis Bein, und er verließ eilig mit Elena den Raum. Sie knallten die Tür hinter sich zu und riegelten sie von außen wieder ab.

65) WACH BLEIBEN

In ihren Ohren dröhnten die zufallende Tür und das Knirschen der Riegel, nachdem diese schreckliche Frau und der widerliche dürre Mann fluchtartig verschwunden waren.

Klaus und Poppi lagen auf dem Boden und lauschten in die Stille.

»Große Schmerzen, Panda?«, fragte er sie leise.

Sie hatten die Frau kommen gehört und mit wenigen Worten verabredet, sie zu überraschen und zu überwältigen. Es wäre ihnen vielleicht gelungen, wenn der Mann nicht dabei gewesen wäre.

Nun aber fühlten sie sich schlimmer als vorher. Poppi konnte kaum sprechen und stöhnte. Auch Klaus hatte noch entsetzliche Schmerzen vom Tritt zwischen seine Beine.

Sie waren höchstens eineinhalb Meter voneinander entfernt, aber Klaus erschien die Strecke unendlich, als er zu Poppi kroch. Er streichelte sie liebevoll, redete beruhigend auf sie ein.

»Es geht schon wieder«, versicherte Poppi ihm leise. Sie kuschelten sich aneinander, und Poppi tat es so gut, in Klaus' Armen zu liegen. »Wir müssen wach bleiben.« Poppi kämpfte gegen die Müdigkeit an, die ihr die Augenlider niederdrückte.

»Meinst du, sie kommen zurück?«, fragte Klaus.

Davon war Poppi überzeugt. Die Frage war nur, was sie dann mit ihnen vorhätten. Auf jeden Fall waren sie gewarnt, dass Klaus und sie nicht einfach alles mit sich geschehen ließen.

»Nicht einschlafen«, schärfte Poppi sich selbst und Klaus ein.

Aber es nutzte nichts.

66) WINZIG

Dorit fand den Onkel vor dem geöffneten Laptop sitzend. Er musste ihr Kommen bemerkt haben, drehte sich aber nicht zu ihr um.

»Sie sind von einer bisher ungeahnten Genialität, sie werden die Welt verändern«, sagte er leise.

Nachdem sie die Tür hinter sich geschlossen hatte, trat sie zu ihm und blickte auf den Bildschirm. Er zeigte eine runde Form, die aus einer Art Gitter bestand und auf den ersten Blick Ähnlichkeit mit einem Insekt hatte.

»Kleiner als ein Blutkörperchen.« In Hermes' Stimme lagen Stolz und Bewunderung. »Wir sind den größten Forschern und Wissenschaftlern unserer Zeit um Jahre voraus.«

Hermes trug eine graue Perücke, die als wilde Mähne auf seinem Kopf saß. Er nannte sie »seinen Einstein« und fühlte sich damit dem großen Albert Einstein verwandt.

Als ihr der Onkel zum ersten Mal von dem Projekt berichtet hatte, versuchte sich Dorit nicht anmerken zu lassen, dass sie keine Ahnung davon hatte, was mit Nanobots gemeint war. Sobald sie wieder zu Hause war, hatte sie den Begriff gegoogelt. Auf Wikipedia hatte sie diesen Eintrag gefunden:

> Unter **Nanobots** oder **Nanorobotern** (auch **Naniten**) versteht man – noch hypothetische – autonome Maschinen (Roboter) oder molekulare Maschinen im Kleinstformat als eine der Entwicklungsrichtungen der Nanotechnologie. Nanobots, die zur Manipulation einzelner Atome und Moleküle fähig sind, werden auch Assembler genannt. Eine wichtige Idee im Zusammenhang mit diesen ist die Möglichkeit der Selbstreplikation.

> Heute mögliche Prototypen wären von der Größe eines Streichholzkopfes, in Zukunft sollen sie auf die Größe von Blutkörperchen oder darunter schrumpfen und zur Fortbewegung befähigt sein. Solchen Maschinen wird eine große Zukunft in der Medizin vorausgesagt, da sie selbsttätig beispielsweise im menschlichen Organismus auf der Suche nach Krankheitsherden (wie Krebszellen) zu deren Beseitigung unterwegs sein könnten.
>
> Quelle: https://de.wikipedia.org/wiki/Nanobot (Stand: 15.7.2018)

Sie hatte das Labor in der Wüste Nevadas besucht, in dem ihr Onkel seit mehr als zwanzig Jahren Nanobots entwickeln ließ. Von der Außenwelt völlig abgeriegelt und unter strengster Geheimhaltung, arbeiteten hier drei Frauen und ein Mann. Eine Frau kam aus Indien, eine aus Japan, eine aus den USA, der Mann war Schwede. Sie hatten die Chance ergriffen, die der Onkel ihnen geboten hatte. Wie er waren sie von der Idee besessen, die ersten funktionierenden Nanobots zu erzeugen.

Alle vier wussten, welches Ziel hinter der Forschung steckte, an der sie mitwirkten. Das Kapital, das für diese Forschung benötigt wurde, stand nur der Waffenindustrie zur Verfügung.

Ursprünglich waren sogar sechs Wissenschaftler in dem Labor tätig gewesen. Zwei Männer aber wollten aussteigen. Es waren ihnen dabei auch keine Hindernisse in den Weg gelegt worden. Doch nur eine Woche später hatten die anderen vier Forscher aus den Nachrichten erfahren, dass ihre beiden ehemaligen Kollegen bei spektakulären Unfällen ums Leben gekommen waren: Einer war vor einen U-Bahnzug gefallen, der in die Station einfuhr. Fremdverschulden war nicht auszuschließen, konnte aber nicht nachgewiesen werden, da die Überwachungskamera, die den Vorfall hätte aufnehmen sollen, ausgefallen war.

Der andere Kollege war im Drogenrausch von einer Dachterrasse im 52. Stockwerk eines Hochhauses in Boston gesprungen. Seine Kollegen, die wussten, dass er weder einen Tropfen Alkohol anrührte noch rauchte und selbst bei heftigsten Kopfschmerzen niemals eine Tablette nahm, waren schockiert. Aber auch hier war niemandem eine Schuld nachzuweisen.

Danach hatte niemand mehr versucht, die Forschungsstätte für immer zu verlassen. Ihre monatlichen Zahlungen waren sehr großzügig und kamen von einem anonymen Konto auf den Cayman Islands.

Die Figur auf Hermes' Bildschirm war ein 3-D-Modell, das er mithilfe des Trackpads bewegen konnte. Seine dürren Finger mit den verdickten Gelenken steuerten den Nanobot und ließen ihn sich drehen und tanzen.

»Wie viele davon sind jetzt in ihrem Blut?«, fragte Dorit.

Das war Dorits Art, ihm mitzuteilen, dass der Test beginnen konnte.

Hermes tat etwas, was bei ihm wirklich nur sehr selten vorkam. Er kräuselte die dünnen, grauen Lippen zu einem kleinen Lächeln, das aber schnell wieder verschwand.

»Jede Injektion enthält mehr als eine Milliarde Nanobots.«

»Wann wirst du sie aktivieren?«

»Wie spät ist es jetzt in London?«

»Vier Uhr morgens. Die Betäubung klingt bei ihnen gerade ab.« Von den Schwierigkeiten, die Rachel gehabt hatte, erwähnte Dorit nichts. Sie wollte ihren Onkel weder aufregen noch beunruhigen. Der Test musste anlaufen. Sie hatten nur einen Tag Zeit dafür.

»Ich möchte wissen, wie sie sich beim Aufwachen verhalten und dann am Vormittag nach dem Frühstück.«

Rachel hatte den Auftrag erhalten, einen Sender, der als Handy getarnt war, immer in maximal zehn Metern Entfernung von den Testpersonen zu positionieren. In diesem frühen Stadium konnten die Nanobots nur aus dieser Nähe gesteuert werden. Später sollte das sogar per Satellit möglich sein.

Mit spitzen Fingern tippte Hermes auf dem Laptop herum und rief eine 3-D-Darstellung eines menschlichen Gehirnes auf. An der Seite war wieder das Modell eines Nanobots zu sehen. Mit dem Mauszeiger bewegte ihn Hermes in die linke Hälfte des Großhirns. Dort, wo sich die Zentren für das logische Denken und die Vernunft befanden, sollten die Nanobots aktiv werden.

»Logisches Denken und Vernunft werden außer Kraft gesetzt«, hörte ihn Dorit sagen. »Die Objektivität wird beeinträchtigt, Freundschaft, Zusammenhalt und Teamarbeit werden zerstört.«

Als Nächstes rief Hermes ein Programm auf, das eine sehr klar aufgebaute Oberfläche hatte. Auf grünem Untergrund gab es mehrere Felder, die verschiedene Unterschriften trugen: Streit, Kampf, Verwirrung, Zerstörung und Selbstzerstörung lauteten sie. Er musste ein Feld nur anklicken, dann wurde ein Signal an den Aktivator gesandt. Das Gerät schickte daraufhin ein Funksignal aus, dessen Frequenz in der heutigen Funktechnologie unbekannt war.

Ungefähr vier Stunden musste er sich noch gedulden, bis er die Nanobots zum ersten Mal aktivieren konnte. Er hatte das Szenario viele Male im Kopf durchgespielt und wusste genau, in welcher Reihenfolge er die verschiedenen Befehle erteilen würde.

Der Befehl Selbstzerstörung war nur für einen der vier gedacht. Er musste dazu von den anderen getrennt werden. Dorit hatte ihm versichert, es wären dafür alle Vorkehrungen getroffen worden.

Der Schauspieler würde sich das Leben nehmen und in einem Sarg in die USA zurückkehren, wo Hermes' Leute ihn obduzieren würden, um zu untersuchen, welche Spuren die Nanobots in seinem Gehirn hinterlassen hatten.

67) EINBRUCH

Als sie aufwachte, fühlte sie sich frisch. Trotzdem kostete es sie zuerst große Mühe, sich zu erinnern, wo sie sich befand und was alles geschehen war. Weil sie auf der Seite lag, sah sie nur eine Holztür und einen grauen Teppich, außerdem einen braunen Holzstuhl mit grün gestreifter Sitzpolsterung. Bestimmt ein Stück aus dem Antiquitätenladen.

Lilo rollte sich auf den Rücken und sah hinauf zur Zimmerdecke. Durch das Fenster fiel helles Tageslicht. Sie tastete nach ihrem Handy, das sie jeden Abend auf dem Nachtkästchen ablegte. Sie hatte viele Warnungen darüber gelesen, wie gesundheitsschädlich die Strahlungen sein konnten, aber trotzdem landete das Handy immer auf demselben Platz.

Ihre Finger schlugen suchend auf ihrem Nachtkästchen herum, aber sie fühlten nur das kühle Holz. Lilo richtete sich auf und warf einen Blick auf das schmale Möbelstück neben dem Bett.

Es war leer. Sie rieb sich die Schläfen, presste die Augen zusammen und atmete tief durch. Sie konnte sich deutlich daran erinnern, dass sie das Handy wie üblich neben sich gelegt hatte.

Und noch eine Erinnerung tauchte plötzlich auf, die sie nicht einordnen konnte. War das ein Traum gewesen? Sie sah sich selbst, wie sie in der Nacht aufgewacht war. Sie hatte überlegt, ob sie auf die Toilette gehen sollte, hatte aber keinen Drang verspürt. Stattdessen war da so ein Nebel um ihren Kopf gewesen.

Die Zimmertür war halb offen gestanden, und von draußen hörte sie ein Keuchen und Ächzen. Sie wollte aufstehen, aber ihre Beine waren so schwer.

»Hallo?«, hatte sie fragend gerufen. Oder mehr gekrächzt. Noch jetzt spürte sie das Kratzen in ihrem Hals.

Poppi war in der Tür aufgetaucht. Sie hatte verlegen gewirkt und mit heiserer Stimme etwas gesagt. War es »Schlaf weiter« gewesen? Oder »Alles in Ordnung?«.

Lilo konnte es nicht mit Gewissheit sagen. Genauso wenig, wie sie beschwören konnte, dass sie das alles nicht nur geträumt hatte.

Schlagartig fielen ihr auch die anderen Ereignisse des Vortages wieder ein. Da war die blutende Poppi auf der Toilette des Klubs. Poppi, wie sie im Krankenhaus lag. Nach und nach kehrten die schrecklichen Bilder zurück.

Jetzt war sie endgültig wach und schwang sich energisch aus dem Bett. Sie fühlte sich fit und ausgeruht.

Aber wo war ihr Handy geblieben? Sie suchte das Zimmer danach ab und leerte dann ihre Reisetasche auf ihrem Bett aus. Das Handy aber blieb verschwunden.

Nur in T-Shirt und Unterwäsche trat sie in den sechseckigen Vorraum hinaus. Die Türen der anderen Zimmer waren noch geschlossen. Als Erstes wollte sie nach Poppi sehen. Sie trat an die Tür ihres Zimmers und drehte den Knauf. Er ließ sich aber nicht bewegen. Lilo drehte fester, hatte aber trotzdem keinen Erfolg. Sie klopfte.

»Poppi?«

»Ich … ich komme gleich«, kam es von drinnen. Poppi klang sehr verschlafen.

»Hast du dich eingesperrt?«

»Ja.«

»Wieso bist du nicht zu mir gekommen?« Das hatte Poppi früher immer gemacht, wenn sie sich in der Nacht gefürchtet hatte, und auch bei ihrem Wiedersehen in England hatten sich Lilo und sie ein Zimmer geteilt.

»Mir war schlecht.«

Hinter der Tür war das Rauschen von Wasser zu hören. Jedes Zimmer hatte sein eigenes Bad.

Als Nächstes warf Lilo einen Blick in Axels Zimmer. Er schlug die Augen auf, als sie den Kopf zur Tür hereinsteckte.

»Morgen«, sagte sie.

»Morgen.« Axel klang sehr verschlafen. Er rieb sich mit der Hand über den Kopf und richtete sich auf. »Was ist mit Poppi?«

»Was soll mit ihr sein?« Lilo kam zu ihm ins Zimmer und trat an sein Bett. Sie bemerkte, dass er ihre spärliche Bekleidung musterte. Kurz überlegte sie, ob sie sich zu ihm aufs Bett setzen sollte. Da aber von ihm keine weitere Reaktion kam, ließ sie es bleiben.

»Sie war in der Nacht auf.«

»Sicher?«

»Sie stand draußen in dem Vorraum. Aber mehr weiß ich nicht.«

»Ich habe von ihr geträumt.«

»Meinst du, ich auch?«

Für Lilo erschien es logisch, da sie alle gestern in großer Sorge um Poppi gewesen waren. So etwas konnte einen bis in die Träume verfolgen.

»Ich komme gleich wieder.« Axel erhob sich und verschwand durch eine Tür neben seinem Bett ins Bad.

Lilo ging weiter zu Dominiks Zimmer. Bevor sie anklopfen konnte, wurde die Tür aufgerissen. Dominik stand ihr gegenüber, den Seidenmantel hatte er sich um die Mitte gebunden. Er war grau im Gesicht, die Augen hatten dunkle Ringe.

»Komm rein.« Er zog Lilo in sein Zimmer und schloss die Tür. Das Zimmer war mit einem Doppelbett, einem Schreibtisch mit Stuhl davor und einer Ladenkommode möbliert. In der

Wand gab es Tapetentüren, von denen eine halb offen stand. Dahinter war ein Schrank mit Stangen zum Aufhängen und Fächern als Ablage.

»Poppi hat Axel niedergeworfen.« Dominik redete leise und sehr gehetzt.

»Was soll sie getan haben?«

»Ist es dir noch nicht aufgefallen? Sie ist verändert. Sie sieht auch anders aus.«

»Sie ist niedergeschlagen worden«, warf Lilo ein.

»Das meine ich nicht. Sie ist anders, und sie hat Axel zu Fall gebracht und sich danach mich vorgenommen.«

»Poppi?« Lilo konnte sich das nicht vorstellen, und ihr fiel kein Grund ein, wieso Poppi das tun sollte. »Was hat sie dir ›angetan‹?«

»Sie hat mich gewürgt und dann …«

»Dann was?«

Dominik starrte vor sich hin. »Dann habe ich keine Erinnerung mehr. Ich sehe vor mir ständig nur Axel, wie er auf dem Boden liegt, und dann sie, wie sie mich anspringt.«

»Das hast du geträumt. Wir haben alle von Poppi geträumt, daran muss der Überfall auf sie schuld sein.«

»Nein. Ich bin mir ganz sicher, dass ich das in der Nacht gesehen habe. Dein Handy hat geläutet. Das fällt mir gerade wieder ein. Dein Handy hat geläutet, und ich bin davon aufgewacht. Poppi ist aus deinem Zimmer gekommen und hat gesagt, es wäre ein unbekannter Anrufer gewesen, der gleich wieder aufgelegt hätte.«

Nun stutzte auch Lilo. Ihr Handy war fort, obwohl sie schwören konnte, es auf den Nachtkasten gelegt zu haben. Nun sollte es angeblich in der Nacht geläutet haben, aber sie hatte es nicht gehört.

Magnus!, fiel ihr ein. Sie hatte auf eine Reaktion von ihm gewartet, nachdem sie sich über ihren Laptop noch einmal mit ihm in Verbindung gesetzt hatte. Der Laptop war offen auf der Ladenkommode in ihrem Zimmer stehen geblieben. Sie hatte ihn sogar noch an das Ladekabel angeschlossen, daran erinnerte sie sich genau. Ohne eine Erklärung verließ Lilo Dominiks Zimmer und kehrte in ihr eigenes zurück.

Der Laptop war nicht mehr da.

»Als wir geschlafen haben, muss hier noch einmal jemand eingebrochen haben«, rief sie durch die offene Tür den anderen zu. Axel und Dominik kamen sofort zu ihr. Poppi folgte, blieb aber in der Diele stehen. Dominik drehte sich um und musterte sie prüfend.

»Bin ich noch sehr geschwollen«, fragte Poppi mit piepsiger, heiserer Stimme.

»Ein bisschen«, antwortete Dominik langsam. Er ließ sie nicht aus den Augen.

»Ich muss meine Medikamente nehmen.« Poppi entschuldigte sich und kehrte in ihr Zimmer zurück.

Axel blickte fragend zu Lilo. »Was heißt ›eingebrochen‹? Meinst du, es war der Typ, der schon einmal hier war?«

»Möglich.« Lilo wusste nur, dass sie bestohlen worden war.

68) DER SPRAY

In ihrem Zimmer lehnte sich Rachel von innen gegen die Tür und versuchte, ihren Atem unter Kontrolle zu bekommen.

Der Schauspieler durchschaute sie. Das konnte sie deutlich spüren, und sie wusste einfach nicht, wie sie damit umgehen sollte.

Die Tapetentür in ihrem Zimmer gab ein Stückchen nach. Ein Arm rutschte heraus. Sie lief hin und drückte den bewusstlosen Körper wieder zurück hinein. Rachel kniff ihn mit aller Kraft in den Oberarm. Er reagierte nicht. Die Betäubung hielt also an. Es schien, als könnte sie wenigstens in dieser Hinsicht beruhigt sein.

Dafür aber hatte sie ein anderes Problem, das sie lösen musste. Sie nahm ihr Handy und tippte eine WhatsApp-Nachricht.

Videos nicht möglich. Freunde zu aufgeregt. Wie kann ich sie glücklich stimmen?

Die Nachricht war unverfänglich. Selbst wenn sie in falsche Hände geriet, konnte ihr niemand einen Strick daraus drehen.

Bereits eine Minute später traf eine Antwort von Dorit ein.

Videos unbedingt, wann immer möglich. Das freut am meisten. Aber ich schicke auch Fragen. Bitte beantworten.

Als Antwort sandte Rachel nur ein Emoticon zurück, den hochgestreckten Daumen.

In ihrer Unruhe verpasste sie dem Mann im Schrank noch einen Pumper des Sprays. Anschließend schüttelte sie die kleine Dose und bemerkte, dass sie fast leer war. Sie musste sparsam damit umgehen, damit sie im Notfall noch genug Spray hatte.

Die Schranktür daneben war nur angelehnt. Sicherheitshalber versicherte sich Rachel, dass Lilos Handy und ihr Laptop noch ganz hinten auf dem untersten Brett lagen. Beide waren ausgeschaltet. Auch der Laptop, den der Mann unter dem Arm gehalten hatte, lag hier. Um die Geräte zu entdecken, musste man sich tief bücken. Rachel hatte sie hier versteckt, weil die Schranktüren keine Schlüssel hatten und nicht abgesperrt werden konnten.

69) VERWUNDERUNG

War das möglich? Konnte sich das Schicksal auf einmal so sehr zu seinen Gunsten gewendet haben?

Mauro saß auf der Kante seines Bettes. Er war nackt und kratzte sich den Bauch.

»Um die Nachricht noch einmal zu hören, drücken Sie die Eins«, erklärte die freundliche Stimme des Mobilfunkanbieters.

Es gab einen langen Ton, als Mauro die Taste mit der Eins drückte.

»Das ist eine Nachricht an Mauricio Langelani. Ich habe Ihre Kontaktdaten vom Castingbüro FOUND. Sie scheinen keinen Agenten zu haben, und daher setze ich mich direkt mit Ihnen in Kontakt. Mein Name ist Larry Hunt, und ich habe durch Zufall erfahren, dass Ihr Typ für den neuen James Bond gesucht wird. Es soll ein Schauspieler sein, der noch weitgehend unbekannt ist. Sie sind mir eingefallen, da ich Sie bei einem Casting gesehen habe, an dem auch ein Schauspieler meiner Agentur teilgenommen hat. Wenn Sie Interesse haben, melden Sie sich umgehend. Ich bin in Europa, also sechs bis neun Stunden vor Ihrer Zeit. Ein Casting kann ich für Sie arrangieren, aber es sollte innerhalb der nächsten achtundvierzig Stunden stattfinden. Sie müssten also so schnell wie möglich nach London fliegen. Rufen Sie mich einfach an.«

Danach gab ihm Larry seine Handynummer. Er wiederholte sie sogar. Ohne Verabschiedung legte er auf.

Mauro hatte reflexartig beim Aufwachen nach seinem Handy gegriffen und gesehen, dass er einen Anruf verpasst hatte. Das war nicht verwunderlich, denn in der vergangenen Nacht hatte er ein paar Drinks zu viel gehabt.

Zuerst hatte er gedacht, Monte Christo hätte versucht, sich mit ihm in Verbindung zu setzen. Als er dann die Benachrichtigung von seiner Mobilbox gesehen hatte, hatte er sie natürlich sofort abgehört. Einmal. Dann ein zweites Mal. Ein drittes Mal und ein viertes Mal.

Er war ja schon in London. Er konnte also zu dem Casting gehen. Nur musste er davor noch etwas ausnüchtern und mindestens eine halbe Stunde duschen. In der Gasse, in der dieses Loch von Hotel lag, gab es einen Friseur mit altmodischen Stühlen, die man durch die Schaufensterscheibe sehen konnte. Es wurden nicht nur Haarschnitte angeboten, sondern auch die perfekte Rasur und Gesichtsmassagen.

Ich brauche alles drei, dachte Mauro.

Es war kurz nach sieben Uhr am Morgen. Konnte er Larry Hunt um diese Zeit schon stören? Er wollte den Agenten unter keinen Umständen verärgern. Die Chance, die er Mauro bot, war zu groß, und er wollte nichts vermasseln.

Also entschied er sich, noch ein wenig zu warten. Halb acht Uhr klang besser als sieben Uhr. Er betrat das winzige Bad und drehte den Wasserhahn des Waschbeckens auf. Mauro beugte sich zur Seite und hielt den offenen Mund unter den Wasserstrahl. Gierig trank er, bis er das Gefühl hatte, sein Bauch würde platzen.

Das Wasser sollte ihm helfen, trotz seines furchtbaren Katers wieder frisch zu werden.

Endlich zeigte die Uhr auf seinem Handy 7.32 an. Er musste einfach nur die Nummer anklicken, die beim Eingehen des Anrufes angezeigt worden war.

Es dauerte lange, bis eine Verbindung zustande kam. Das Handy hatte eine amerikanische Vorwahl und musste vom System erst einmal aufgespürt werden. Das tiefe und doppelte Klingelzeichen zeigte an, dass sich der Agent tatsächlich in England aufhielt.

»Ja?«

»Hallo. Hier Mauricio Langelani.«

Eine kurze Pause trat ein, und Mauro dachte schon, der Agent hätte es sich anders überlegt oder einen erfolgversprechenderen Kandidaten gefunden. Vielleicht hatte er Mauro auch schon wieder vergessen, weil er noch zehn andere angerufen hatte.

»Guten Tag. Interessiert? Können Sie umgehend nach London kommen?«

Mauro spürte eine große Erleichterung. Seine dunklen Gedanken hatten sich als falsch herausgestellt.

»Natürlich, sehr interessiert. Und ich bin sogar in London.«

»Was? Das ist ja nicht möglich.« Der Agent, den sicher so leicht nichts aus der Ruhe brachte, war völlig überrascht.

»Wo sind Sie?«

»In einem Hotel. In der Monmouth Street in Covent Garden.«

»Doch nicht im Covent Garden Hotel?«

»Nein, nein. Die günstigere Option gegenüber.« Das Covent Garden Hotel hatte er natürlich gesehen. Es stand immer ein Türsteher mit Zylinder davor, der den Gästen die Glastür öffnete.

»Ich schlage vor, wir treffen uns so schnell wie möglich. Dann kann ich Ihnen Details geben, die wichtig sind. Das Casting arrangiere ich gleich für heute Mittag.«

Das war sehr schnell und sehr bald. »Ich habe letzte Nacht ein wenig gefeiert«, gestand Mauro verschämt.

»Alles klar. Dann ab unter die Dusche und einen großen Tomatensaft mit Eigelb und einem ordentlichen Schuss Worcestersoße.«

»Ich gehe auch zum Friseur und lasse mich rasieren. Oder ist ein Dreitagebart gefragt?«

»Nein. Glatt wie ein Babypopo bitte und am besten ein weißes oder blaues Hemd und eine dunkle Hose.«

»Kann ich besorgen«, versicherte Mauro.

»Ich erreiche jetzt noch keinen. Aber um neun Uhr sollte ich mehr Glück haben. Können wir uns um halb elf Uhr treffen?«

»Natürlich. Der Friseur sperrt sicher bald auf.«

»10.30 Uhr, Hospital Club, Endel Street. In Ihrer Nähe.«

»Ich werde dort sein.«

Wieder vergaß der Agent eine Verabschiedung und legte einfach auf. Mauro wunderte das nicht.

Endlich bekam er seine große Chance. Der Agent klang außerdem sehr engagiert und dürfte wirklich an ihm interessiert sein. Vielleicht würde er ihn überhaupt unter Vertrag nehmen.

Wie sich das Blatt doch wenden konnte. Noch vor Kurzem hatte die Welt für ihn sehr düster ausgesehen. Nun aber hatte er bald einiges an Geld auf seinem Konto und vielleicht auch eine gute Rolle.

70) ENTSCHULDIGUNGEN

Als sie aufwachte, spürte sie als Erstes die Wärme seines Körpers neben sich.

Unter der Metalltür fiel Licht herein. Ob es Tageslicht war?

Ein Stück vor sich sah Poppi einen dunklen Fleck und darin die Splitter einer Plastikeinwegspritze. Die Nadel zeigte mit der Spitze auf sie.

Was hatten diese Leute ihr verabreichen wollen? Ein weiteres Betäubungsmittel?

Jetzt wachte auch Klaus auf und riss Poppi aus ihren Gedanken. Er setzte sich auf und wollte auch ihr beim Aufrichten helfen. Sie stöhnte.

»Kannst du dich nicht hinsetzen?«

»Es tut so weh.« Poppi biss die Zähne zusammen und schaffte es schließlich. Wieder legte er den Arm zart um sie, hielt sie und stützte sie gleichzeitig.

Schweigend kauerten sie in der Dunkelheit und hörten nur ihren Atem.

»Wer sind diese Leute?«, fragte Klaus flüsternd.

»Ich weiß es nicht.« Poppi erzählte Klaus von dem Datenstick, dem Kryptoraub, der Drohung, dem Überfall auf Dominik und dem Treffen im Klub.

Als sie fertig war, fühlte sich Poppi erschöpft.

»Mir ist so schlecht. Das muss mit dem Zeug zusammenhängen, das sie mir verabreicht haben«, sagte Klaus.

Beide hatten sie quälenden Durst.

»Aber wir waren nicht schlecht zusammen«, versuchte Poppi einen Scherz. »Fast hätten wir sie gehabt.«

Klaus nickte und schmunzelte. »Wir haben sie verscheucht.«

Beide wussten sie, dass es nicht stimmte, aber es beruhigte sie, so zu reden.

»Wir zwei«, flüsterte Poppi.

Er drückte sie leicht, doch was eigentlich Zärtlichkeit hätte ausdrücken sollen, löste bei Poppi ein heftiges Stöhnen aus.

»Entschuldige.« Klaus lockerte sofort seinen Griff.

Schweigend hockten sie da und brüteten vor sich hin, was sie tun könnten. Gab es einen Weg aus diesem Gefängnis?

Poppi beugte sich vor und biss die Zähne zusammen, da jede Bewegung ihr glühende Stiche durch den Körper jagte. Sie schob Klaus' Hosenbein hoch und holte das Handy aus der Socke.

Es war kurz nach halb acht Uhr. Die Zeit erschreckte Poppi nicht, der Ladezustand der Batterie aber schon. Fast leer. Sie erinnerte sich an die Tipps zur Schonung der Batterie, die sie in einer Zeitschrift gelesen hatte. Die WLAN-Verbindung und Bluetooth sollten ausgeschaltet werden. Poppi kontrollierte die Einstellungen auf Klaus' Handy. Beides war aktiviert, und sie stellte es ab.

Klaus schnaufte und erhob sich. Mit wankenden Schritten ging er in die hinterste Ecke, und am Geräusch erkannte Poppi, dass er sich erleichterte. Als er zurückkam, ließ er sich wieder neben sie nieder.

Sie lehnten sich aneinander und spürten die Körperwärme des anderen.

»Wenn sie uns hier verdursten lassen?« Bei diesem Gedanken bekam Poppi furchtbare Angst, und ihr schossen die Tränen in die Augen.

»Wir haben die Polizei angerufen«, sagte Klaus. »Sie weiß, dass wir Hilfe brauchen.«

Das beruhigte Poppi wenig. »Wie sollen sie uns hier finden?«

»Sie werden uns befreien, Panda. Bestimmt.«

Wieder saßen sie nur da und schwiegen. Sie hörten nur ihren Atem. Von draußen kam kein Geräusch.

Das Martinshorn eines Polizeiwagens ließ sie beide aufhorchen.

»Das sind sie. Sie sind unterwegs zu uns!« Klaus stand auf. »Wir rufen und schlagen gegen die Tür, damit sie aufmachen.«

»Klaus … hör doch …!« Poppi deutete ihm, still zu sein. Als Klaus die Luft anhielt und lauschte, verstand er, was Poppi meinte. Das jaulende Polizeisignal entfernte sich schnell. Der Wagen war vorbeigefahren.

Wieder breitete sich in dem kahlen Raum diese entsetzliche Stille aus.

»Klaus?« Poppi konnte nicht mehr für sich behalten, was sie im Schlafzimmer beobachtet hatte, es erdrückte sie. »Ich bin noch einmal zurückgekommen, weil ich meinen Pass vergessen habe.«

Eine Pause trat ein.

»Wieso, Klaus?«

Noch immer sagte er nichts. Sie drehte den Kopf und sah in der Dunkelheit undeutlich die Umrisse seines Gesichtes. Klaus öffnete immer wieder den Mund, als wollte er etwas sagen. Er schien mit sich zu kämpfen.

»Was ist an ihr besser?«, platzte Poppi heraus.

»Nichts.« Klaus Antwort kam sofort, ohne dass er drüber nachgedacht hatte. Es klang sehr ehrlich.

»Aber wieso dann …?«

»Poppi … ich weiß es nicht. Ich meine, es war nur dumm von mir. Es tut mir wirklich leid. Aber …«

»Aber was?«

»Ich wollte einfach nur …« Er brach ab und schüttelte stumm den Kopf.

»Was wolltest du?«

»Du warst immer so verbissen, du hattest nur noch ein Kind im Kopf. Ich bin mir vorgekommen wie eine Maschine, die auf Knopfdruck anspringen muss.«

»Das wollte ich doch nicht. Es ist also meine Schuld.«

»Nein, du bist nicht schuld. Hör auf. Ich hätte mit dir reden sollen, aber ich weiß doch, wie sehr du dir ein Kind wünschst.«

»Wer ist sie? Ist sie deine Freundin?«

»Nein. Ich war blöd. Sonst nichts.«

»Aber wer ist sie?«

»Willst du das wirklich wissen? Jetzt? Hier?«

»Ja.«

»Ich habe sie kennengelernt im Tiergarten. Eine Besucherin.«

»Wie? Eine Besucherin?«

»Ich bin mit ihr beim Eingang zum Affenhaus zusammengestoßen, vor ein paar Wochen. Sie hat mir dann Fragen gestellt über Tiere. Wir haben zu reden begonnen. Das war alles. Aber am nächsten Tag hat sie mir dann eine SMS geschickt. Und dann noch eine.«

»Hast du ihr deine Nummer gegeben?«

»Nein. Sie hat sie aus dem Internet. Aber willst du das wirklich hören?«

»Ja. Das will ich.«

»Sie hat mir Fotos geschickt.«

»Von sich?«

»Natürlich. Und es waren …« Klaus redete nicht weiter, aber Poppi konnte sich denken, welche Art von Fotos es gewesen waren. »Wir haben per SMS geflirtet. Und dann habe ich sie getroffen. In der Stadt auf einen Kaffee. Und als du abgereist bist, da hat sie mich angerufen und mir gesagt, sie müsse mich sofort sprechen. Es gäbe da etwas, das ich wissen müsste, und du solltest es nicht erfahren.«

»Was war das?«

»Kaum warst du weg, da ist sie gekommen. Sie hat einen Mantel angehabt, und als ich ihr die Tür geöffnet habe, da ist sie herein und hat ihn fallen gelassen. Poppi …« Klaus holte tief Luft. »Sie hat mich verführt. Natürlich hätte ich standhaft bleiben müssen, aber …«

Er musste es nicht sagen, Poppi wusste, was er meinte. Ihre Ehe war in den letzten Monaten sehr verkrampft geworden.

»Wer ist sie?«, wollte Poppi wissen.

»Sie heißt Irene und hat eine Firma für Reinigungspersonal. Viel mehr habe ich nicht über sie erfahren. Aber Poppi, das war ein Fehler! Mir ist das nur ein einziges Mal passiert, und ich werde es nie wieder tun. Das musst du mir glauben.«

Poppi kannte Klaus seit mehr als vierzehn Jahren, und auch wenn man in einen Menschen nie ganz hineinsehen konnte, so war sie immer von seiner Ehrlichkeit und Aufrichtigkeit überzeugt gewesen. Aber jetzt war ein Misstrauen in ihr aufgestiegen, und sie war sich nicht sicher, ob es jemals wieder verschwinden würde.

Noch immer hielt Poppi Klaus' Hand. Sie drückte sie noch fester. »Tut mir leid.«

»Dir? Mir tut alles leid?«

»Ich weiß, dass ich viel Druck gemacht habe.«

»Ach Poppi.« Er schmiegte seinen Kopf an ihren.

Noch immer hielt Poppi das Handy in der Hand. Sie ließ es vor Schreck fast fallen, als es zu vibrieren begann.

»Vielleicht ist das die Polizei. Vielleicht will sie uns Fragen stellen.« Klaus nahm es ihr ab und drückte auf Empfang.

»Hallo?«, sagte er leise und mit einem ängstlichen Blick Richtung Tür. Er hörte kurz, was der Anrufer sagte.

»Herr Andropotsch, sie sitzt neben mir. Wir werden gefangen gehalten. Sie müssen uns finden und befreien!«

Poppi hatte keine Ahnung, mit wem er redete. Sie machte eine fragende Geste.

»FBI«, flüsterte Klaus. »Sie versuchen, uns zu orten. Aber das Handy muss so nahe wie möglich zur Tür.«

Nun übernahm es wieder Poppi und schleppte sich damit zur Tür. »Hallo? Sind Sie noch dran?«, fragte Poppi. Sie wollte wissen, ob der Empfang jetzt besser war. »Hallo?«

Das Gerät war tot. Poppi warf einen Blick auf die Anzeige: Sie war dunkel. Poppi stöhnte auf. Der Akku war endgültig leer.

71) STREIT

Als Dominik auflegte, leuchteten seine Augen.

»Angebissen«, sagte er nur. Lilo und Axel verstanden zuerst nicht, wovon er sprach. »Mauricio hat sich bei Larry gemeldet. Ich weiß, wo er sich in London aufhält und wo er um 10.30 Uhr hinkommen wird.«

»Der Mann ist ein Krimineller«, erinnerte Axel.

»Der Mann kann der Schlüssel zu diesem Wahnsinn mit dem Kryptoraub sein. Außerdem kann er uns helfen, Dominiks Unschuld zu beweisen«, entgegnete Lilo.

»Ich will sofort nach Covent Garden fahren«, sagte Dominik. »Den Kerl knöpfe ich mir vor.«

Axel nahm Dominiks schmales Handgelenk und hielt es in die Höhe. »Was willst du mit deinen zarten Porzellanhändchen bei ihm ausrichten?«

»Das ist mir egal. Wenn der Typ erfährt, was wir wissen und dass wir Fotos von ihm haben …«

»… wird er sicher vor dir auf die Knie gehen und um Gnade winseln«, bemerkte Axel sarkastisch.

»Dann sag du uns doch, was wir tun sollen? Bei dir geht es ja nicht um die Rolle deines Lebens!«

»Oder um eine Uni-Karriere«, erinnerte Lilo.

Axel explodierte. »Ihr beiden seid reichlich naiv, wenn ihr glaubt, ihr könntet da einfach hinfahren und mit dem Typ reden.«

Lilo beugte sich vor und schrie zurück. »Was sollen wir dann machen? Hast du eine bessere Idee?«

»Ich würde die Polizei einschalten.«

Dominik lachte auf. »Ach, wie großartig. Das ist wirklich eine Königsidee. Die Polizei hält immer noch mich für denjenigen, der Toby krankenhausreif geschlagen hat.«

Der Streit wurde immer heftiger. Die drei brüllten einander nur noch an. Dominik machte ein so zorniges Gesicht, als würde er gleich auf Axel losgehen.

»Dann gehe ich eben allein.«

»Nein! Ich komme mit.« Lilo drehte sich um, blieb dann aber stehen und sah zu Axel. »Was ist mit dir? Was ist los?«

»Ich bin dagegen, einfach loszurennen. Dominik und du, ihr seid beide total außer euch, und aus so einer Panik heraus kann man die größten Fehler begehen.«

»Herumstehen und nichts tun, das ist der größte Fehler.« Mit diesen Worten ging Lilo in ihr Zimmer und schlug die Tür hinter sich zu. Axel schüttelte den Kopf, kehrte dann aber auch in sein Zimmer zurück, um sich etwas anzuziehen und schnell die Zähne zu putzen. Allein ließ er die zwei nicht losziehen.

In der Hitze ihres Streites war keinem der drei aufgefallen, dass Poppi ihr Handy aus dem offenen Spalt zu ihrem Zimmer gehalten hatte. Sie zog es zurück und schickte das Video an Dorit.

72) ERSTE STUFE

»Und? Was berichtet sie?« Hermes starrte Dorit fast flehend an.

»Noch nichts.«

»Ich habe das Signal bereits dreimal geschickt.«

»Ich schicke ihr eine Nachricht.« Gerade als Dorit zu tippen beginnen wollte, wurde ihr die eingehende E-Mail gemeldet. Sie öffnete sie und wartete, bis sich das Video lud.

»Womit hast du begonnen?«, wollte sie von ihrem Onkel wissen. Sie deutete auf die Felder auf dem Bildschirm.

»Auslösen von Streit. Hat es funktioniert?«

Endlich konnte Dorit das Video ansehen. Sie hielt ihrem Onkel das Handy hin und drehte den Ton lauter.

»Es wirkt!«, sagte er leise zu Dorit. »Der erste Beweis.«

Hermes saß seit Stunden in der gleichen Position vor seinem Laptop. Er hatte es kaum erwarten können, bis die Weltzeituhr, die er eingestellt hatte, sechs Uhr in London anzeigte. Auf die Sekunde genau hatte er angefangen, das Signal zu funken.

Sie hatten zu streiten begonnen. Als Nächstes sollte es zu einer Gewalttätigkeit zwischen ihnen kommen. Konnten die Nanobots die Hirnzentren auch dazu anregen? Konnten sie die drei zu einem Ausbruch physischer Gewalt bringen, wie sie unter Freunden sonst nie stattfinden würde?

73) PÄSSE

Elena saß mit Carlo in dem Zimmer, das einen direkten Zugang zum Hof hatte und früher als Büro des Werkstattleiters gedient hatte. Carlo hatte sich ein Sandwich aus einem Laden in der Nähe geholt. Mit sichtlicher Vorfreude darauf öffnete er die Plastikverpackung und nahm es heraus.

»Ei mit Mayo und Schnittlauch«, sagte er zu Elena, ohne ihr etwas davon anzubieten.

»Sie sind ein Idiot«, feuerte Elena los. »Der Inhalt der Spritze war Hunderttausende wert.«

»Ach ja, was ist das denn? Flüssiges Gold?«

Elena beschäftigte die Frage, wie sie Dorit den Zwischenfall erklären sollte. Aus Angst um ihr Honorar hätte sie am liebsten alles verschwiegen.

Allerdings war da noch die Sache mit dem Mann. Was sollte mit ihm geschehen? Diese Frage konnte nur Dorit beantworten.

Elena nahm ihr Handy und rief sie an. Dorit hob nach dem ersten Klingeln ab.

»Es gibt ein Problem.«

»Sie sind verdammt noch einmal engagiert worden, um Schwierigkeiten aus dem Weg zu räumen.«

»Ihr Mann ist aufgetaucht. Ich habe jetzt beide hier sitzen. Was soll mit dem Mann geschehen?«

»Unter falschem Namen an Bord bringen. Als Patient, wie die anderen.«

Elena hatte vor sich auf dem alten Holzschreibtisch die fünf Pässe ausgebreitet, die Carlo organisiert hatte. Jeder hatte den Preis eines Kleinwagens gekostet, hielt aber garantiert jeder

Grenzkontrolle stand. Carlos musste noch einen sechsten beschaffen. In kürzester Zeit.

74) NORMALE MENSCHEN

Lilo konnte sich nicht erinnern, wann sie das letzte Mal so zornig gewesen war. Als sie sich beim Zähneputzen selbst im Spiegel ansah, erschrak sie.

Wieso weigerte er sich zu erkennen, dass es nur einen Weg gab, der sie retten konnte. Sie mussten diesen Typ dazu bringen, ihnen zu verraten, wieso er das alles tat. Er hatte sicher Hintermänner, also mussten sie seine Auftraggeber und deren Namen erfahren. Wenn sie die kannten, dann konnten sie Anzeigen bei der Polizei machen. Es war für Lilo der einzige gangbare Weg.

Axel kapierte einfach nicht, was für sie auf dem Spiel stand. Er kannte nur seine kleine Welt, mit seinem Job als Trainer, seiner kleinen Tochter, seinem hübschen Häuschen. Aufregungen, die sein angenehmes Leben durcheinanderbrachten, wollte er nicht. In diese Welt passte sie nicht hinein!

»Lilo?« Axel stand plötzlich in ihrem Zimmer. Lilo nahm die Zahnbürste aus dem Mund, beugte sich unter den Wasserhahn und spülte sich den Mund aus.

»Ich komme gleich.«

»Kannst du mir bitte kurz zuhören?«

Noch immer trug Lilo nur Unterwäsche und das T-Shirt. Sie blieb in der Badezimmertür stehen und fühlte sich vor Axel auf einmal nackt und verletzlich. Er sollte sie so nicht mehr sehen.

»Kann ich mir erst etwas anziehen, damit du mich nicht so anstarrst?«

»Was ist los mit dir?« Axel warf die Arme in die Luft. »Spinnst du jetzt völlig?«

»Ach ja, ICH spinne also.« Lilo schnaubte und riss das Badetuch von der Stange. Sie wickelte es sich um den Bauch.

»Du spinnst. Du willst nicht, dass ich meine Haut rette und Dominik die seine.«

»Sei nicht so theatralisch.«

»Theatralisch? Es geht um unser Leben. Das kannst du vielleicht nicht verstehen: Du wirst immer Leute finden, denen du Liegestütz beibringen kannst.«

»Hör auf, dich ständig über meinen Beruf lustig zu machen!« Axel bekam einen roten Kopf vor Wut.

»Und du hättest mir wenigstens selbst sagen können, dass ich nicht die Einzige im Rennen bin«, schleuderte ihm Lilo ins Gesicht.

»Was soll das wieder heißen?«

»Meinst du, ich weiß nicht, dass du noch andere Freundinnen hast?«

Axel verzog das Gesicht und schüttelte langsam den Kopf. »Was redest du da?«

»Lotta hat es mir freundlicherweise vor unserer Abreise unter die Nase gerieben.«

»Was hat sie gesagt?«

»Dass du dich mit zwei anderen Frauen triffst und du mit ihnen immer viel Spaß hast.«

»Das hat sie nicht gesagt.«

»Doch, das hat sie. Willst du mir erzählen, sie hat das erfunden, um mich zu ärgern?«

»Ja, aber sie meint es nicht böse, sie ist verunsichert. Ich werde mit ihr reden, wenn ich zurück bin.«

»Das kannst du dir sparen, du willst mich ja ohnehin nicht mehr. Wie war das vor dem Flugzeug beim Einsteigen? Du wolltest nicht einmal mehr ein Foto mit mir machen und es ihr schicken.«

»Kannst du dich beruhigen? Lilo, ich dachte nicht, dass du auf so ein Foto willst. Du hast mir vor Kurzem erklärt, dass du dich nie mit Autos oder Motorrädern fotografieren lässt, weil das schon dein Vater so gehandhabt hat. Als überzeugter Umweltschützer. Also sicher auch nicht mit Flugzeugen.«

»Trotzdem hättest du mich fragen können. Und im Flugzeug hast du dich von mir weggesetzt.« Für Lilo gab es jetzt kein Halten mehr, alles brach aus ihr heraus.

»Weil die Sitze einander gegenüber waren und ich nicht gerne gegen die Flugrichtung sitze. Ich wollte dich aber nicht bitten, dich woanders hinzusetzen.« Er sah sie stumm an. Kopfschüttelnd drehte er sich um und wollte das Zimmer verlassen. Im Weggehen sagte er: »Genau das habe ich befürchtet. Du bist einfach nicht fähig für eine echte Beziehung.«

Diese Bemerkung war zu viel für Lilo. Sie sprang auf ihn zu und packte ihn am Arm. Viel heftiger, als sie es gewollt hatte, riss sie ihn herum.

»ICH soll nicht fähig sein? Wieso ist es meine Schuld?«

»Weil du total verkrampft bist und ständig schwankst zwischen romantischem Getue und der großen Ernsthaftigkeit. Weil du nicht locker sein kannst wie normale Menschen.«

»Wie du zum Beispiel?«

»Ich bin sicher normaler als du.«

In diesem Moment sah sie nur mehr rot. Es war eine reflexartige Bewegung, als Lilo ausholte und Axel eine schallende Ohrfeige verpasste.

Eine Sekunde lang starrten sie einander fassungslos an, ungläubig darüber, was gerade geschehen war. Axels Hand bewegte sich nach oben, und Lilo neigte sich zur Seite, in der Angst, er könnte zurückschlagen. Axel aber griff nach seiner Wange und legte die Hand darauf.

Sie sprachen kein Wort mehr. Axel ging.

75) ZU KURZ

Das Video von Lilo, wie sie auf Axel losging, sagte alles. Weil er sich so daran ergötzte, spielte es Dorit ihrem Onkel gleich viermal vor. Noch immer saß er vor dem Laptop, und sie stand neben ihm. Er sah zu ihr hoch.

»Gewalt.«

Dorit nickte.

»Der ferngesteuerte Mensch.«

»Du hast es geschafft, Onkel Ray.«

»Sie greifen die richtigen Zentren im Gehirn an. Sie funktionieren auch beim Menschen.«

Aber wie lange, fragte sich Dorit im Stillen. Bei Versuchstieren waren die Probleme erst am Tag zwei aufgetreten, hatten sich dann am Tag drei gesteigert und am Tag vier bei den meisten Tieren zum Wahnsinn geführt. Daher war es auch so wichtig, die Testpersonen nicht zu lange in der Öffentlichkeit zu lassen und rechtzeitig aus dem Verkehr zu ziehen.

»Zerstörung«, sagte Hermes leise. Es war der nächste Begriff auf der Liste der Befehle. »Zuerst Zerstörung, dann Selbstzerstörung.«

»Falls etwas kaputtgeht, sofort melden«, schickte sie als WhatsApp an Rachel. Eine zweite Nachricht folgte gleich darauf. »Den Schauspieler von den anderen trennen. Nachricht, sobald er allein ist.«

76) SEVEN DIALS

»Kommst du?« Dominik stand vor Lilos Zimmer und tippelte ungeduldig mit dem Schuh auf den Boden.

Lilo hatte ihre Haare schnell zu einem praktischen Pferdeschwanz gebunden, zusammengedreht und hochgesteckt. Sie trug ein schwarzes T-Shirt und Jeans.

Dominik strich über den Stoff seines dunklen Anzuges, der hauteng saß. In seiner Hand sah Lilo gleich drei Sonnenbrillen in unterschiedlichen Größen.

»Wozu drei?«

»Für euch, falls ihr keine mithabt.«

»Ist das nicht zu auffällig unauffällig?«

Darüber wollte Dominik jetzt nicht nachdenken. Er streckte Lilo die Brillen hin, damit sie eine auswählen konnte.

»Axel kommt nicht mit«, sagte Lilo.

»Doch, er kommt mit«, sagte Axel, der in den Vorraum trat und sich neben Dominik stellte.

Die Zimmertür ging auf, und Poppi kam heraus.

»Bist du nicht zu warm angezogen?«, fragte sie Lilo. Poppi trug einen weiten Pulli und eine Hose aus feinem Stoff, die zu einem Anzug gehörte.

»Das ist schon gut so«, versicherte ihr Poppi.

Dominik überlegte, ob er wegen vergangener Nacht noch etwas zu Poppi sagen sollte, verschob es aber auf später. Eines nach dem anderen, und Mauricio war jetzt am wichtigsten.

Sie verließen das Haus, und an der Ecke winkte Dominik nach einem Taxi. Ein schwarzer Wagen hielt, und sie stiegen ein.

»Covent Garden, bitte«, sagte Dominik.

»Wo genau in Covent Garden, Sir?«, wollte der Fahrer wissen.

Dominik überlegte und sagte dann: »In der Nähe der Monmouth Street.«

»Seven Dials, würde ich empfehlen.«

»Okay.«

Die Fahrt verlief schweigend. Alle vier sahen zum Fenster hinaus auf die Häuser Londons, die draußen vorbeiflogen. In dieser Stadt, hatten sie den Eindruck, schienen die meisten Menschen in Eile zu sein, kaum jemand ging langsam. Schließlich erreichten sie das West End, wo Covent Garden lag.

Seven Dials war eine Kreuzung, von der gleich sieben Straßen wegführten. Dort ließ sie der Fahrer aussteigen. In der Mitte des Platzes erhob sich eine Säule mit mehreren Sonnenuhren an der Spitze. Sie sahen den Eingang zum Cambridge Theater, einen Coffee Shop, ein Pub, ein Hotel und einige Läden.

Dominik stellte sich in den Schatten einer Markise vor einem kleinen Laden, der italienische Sandwiches verkaufte. Aus der Brusttasche seines Jacketts holte er seine Sonnenbrille und setzte sie auf. Die Gläser waren groß und verspiegelt.

»Kaum zum Wiedererkennen«, stellte Lilo fest.

»Genau das ist der Zweck der Brille«, erklärte Dominik. »Ich trage sie sonst auch, wenn ich nicht erkannt werden möchte.«

»Angeber«, brummte Axel.

Lilo rollte die Augen in Axels Richtung und sagte dann zu Dominik: »Das ist sicher ein großes Problem für dich!«

Unruhig blickte Poppi herum. »Was geschieht jetzt?«

»Ich muss eingestehen, dass ich mich das auch gerade gefragt habe. Vielleicht hätten wir uns das doch genauer überlegen sollen.« Dominik ließ sich auf den Stuhl an einem der kleinen Tische sinken.

»Eine gute Erkenntnis«, bemerkte Axel bissig.

»Ach, wenn du schon nicht mithelfen willst, dann störe uns wenigstens nicht«, schnauzte ihn Lilo an.

»Ich habe dir erklärt, was ich meine.« In Axels Hosentasche spielte sein Handy »My one and only«. Er hatte die Musik als Klingelton für seine Tochter eingestellt. Schnell zog er das Handy heraus, drehte sich weg und ging die Straße ein paar Schritte hinunter.

»Kaffee?« Dominik sah Lilo und Poppi fragend an.

»Ja, unbedingt«, antwortete Lilo. Poppi lehnte ab, folgte aber Lilo und Dominik in das Ecklokal, und Dominik besorgte Cappuccino für Lilo und sich selbst. »Ich hoffe, nach deinem Geschmack.«

Lilo nickte und nahm den Löffel, den er ihr ebenfalls reichte. Sie löffelte den Milchschaum und sah durch die großen Scheiben auf den Platz von Seven Dials hinaus. Die Vormittagssonne hüllte alles in ein strahlendes Licht.

»Larry hat gemeint, der Typ wäre jetzt bei einem Friseur hier.« Dominik nippte an seinem Kaffee.

»Wir müssen aus ihm alle Information herausholen, die wir brauchen«, erinnerte ihn Lilo.

»Er wird uns nichts freiwillig verraten.« Dominik nahm einen weiteren Schluck von seinem Kaffee.

»Wir können ihn auch nicht zwingen«, meinte Lilo.

Poppi lächelte schüchtern. »Vielleicht müsst ihr ihn unter Druck setzen.«

»Wie meinst du das?« Dominik hatte einen weißen Bart vom Milchschaum, und Lilo deutete ihm, ihn wegzuwischen.

»Ihr müsst ihn erwischen und ihm drohen«, erklärte Poppi ihre Idee.

»Womit?« Lilo hob die leere Hand. »Wir haben keine Waffen oder etwas Ähnliches.«

Dominik sah auf seine Armbanduhr. »Fast neun Uhr.«

Lilo bedeutete ihm, sitzen zu bleiben. Sie fragte Dominik noch einmal nach dem Straßennamen. »Und dort ist auch der Friseur?«

»Larry hat von einem sehr kleinen, billigen Hotel gesprochen und von dem Friseur. Außerdem will sich Mauricio etwas Schickeres zum Anziehen kaufen.«

Nachdem sie sich die Sonnenbrille aufgesetzt hatte, marschierte Lilo los. Die Monmouth Street war die dritte Straße, die vom Platz wegführte, und auch die breiteste. Lilo kam an kleinen Läden für Kosmetika und Postkarten vorbei und sah auf der linken Seite ein altmodisches Zeichen, das sie aus Filmen kannte: Es war ein Zylinder, der spiralförmig nach oben blaurot gestreift war und sich in einer Glasröhre unermüdlich drehte. Das Zeichen für einen Friseurladen.

Langsam bewegte sich Lilo weiter die Straße hinunter und auf den Laden zu. Wie eine neugierige Touristin blickte sie durch die große Schaufensterscheibe in einen Salon, in dem gleich vorne ein Stuhl stand, zwei weitere hinten. Dahinter, im hintersten Teil des Ladens, der durch einen Vorhang abgetrennt werden konnte, stand noch ein Stuhl.

Im Laden konnte Lilo zwei Männer herumstehen sehen. Beide trugen die gleichen altmodischen grauen Hosen mit breiten Hosenträgern und enge, kurzärmelige T-Shirts. Einer war von kräftiger Statur und hatte beide Arme voller Tattoos, der andere war ein kleiner, schmächtiger Mann mit einem Bartgestrüpp, das die Hälfte seines Gesichtes bedeckte.

Der Mann mit den Tattoos warf einen Blick auf die Uhr und schloss dann auf. Lilo kehrte zum Café zurück, in dem Dominik und Poppi warteten. Axel war nicht zu sehen.

»Er kann noch nicht zum Haareschneiden gewesen sein. Der Salon hat gerade erst geöffnet«, berichtete sie. Sie beschrieb, was sie durch die Schaufensterscheibe gesehen hatte.

»Durch einen Vorhang abtrennbar?«, wiederholte Dominik ihre letzten Worte nachdenklich. »Das ist der Teil für Kunden, die es nicht mögen, wenn ihnen jemand dabei zusieht, wie ihr Bart gepflegt wird oder die Haare geschnitten werden.« Er legte den Kopf in den Nacken. »Ich habe in der Folge einer Krimiserie einmal einen Friseur gespielt. Da war alles ähnlich wie hier und …« Er brach ab.

»Und?« Lilo sah ihn fragend an.

»Haltet mir die Daumen und wünscht mir alles Glück der Welt.« Zu mehr Erklärungen war Dominik nicht bereit.

77) DAS MESSER

Ob es der richtige Laden war? Würde Mauricio tatsächlich herkommen?

Ein heftiger Zweifel überfiel Dominik, als er auf dem Gehsteig langsam zu dem Friseursalon ging. Er hatte sich berufsbedingt zwar angewöhnt, immer den Souveränen und Starken zu mimen, aber tief in seinem Inneren war er es nicht.

Es bestand eine gewisse Chance, dass es ihm glückte. Aber ebenso groß, wenn nicht noch größer war die Möglichkeit, dass sein Vorhaben schieflief. Plan B hatte er keinen.

Wie er es von seinem Beruf gewohnt war, wenn das Drehen einer Szene bevorstand, ging er im Kopf genau durch, was er sagen und tun würde. Er stellte sich vor, wie sein Vorhaben glückte und er nachher stolz die Gratulationen von den anderen in Empfang nehmen konnte. Vor allem aber konzentrierte er sich auf die Rolle, die er spielen musste: Dominik Kascha, der Star von »Bad Boys«, einer der Top-Serien auf Netflix.

Vor dem Laden angekommen, warf Dominik einen schnellen Blick die Straße hinauf und hinunter. Eine Frau mit riesiger Brille führte einen winzigen Yorkshireterrier spazieren, zwei Geschäftsleute im Anzug eilten dahin, und am Ende der Straße sah er einen Mann mit zwei großen Einkaufstüten, der sich eilig näherte.

TED BAKER stand auf der einen, H&M auf der anderen. Die Entfernung betrug bestimmt fünfzig Meter, aber trotzdem war Dominik sicher, den Mann zu erkennen: Mauricio.

Er drückte mit Schwung eine Tür auf und verschwand in einem Haus. Dominik ging näher heran und sah über dem Eingang ein verwittertes Schild mit der Aufschrift HOTEL.

Nun durfte er keine Zeit verlieren. Dominik kehrte zum Friseurladen zurück und warf einen Blick durch das Schaufenster. Dort waren verschiedene Produkte ausgestellt, da aber eine Rückwand fehlte, hatte er freien Blick in den Laden.

Noch keine Kunden.

Dominik atmete ein letztes Mal tief durch, setzte ein lässiges Lächeln auf und trat dann ein.

Die beiden Angestellten drehten sich zu ihm. Langsam nahm Dominik die Sonnenbrille ab und zeigte sein Gesicht. Er flehte innerlich, einer der beiden möge »Bad Boys« kennen.

Aber keiner der zwei zeigte irgendeine Reaktion. Also machte Dominik zwei Schritte auf sie zu und begann zu sprechen.

»Guten Morgen, ich hätte da eine Bitte.« Er holte aus der Hosentasche des Anzuges eine Fünfzig-Pfund-Note und spielte damit.

Im Gesicht des Mannes mit den Tattoos glaubte er, dieses ahnende Blitzen bemerkt zu haben, das er immer sah, wenn ihn jemand erkannte.

»Es geht um einen Schauspielerkollegen.«

»Sind Sie nicht Nikolaus Kramer aus ›Bad Boys‹?«, platzte der Kleinere mit dem Bartgestrüpp heraus.

»Ja. Der bin ich.«

»Cool.«

Dominik lächelte kurz. »Hören Sie, ich selbst brauche keinen Haarschnitt. Aber ein Kollege wird gleich bei Ihnen auftauchen. Er sieht mir ein wenig ähnlich. Aber nur ein wenig. Könnten Sie ihn …«, Dominik zeigte auf die Nische hinten mit dem Vorhang, »… dorthin setzen und den Vorhang schließen.«

»Klar können wir«, sagte der Tätowierte und linste auf den großen Pfundschein.

»Machen Sie so etwas wie warme Kompressen?«

»Vor der Rasur und nachher.«

»Geben Sie ihm eine. Lassen Sie das Tuch auf seinem Gesicht liegen und kommen Sie dann heraus. Ich möchte ihm einen kleinen Streich spielen. Er hat mich nämlich neulich ziemlich drangekriegt.«

Die zwei Friseure wechselten einen Blick und stimmten dann zu.

»Für dich machen wir das, Bro.«

Dominik streckte ihnen die Pfundnote hin. Er sah sich um. Es gab einen zweiten kleinen Raum mit Waschbecken zum Haarewaschen und zwei Stühlen, die zur Wand gerichtet waren. Wer dort saß, kehrte dem Salon den Rücken zu.

»Ich setze mich dorthin, und Sie tun so, als würden Sie mir die Haare schneiden.«

Die beiden Männer empfanden das alles sehr amüsant und begrüßten es als willkommene Abwechslung ihres Alltages.

Lange musste Dominik nicht warten. Sein Herzschlag beschleunigte sich, als die altmodische Ladenklingel kurz schrillte. Der Mann mit dem Vollbart stand hinter ihm. Über den großen Wandspiegel vor sich konnte Dominik zur Eingangstür blicken.

Mauricio war hereingekommen und schilderte dem Tätowierten seine Wünsche. Er trug ein blitzblaues Hemd, das neu aussah, und eine dunkle Hose. Der Friseur nickte und führte ihn, wie vereinbart, in die Nische. Am Geräusch konnte Dominik erkennen, dass der Vorhang zugezogen wurde.

Der Tätowierte kam wieder raus und holte ein feuchtes, gewärmtes Frotteetuch aus einem kleinen Ofen auf der Anrichte hinter Dominik. Damit kehrte er zu Mauricio zurück. Dominik erhob sich und brachte sich in Stellung.

Neben ihm stand die Ledertasche mit den vielen Fächern, in denen der Friseur seine Scheren und Rasiermesser aufbewahrte.

Als niemand auf ihn achtete, entnahm Dominik der Tasche ein Messer und klappte es auf. Die Klinge war leicht gebogen, länger als sein Mittelfinger und wirkte frisch geschliffen.

Der Frisör trat hinter dem Vorhang hervor und streckte den Daumen in die Höhe. Dominik zwinkerte ihm zu und deutete ihm, sich zu entfernen. Er schlüpfte selbst durch den Vorhang und stand hinter dem Friseursessel, der leicht zurückgekippt war. Mauricio lag entspannt darauf, das Frotteetuch über dem Gesicht.

Es musste schnell gehen, und Dominik hatte einen einzigen Versuch. Es war wie eine Theatervorstellung ohne Proben. Er stellte sich hinter Mauricio, seine beiden Hände arbeiteten gleichzeitig und blitzschnell.

Seine linke Hand legte sich über Mauricios Gesicht, und mit den Fingern presste er ihm mit aller Kraft die Nase zu. Die rechte Hand hielt das Rasiermesser an die Kehle seines Opfers.

Erschrocken fuhr Mauricio in die Höhe, aber Dominik bot alle Kraft auf, um ihn auf dem Sessel zu halten. Der obere Rand des Frotteetuches klappte herunter, und im Spiegel sah Mauricio das grimmige Gesicht von Dominik und das Rasiermesser an seinem Hals.

»Ich zerschneide dir deine Fratze, du Dreckskerl«, drohte Dominik. »Sag mir, für wen du den ganzen Mist machst. Du selbst bist zu blöd für solche Ideen. Wer bezahlt dich?«

»Ah, da seid ihr.« Axel war an den kleinen Tisch getreten, an dem Lilo und Poppi saßen. »Wo ist Dominik?«

»Dort drinnen!« Lilo deutete in die Richtung, in der der Laden lag.

»Wo drinnen?«

»Bei dem Friseur. Dieser Mauricio ist vor drei Minuten hineingegangen.«

»Was soll das? Er kennt Dominik doch. Der Mann wollte ihn schon einmal zusammenschlagen.« Axel verstand nicht, wie Dominik so unvorsichtig sein konnte. Er verließ das Café sofort wieder und steuerte auf den Friseurladen zu.

»Bleib hier«, rief ihm Lilo nach, aber er hörte nicht auf sie, und deshalb folgte ihm Lilo. Poppi blieb dicht hinter ihr.

Als sie noch etwa zehn Schritte von dem Friseurladen entfernt waren, sprang plötzlich jemand von links aus einer Tür auf den Gehsteig.

Lilo erkannte den Mann sofort, es war Mauricio. Er blutete heftig. Wie ein gehetztes Tier sah er in alle Richtungen.

»Er wollte mich umbringen. Mörder! Er wollte mir die Kehle durchschneiden.« Mauricio brüllte es zurück in den Laden. Er schwenkte seinen rechten Arm, über den ein langer Schnitt verlief.

»Er ist ein Killer! Hilfe! Polizei!« Mauricio machte ein paar stolpernde Schritte rückwärts, stieß mit dem Rücken gegen einen Laternenpfahl, stürzte fast zur Seite, fing sich aber und rannte die Straße hinunter davon.

Sofort jagte Axel hinter ihm her. Mauricio war ziemlich verletzt, legte aber trotzdem ein hohes Tempo vor. Er hetzte dahin, und Axel, der kürzere Beine hatte, musste sich anstrengen, um den Abstand zwischen ihnen nicht größer werden zu lassen.

Lilo sah, wie die beiden dort, wo die Monmouth Street in eine breitere Straße mündete, nach rechts abbogen und um die Ecke verschwanden. Kurz überlegte sie, ob sie ihnen nachlaufen sollte, entschied aber, dass es sinnlos war. Sie konnte sie ohnehin nicht mehr einholen.

Aber was war in dem Laden geschehen? Sie lief zum Eingang, der noch immer offen stand. Im Laden traf sie auf die beiden Friseure, die geschockt und wie erstarrt dastanden. Dominik taumelte aus dem hinteren Teil des Ladens auf Lilo zu. Sein weißes Hemd war blutbespritzt, seine Hände auch. Sein Gesicht war so bleich wie Schnee, und seine Lippen zitterten.

»Er war es … er hat mir das Messer aus der Hand gerissen und mich geschnitten. Und dann sich selbst. Absichtlich. Er hat es getan.«

»Raus da!« Lilo packte Dominik am Arm.

Der Tätowierte erwachte aus der Schockstarre und stellte sich ihnen in den Weg.

»Wir rufen die Polizei.«

Dominik schüttelte den Kopf in kleinen Rucken, die ihn aussehen ließen, als hätte er ein Nervenleiden. »Nein, nicht die Polizei. Nein, nicht.«

Der Friseur baute sich im Ausgang auf und streckte die Arme zur Seite, um zu zeigen, dass sie an ihm nicht vorbeikamen.

»George, ruf 999!«

Hinter sich konnte Lilo den anderen hören, wie er herumstolperte. Sie drehte sich zu ihm und sah, wie er ein Handy nahm. Seine Hände zitterten heftig.

Lilo wandte sich dem Tätowierten wieder zu. »Dominik ist unschuldig. Es war der andere.«

Der Mann starrte sie ungläubig an. »George, 999!«, rief er erneut.

Hinter ihm, auf der Straße stand Poppi. Da der Friseur ständig hin und her sprang, fiel ihr Blick nur kurz auf Poppi.

»Poppi?« Lilo hatte etwas gesehen, was sie nicht verstand.

Hielt Poppi da ein Handy in der Hand? Fotografierte sie?

»Poppi!«

Poppi stand nun direkt beim Schaufenster und presste die Hände gegen die Scheibe. »Lilo! Dominik!« Noch immer war ihre Stimme rau und fremd.

Hatte Lilo richtig gesehen, hatte sie fotografiert?

»Monmouth Street, Rupert's Saloon«, schrie der Bärtige ins Handy.

Die Polizei würde in wenigen Augenblicken eintreffen, und wie sollten sie die Situation dann erklären? Lilo war in diesem Moment alles andere als ein Superhirn.

Dominiks Faustschlag war ungeübt und schwach, kam aber unerwartet und verfehlte deshalb seine Wirkung nicht. Er traf den Friseur in den Bauch. Der Mann gab einen Laut von sich, als wäre ihm gerade alle Luft aus der Lunge gepresst worden.

Als Nächstes landete Dominik einen Tritt zwischen den Beinen des Mannes, der ihn aufzuhalten versuchte.

Die Knie des Friseurs knickten ein, und er ging nach vorne zu Boden. Der Weg war frei, und Dominik jagte ins Freie. Er stützte sich kurz am Portal des Eingangs ab und hinterließ dort einen blutigen Handabdruck. Keuchend torkelte er los, unsicher schwankte er nach links und rechts und stolperte am Schaufenster vorbei.

Noch immer lag der tätowierte Mann auf dem Boden. Sein Kollege näherte sich Lilo, blieb dann aber stehen und starrte sie an, als könnte sie bewaffnet sein.

»Dominik«, rief Lilo. Sie wollte ihm nach, aber der Bärtige packte sie mit überraschend hartem Griff. Er riss sie zurück, und sie krachte mit dem Rücken gegen das Regal mit den Shampoos und Bartpflegeprodukten. Ein paar blaue Flaschen fielen heraus und rollten über den Boden.

Lilo sah, wie Poppi Dominik hinterherlief.

79) SELBSTZERSTÖRUNG

Dorits Telefon klingelte.

»Telefonier jetzt nicht«, zeterte ihr Onkel. Er saß nach vorne gebeugt über dem Computer, sein Gesicht war rot vor Anspannung. Weil seine Hände vor Erregung so zitterten, vibrierte auch der Mauszeiger auf dem Bildschirm.

Er stand genau über dem Feld mit der Beschriftung »SELBSTZERSTÖRUNG« und wartete nur darauf, dass Hermes die Maustaste drückte.

»Es ist sie«, zischte Dorit. Laut sagte sie: »Was?« Sie hörte kurz zu und ging dann neben ihrem Onkel in die Knie. »Der Schauspieler hat versucht, jemanden mit dem Messer zu verletzen. Nun ist er auf der Flucht. Die Polizei kommt gleich.«

»Abstand halten«, befahl Hermes, ohne aufzublicken. So kräftig er konnte, drückte er mit dem Daumen auf das Trackpad.

Klick! Das Feld »SELBSTZERSTÖRUNG« war aktiviert und leuchtete rot.

80) ZUSAMMENSTOSS

Dominiks Beine bewegten sich wie von allein. Er fühlte sich wie ein Roboter, der einfach vorwärtsstakste.

Bereits an der Stelle, wo die Monmouth Street auf eine von Bäumen gesäumte Hauptstraße traf, war er außer Atem.

Jetzt war er ganz sicher: Mit Poppi stimmte etwas nicht. Wieso fotografierte sie in einem solchen Moment? Aber jetzt war keine Zeit, Fragen zu stellen. Jetzt war alles egal. Völlig egal.

Alles war schiefgelaufen: Maurizio war nur wenige Sekunden wehrlos gewesen, dann schnellte seine linke Hand blitzartig hoch und packte Dominiks Hand mit dem Messer. Mit einem heftigen Kopfschütteln konnte er sich von Dominiks anderer Hand auf seinem Gesicht befreien. Das Tuch fiel zu Boden, und Mauricio biss mit aller Kraft in Dominiks Handgelenk.

Der Schmerz hatte Dominiks Finger gelöst, und Mauricio gelang es, Dominik das Rasiermesser abzunehmen. Als Dominik endlich aus seiner Erstarrung aufwachte und versuchte, sich zu wehren, verletzte er sich selbst an der scharfen Klinge.

Mauricio war aus dem Sessel aufgesprungen, noch immer das Messer in der linken Hand. Er hatte es umgedreht, sodass die Klinge nun nach vorne zeigte, und fügte sich damit selbst zwei Schnitte am Unterarm zu. Die Wunde blutete heftig, und Mauricio begann zu schreien.

Während Dominik noch dagestanden war und zu begreifen versuchte, was gerade geschehen war, flüchtete Mauricio bereits aus dem Laden.

Ihm nach, war Dominiks einziger Gedanke gewesen. Aber diese Friseure hatten ihn zu lange aufgehalten.

Jetzt dachte er nur noch an Flucht und Untertauchen.

Dominik stürmte weiter. Er stolperte auf die Fahrbahn, Hupen kreischten. Bremsen quietschten. Direkt neben ihm glotzten ihn die zwei Scheinwerfer eines roten Doppeldeckerbusses an. Durch die Windschutzscheibe konnte Dominik das entsetzte Gesicht des Fahrers sehen.

Es krachte, und Metall schlug auf Metall. Der Zusammenstoß war heftig, Glas splitterte und schoss durch die Luft.

Auf der Fahrbahn lag ein einzelner Schuh. Es war ein eleganter, teurer Slipper.

Es war Dominiks Schuh.

Am Straßenrand begann jemand zu schreien.

81) HOLEN SIE MICH

Rachel musste sich übergeben. Ihr war unfassbar übel, und das Wenige, das sie in ihrem Magen hatte, wollte nach oben und hinaus. Sie beugte sich zur Seite und stützte sich am Stamm eines Baumes ab.

Das Würgen wollte nicht aufhören. In ihrem Hals brannte die Magensäure. Sie spuckte und wischte sich mit dem Handrücken über den Mund.

Rund um sie drehte sich alles. Sie hörte Leute rufen. Eine Hupe war stecken geblieben und kreischte in einem fort. Leute liefen herbei.

»Oh mein Gott«, rief ein Mann.

»Nicht hinsehen!« Eine Mutter drehte ihren Dreijährigen schnell weg. Sie schnappte ihn, hob ihn hoch und schleppte ihn davon.

Ihre Beine trugen sie zum Glück noch. Rachel hatte keine Ahnung, wohin sie lief.

Vor ihr auf einer Hausecke ragte eine riesige Frau im Sportgewand empor, ihr Gesicht strahlte. Sie warb für einen Fitnessklub. Rachel bog in die Seitengasse ein und wollte nur weg, fort von diesem Ort des Grauens.

Bäume links und rechts. Viele Müllsäcke aufgetürmt, die stanken. Büroleute. Schlendernde Menschen. Hinter ihr noch immer die Hupe. Die Sirene der Polizei wurde lauter.

Wie benommen taumelte Rachel über die Straße und erreichte ein kleines Gebüsch. Weil sie keine Kraft mehr hatte, ließ sie sich dort einfach zu Boden sinken und kroch hinter ein parkendes Auto.

Am ganzen Körper zitternd, kauerte Rachel sich in ihr Versteck. Sie zog die Knie zur Brust und schlang die Arme herum. Neben ihr stank es, und sie sah ein frisches Hundehäufchen.

Ihr Atem ging stoßweise. Sie spürte den Schweiß am ganzen Körper. Noch einmal wurde ihr übel, und sie erbrach sich erneut. Zwischen dem Gebüsch und dem Auto sitzend, war sie vor den Blicken der Passanten ein wenig geschützt.

Sie brauchte Zeit. Sie musste zu sich kommen. Von der großen Straße drang das Geräusch von Rettungswagen zu ihr. Überall schrien Menschen, und es herrschte eine große Aufregung, die sie bis in ihr Versteck verfolgte.

Ihr Herz hämmerte gegen die Rippen. Sie musste fort. Sie musste auf der Stelle das Land verlassen. Ihre Finger waren kaum unter Kontrolle zu bekommen. Sie unternahm mehrere Versuche, bis sie ihr Handy endlich zu fassen bekam, und brauchte noch öfter, bis sie endlich Dorits Nummer antippen konnte.

»Ja?«

»Holen Sie mich hier raus. Sofort. Wo soll ich hinfahren? Ich muss weg.«

»Was ist geschehen?«

Rachel öffnete den Mund, konnte es aber nicht aussprechen. Sie schluchzte nur.

»Reden Sie.«

»U… Unfall.«

Eine winzige Pause, dann meldete sich Dorit wieder. »Fahren Sie sofort zum Flughafen Heathrow. Private Jet Terminal. Ich melde mich.«

Die Verbindung wurde unterbrochen.

82) CHAMPAGNER

Hermes ließ sich auf seinem Stuhl nach hinten sinken und keuchte wie nach einem langen Lauf. Seine dunkle Perücke verrutschte, und er schob sie mit einer Hand wieder in die richtige Position.

In San Diego war es Nacht. Er fühlte sich total erschöpft und gleichzeitig so frisch und belebt wie nach acht Stunden Schlaf, die er schon lange nicht mehr gehabt hatte.

»Sie funktionieren«, flüsterte er bewegt.

Er hatte mitgehört, was sie am Telefon gesagt hatte, und eins und eins zusammenzählen können. Er wusste es bereits, und der Triumph, der ihn erfüllte, war nicht in Worte zu fassen.

Die jahrelange Forschung, das viele Geld, alles hatte sich ausgezahlt. Und wie! Seine Idee zum Einsatz der Nanobots hatte endlich bewiesen, wovon er schon immer überzeugt gewesen war: Hermes war ein Genie. Der Bote der Götter, der ihre Weisheiten und ihre Allmacht den Menschen zugänglich machte.

»Ich kann es nicht erwarten, die Ergebnisse der Obduktion zu lesen«, sagte er leise. »Der Pathologe muss das Gehirn genauestens untersuchen, damit wir mehr über die Wirkungen und Nebenwirkungen erfahren und die Nanobots noch weiter perfektionieren können.«

Dorit legte ihm eine Hand auf die Schulter. »Möchtest du diesen Moment feiern?«

»Hier gibt es keinen Champagner«, sagte Hermes.

»Gibt es doch.« Dorit öffnete ihre große Umhängetasche und entnahm ihr eine kleine Flasche und zwei Gläser. Die Flasche war noch gut gekühlt. Sie riss die Alufolie vom Korken weg und drehte ihn heraus. Mit einem klangvollen Plopp sprang er aus dem Glashals.

Der Champagner glänzte golden in den Gläsern, die winzigen Gasblasen bildeten dünne Ketten nach oben.

Als sie ihrem Onkel ein Glas reichen wollte, klingelte ihr Handy erneut. Sie stellte die Gläser ab und nahm es ans Ohr. Um diese Zeit riefen sie nur Elena oder Rachel an. Bevor sie auf den Empfang drückte, warf sie – aus einem Instinkt heraus – doch noch einen Blick auf die Anzeige.

Natascha! Was zum Teufel wollte sie? Wie konnte sie diesen Augenblick stören?

Dorit überlegte kurz, bedeutete ihrem Onkel, sich still zu verhalten, und hob dann ab. Sie tat verschlafen.

»Weißt du, wie spät es ist?«

»Du musst sofort zu Onkel Ray.«

»Wieso?« Noch immer spielte Dorit vor, sie wäre gerade aus dem Tiefschlaf gerissen worden. »Ist etwas mit ihm?«

»Ich habe gerade einen Anruf von Tony Castello bekommen.«

»Mitten in der Nacht?«

»Das FBI hat ihm mitgeteilt, dass sie Onkel Ray einvernehmen wollen.«

»Das geht nicht, er ist entmündigt, und sein psychiatrisches Gutachten …«

Natascha unterbrach sie barsch. »Das FBI hat erwirkt, dass sie ihn trotzdem befragen können. Außerdem sollst du auch dabei sein, da du dich hauptsächlich um ihn kümmerst und sie auch von dir Auskunft wollen.«

»Worüber?«

»Ich nehme mittlerweile an, dass du das weißt. Ich kümmere mich ab jetzt nur noch darum, allen Schaden vom Unternehmen abzuwenden.«

Ihre Schwester hatte wieder aufgelegt. Dorit ließ das Handy sinken. Sie spürte, wie ihr Onkel sie fragend von unten ansah. Sollte sie ihm die Wahrheit sagen? Aber dafür war später noch Zeit genug, entschied sie.

Dorit reichte ihm ein Glas und nahm sich selbst das andere. Sie stießen an und ließen die Gläser klingen.

»Auf deinen Erfolg!«

Hinter ihnen summte der Türöffner. Erschrocken fuhr Dorit herum und verschüttete dabei den Großteil ihres Champagners.

In der Tür stand eine ältere Krankenschwester, die Dorit schon einige Male gesehen hatte. Die Sorge stand ihr ins Gesicht geschrieben.

»Ich musste öffnen, die Herren vom FBI haben eine schriftliche Bewilligung.«

Zwei Herren in zerdrückten Anzügen betraten das Zimmer. Ihre Blicke wanderten auf die Champagnergläser. Hermes klappte mit einer schnellen Bewegung den Laptop zu. Dorit wusste sofort, dass das ein Fehler gewesen war.

»Agent Muller und Agent Scotts«, stellten sich die beiden Männer vor. Sie zeigten ihre Dienstmarken. »Wir haben Fragen zum Verbleib von Paula Reder und ihrem Ehemann. Sie werden an einem unbekannten Ort in London gefangen gehalten.«

»Was hat das mit meinem Onkel zu tun?« Dorit versuchte, empört und gleichzeitig sehr verwundert zu klingen.

Die beiden Agents antworteten nicht, sondern sahen nur an ihr vorbei zu Hermes. Hermes erwiderte den Blick, ohne einmal zu blinzeln.

Völlig unerwartet und überraschend schnell packte er den Laptop mit beiden Händen.

Die Agents sprangen auf ihn zu und stießen dabei Dorit zu Boden.

Mit aller Kraft schlug Hermes den Laptop gegen die Tischkante. Es knallte und knirschte unter dem Deckel.

Einer der Agents war mittlerweile bei Hermes und entriss ihm, was vom Laptop übrig war. Er klappte das Gerät auf und schnaubte ärgerlich.

Der Bildschirm war gesplittert, es wurde nichts mehr angezeigt.

»Ins Labor damit«, sagte der andere Agent ruhig.

Dorit stand auf und wollte protestieren, aber sie wusste, es wäre sinnlos, und ihr war auch klar, dass ihr Onkel damit den zweiten schweren Fehler begangen hatte.

»Mein Onkel sagt nichts ohne seinen Anwalt«, platzte sie heraus.

»Ach so, würde er sich sonst belasten?« Der ruhige Agent sah sie auf eine Art an, die sie ahnen ließ, dass er schon viel mehr wusste, als sie vermutete.

»Was können Sie mir über den Aufenthaltsort von Paula Reder und ihrem Mann sagen?«, wiederholte der Agent seine Frage von vorhin.

Obwohl sie ausgebildete Agents waren und jahrelanges Training hinter sich hatten, entging den Männern, wie Hermes die Hand in die rechte Tasche seiner Jacke gleiten ließ. Während sie Dorit ihre Fragen stellten, gelang es ihm, unbemerkt eine Pistole herauszuziehen. Er zögerte nur den Bruchteil einer Sekunde.

Auf diesen Moment hatte er sich in Gedanken oft vorbereitet. Wenn er kam, dann musste er handeln, ohne auf irgendjemanden Rücksicht zu nehmen.

Die Schwester, die auf dem Gang vor dem Zimmer stand, hörte einen Schuss, dem ein Schrei der Agents folgte. Danach ein zweiter Schuss.

83) ORTEN

Konstantin Andropotsch hatte mithören können, was sich im Zimmer der Klinik abgespielt hatte. Agent Scotts nahm das Handy ans Ohr, das eingeschaltet in seiner Brusttasche steckte. Er informierte Andropotsch, was die Schüsse zu bedeuten hatten.

Andropotsch stieß einen lauten Fluch aus, aber das nützte auch nichts mehr. Er musste sich die Informationen auf einem anderen Weg beschaffen. Der Notruf von Klaus aus London hatte ihm endlich die Bewilligung zum Abhören von Dorit und ihrem Onkel eingebracht. Innerhalb kürzester Zeit hatte er genügend Hinweise, dass sich sein schlimmster Verdacht bestätigen könnte.

Er war überzeugt, Ray Bradner und Dorit Bradner standen mit Paula Reders Gefangennahme in Verbindung.

»Nehmt das Handy der Frau. Überprüft die letzten Nummern, die sie gewählt hat oder von denen sie angerufen wurde, und ortet sie. Ich hoffe, wir können auf diese Weise den Aufenthaltsort von Paula Reder und ihrem Mann finden. Es kommt jetzt auf jede Minute an.«

Es war dem FBI möglich, den Standort eines Handys mithilfe der Nummer auf ungefähr hundert Meter genau zu bestimmen. Dorit war sicher mit den Leuten in Verbindung gestanden, die sie beauftragt hatte. Wenn sie ausforschen konnten, wo sich diese mit ihrem Handy befanden, dann konnten sie die Gefangenen befreien.

84) SCHOOL OF ROCK

Rennen war Axels Leidenschaft, seit er ein Kind war. Oft war er wegen seiner Körpergröße verspottet worden. Seinen Frust hatte er beim Rennen abgebaut.

Axels Beine bewegten sich rasend schnell. Er machte keine großen Schritte, sondern viele, sehr flinke kurze. Das gab ihm die Wendigkeit, die er brauchte.

Mauricio war schnell und schlug dabei Haken wie ein Hase. Auf einmal war er wie vom Erdboden verschluckt und aus Axels Blickfeld verschwunden. Axel rannte trotzdem weiter in die Richtung, in der er ihn zuletzt gesehen hatte. Seine Augen waren aber nicht stur nach vorne gerichtet, sondern wanderten wie Suchstrahlen nach links und rechts und sogar nach oben.

Trotzdem war es mehr ein glücklicher Zufall, dass er Mauricio wiederentdeckte. Aus einer schmalen Seitengasse, an der Axel fast vorbeigestürmt wäre, trat unerwartet eine Frau mit drei kleinen wolligen Kläffern an der Leine. Axel reagierte reflexartig und machte einen hohen Sprung über die Tiere, sonst wäre er auf einen der winzigen Hunde getreten.

Die Frau schrie auf, Axel landete hart und ging in die Knie. Er stolperte nach vorn und sah dabei aus dem Augenwinkel eine Bewegung weit hinten in der kleinen Gasse. Er erkannte Mauricio an seiner Gestalt und dem blitzblauen Hemd. Ohne sich um das Geschimpfe der Frau zu kümmern, bog Axel in die Gasse ein und setzte die Verfolgung fort.

Mauricio drehte sich nach hinten um und sah ihn kommen. Er bemühte sich, noch einen Zahn zuzulegen, erreichte das Ende der Gasse und verschwand wieder nach rechts um die Ecke.

Axel war nur Sekunden später an derselben Stelle. Er musste abstoppen, um nicht auf die Fahrbahn zu stolpern, wo Autos dahinrollten. Wie Mauricio bog er rechts ab, doch dieser schickte sich an, die Straße zu überqueren.

Wo war er überhaupt? Vor sich auf der anderen Straßenseite sah er auf der Hauswand riesig groß einen Mann mit Gitarre und mit wilder Grimasse. SCHOOL OF ROCK stand in großen Buchstaben darunter.

Es war keine Zeit für Überlegungen, was das sein könnte. Mauricio schlängelte sich bereits zwischen den Autos auf die andere Straßenseite. Axel wollte ihm nachjagen, musste aber auf eine Lücke im Verkehr warten.

Mauricio verschwand durch einen Glaseingang in der SCHOOL OF ROCK. Endlich erreichte auch Axel das Gebäude. Ohne zu wissen, wo er sich hier befand, riss er die Glastür auf. Vor ihm erstreckte sich eine große Halle. Auf einer Seite sah er zwei Schalter mit der Aufschrift BOX OFFICE.

Axel vermutete, dass es sich um eine Art Theater handelte. Die Halle war aus Glas und Metall, es gab einen Souvenirstand für SCHOOL OF ROCK, Poster und eine kleine Bar. Zwei Rolltreppen führten nach oben.

Ganz oben entdeckte Axel Mauricio, der die Rolltreppe hinaufgerannt war. Aus dem Ticketschalter stürmte ein beleibter Mann heraus und schrie, dass das Theater geschlossen sei. Axel kümmerte sich nicht darum und sprang auf die Rolltreppe.

Mit einem Ruck stoppte sie, und er stürmte immer zwei Stufen auf einmal nehmend weiter. Hinter ihm brüllte der Mann aufgebracht und drohte mit der Polizei.

Axel erreichte schließlich die oberste Etage mit einer Bar und mehreren Eingängen, die mit Buchstaben beschriftet waren. Die Tür, über der ein F stand, fiel gerade lautlos zu. Er sprang darauf zu, packte den Griff, riss sie auf und fand sich in einem halbdunklen Raum wieder. Vor ihm erstreckten sich endlos scheinende Sitzreihen, die halbkreisförmig angeordnet waren.

Vorne auf der Bühne standen Leute, die zu ihm hinsahen. Mauricio jagte auf sie zu.

»Aufhalten! Stoppen Sie den Mann!«, rief Axel.

Die Leute auf der Bühne rührten sich nicht. Mauricio wollte seitlich an ihnen vorbei und hinter die Bühne.

»Der Mann hat jemanden umgebracht«, schrie Axel. »Er ist ein Mörder. Aufhalten. Halt!«

Das Blut auf Mauricios Armen, seinem Hemd und der Hose ließ den Schluss zu, dass an Axels Rufen etwas dran sein konnte.

Trotzdem reagierte niemand oder versuchte, Mauricio aufzuhalten.

»Er ist unbewaffnet«, setzte Axel noch nach. »Aufhalten.«

Mauricio hatte den linken Bühnenrand erreicht, wo ein paar Teile der Kulisse standen, die wohl ein Klassenzimmer darstellen sollte.

In dem großen Saal ertönte ein kreischender Ton, so laut und so schrill, dass sich auf der Bühne alle krümmten und instinktiv die Ohren zuhielten. Auch Axels Hände sausten nach oben, um seine Ohren zu schützen. Er sah, wie Mauricio überrascht und erschrocken kurz stehen blieb und sich verwirrt umsah.

Vor ihm sprang jemand in einem ärmellosen T-Shirt und grauen Trainingshosen aus der Kulisse und riss ihn zu Boden.

Sofort stürmte Axel mit großen Schritten den Mittelgang zwischen den Sitzreihen hinunter. Er fand seitlich ein paar Stufen und gelangte so auf die Bühne und zu Maurizio, der auf dem Rücken lag und nach Luft japste. Er musste ungünstig auf den Brustkorb gefallen sein.

Axel packte seine Handgelenke und zog sie über Mauricios Kopf, wo er sie zu Boden presste. Mauricio unternahm einen kleinen Versuch, sich zu wehren, aber Axel festigte nur seinen Griff.

»Die Polizei, rufen Sie die Polizei«, sagte er zu dem Mann, der Mauricio überwältigt hatte und jetzt bei Axel kniete.

Handys wurden rund um ihn herausgezogen, und Axel hörte, wie eine Frau der Polizei die Adresse des Theaters gab und atemlos schilderte, was sich soeben ereignet hatte.

85) VERSCHWINDEN

Elena wurde selten unruhig, aber an diesem Tag war es so weit. Ihre Nachrichten an Dorit bezüglich des Rückfluges blieben unbeantwortet, ihre Anrufe auch.

Noch einmal drückte Elena die Taste zur Kurzwahl von Dorits Nummer. Wieder hörte sie nur das Freizeichen, aber Dorit ging nicht dran. Elena legte auf und versuchte es bei Rachel.

Nach dem dritten Läuten hörte sie eine Stimme. Es war mehr ein Schluchzen als ein Hallo.

»Können Sie reden?«

»Ja.«

»Wo sind Sie?«

»Taxi. Zum Flughafen.«

»Schon jetzt? Haben Sie Ihren Auftrag ausgeführt?«

Rachel schwieg und schluchzte nur kurz auf.

»Was heißt das?«

»Ich habe ihn umgebracht.«

»Wen?«

»Einen von ihnen.«

»Gibt es Augenzeugen?«

»Ja. Sie organisiert ein Flugzeug für mich. Damit ich sofort wegkomme.«

»Wer? Dorit?«

»Ja. Sie.«

»Wo gehen Sie an Bord?«

»Privatterminal Heathrow.«

Damit hatte Elena genug gehört und erfahren. Auch für sie war es an der Zeit, in die USA zurückzukehren.

Als sie in den Hof hinaustrat, hörte sie, wie hinter dem großen Schiebetor auf der Straße Autotüren zugeschlagen wurden. Carlo kam also zurück und brachte den Pass, den sie nun nicht mehr benötigte. Die zwei in der alten Werkstatt überließ sie ihm. Er konnte sie freilassen oder beseitigen, was immer er für besser hielt.

Sie zog das Schiebetor so weit auf, dass sie hinaussehen konnte.

In der Sackgasse, in der es nur alte Industriebauten gab, die alle verlassen und runtergekommen aussahen, standen drei Wagen kreuz und quer auf der Fahrbahn: ein schwarz-weißer Polizeiwagen und zwei schwarze Rover. Elena zählte vier Männer und zwei Frauen, die ausstiegen und alle bewaffnet waren. Sie hatten sie natürlich bereits entdeckt, und jemand richtete eine Pistole auf sie.

»Hände hoch«, lautete das Kommando.

Elena zögerte den Bruchteil einer Sekunde, bevor sie durch den Spalt zurückwich, den das Schiebetor offen stand. Sie warf sich innen gegen das schützende Blech und stemmte sich mit beiden Händen gegen den Griff, um das Tor wieder zu schließen.

Das Tor war schwer und sehr träge. Aber Elena verfügte über eine enorme Kraft, die in solchen Momenten noch wuchs. Das Tor bewegte sich Zentimeter für Zentimeter.

Sie wollte sich diese Frau holen und sie als Geisel benutzen, notfalls als lebendigen Schutzschild.

Über ihr ertönte das Knattern eines Helikopters. Sie sah hoch und las auf der Unterseite POLICE.

Verdammt. Wie war die Polizei ihr nur auf die Spur gekommen?

Der Helikopter hatte sie abgelenkt, und dieser kurze Moment wurde ihr zum Verhängnis. Durch den Spalt wurde eine Pistole gestreckt und auf ihre Beine gerichtet.

»Keine Bewegung«, befahl ein Mann.

Elena sprang erschrocken nach hinten. Ein Schuss krachte, und sie spürte einen glühenden Schmerz in ihrem Unterschenkel. Sie stolperte und landete auf dem Rücken. Über ihr tauchte der Polizist auf, seine Waffe war auf sie gerichtet.

Game over.

86) FRAGEN

Die Polizei traf im Friseursalon ein und begann, Aussagen aufzunehmen. Die beiden Friseure standen unter Schock und redeten zum Teil nur wirres Zeug. Sie erzählten von Dominik, den sie aus dem Fernsehen kannten, und seinem Wunsch, dem »Kollegen« einen Streich zu spielen, von dem Schrei, dem Blut und der Flucht von beiden.

Lilo saß währenddessen in einem der altmodischen Sessel, die für Rasuren nach hinten gekippt werden konnten. Sie drehte sich unruhig mit dem Sessel hin und her, sie war völlig durcheinander und ratlos.

Eine Polizistin trat zu ihr. »R. Shenan« stand auf dem Messingschild an ihrer Brust.

»Was können Sie mir über den Vorfall hier sagen?«

Was sollte Lilo sagen? Sie begann zu reden, und während sie sprach, bemerkte sie, wie sie sich selbst zuhörte. Lilo erzählte von Mauricio, der Dominik am Vortag überfallen hatte, dem Einbruch in das Haus, wo sie wohnten, und der Falle, in die sie ihn gelockt hatten.

R. Shenan sah sie ständig mit diesem Blick an, den Lilo als Mischung aus Zweifel und Ungläubigkeit deutete.

Ein Kollege kam zu den beiden. Mauricio und Axel waren in einem Theater ganz in der Nähe gefunden worden. Mit einem Knacksen meldete sich das Funkgerät, das er am Gürtel trug, erneut, und er nahm es hoch. Die andere Stimme war stark verzerrt, und Lilo verstand nur Wortfetzen, die für sie aber keinen Sinn ergaben. R. Shenan und ihr Kollege machten ein paar Schritte zur Seite und berieten sich leise. Danach kehrte die Polizistin zu Lilo zurück.

»Ihr Freund, der Schauspieler, trug er heute einen dunklen Anzug der Marke Boss und ein weißes Hemd?«

»Boss weiß ich nicht, aber es ist ein sehr gut sitzender Anzug«, sagte Lilo. »Wieso?«

Das Zögern der Polizistin verhieß nichts Gutes. Der Kollege hatte ihnen zugehört und nahm jetzt sein Handy. Er verließ den Laden, aber Lilo konnte ihn durch die offene Tür auf der Straße hin und her gehen sehen.

»Was ist mit Dominik?«, verlangte Lilo zu erfahren.

»Er hatte einen Unfall.«

»Unfall? Ist er verletzt?«

»Die Rettung ist schon am Unfallort.«

»Ich muss zu ihm.«

»Das geht nicht.«

Lilo kam ein Gedanke, der ihr die Gänsehaut über den Rücken jagte.

»Ist er sehr schwer verletzt?«

»Diese Auskunft darf ich Ihnen nicht geben.«

»Aber er lebt. Sonst wäre nicht die Rettung gekommen. Er lebt doch.«

Stumm war die Polizistin vor ihr gestanden, und Lilo hatte ihr angesehen, dass sie gerne mehr gesagt hätte, aber eben nicht durfte.

In einem Polizeiwagen wurde sie auf eine Wachstube gebracht, wo wenig später auch Axel eintraf.

»Was ist mit Dominik? Weißt du mehr?«, bestürmte ihn Lilo.

Axel schüttelte den Kopf. Lilo sah ihn voller Entsetzen an und machte einen Schritt auf ihn zu. Er kam ihr sofort entgegen, und sie umarmten sich. Liebevoll streichelte Axel ihr über den Rücken, während sie ihn an sich drückte und ihr Gesicht an seiner Schulter vergrub.

Da sie keine Verwandtschaft mit Dominik nachweisen konnten, bekamen sie keine weiteren Auskünfte über seinen Zustand und seinen Verbleib.

»Wo ist eigentlich Poppi?« Lilo konnte nicht verstehen, von ihr weder etwas gesehen noch gehört zu haben. In dem Gemenge mit der Polizei war sie gar nicht auf die Idee gekommen, nach Poppi zu suchen.

Wieso hatte sie fotografiert? Warum hatte sie das in diesem entsetzlichen Moment getan? Die Poppi, die sie kannte, tat so etwas doch nicht. Sie war immer nur um das Wohl aller besorgt. Statt zu helfen oder irgendetwas zu unternehmen, hatte sie das Handy auf Dominik gehalten.

»Da ist noch etwas!« Lilo bedeutete der Polizistin, weitere Informationen zu haben. Sie winkte die Polizistin zu sich. »Es war noch jemand bei uns, eine Freundin, Paula Reder, sie ist hinter Dominik hergelaufen.« Sie beschrieb Poppi und stockte dann. Sie überlegte, ob sie der Polizistin von ihren Überlegungen erzählen sollte. R. Shenan nahm alles auf, kommentierte es aber nicht.

Schließlich bot die Polizei an, Lilo und Axel zurück in das Haus zu bringen. Ihre Kollegen würden sich um ihre Freundin kümmern. Sie versprachen, sich sofort zu melden, sobald sie mehr über Dominik mitteilen durften.

Axel und Lilo ahnten Schreckliches und flehten insgeheim, dass es nicht wahr wäre.

87) SCOTLAND YARD

Das Tageslicht, das in den kahlen Raum fiel, blendete Poppi und Klaus. Sie hoben die Arme und hielten sie schützend vor ihr Gesicht.

»Was wollen Sie von uns?«, rief Klaus. Seine Stimme kippte, weil sein Hals ganz ausgetrocknet war.

»Scotland Yard, wir holen Sie hier raus.« Die Stimme klang tief und fest. Leute betraten den Raum und tauchten neben Poppi und ihrem Mann auf. Sie hockten sich vor die zwei hin.

»Sind Sie verletzt?«, fragte eine Frau.

»Nein, aber ich habe furchtbaren Durst. Bitte geben Sie uns etwas Wasser«, sagte Poppi.

Dieser Wunsch wurde ihnen sofort erfüllt.

»Wir lassen Sie ins Krankenhaus bringen«, kündigte der Mann mit der tiefen Stimme an.

Klaus konnte nur flüstern. »Meine Frau hat Prellungen an den Schultern und am Rücken. Es sollte unbedingt ein Röntgenbild gemacht werden, um sicherzugehen, dass nichts gebrochen ist.«

»Es wird alles veranlasst.«

»Wie haben Sie uns gefunden?«, wollte Poppi wissen.

»Die Kollegen vom FBI haben uns unterstützt. Es ist uns gelungen, das Handy der Frau zu orten, die Sie hier festgehalten hat.«

»Ich muss mit meinen Freunden sprechen.«

»Haben Sie ihre Nummern?«

Natürlich wusste Poppi sie nicht auswendig. Sie waren in ihrem Handy gespeichert, und das hatte sie verloren. Sie gab den Leuten die vollen Namen von Axel, Lilo und Dominik. Die Beamtin verließ den Raum, und Poppi hörte, wie sie draußen mehrere Telefonate führte. Schließlich kehrte sie zurück.

»Axel Klingmeier ist am Apparat. Er hat als Einziger abgehoben.«

Poppi hatte Mühe, das Handy zu halten, weil ihre Hand so stark zitterte. Außerdem fühlte sie sich unendlich schwach, und ihr Körper war ein einziger Schmerz.

»Axel, hallo.«

»Poppi! Wie geht es dir?«

»Geht so. Geht so. Und euch?«

Eine Pause trat ein. »Es wurde mir von der Polizei gesagt, dass du gefangen gehalten worden bist. In Croyden, wo immer das ist. Aber ...« Axel stotterte herum. »Aber du warst hier bei uns ...«

»Da war eine Frau, die genauso ausgesehen hat wie ich. Ich habe sie gesehen, auf der Toilette.«

Das Reden strengte sie zu sehr an. Poppi spürte, wie ihr das Handy entglitt. Die Beamtin konnte es gerade noch auffangen, bevor es zu Boden fiel. Sie nahm es und setzte das Telefonat fort.

»Die beiden werden ins Krankenhaus gebracht.« Sie wurde gefragt, wer mit »beiden« gemeint war. »Der Mann und die Frau.«

»Klaus«, sagte Poppi zu ihr.

»Sobald wir wissen, in welches, setze ich mich wieder mit Ihnen in Verbindung. Auf jeden Fall sind Sie jetzt in Sicherheit, darüber können Sie beruhigt sein.«

Das Signalhorn der Rettung ertönte irgendwo in der Nähe. Kurz darauf traf der Rettungswagen ein, und Poppi sah Sanitäter und einen Notarzt aussteigen. Der Notarzt untersuchte Poppi und Klaus und wies schließlich die Sanitäter an, beide auf die Tragbahren zu heben und zum Rettungswagen zu bringen.

Als sie hinausgetragen wurden, legte Poppi den Kopf zur Seite. Da war die Frau, diese stämmige Frau mit einem Gesicht so emotionslos und unbewegt, als wäre es aus Beton. Sie trug Handschellen und saß in einem Lieferwagen, dessen Seitentür offen war. Das Innere war ausgestattet wie ein kleines Büro, und ein Polizist verhörte die Frau gerade. Ihre abweisende Haltung und die zusammengepressten Lippen verrieten, dass sie nicht vorhatte, viel zu reden.

Poppi wurde zum offenen Krankenwagen transportiert und die Bahre in die dafür vorgesehenen Schienen eingesetzt. Der Wagen stand so, dass sie zum Ende der Gasse sehen konnte, wo der Verkehr vorbeirollte.

Sie sah ihn und erkannte ihn sofort.

»Der Kerl dahinten. Dort. Das ist der Zweite.« Sie hob ihre Hand, die sich anfühlte, als wäre sie aus Blei. Der Sanitäter hinter ihr beugte sich vor und schrie den Polizisten zu: »Hallo. Kann jemand herkommen? Schnell.«

Der Mann in dem braunen Anzug, den sie an der Straßenecke gesehen hatte, war bereits wieder verschwunden.

Die Beamtin kam zu ihr. Im Tageslicht sah Poppi, dass sie eine athletische Frau mit energischen, aber freundlichen Gesichtszügen war.

»Der Mann. Brauner Anzug. Dort.« Sie deutete zum Ende der Straße und nach links, wohin der Mann verschwunden war.

Energisch winkend rief die Frau ihre Kollegen, und mit gezückten Waffen rannten sie los. Was dann geschah, erfuhr Poppi nicht mehr, da sie nun endgültig in den Krankenwagen geschoben wurde. Auf der Bahre neben ihr lag Klaus, der nach ihrer Hand tastete. Er ließ ihre Hand die ganze Fahrt über nicht mehr los.

88) HORROR-VIDEOS

Das Haus schien so leer und tot. Axel und Lilo waren erschöpft und gingen Richtung Küche, um sich etwas zu trinken zu holen.

Ihr Aufbruch nach Covent Garden lag doch noch gar nicht so lange zurück, es kam ihnen aber so vor, als wäre eine Ewigkeit seither vergangen.

Im Wohnzimmer saß Philip auf einem Sofa und starrte vor sich hin. Als sie eintraten, blickte er sie mit seinen tief liegenden Augen an, als wären sie Geister.

»Was ist los?«, wollte Lilo wissen.

Philip brachte nur Brocken heraus, es dauerte einige Minuten, bis er es schaffte, sich verständlich zu machen.

»Schrank. Ein enger Schrank. Ich … ich bin in einem engen Schrank zu mir gekommen, in einem Fach, in das mich irgendwer gestopft haben muss. Schmerzen überall, an meinen Armen und Beinen. Alles verkrampft.«

Er erzählte ihnen, dass er in einem der Schlafzimmer, das wohl Poppis Zimmer gewesen sein musste, im Schrank zu sich gekommen war, benebelt und erfüllt von einer entsetzlichen Übelkeit.

»Ihre Freundin war in Ihrem Zimmer«, er zeigte auf Lilo. »Sie wollte Ihnen eine Spritze verabreichen.«

Lilo war entsetzt und lief sofort hinunter in ihr Bad. Sie untersuchte zuerst ihre Arme nach Einstichen, dann zog sie sich aus und betrachtete sich, so gut es ging, im Spiegel. Finden konnte sie nichts.

Sinn ergab Philips Aussage aber auch keinen.

»Es ist schwer zu fassen.« Wenig später saß Philip Lilo am Tisch in der Küche gegenüber. Er hatte die Hände auf die Tischplatte gelegt und starrte vor sich hin.

»Es ist unglaublich«, sagte Lilo leise.

»Ihre Freundin spielt falsch.«

»Wenn das stimmt, kann ich mir nicht vorstellen, dass es Poppi ist. Wenn sie es ist, dann muss sie unter Drogen stehen.«

»Ich kann mich nur entschuldigen für mein Verhalten. Aber es ist Teil des Angebotes in diesem Haus.«

Axel kam von unten die Treppe herauf. Er hatte noch nasse Haare, denn er war sofort nach der Rückkehr im Bad verschwunden, hatte die Dusche aufgedreht und war einfach nur dort gestanden. Wasser an seinem Körper herabfließen zu fühlen, hatte ihn immer schon beruhigt und klarer werden lassen.

An diesem Nachmittag aber half auch das Wasser nicht, zu viel war passiert.

»Teil des Angebotes?«, wiederholte Lilo Philips letzte Worte. »Was meinen Sie damit?«

»Ich habe niemals jemandem in diesem Haus etwas angetan«, versicherte Philip.

Völlig verdutzt sahen Lilo und Axel ihn an.

»Mich hat ein Mann angerufen, sein Englisch hat einen Akzent, den ich nicht deuten kann.«

»Was reden Sie da?«, sagte Lilo ungehalten.

»Die Videos, die ich für Gäste manchmal erstelle. Es war immer mein Traum, Horrorfilme zu drehen. Daher biete ich meinen Gästen an, als Souvenir ein Video zu machen, in dem sie die Hauptrolle übernehmen. Es spielt hier im Haus. In den Gängen! Soll ich Ihnen ein Video zeigen? Ich spiele immer den Mörder.«

»Hören Sie auf, das ist ja widerlich.« Lilo sprang auf.

Philip erhob sich ebenfalls. »Vielleicht später?«, bot er an.

Lilo konnte sich das nicht vorstellen.

»Da war ein Mann, der wusste über alle diese Videos Bescheid. Er hat mich für einen Verbrecher gehalten, aber ich habe ihm alles erklärt. Er wollte Sie sprechen.«

»Magnus!« Es konnte sich nur um ihn handeln.

Lilos Handy hatte in der Nacht geläutet. Daran erinnerte sich Axel. Lilo wusste noch, dass sie Magnus eine Nachricht von ihrem Laptop geschickt hatte. Er könnte sich gemeldet haben.

»Wieso hat jemand Zugriff auf meinen Laptop?« Philip fragte es anklagend. »Der Mann muss sogar mein Passwort geknackt haben und den Ordner mit den Videos geöffnet haben. Das ist ein Hacker-Angriff. Sie kennen den Mann ...«

Philips Gerede wurde Lilo zu viel. Sie sah aus, als wollte sie gleich losbrüllen.

»Komm, wir suchen noch einmal nach deinem Laptop und deinem Handy«, schlug Axel ihr vor. Er konnte jetzt nicht einfach still herumsitzen, sondern musste etwas tun. Sonst würde er noch durchdrehen!

Es gab zwar so viele Möglichkeiten, wohin die beiden Geräte verschwunden sein könnten, aber insgeheim hegte Axel die Hoffnung, sie könnten noch im Haus sein.

Jemand klingelte an der Tür. Axel und Lilo stürmten los. Es wurde wieder geläutet. Lilo war als Erste an der Tür und riss sie auf.

Vor ihnen stand Larry, leichenblass. Er starrte sie nur stumm an.

89) ABFLUG

Die beiden Hälften der Glastür schoben sich zur Seite, und Rachel betrat eine stark klimatisierte Halle. Hier herrschte nicht das hektische Kofferschleppen und nervöse Gesuche nach dem Check-in-Schalter wie auf den normalen Terminals.

Rachel hatte sofort das Gefühl, sich auf sicherem Terrain zu befinden. Sie musste nur noch herausfinden, welches Flugzeug Dorit für sie gebucht hatte, an Bord gehen und die Rückreise antreten.

Trotzdem würde nichts jemals wieder so sein wie früher. Das war es schon seit dem Tag nicht mehr gewesen, an dem sie das Geld ihrer Familie verzockt hatte. Aber nun war alles noch viel schlimmer. Viel schlimmer.

Immer wieder drängten sich ihr die entsetzlichen Bilder des Momentes in ihr Gedächtnis, als der Mann im Anzug …

Sie zwang sich, an Rosen zu denken. Gelbe Rosen hatte sie immer am liebsten gemocht. Allein die Vorstellung beruhigte sie.

Etwas verloren stand Rachel in der Halle und sah sich um. Der Pulli war in der stark gekühlten Luft angenehm, die Anzughose passte aber nicht dazu. Rachel hatte sie nur gewählt, weil sie etwas weiter war. Unter den Passagieren, die hier eintrafen und alle einen sehr gepflegten Eindruck machten, kam sie sich vor wie Aschenputtel, das kein feines Kleid für den Ball besitzt.

Wieder warf sie einen Blick auf ihr Handy, weil sie eine Nachricht ihrer Auftraggeber erhoffte. Aber die Anzeige war leer. Sie kontrollierte die App für Nachrichten, doch es war keine neue eingetroffen.

Während sie so dastand, kamen von links und rechts eine Frau und ein Mann auf sie zu, beide unauffällig dunkel gekleidet.

»Dürfen wir Sie bitten, uns zu begleiten. Wir hätten einige Fragen«, sagte die Frau.

Als Rachel sie entsetzt anstarrte, zückte die Frau eine Dienstmarke, die sie als Agent des FBI auswies. Auch der Mann hielt eine solche Dienstmarke in der Hand, steckte sie aber schnell wieder weg.

Mit Rachels Selbstbeherrschung war es vorbei. Sie machte einen schnellen Schritt, als wollte sie fliehen, aber sofort packten sie die beiden Agents unter den Armen. Sie ließen es aussehen, als hätten sie sich bei ihr eingehängt oder würden sie stützen.

»Ich habe ihn nicht umgebracht. Ich bin keine Mörderin«, stieß Rachel heraus. »Ich habe ihnen die Injektionen nicht gegeben. Sie liegen noch in dem Zimmer im Wandschrank. Ich kann es beweisen, dass ich unschuldig bin. Sie müssen mir glauben. Ich habe sie gereizt, damit sie reagieren, wie diese Leute das wollten. Aber ich bin unschuldig.«

»Bitte kommen Sie einfach ruhig mit«, ermahnte sie die Agentin. »Ersparen Sie uns jedes Aufsehen.«

90) ABSCHLUSSBERICHT

Zwei Tage später schloss Konstantin Andropotsch vorläufig die Ermittlungen ab, die er in den vergangenen drei Jahren betrieben hatte. Die Ergebnisse bestätigten endgültig den Verdacht, den er gegen Ray Bradner und den Kosmetikkonzern DELALONA gehegt hatte.

Ein letztes Mal las er seinen Bericht:

Ray Bradner, bis vor Kurzem der Eigentümer des Unternehmens DELALONA, wird der illegalen Versuche in seinem Unternehmen beschuldigt. Durch geschickte Tarnung und den Einsatz zahlreicher Scheinfirmen und Überseebanken war ihm ihre Existenz jahrelang nicht nachzuweisen.

Erst die Explosion der Insel Canon Island in Südengland hatte das FBI auf ihn aufmerksam gemacht, aber die Recherchen blieben lange erfolglos.

Von einer Chemikerin in einem seiner Labore erhielt das FBI einen Hinweis. Bevor man aber mit der Frau Kontakt aufnehmen konnte, verstarb sie bei einem Unfall beim Paragliding. Unfallursache war ein Materialfehler.

Als das FBI das Labor aufspürte und durchsuchen wollte, war es auf mysteriöse Weise ausgebrannt. Ursache: Kurzschluss und Kabelbrand. Durch den Brand waren sämtliche Spuren zerstört worden. Als Mieter der Räumlichkeiten war eine Briefkastenfirma auf den Azoren angegeben, die aber auch schon wieder gelöscht worden war.

Bei der Festnahme von Ray und Dorit Bradner erschoss er zuerst seine Nichte und dann sich selbst. Dorit überlebte, würde aber ihr Leben lang gelähmt bleiben. Sie verweigert derzeit jede Aussage.

Der Anwalt der Firmen, Tony Castello, hat dem FBI jede Form von Zusammenarbeit zur Aufdeckung von Rays Machenschaften zugesagt.

Mithilfe einer Fangschaltung konnte der Aufenthaltsort von Paula und Klaus Reder, die in London gefangen gehalten wurden, gefunden werden. Ray Bradner hatte einen neuerlichen Testversuch an ihnen geplant, bei dem es um die Injektion von Nanobots ging.

Nach der Festnahme von Ray Bradner wurden Lieselotte Schroll, Axel Klingmeier und Paula Reder in London vom FBI befragt. Auch ihr Mann Klaus war bei diesem Treffen anwesend. Es fand in dem Krankenhaus statt, in dem Paula und Klaus Reder nach der Entführung durch Ray Bradners Leute zur Beobachtung lagen.

Die drei bestätigten, seit dem Vorfall auf Canon Island zu wissen, dass ihnen als Teenager von Ray Bradner heimlich eine Substanz verabreicht worden war. Allerdings hatten sie später von dem Chemiker, der an der Entwicklung maßgeblich beteiligt war, erfahren, dass das Medikament keinerlei Wirkung hatte und er Bradner betrogen hatte.

Rachel Linner war von Ray Bradner erpresst worden. Sie sollte Lieselotte Schroll, Axel Klingmeier und Dominik Kascha Injektionen mit der von ihm entwickelten Substanz verabreichen. Sie hatte diese Injektionen aber nie gesetzt. Sie war von Dorit Bradner über die erwünschten Wirkungen informiert worden und hatte einfach gefilmt oder berichtet, was Ray und Dorit hatten sehen wollen.

Die Spritzen wurden, wie sie es ausgesagt hatte, in ihrem Zimmer gefunden und waren gefüllt. Einstiche konnten bei keinem der drei entdeckt werden. Sie waren also nie mit der Substanz, die das Gehirn angreifen konnte, in Kontakt gekommen.

Eine noch ungeklärte Rolle in dem Fall spielt Mauricio Langelani, ein Krimineller aus New York, der in London in Haft sitzt und unter dem Verdacht steht, einen deutschen Schauspieler in den Pinestudios krankenhausreif geprügelt zu haben. Ein Zusammenhang mit den Verbrechen von Bradner war kurz angenommen worden, konnte aber nicht nachgewiesen werden. Langelani schweigt und ist nicht bereit auszusagen, wieso er den Schauspieler so zugerichtet und Dominik Kascha bedroht hat.

Mauricios Tat aber steht außer Frage. Auf dem Gelände der Pinestudios sind Überwachungskameras installiert, und auf den Aufnahmen ist klar zu erkennen, wie Mauricio Langelani in das Gebäude eindringt. Auf seinem Gewand, das in seinem Hotel sichergestellt wurde, befand sich auch das Blut des Schauspielers.

Konstantin Androptosch war zufrieden mit dem Bericht und speicherte ihn ab. Seine Gedanken waren bei den drei Leuten und ihrem Leid.

91) ANKLAGE

Die Luft war kühl wie im Spätherbst, dabei war erst Juli. Magnus ging auf den Klippen und pfiff nach seinen Hunden, die gerade einer Möwe nachjagten, die über ihnen kreiste. Der Wind strich vom Meer über das Land, und Magnus fröstelte. Er zog den Reißverschluss seiner Jacke zu. Als er stehen blieb, drängten sich die Hunde zu ihm, und er gab jedem von ihnen einen Hundekuchen.

Magnus stand da, die Hände in den Hosentaschen und den Blick auf den Horizont gerichtet, wo die Wolken auf das Meer trafen. Er beobachtete seine Hunde und wie sie sich um einen Ball balgten.

Vor einer halben Stunde hatte er das Telefonat mit Lieselotte Schroll beendet. Was er erfahren hatte, erschütterte ihn zutiefst. Er hatte sofort nach Berichten über sie und ihre Bande aus Kindertagen gegoogelt und alles gelesen, was ihm angezeigt wurde.

Bisher hatte er sie nur als eine sehr ernst zu nehmende, sympathische Kollegin gesehen, die an der Universität Karriere machte.

Sie hatten hauptsächlich über die Ereignisse in London gesprochen, in Covent Garden und in den Tagen danach. Natürlich waren sie auch auf den Datenstick zu sprechen gekommen und den Grund, wieso Lieselotte Magnus kontaktiert hatte.

Er hätte nichts verhindern können. Das Programm auf dem Datenstick war äußerst raffiniert geschrieben worden und hatte den Kryptoraub genauso ausgelöst, wie es Lieselotte angekündigt worden war. Die Beute betrug siebzig Millionen Euro, und der Betrag war verschwunden. Magnus musste zugeben, dass auch er im Augenblick keine Chance sah, herauszufinden, wo das Cybergeld gelandet sein konnte.

Er wusste aber bereits aus Meldungen im Internet, dass Lieselotte Schroll nicht nur als Verfasserin des Programmes entlarvt worden war, sondern die Spur auch zu ihrem Laptop zurückverfolgt werden konnte, der Eigentum der Universität war.

Lieselotte hatte ihm von dem Datenstick erzählt und wie sie dazu gekommen waren. Magnus hatte keinen Grund, ihr das nicht zu glauben, aber außer ihm würde es niemand tun. Die Beweislast gegen Lieselotte war erdrückend, auch wenn sie ihre Unschuld ständig beteuerte und ihre Freunde den Hergang bezeugen konnten.

Das Programm trug Lieselotte Schrolls Namen, wie die Ermittler in diesem Fall bereits festgestellt hatten. Selbst wenn es noch so unlogisch erschien, dass jemand einem Raubprogramm seinen Namen gab, die Tatsache, dass es von Lieselottes Computer aus gestartet worden war, galt als Beweis für ihre Täterschaft.

Nun drohte ihr eine Anklage. Außerdem war Lieselotte bereits zum Rektor der Universität vorgeladen worden, der sie sofort nach der Rückkehr aus London sprechen wollte.

Nie zuvor war es Magnus untergekommen, dass Räuber von Kryptowährungen stehlen und gleichzeitig bewusst und so offensichtlich den Verdacht auf jemanden anderen lenken.

Wie aber konnte er ihr helfen? Magnus fiel im Moment keine Möglichkeit ein, aber er würde nicht aufgeben. So etwas gab es für ihn nicht.

Da es zu nieseln begonnen hatte und die dunkelgrauen Wolken mehr Regen ankündigten, pfiff er noch einmal nach den Hunden und machte sich auf den Rückweg.

92) ABSCHIED

Die Maschine aus London landete um 17.10 Uhr in Wien. Unter den Passagieren befanden sich Poppi, Klaus, Axel und Lilo.

Vor vier Tagen erst waren sie aufgebrochen, um ein paar schöne und aufregende Tage in New York zu verbringen. Nun waren sie zurück, niedergeschlagen, verzweifelt und unendlich traurig.

»Meine Eltern holen uns ab«, sagte Poppi zu Klaus. Sie hatte die SMS ihrer Mutter gleich nach dem Einschalten des Handys empfangen. Klaus nickte, froh, nicht mit dem Zug fahren zu müssen. Poppi und er mussten beide starke Schmerzmittel nehmen, weil sie noch ziemlich unter den Nachwirkungen ihrer Gefangenschaft litten.

Nach der Passkontrolle blieb Axel stehen. »Ich muss dorthin.« Er zeigte auf das Schild, das den Weg zur Ankunftshalle und den Gepäckbändern zeigte.

Lilo schluckte. »Mein Flug geht in einer Stunde.« Es war das erste Mal, dass sie nach Innsbruck flog. Sie blickte mit großer Sorge und Angst allem entgegen, was sie in den nächsten Tagen dort erwartete.

Axel und Lilo standen einander gegenüber, und keiner der beiden wusste, was er sagen sollte. Sie öffneten gleichzeitig den Mund, schlossen ihn wieder, ließen dem anderen den Vortritt, sagte dann beide nichts.

»Also dann …« Mehr fiel Lilo nicht ein.

»Du verstehst mich?«

Lilo lachte bitter auf. »Verstehen? Ja, ich verstehe alles. Natürlich.«

»Ich kann nicht einfach so weiter. Ich brauche meine Zeit. Ich brauche Abstand.«

»Also ist es aus, und du möchtest mich jetzt nur schonen, weil ich tief in der Scheiße stecke.«

Eine elegante Dame, die gerade an ihnen vorbeiging, drehte sich zu Lilo um, als sie das böse Wort mit »s« hörte. Lilo wich ihrem Blick aus.

»Nein, so ist es nicht, Lilo. Aber wenn du es so sehen willst …«

Poppi war zu ihnen getreten. Sie blickte zwischen Axel und Lilo hin und her und seufzte.

»Lilo …«, begann sie.

Nein, auf Poppis tröstende Worte hatte Lilo jetzt einfach keine Lust. Sie drückte sie kurz und verabschiedete sich von ihr. »Grüße an Klaus.« Axel winkte sie nur kurz und stürmte dann die Treppe nach oben zu den Abfluggates.

»Ist das alles?« Poppi sah Axel von der Seite an.

»Derzeit ja«, lautete seine knappe Antwort.

93) DAS BEGRÄBNIS

Das Begräbnis fand auf dem Green-Wood-Friedhof in Brooklyn statt. Der Friedhof war eigentlich ein weitläufiger Park, wo in den vergangenen zweihundert Jahren mehr als fünfhunderttausend Menschen ihre letzte Ruhestätte gefunden hatten.

Sanfte grüne Grashügel, Platanen und Ahornbäume mit riesigen Baumkronen und Grabsteinen in allen Formen und Größen bildeten die Schönheit dieses Ortes, der jedes Jahr von einer Heerschar von Besucherinnen und Besuchern heimgesucht wurde.

Begräbnisse fanden hier nur noch in Ausnahmefällen statt. Es gab kaum freie Gräber, und diese waren berühmten Persönlichkeiten vorbehalten. Er hatte erst sterben müssen, um die Bestätigung für seine Prominenz und Beliebtheit in den USA zu bekommen.

Die Trauergäste trafen in dunklen Limousinen ein, und das Schwarz der Wagen und der Kleidung bildete einen starken Kontrast zum recht saftigen Grün des Rasens. Auch das Laub der Bäume leuchtete in diesem Sommer aufgrund des vielen Regens kräftiger.

Der dunkelbraune, glänzende Holzsarg wurde aus einem langen Wagen gehoben, der an den Seitenfenstern schwarze Vorhänge hatte. Vier Männer trugen ihn auf den Schultern über die Wiese zum offenen Grab.

Einer der Männer war Dominiks Vater, grauhaarig und gebeugt. Mit gebrochener Stimme hatte er Lilo anvertraut, wie sehr er bedauerte, seinem Sohn gegenüber nie ausgedrückt zu haben, dass er stolz war auf das, was er erreicht hatte.

Dominik hatte es immer gekränkt, wenn sein Vater abfällig über die Rolle in der amerikanischen TV-Serie gesprochen hatte und ihm geraten hatte, sein Talent nicht zu vergeuden.

Ein anderer Sargträger war Axel, der seinem alten Freund diesen letzten Dienst unbedingt hatte erweisen wollen. Der Sarg hing an seiner Ecke leicht nach unten, weil Axel der kleinste der vier Männer war.

Die anderen beiden waren Kollegen von Dominik aus »Bad Boys«, alle zwei sehr bedrückt und erschüttert. Die Dreharbeiten hatten nicht rechtzeitig wieder aufgenommen werden können, da Dominiks Rolle rausgeschrieben werden musste. Weil es zu makaber gewesen wäre, ließ man Nikolaus Kramer in der Serie aber nicht einfach sterben, sondern er nahm eine neue Stelle in Kanada an, die ihm überraschenderweise angeboten wurde. Die Folge mit Dominiks Abschied war aus alten Aufnahmen zusammengeschnitten worden.

Am offenen Grab wartete Poppi, die Augen rot vom Weinen. Klaus stand neben ihr, aufrecht und einen Arm um ihre Schultern gelegt. Er hielt sie fest, als könnte er ihr so über den Tod ihres Freundes hinweghelfen. Aber nichts schien sie trösten zu können.

Auch Poppis Eltern nahmen an der Beerdigung teil. Sie standen in der zweiten Reihe, und Frau Monowitsch tupfte sich immer wieder mit einem Taschentuch die Augen ab. Beide waren ergraut, Poppis Vater trug eine Brille mit dickem, schwarzem Rand, und ihre Mutter hatte eine neue Kurzhaarfrisur.

»Ich habe immer gewusst, dass eines Tages etwas Schreckliches geschehen wird«, hatte Frau Monowitsch gemurmelt. Sie war immer in großer Sorge um Poppi gewesen und konnte sich nicht verkneifen, darauf hinzuweisen, dass sie recht behalten hatte.

Wie unnötig ihre Bemerkung doch war.

Dominiks Mutter war mit ihrem neuen Mann gekommen. Auch sie konnte nicht glauben, dass in diesem Sarg ihr einziger

Sohn lag. Bevor sie an das offene Grab trat, betrachtete sie sich in einem Schminkspiegel und legte noch etwas Puder auf. Sie und ihr Mann, ein Multimillionär, waren in einem sehr eleganten Wagen eingetroffen. Auch die Kleidung der beiden wirkte teuer.

Lilo stand da, allein. Sie beobachtete Axel, wie er den Sarg zum Grab trug, wo er von Mitarbeitern des Begräbnisinstitutes übernommen wurde. Sie legten ihn vorsichtig auf die Gurte, mit denen er in das Grab herabgelassen werden sollte.

Axel blieb auf der anderen Seite des Grabes stehen, den Blick nur auf den Sarg gerichtet.

Der Himmel war bedeckt, und ein kühler Wind strich über den Friedhof. In einiger Entfernung warteten auch ein paar Frauen und Männer, die nach der Feierlichkeit Abschied nehmen wollten. Sie waren Fans von Dominik, waren aber von diskreten Wächtern aufgefordert worden, der Familie und den engsten Freunden diese letzten Momente in Stille zu gewähren.

Sogar ein paar Paparazzi waren gekommen. Mit ihren Super-Teleobjektiven machten sie aus großer Entfernung Aufnahmen der Familie und der Freunde und natürlich vom Sarg selbst. Es gab Zeitschriften und Internetseiten, die dafür gutes Geld bezahlen würden.

Larry trat zum Kopfende des Sarges. Dynamik und Frische waren aus seinem Gesicht wie weggewischt, sein sonst so energisch gestyltes Haar hing schlaff am Kopf herunter. Als er mit seiner Rede über Dominik begann, musste er sich mehrere Male räuspern, weil er Mühe hatte zu sprechen. Auch er kämpfte, wie die anderen, mit den Tränen.

Zwischen den Bäumen, hinter der Trauergemeinde, stand noch jemand, der Larrys Worten lauschte. Es war ein unglaubliches Gefühl, diesem Begräbnis beizuwohnen, zu hören, wie wunderbar über Dominik gesprochen wurde und wie vor allem seine Eltern bereuten, ihm nicht mehr Anerkennung entgegengebracht zu haben.

Der Mann, der hinter dem mächtigen Stamm der uralten Platane stand, trug die große Sonnenbrille, die er immer aufgesetzt hatte, wenn er nicht erkannt werden wollte. Er war mit einem schwarzen Anzug bekleidet und einem schwarzen Hemd. Auf dem Kopf trug er einen schwarzen Hut, den er abnahm und an die Brust hielt, als der Sarg in die Tiefe gelassen wurde.

Während jeder Trauergast eine Blume von einer Mitarbeiterin des Begräbnisinstitutes bekam, um sie auf den Sarg zu werfen, drehte sich der Mann um und schritt langsam davon.

Er wusste nicht, wohin ihn sein Weg führen würde.

Er wusste überhaupt nicht, was aus ihm werden sollte.

Er wusste nur, dass er gerade seinem eigenen Begräbnis beigewohnt hatte.

DREI MONATE SPÄTER

Mauro hatte endlich gefunden, was er sich immer gewünscht hatte: die Aufmerksamkeit der Öffentlichkeit.

Natürlich hatte er dabei mehr an große Rollen und die mediale Beachtung gedacht, die sie mit sich brachten.

Sein Prozess fand in London statt, was Mauro begrüßte. Er hatte seinem Anwalt eingeschärft, dass er unter gar keinen Umständen in die USA überstellt werden wollte. Dort fürchtete er um sein Leben, da ihm seine Vergangenheit bei der Mafia zum Verhängnis werden könnte. Manche Leute könnten sich bedroht fühlen. Viel zu groß könnte ihnen die Gefahr sein, dass er im Gegenzug für Strafmilderung vielleicht Geheimnisse ausplauderte.

In England aber fühlte er sich sicherer. Er hatte in allen Verhören nichts über seinen Auftraggeber preisgegeben. Monte Christo hatte fünfzig Prozent seines Honorars bereits an das anonyme Konto überwiesen. Es war genug Geld, um ihm nach seiner Freilassung für einige Jahre ein schönes Leben zu garantieren. Insgeheim hegte Mauro die Hoffnung, die restlichen fünfzig Prozent könnten auch noch eintreffen, dann hätte er überhaupt für lange Zeit Ruhe.

Das Interesse der Presse an ihm und dem Prozess hatte ausschließlich mit der Tatsache zu tun, dass er einen möglichen James-Bond-Darsteller schwer verletzt hatte. Das Umfeld in den Filmstudios und die Hintergründe, die mysteriös blieben und über die es zahlreiche Spekulationen gab, boten der Presse schöne Headlines, bei denen sich die Reporter an den Titeln der James-Bond-Filme orientierten und einander gegenseitig übertrafen.

The Man with the Golden Fist
Licence to Hit
Bloodfinger

Die Beweislage gegen Mauro war erdrückend. Die Aufnahmen der Überwachungskameras und die Blutspuren auf seiner Kleidung bewiesen eindeutig seine Schuld. Er bekannte sich deshalb auch schuldig, und sein Anwalt plädierte für eine Strafmilderung.

Mauro wurde zu fünf Jahren Gefängnis verurteilt.

Der Mythos rund um die Gründe für seine Tat blieb bestehen. So kam es, dass ihm sofort nach der Urteilsverkündung ein hoher Geldbetrag für die Exklusivgeschichte angeboten wurde.

Mauro lehnte ab.

Im Knast hatte er aber die drei Erwähnungen in der englischen Presse neben seiner Liege an der Wand hängen.

95) SCHEIDUNG

»Er bemüht sich so sehr, aber ich komme nicht darüber hinweg.«

Poppi saß mit ihrer Freundin Amelie in einem Kaffeehaus in Graz. Draußen war es zum ersten Mal in diesem Jahr nebelig und nasskalt. Sie saßen am Fenster, und während sie redete, blickte Poppi ständig durch die Scheibe.

Ihre Laune war genauso trüb wie das Wetter.

Amelie zeigte sich voller Mitgefühl, während sie sich das letzte Stück Schwarzwälder Kirschtorte in den Mund schob. »Ach Liebes, ich kann dich so gut verstehen. Ich habe mich genauso gefühlt, auch bei mir war es damals der Scheidungsgrund.«

»Ein Seitensprung deines Mannes?«

»Ja. Ziemlich sicher nicht nur einer, aber bei diesem einen habe ich ihn erwischt.«

»Wie lange ist das her?«

»Vier Jahre.«

»Und wie ist es dir nach der Scheidung ergangen?«

»Besser als je zuvor.«

Ungläubig sah sie Poppi an. Amelie war wie immer tadellos geschminkt, ihr Haar perfekt frisiert. Sie trug im Sommer Leinenkostüme, um diese Jahreszeit eher Hosenanzüge. In Jeans und Pulli hatte Poppi sie noch nie angetroffen.

»Hast du danach niemanden mehr kennengelernt?«

»Doch, Schätzchen. Das habe ich. Aber ich habe kein Interesse mehr an einer Beziehung. Männer sind für mich zum Spielzeug geworden.«

Allein zu leben, konnte sich Poppi kaum vorstellen. Selbst jetzt, wo sie ihre Probleme mit Klaus hatte, lebte sie lieber mit ihm zusammen als ohne ihn.

Behutsam tupfte sich Amelie mit der Serviette die Lippen ab. Wieder einmal fielen Poppi die dünnen Lederhandschuhe auf, die Amelie in allen nur erdenklichen Farben besaß und immer trug. Sie leide unter einer Allergie und schütze daher ihre Hände vor dem Kontakt mit der Umwelt, hatte sie Poppi als Grund genannt.

»Lass dich scheiden«, riet Amelie. »Du wirst erleichtert sein, es hinter dir zu haben.«

Poppi rührte in ihrem Cappuccino, von dem sie bisher nur den Milchschaum gelöffelt hatte.

»Ich weiß nicht so recht …« Sie seufzte und blickte wieder hinaus in den Oktobernachmittag.

»Gibt es Neuigkeiten von deiner Freundin Lilo?«, wechselte Amelie das Thema.

»Sie ist völlig fertig, seit sie ihre Stellung an der Uni verloren hat.«

»Das kann ich mir lebhaft vorstellen.« Amelie schüttelte bedauernd den Kopf.

In Poppis Tasche läutete ihr Handy. Poppi nahm es heraus und war überrascht. »Mein Vater.«

Amelie bedeutete ihr abzuheben. Diskret stand sie auf und ging Richtung Toilette.

»Hallo Papa, ist etwas nicht in Ordnung?«

Herr Monowitsch konnte sie beruhigen. »Bei Mama und mir ist alles gut. Aber ich hätte gerne mit dir gesprochen. Allein.«

»Wieso?« Poppi war sofort besorgt.

»Es ist etwas, das ich dir nicht am Telefon schildern kann. Kannst du vielleicht später bei mir vorbeikommen?«

Es war Poppis freier Nachmittag, und deshalb sagte sie zu, gleich loszufahren. Vorher wollte aber auch sie noch die Toilette aufsuchen. Sie nahm ihre Handtasche und ging in den hinteren Teil des Cafés, wo die Damentoilette und die Herrentoilette in einem kleinen Seitenflur lagen.

Sie öffnete die Tür mit dem Bild eines eleganten Damenschuhs und trat ein. Es gab zwei Kabinen und ein Waschbecken. Beide Kabinen waren frei.

Ihre Gedanken waren bei ihrem Vater und was er wohl von ihr wollte. Normalerweise rief immer ihre Mutter an. Sie wollte so schnell wie möglich zu ihm.

96) ROSEN

Aus dem Spiegel blickte Lilo jemand entgegen, den sie nur entfernt zu kennen schien.

Fettige Haare, dunkle Schatten unter den Augen und ein Mund, der verkniffen und missmutig aussah.

»So geht das nicht weiter«, sagte sie halblaut zu sich selbst. Ihr Kater strich um ihre Beine und rieb seinen Kopf an ihrer Hose. Sie bückte sich und hob ihn auf. Es tat gut, die Wärme seines Körpers zu spüren, das weiche Fell zu streicheln und sein Schnurren zu hören. Wenigstens ein lebendiges Wesen, das in ihrer Nähe sein wollte.

Ihre Anwältin hatte sie vor Kurzem angerufen und ihr die schlimmste Nachricht mitgeteilt, die sie sich vorstellen konnte: Es würde Anklage gegen Lilo erhoben werden. Die Eigentümer des Kontos, das durch das Programm geplündert worden war, erhofften sich auf diese Weise, wenigstens einen Teil ihres Geldes zurückzubekommen.

»Und was droht mir bei einem Prozess?«, hatte Lilos bange Frage gelautet, wobei sie das Beben ihrer Stimme kaum unterdrücken konnte.

»Dann könnte schlimmstenfalls eine Haftstrafe verhängt werden.«

Sie würde ins Gefängnis kommen. Auch wenn es noch lange dauern konnte, bis dieses Urteil gefällt wurde, bereitete sich Lilo innerlich schon darauf vor.

»Du gehst dann zu Poppi«, sagte sie zu ihrem Kater.

Der Artikel über sie in der Zeitung war böse gewesen und voller Gehässigkeiten und musste von jemandem geschrieben worden sein, der einen ziemlichen Neid auf Akademiker zu haben schien. Es war eine Gratiszeitung, die große Verbreitung hatte, und der Wortlaut war so gewählt, dass er juridisch zwar nicht anfechtbar war, Lilo aber als betrügerische Wissenschaftlerin hinstellte, die sich bereichert hatte.

Im Internet waren mehrere Artikel über den Niedergang der einst so berühmten Knickerbocker-Bande erschienen. Lilo hatte nicht anders können und sie alle gelesen, obwohl sie wusste, dass ihr das nicht guttäte.

Als es bei ihr klingelte, rechnete sie sofort mit dem Schlimmsten. Vielleicht war es schon der Postbote, der eine Vorladung vor Gericht brachte. Sie drückte die Taste der Gegensprechanlage, als jemand an die Haustür klopfte. Lilo warf einen Blick durch den Türspion, sah aber nur gelb.

»Ich bin es!«

Lilo öffnete und stand einem riesigen Strauß gelber Rosen gegenüber, der langsam gesenkt wurde und hinter dem Axels Kopf auftauchte.

»Die sind für dich.«

Noch immer fassungslos, nahm Lilo den Strauß entgegen, der überraschend schwer war.

»Darf ich reinkommen?«

»Natürlich.« Sie ging voran und spürte ihr Herz schneller schlagen.

»Ich habe keine Vase für so viele Blumen.« Deshalb ließ Lilo unter der Dusche einen Putzeimer mit Wasser volllaufen, trug ihn ins Wohnzimmer und stellte die Blumen hinein. »So viele Blumen habe ich in meinem Leben noch nicht bekommen.«

Ihr nächster Gedanke kreiste wieder um ein Leben im Gefängnis, und auf einmal musste sie sich setzen. Sie sank auf das Sofa und begann zu schluchzen. Axel war sofort neben ihr.

»Darf ich mich zu dir setzen? Oder willst du das nicht?«

Sie blickte auf. »Wieso bist du gekommen?«

Mit jedem Tag, der seit der letzten Begegnung am Flughafen verstrich, war Lilos Hoffnung geschrumpft, er würde sich melden. Poppi hatte ihr am Telefon einige Male erzählt, Axel habe sich bei ihr nach Lilo erkundigt und zum Ausdruck gebracht, wie entsetzlich er die Vorwürfe fand, die gegen sie erhoben wurden. Natürlich hatte er ausgesagt, wie sich alles rund um den Datenstick abgespielt hatte, aber es schien bei den Ermittlungen niemanden zu interessieren.

»Ich brauche auch Wasser, nicht nur die Blumen«, sagte Axel, füllte zwei Gläser in der Küche und brachte sie zurück in das kleine Wohnzimmer mit der Dachschräge. Es hatte sich hier nichts verändert seit seinem letzten Besuch, es wirkte nur alles etwas vernachlässigt.

»Wieso bist du hier?«, wiederholte Lilo ihre Frage von vorhin.

»Weil auch ein kleiner Trainer wie ich nachdenken und zu Schlüssen kommen kann.«

Lilo legte den Kopf zur Seite und sagte nichts. Axel zog sich einen Stuhl von ihrem kleinen Esstisch heran und setzte sich ihr gegenüber hin.

»Zuerst einmal möchte ich mich entschuldigen.«

»Ich mich auch.«

»Weil ich dich als nicht normal bezeichnet habe.«

»Weil ich dir eine geklebt habe.«

Sie lächelten beide. Für Lilo war es das erste Lächeln seit Wochen.

»Ich habe nicht nur für mich nachgedacht, sondern mit meiner Mutter gesprochen«, gestand Axel ein. »Sie hat mir geholfen, klarer zu sehen.«

Die Rosen sagten einiges, aber trotzdem wusste Lilo nicht, worauf er genau hinauswollte.

»Lilo, ich bin ein Personal Trainer. Du arbeitest nur mit deinem Kopf. Ich packe zu. Du denkst. Ich bringe Leute zum Schwitzen. Ich habe eine Tochter. Du scheinst nie Kinder gewollt zu haben.«

»Das stimmt nicht«, unterbrach ihn Lilo.

»Du bist eben Frau Superhirn und ich nur Muskel-Axel.«

Sie musste lachen. Als er sie zerknirscht und wie ein Schuljunge angrinste, wollte Lilo nur eines: ihn umarmen und küssen. Aber durfte sie das schon?

»Ich komme mir einfach oft blöd neben dir vor.«

»Was? Aber dazu habe ich dir nie einen Grund gegeben!«

Axel stimmte zu. »Meine Mutter sagt auch, dass da einiges nur in meinem Kopf stattfindet.«

Natürlich hatte auch Lilo viel nachgedacht. Sie war einige Male bei ihrer Therapeutin gewesen, um darüber zu reden.

»Du hast recht mit dem, was du mir vorwirfst. Ich wollte einfach unbedingt, dass es zwischen uns klappt. Und das kann man nicht erzwingen. Entweder der Funken springt über oder nicht.«

»Wenn ich dir sage, dass es den Funken gibt.«

»Aber du weißt doch, wie das zwischen uns war.«

»Lilo, kannst du endlich einmal zu denken aufhören und einfach die Sau rauslassen.«

»Was?« Lilo glaubte, sich verhört zu haben.

»Ich finde dich scharf. Ich will einfach Spaß mit dir haben, im Bett und auch sonst. Ohne darüber diskutieren zu müssen. Einfach so. Wie in einem schmierigen Sexfilm.«

Weil das alles so überraschend und unerwartet kam, brach Lilo erneut in Gelächter aus. Sie saß da, schüttelte den Kopf und lachte vor sich hin.

»Du sitzt tief in der Scheiße.« Axel grinste entschuldigend über seine Sprache, obwohl es ihm nicht leidtat. »Aber ich habe dich in den letzten Wochen saumäßig vermisst. Und ich fühle mich sehr mies, dass ich in all diesem Mist nicht bei dir war.«

»So hast du noch nie mit mir gesprochen«, stellte Lilo fest, als sie endlich aufhören konnte zu lachen.

»Auch ein Rat meiner Mutter. Sie meint, auf diese Weise ist man ehrlicher und direkter, als wenn man ständig um den heißen Brei herumredet.«

»Eine kluge Frau! Ich mag sie sehr.«

»Lotta hat dir übrigens das hier gemalt.« Axel holte aus der Brusttasche seines Leinensakkos ein Blatt Papier und faltete es auseinander. Lilo nahm es und sah drei Leute, zwei Erwachsene und ein Mädchen. Der Mann und die Frau, sollten die ...?

»Ja, das sollen wir sein«, sagte Axel, der ihre Gedanken erriet. »Sie war eifersüchtig. Sie hatte Angst, mich plötzlich teilen zu müssen, deshalb hat sie dir diese Geschichte von den anderen Frauen erzählt.«

»Du hast nicht ...?«

Wieder unterbrach sie Axel. »Doch, ich habe diese Frauen getroffen. Eine trainiere ich, und die andere ist eine alte Freundin. Du kannst sie gerne kennenlernen.«

Sie saßen einander gegenüber und sahen sich eine Weile nur an.

»Und jetzt?« Lilo war die Erste, die wieder das Wort ergriff.

»Wenn du noch willst, würde ich gerne Zeit mit dir verbringen. Kein Druck zu irgendetwas. Aber ich garantiere dir, dass es nur dich gibt und dass ich mit dir zusammen sein möchte.«

»Ich kann das kaum glauben.«

»Es war einfach schwierig: Wir waren so viele Jahre Freunde, dann haben wir uns zerstritten! Und dann wiedergefunden! Und plötzlich wollten wir ein Traumpaar sein. Das konnte doch nicht funktionieren. Wir müssen uns einfach auflockern. Dehnen und

Lockern ist im Sport das Wichtigste und laut meiner Mutter auch in Beziehungen.«

»Und wenn ich verurteilt werde und ins Gefängnis muss?«

»Dann bringe ich dir eine Feile.« Axel entschuldigte sich sofort für den schlechten Scherz. »Aber so weit ist es ja noch nicht. Gibt es eigentlich irgendetwas Neues zu den E-Mails mit der Drohung?«

»Von Dantès? Nein. Sie kommen von einem Gratis-E-Mail-Account, der sofort danach gelöscht worden ist.«

»Das darf doch nicht Warzenschwein«, stöhnte Axel.

»Ist es aber«, erwiderte Lilo.

»Gut, dann übernehme ich jetzt einmal kurz das Denken.« Axel genoss den Moment, das war ihm anzumerken. »Es muss dich oder uns jemand wirklich sehr hassen, wenn er so viel Aufwand betreibt. Der Plan ist raffiniert. Ein Freund von mir in Linz ist Programmierer und meint, dieses Programm, das für den Raub entwickelt wurde, muss ein Vermögen gekostet haben.«

Lilo lehnte sich zurück, legte den Kopf auf die Lehne des Sofas und sah hinauf zur Zimmerdecke. »Hass kann ganz verschiedene Wurzeln haben, Neid zum Beispiel, oder Eifersucht.«

»Aber wer hasst uns so?«, grübelte Axel weiter.

»Es ist mehr.« Lilo setzte sich wieder auf. »Jemand will mich oder uns erniedrigen, und es hat funktioniert. Das heißt, es gibt jemanden, der sich durch uns vielleicht erniedrigt vorgekommen ist.«

»Das kann dann aber nur jemand aus unserer Schulzeit sein, danach haben wir uns ja nicht mehr gesehen. Aus der Zeit, als wir alle vier in Wien auf dem Gymnasium waren. Wir waren doch nicht so unbeliebt, oder schon?«

Nein, Lilo konnte sich da an keine Vorfälle erinnern.

»Wir haben niemandem etwas angetan oder weggenommen.«

»Dann muss es jemand sein, dem wir sonst einmal begegnet sind.«

Aber wer konnte das sein?

97) DIE »DAME«

Poppi hatte einen Schlüssel zur Villa ihrer Eltern. Sie schloss die Eingangstür auf und sah durch die Halle in das Wohnzimmer. Ihr Vater saß dort in seinem Lieblingslehnsessel und sprang sofort auf, als er sie sah.

»Gut, dass du so schnell kommen konntest.« Er ging ihr entgegen, und sie küsste ihn auf die Wange.

»Ist Mama nicht da?«

Ihr Vater zögerte kurz. »Nein, ist sie nicht. Aber das passt ganz gut bei dem, was ich dir zu sagen habe. Wie du weißt, ist es nicht einfach, etwas vor ihr zu verheimlichen.«

Nein, das war es nicht. Frau Monowitsch wollte immer alles genau wissen und hörte mit ihren bohrenden Fragen nicht auf, bis sie alles aus einem herausgekitzelt hatte.

»Wir gehen am besten rauf in mein Arbeitszimmer.« Herr Monowitsch steuerte die breite Treppe an, und Poppi folgte ihm. Ihre Unruhe war jetzt noch größer als zuvor. War ihr Vater vielleicht krank? Krebs?

Das Arbeitszimmer war geräumig und stilvoll eingerichtet wie alles in der Villa. Es diente Poppis Vater als zweites Büro, da er nicht mehr jeden Tag in seine Firma ging.

»Setz dich, willst du etwas trinken?« In dem Zimmer gab es einen kleinen Kühlschrank, eine Kaffeemaschine und einen Teekocher.

»Nein. Was möchtest du mit mir besprechen?«

Ihr Vater bedeutete ihr, sich auf den Besucherstuhl vor dem Schreibtisch zu setzen, er selbst nahm ihr gegenüber Platz. Zuerst schien er nach den richtigen Worten zu suchen. Er spielte mit den Stiften vor sich und sah dann hoch.

»Klaus war bei mir.«

Poppi richtete sich auf. Ihr Herz hämmerte.

»Wieso? Aus welchem Grund?«

»Weil er und ich etwas gemeinsam haben.«

»Was soll das sein?«

»Du! Wir lieben dich beide. Jeder auf seine Art.«

»Ja, und? Ich verstehe nicht, was du mir sagen willst.«

»Er hat mir von der anderen Frau erzählt und seinem …« Herr Monowitsch sprach das Wort Seitensprung nicht aus. »Er wollte nach eurer Rückkehr sichergehen, dass die Frau ihn nie wieder kontaktiert. Aber ihr Handy war tot.«

»Tot?«

»Abgemeldet. Die Nummer gab es nicht mehr.«

»Wie? Wieso nicht?«

»Das hat er auch nicht verstanden. Die Frau war wie vom Erdboden verschluckt. Sie hatte ihm auch eine E-Mail-Adresse gegeben, die aber nicht mehr existierte. Da ist Klaus zu mir gekommen.«

Schweigend hörte Poppi zu. Sie wollte alles erfahren, und zwar so schnell wie möglich.

»Bitte rege dich nicht auf.«

»Das kann ich dir nicht versprechen«, sagte Poppi.

»Ich habe einen Privatdetektiv engagiert. Klaus hat mir die Frau beschrieben.«

Energisch winkte Poppi mit beiden Händen ab. »Ich will davon nichts hören.«

»Wirst du auch nicht. Aber bei seinen Erzählungen hat er etwas erwähnt, was mich stutzig gemacht hat. Ich will dir keine Details nennen, aber ich hatte diese Beschreibung vorher schon einmal gehört. Von einem Kollegen einer sehr großen Baufirma.«

Jetzt wollte Poppi doch etwas trinken. Sie ließ ihren Vater aber nicht aus den Augen, während sie sich eine Cola aus dem Kühlschrank holte.

»Meinem Kollegen ist es ähnlich ergangen wie Klaus. Nur hat die Dame in diesem Fall auch noch einige wichtige Unterlagen aus seinem Büro mitgenommen, die später bei der Konkurrenz aufgetaucht sind. Da er verheiratet ist, konnte er natürlich nichts unternehmen und keine Anzeige bei der Polizei machen.«

Noch immer hatte Poppi keine Ahnung, worauf das alles hinauslaufen sollte.

Ihr Vater tippte auf seinem Computer und öffnete ein Dokument, das er mit einem Passwort geschützt hatte.

»Ich lese dir etwas aus dem Bericht des Detektivs vor.« Er räusperte sich kurz. »Frau – den Namen sage ich dir gar nicht – scheint darauf spezialisiert zu sein, sich an Männer aus der Wirtschaft und Industrie heranzumachen und für ihre Auftraggeber Werksspionage zu betreiben oder für Fotos zur Verfügung zu stehen, mit denen ihre Opfer später erpresst werden. Man kann sie als Edelprostituierte bezeichnen, die aber von ihren Auftraggebern für ihre Leistungen bezahlt wird und nicht von den Männern, mit denen sie verkehrt.«

Herr Monowitsch nahm seine Brille ab und lenkte seinen Blick wieder auf Poppi. »Ich habe die Dame getroffen und vorgegeben, sie anheuern zu wollen.«

»Du hast WAS getan?«

»Ich habe mich als potenzieller Auftraggeber ausgegeben und mit ihr einen Deal abgeschlossen.«

»Über Klaus?«

»Aber nein, natürlich nicht. Ich habe das Gespräch heimlich mit dem Handy aufgenommen und die Dame danach damit konfrontiert.«

Für Poppi war ihr Vater bisher immer nur ein sehr korrekter und sehr erfolgreicher Geschäftsmann gewesen, der es im Leben zu einigem Ansehen und viel Geld gebracht hatte. Er stand – in ihren Augen – sehr unter den Pantoffeln seiner Frau, was ihn allerdings nicht allzu sehr zu stören schien. Eine Aktion wie die, die er ihr gerade schilderte, hätte sie ihm niemals zugetraut.

»Poppi, was ich dir jetzt sage, entspricht der Wahrheit. Ich habe das nicht erfunden, um deine Ehe mit Klaus zu retten. Da steckt mehr dahinter. Das Ganze hat etwas mit dir zu tun. Irgendjemand scheint dich wirklich sehr zu hassen.«

»Mich?« Die Vorstellung jagte Poppi große Angst ein. Sie wollte immer mit allen gut auskommen und verstand nicht, wer sie so hassen konnte.

»Die Dame hat im Auftrag gehandelt. Sie wurde bezahlt, um sich an Klaus heranzumachen und ihn zu verführen. Sie hat den …«, wieder vermied ihr Vater, die Wörter Seitensprung oder Sex auszusprechen, »also sie hat es aufgenommen. Als Video. Heimlich. Mit ihrem Handy. Das Video hat sie an ihren Auftraggeber geschickt.«

»Wer ist das?«

»Jemand, der sehr gut zahlt.«

»Ja, aber wer steckt dahinter?«

»Das konnte der Detektiv bisher nicht herausfinden, aber er ist weiter dran. Dafür zahle ich ihm ein ordentliches Honorar.« Ihm fiel noch etwas ein. »Der Auftraggeber, so viel wissen wir, nennt sich Monte Christo.«

Poppi stutzte, irgendetwas war mit diesem Namen, aber noch konnte sie es nicht zuordnen. Angestrengt dachte sie nach. Doch plötzlich fiel es ihr wie Schuppen von den Augen. Klar! Dantès! Edmond Dantès! Sie hatte diesen Film unzählige Male gesehen und mit ihm mitgelitten. Der Graf von Monte Christo. Seine Rache war fürchterlich gewesen.

Sie sprang auf, weil sie unbedingt mit Lilo telefonieren wollte. Sie musste ihr die unfassbare Neuigkeit berichten. Ihr Vater kam um den Schreibtisch herum und lief ihr zur Tür nach.

»Poppi, was ist los? Hör mich an.« Sie drehte sich zu ihm, aber ihre Gedanken waren schon beim Gespräch mit Lilo. »Klaus ist ein wirklich feiner Kerl. Er tut alles, damit es zwischen euch beiden wieder stimmt und du ihm ehrlich vergeben kannst.«

»Ich glaube, das kann ich jetzt«, murmelte Poppi und lief los.

In der Halle traf sie auf ihre Mutter, aber bevor das übliche Verhör begann, war sie an ihr vorbei und bei ihrem Auto. Sie fuhr los und blieb ein paar Straßen weiter stehen. Zuerst musste sie frische Luft atmen. Dann wählte sie Lilos Nummer.

98) VERDACHT

Eine halbe Stunde später stürmte Poppi erneut in das Haus ihrer Eltern. Lilo und Axel hatten ihr in ihrem Telefonat von der Vermutung erzählt, die ihnen gekommen war.

»Was ist denn geschehen?«, bestürmte sie ihre Mutter sofort.

»Wo hast du meine alten Schulsachen?« Es hatte auch etwas Gutes, wenn eine Mutter die Sammelwut plagte und sie alle Erinnerungsstücke der Kindheit ihrer Tochter aufgehoben hatte.

»In der Mansarde, im linken Abstellraum. Was suchst du denn?«

»Die Jahrbücher der Schule. Vom Gymnasium in Wien.«

Für die Freunde hatte es sich ergeben, dass die Familien von Lilo, Axel und Poppi teils aus beruflichen Gründen, teils der Kinder willen nach Wien gezogen waren. Drei Jahre waren sie gemeinsam zur Schule gegangen.

Ein Jahr vor dem großen Streit und vor dem Tag, an dem die Knickerbocker-Bande zerbrach, war Lilo dann mit ihren Eltern zurück nach Tirol gegangen, weil ihr Vater die Leitung der Skischule von Kitzbühel übernahm. Poppis Mutter, die nur Poppi zuliebe mit ihr nach Wien gekommen war, bestand darauf, dass die ganze Familie wieder in Graz wohnte. Axels Vater bekam eine neue Stelle in Ghana in Westafrika angeboten, daher musste Axel zu seiner Mutter zurück nach Linz. Nur Dominik blieb in Wien.

»Wenn du mich vorbeilässt, dann kann ich sie dir schnell heraussuchen.« Frau Monowitsch stieg vor Poppi die Treppe hoch. Poppi folgte ihr, und als ihre Mutter die Tür zu dem Raum unter der Dachschräge öffnete, blieb Poppi der Mund offen stehen.

Ihre Mutter hatte dort das ehemalige Kinderzimmer nachgebaut. Sie hatte alle Möbel aus Poppis Jugendzeit aufbewahrt und die Regale mit ihren Büchern, Schulheften, Puppen, Kuscheltieren und sogar Hüten und alten Schuhen gefüllt.

»Manchmal gehe ich hier rauf und erinnere mich an damals«, gestand ihre Mutter.

Frau Monowitsch war eine sehr organisierte Frau, genauso wie ihre Tochter. Wenige Minuten später überreichte ihr die Mutter drei broschierte Bücher mit Einbänden in Pastellfarben.

»Danke, Mama!« Poppi nahm sie ihr ab und stürmte davon. Sie fuhr los, um allen Fragen zu entkommen, aber ihre Mutter rief sie natürlich an. Poppi ließ das Handy klingeln und hob nicht ab.

Zu Hause angekommen, führte ihr erster Weg in das Arbeitszimmer, das sie sich mit Klaus teilte. Er war noch in der Praxis, wo er jeden Mittwoch allein mit Jenny, ihrer Ordinationshilfe, arbeitete. Poppi schaltete den Computer ein und wählte den Skype-Namen von Lilo an. Sie machte aus ihrer Freude keinen Hehl, als sie Axel neben Lilo sah.

»Ich habe sie«, sagte sie und lächelte die beiden an.

»Großartig, Poppi.« Lilo überlegte, wie sie am besten vorgehen konnten. »Richte deine Webcam auf den Tisch und blättere die Jahrbücher durch. So können wir gemeinsam schauen.«

Poppi nahm die Kugel, die oben auf dem Bildschirmrand stand, und drehte sie, bis der Bücherstapel vor ihr zu sehen war. Danach schlug sie das erste Buch auf, das einen blassgrünen Einband hatte, und ging Seite für Seite durch.

Sie überflogen Berichte von Sportereignissen, bei denen Axel öfter erwähnt wurde. Es gab auch Fotos der Knickerbocker-Bande aus fröhlichen Tagen. Schulausflüge und Theateraufführungen wurden beschrieben.

In den ersten beiden Büchern fiel ihnen nichts auf. Am Ende des dritten sagte Lilo auf einmal: »Halt. Erinnert ihr euch an den?«

Das viertelseitige Foto zeigte einen pausbäckigen Jungen, leicht übergewichtig, in einem dunklen Anzug, der zu eng war. Er stand neben einem Klavierflügel, eine Hand auf dem Rand der Tastatur, und blickte ernst nach vorne.

Erster Preis für René Bachler beim Klavierwettbewerb in Singapur

Es folgten drei weitere Zeilen, in denen die Werke aufgelistet wurden, die René gespielt hatte.

Poppi blätterte weiter, weil sie sehen wollte, was sonst noch alles im Jahrbuch stand. Es folgte ein doppelseitiger Bericht über Axel, Lilo, Dominik und sie und ihren Fall »Goldene Schlange«.

»René hatte diese schreckliche Mutter, die ständig hinter ihm her war«, erinnerte sich Poppi. Lilo fiel noch etwas ein. »Seine Mutter hat sich bei meiner Mutter einmal beschwert, wie wenig der Erfolg ihres Sohnes gewürdigt wird und dass wir viel zu viel Beachtung bekommen. Meine Mutter hat das zu Hause meinem Vater erzählt.«

»Moment.« Poppi googelte René Bachler und las den anderen vor, was sie gefunden hatte.

»Er ist zum letzten Mal mit siebzehn Jahren bei einem Wettbewerb aufgetreten. Danach gibt es nichts mehr über ihn. Überhaupt nichts. Keinen einzigen Eintrag.«

»Ich habe ihn kaum gekannt«, sagte Axel. »Aber traut ihr ihm zu, dass er dahintersteckt? Kann er uns so hassen, dass er uns fertigmachen will? So viele Jahre später?«

Lilo knetete ihre Nasenspitze. »Er müsste ziemlich gut über uns Bescheid wissen. Es war geplant, Poppi diesen Datenstick zuzustecken.«

Dazu fiel Poppi etwas ein. »Wenn es geplant war, dann war aber auf einmal alles anders. Von einer Minute zur anderen. Trotzdem ist der Datenstick in meiner Tasche gelandet.«

»Weil uns jemand ständig beobachtet hat«, warf Axel ein.

»Wie hat er das angestellt?«, wollte Lilo wissen. Axel hatte auch keine Erklärung. Lilo begann laut zu denken. »Das Ziel war zuerst einmal Poppi. Jemand wusste von ihrer Abreise und von unserem Treffen.«

»Die Mutter«, rief Axel. »Die Mutter steckt hinter allem. Sie will uns fertigmachen, weil ihr Bubi durch uns zu kurz gekommen ist.«

»Sie war damals schon ziemlich alt«, erinnerte sich Lilo. »Viel älter als meine Mama. Ich bin schlecht im Schätzen, aber ich denke, sie war Mitte fünfzig damals.«

»Dann wäre sie jetzt Mitte siebzig«, folgerte Axel.

Poppi verzog das Gesicht. »Glaubt ihr wirklich, eine siebzigjährige Frau organisiert ein Programm, das diese Kryptowährung stiehlt, und einen Schläger dazu?«

Nein, das konnten sich Lilo und Axel nicht vorstellen.

»Es ist auch unwahrscheinlich, dass eine solche Frau eine Industriespionin anheuert, die sich an deinen Mann heranmacht, um eure Ehe zu zerstören.«

»Das Video …«, sagte Poppi mehr zu sich.

»Was hast du gesagt?«, wollte Lilo wissen.

»Ich verstehe es nicht, aber …« Poppi brach ab.

»Aber was?«

Bei Lilo klingelte jemand. Sie lief schnell zur Gegensprechanlage. Axel und Poppi sahen einander über die Webcams an.

»Poppi, hallo? Was ist?« Axel fuchtelte mit der Hand, um Poppis Aufmerksamkeit zu erhalten, aber sie starrte weiter ins Leere und redete leise vor sich hin. »Die Toilette … Sie war nicht auf der Toilette. Und sie hat als Erste erfahren, dass wir nicht nach New York fliegen …«

»Was hast du?«

Lilo tauchte wieder auf.

»Es ist Magnus. Er ist aus Island hergeflogen. Er kommt gerade im Lift herauf. Poppi, ich melde mich gleich wieder.«

»Lilo, Moment, Poppi hat …« Axel wollte Lilo stoppen, aber sie hatte die Verbindung getrennt.

Wie vom Blitz getroffen, saß Poppi da. Sie hatte das Video nie erhalten. Also musste der Auftraggeber wissen, dass Poppi Klaus überrascht hatte.

Davon aber hatte sie außer ihren Freunden auch nur einer Person erzählt.

Sie stand auf, holte ihr Handy und rief in der Ordination an. Jenny hob ab, Klaus hatte die Ordination bereits verlassen. Sie versprach, sich sofort um Poppis Anliegen zu kümmern.

Poppi konnte noch immer nicht ganz glauben, was sie gerade entdeckt hatte.

Sie wusste, wie sehr Lilo auf Magnus zählte. Er konnte ihre Rettung sein, und es musste einen sehr schwerwiegenden Grund haben, wenn er unangemeldet vor ihrer Tür erschien. Also konnte Lilo ihr jetzt nicht helfen. Axel auch nicht. Aber Poppi musste sofort etwas unternehmen.

Die Ordinationshilfe rief zurück und gab ihr die Adresse durch, nach der Poppi gefragt hatte.

Poppi stieg in ihren kleinen, grünen Wagen, startete, gab die Adresse ins Navi ein und fuhr los. Eine Frauenstimme sagte ihr den Weg an, der sie quer durch Graz und ein Stück vor die Stadt führte.

99) BESITZER

»Sie haben das Ziel erreicht«, sagte die Stimme des Navis.

Poppis Wagen holperte durch ein Schlagloch in der stillen Gasse. Sie blieb stehen und stellte den Motor ab. Als sie die Tür öffnete und ausstieg, spürte sie die Kälte des Oktoberabends, die ihr sofort unter die Jacke kroch.

Die Welt rund um sie war geräuschlos, als wäre sie in Watte gepackt.

Es gab sechs Häuser in der Gasse, alle klein und vor fünfzig oder mehr Jahren billig gebaut. Die Bäume streckten die kahlen dunklen Äste zum bleigrauen Himmel. Die verwilderten Büsche, die entlang der Zäune gepflanzt worden waren, hatten noch ein paar Blätter in den Farben des Herbstes.

Nummer 14 war das letzte Haus am Ende der Sackgasse auf der rechten Seite. Die Fensterläden waren geschlossen, die Tür von Efeu überwuchert. Hier war schon lange Zeit niemand mehr gewesen.

An der Gartentür war ein Briefkasten befestigt, der überquoll mit Postwurfsendungen, die vom Regen aufgeweicht waren. Das Namensschild war kaum noch lesbar. Poppi tastete über die eingravierten Buchstaben.

Wie in Trance ging sie zurück zu ihrem Auto und stieg wieder ein. Sie rief ihren Vater an.

»Papa, wie findet man heraus, wem ein Grundstück gehört?«

»Sag mir die Adresse, ich mach das für dich.« Poppi nannte ihm Gasse und Hausnummer, wo sie sich gerade befand. Ihr Vater versprach, sich schnellstens zu melden. Sie legte auf und wartete. Weil ihr kalt war, ließ sie den Wagen laufen.

Als ihr Handy läutete, zuckte sie zuerst erschrocken zusammen, hatte sich aber schnell wieder unter Kontrolle und hob ab.

»Hast du es herausfinden können?«

»Ja. Aber wieso willst du das wissen?«

»Bitte sag es mir.«

Herr Monowitsch nannte ihr den Namen einer Familie, in deren Besitz sich das Grundstück für mehr als sechzig Jahre befunden hatte. Danach war eine neue Besitzerin eingetragen worden, die es geerbt hatte. Sie war aber auch schon gestorben und hatte das Grundstück vermacht.

Als sie den Namen hörte, begann Poppis Herz wieder schneller zu schlagen. Als ihr Vater aber dann einen Zusatz vorlas, der für ihn aufs Erste keinen Sinn gemacht hatte, begann Poppi heftig zu schwitzen. Das war doch nicht möglich? Konnte ihre Vermutung stimmen?

Was jetzt? Was sollte sie tun?

Sie bedankte sich, legte auf und rief Lilo an.

Freizeichen, aber Lilo hob nicht ab. Auch Axel war nicht erreichbar. Was sollte sie jetzt tun?

Die Wut, die in Poppi aufgestiegen war, drohte, sie fast zum Platzen zu bringen. Sie wollte nicht warten, bis Lilo oder Axel sich meldeten.

Sie musste schnell handeln. Vielleicht konnte sie endlich die Antwort auf viele Fragen bekommen und Lilos Unschuld beweisen.

Sie entschied sich dafür, es allein zu versuchen. Poppi googelte auf ihrem Smartphone und fand die Adresse in Wien.

Von Graz nach Wien waren es nur etwas mehr als zwei Stunden. Sie machte sich sofort auf den Weg.

Was war das für ein Gefühl, das da an ihm nagte? Axel verstand sich selbst nicht.

Magnus hatte ihm, als Lilo ihn vorstellte, mit festem Griff die Hand geschüttelt. Neben ihm meldete sich Axels alter Minderwertigkeitskomplex, was seine Körpergröße anging.

Magnus war ein gut trainierter Mann, mit breiten Schultern. Er trug einen hellen Strickpullover zu schwarzen Jeans und einen großen, dunklen Filzhut, den er beim Eintreten abgenommen hatte.

Lilo hatte ihn überschwänglich begrüßt, für Axels Gefühl etwas zu begeistert und mit zu leuchtenden Augen. Sie war sofort ins Bad geflüchtet, um sich ein wenig zu »restaurieren«, wie sie es nannte.

Etwas verlegen war Axel mit Magnus in dem kleinen Wohnzimmer zurückgeblieben.

»Und Sie sind gekommen, weil …?«

»Weil ich Lilo etwas sagen muss und Telefon und Internet zu unsicher sind.«

»Das sagt ausgerechnet jemand wie Sie, der für die Sicherheit im Web sorgt?«

»Jemand wie ich weiß, was hier alles geschieht, und selbst ich bin nicht tausendprozentig sicher davor, abgehört oder gehackt zu werden.«

Das überraschte Axel. Er bot Magnus Kaffee an, den er gerne annahm.

»Gibt es etwas zu feiern?«, fragte er und deutete auf den riesigen Rosenstrauß im Eimer.

»Hoffentlich«, antwortete Axel ausweichend.

Weiter hakte Magnus nicht nach. Lilo kam zurück, als die beiden Männer bei Tisch saßen und über Fußball und Basketball redeten.

»Ich sehe, ihr versteht euch«, sagte sie locker.

»Na ja, ich weiß ein bisschen was über Sport, aber wie wichtig Magnus ist, das weiß ich seit London«, bemerkte Axel bescheiden.

»Sehr freundlich, aber es sind hauptsächlich Sicherheitsvorkehrungen, die mich so unnahbar und wichtig erscheinen lassen.« Magnus drehte sich zu Lilo um, die inzwischen viel frischer aussah. Sie musste geduscht haben, da ihre Haare noch feucht waren, und sie hatte sogar ein wenig Make-up aufgelegt. »Ich habe etwas herausgefunden. Allerdings wird das vor Gericht kaum standhalten, weil die Art, wie ich darauf gestoßen bin, illegal ist.«

Lilo warf ihm einen dankbaren Blick zu. »Danke, dass du dir so viel Mühe machst.«

Axel beobachtete sie von der Seite, und das Gefühl, das ihn da plötzlich befallen hatte, wurde stärker.

»Ich konnte nachverfolgen, wohin die geraubten Millionen geflossen sind.«

»Was? Wie hast du das geschafft?«

»Vor zwei Wochen hat mich die Bank, die du überfallen haben sollst, angeheuert, um ihre Sicherheitssysteme zu verbessern. So habe ich Zugang bekommen zu nahezu allen Daten und Transaktionen. Auch zu den Aufzeichnungen von dem Tag, an dem du das Programm in Aktion gesetzt hast.« Magnus trank seinen Kaffee und hob die Tasse bittend in Axels Richtung.

»Bringst du Magnus noch einen?«, sagte Lilo sofort.

Axel nickte, nahm die Tasse und ging zur Kaffeemaschine. »Das Programm auf diesem Datenstick …«

»Auf dem Stick war nur ein Auslöser, das Programm selbst ist viel zu umfangreich«, unterbrach ihn Magnus. Axel machte den Kaffee und beschränkte sich auf das Zuhören.

»Das Programm, das in die Kryptobank eingebrochen ist, befindet sich meinen Nachforschungen nach auf Rechnern hier in Österreich«, fuhr Magnus fort.

Lilo war fassungslos. »In Österreich?

Aber wo? Braucht es dafür große Rechner? Wie auf einer Uni?«

»Nein. Das ist gar nicht nötig. Auch der geraubte Betrag könnte unter Umständen in Österreich sein. Aber das kann auch ich nicht nachverfolgen.«

»Wie findet man Kryptogeld?«, mischte sich Axel wieder ein, der die volle Tasse brachte. »Es sind doch nur Daten, Zahlen oder so was.«

»Der einzige Weg, den ich für möglich halte, führt über die Person, die das Programm in Auftrag gegeben und bezahlt hat. Mit echten Dollars.«

Axel brachte den Kaffee und stellte ihn vor Magnus hin. »Wir haben früher zahlreiche Kriminalfälle gelöst, aber wie sollen wir das schaffen? Österreich hat neun Millionen Einwohner.«

»Der Auftraggeber hat den Decknamen Monte Christo verwendet. Das konnte ich in Erfahrung bringen. Der Programmierer ist ein siebzehnjähriger Koreaner in New York, der zwar wusste, was er da programmiert hatte, sich aber selbst nie getraut hätte, es einzusetzen. Das hat er seinem Auftraggeber überlassen, der ihm für das Programm eine Million Dollar bezahlt hat.«

»Wie hast du das herausgefunden?« Lilo war sehr beeindruckt.

»Wie schon gesagt, auf nicht ganz legalen Wegen, und daher möchte ich auch nicht darüber sprechen. Was euch gelingen muss, ist, Monte Christo zu entlarven.«

Magnus und Lilo redeten weiter, und Axel beobachtete sie genau. Ihm war auf einmal klar, welches Gefühl ihn quälte: Eifersucht.

Sofort fiel ihm der Ausspruch seiner Mutter ein, die Eifersucht in Maßen für das Zeichen einer starken Liebe hielt. Dem Bohren in seinem Inneren nach musste Axel für Lilo noch viel mehr empfinden, als er bisher gedacht hatte.

Weil er Lotta versprochen hatte, sie anzurufen, holte er sein Handy aus der Jacke, die er in der kleinen Diele auf einen Haken gehängt hatte. Es war lautlos geschaltet. Er sah einen verpassten Anruf von Poppi und drückte auf die Wahltaste.

101) DIE VERFOLGUNG

Was jetzt?

Poppi stand am Anfang einer Straße im 19. Bezirk von Wien, wo sich Villa an Villa reihte. Das Haus, das ihr Ziel war, befand sich ungefähr in der Mitte der Straße, aber sie wollte mit dem Grazer Nummernschild nicht vorbeifahren und schon gar nicht davor halten.

Nie zuvor in ihrem ganzen Leben hatte Poppi eine solche Wut in sich gespürt. Sie war immer ein friedliches Wesen gewesen, und zwischen ihren Freunden war immer sie diejenige gewesen, die ausgeglichen hatte.

Hier aber ging es um etwas ganz anderes: Ihr eigenes Glück und das Leben von Lilo standen auf dem Spiel. Jemand hatte Taten und Ereignisse zu verantworten, die so vieles zerstört hatten.

Sie musste dem ein Ende setzen.

Ihr Handy läutete. Axel rief sie an. Poppi schaltete die Bluetooth-Verbindung aus, damit das Gespräch nicht auf ihrer Freisprecheinrichtung zu hören war. Sie wollte nicht, dass Fußgänger, die am Wagen vorbeikamen, das Gespräch mitbekamen.

»Du hast angerufen.«

»Was wollte Magnus bei euch?«

»Er hat etwas herausgefunden, was Lilo retten kann.« Axel schilderte Poppi die Kurzfassung von dem, was er gerade erfahren hatte.

Poppi hörte nur mit einem Ohr zu, bis der Name Monte Christo fiel. »Ich glaube, ich stehe nur hundert Meter von Monte Christos Haus entfernt.«

»Was?« Axel rief nach Lilo. »Poppi, ruf die Polizei. Der Mann ist gefährlich. Du kannst nicht allein …«

»Ich muss.«

»Nein.«

Poppi konnte nicht weiterreden. Sie versprach, sich umgehend wieder zu melden, und legte auf.

Es war sieben Uhr am Abend und dunkel. Die Straßenlampen tauchten die Straße in einen gelblichen Lichtschein. Poppi stellte das Auto ab und stieg aus. Mit der Fernbedienung betätigte sie die Zentralverriegelung.

Ein Taxi rollte an Poppi vorbei. Das Taxi hielt ungefähr auf der Höhe, wo sie die Hausnummer vermutete, die sie suchte.

Ein Gartentor wurde geöffnet, und eine Frau trat auf die Straße. Sie trug einen langen Mantel und eine kleine Handtasche.

Unschlüssig, was sie nun tun sollte, stand Poppi da und starrte sie an. Sie zögerte einen Moment zu lange. Die Frau stieg hinten in das Taxi ein.

Mit schnellen Schritten lief Poppi darauf zu.

»Staatsoper«, hörte sie die Frau sagen. Die Wagentür wurde zugeschlagen, und das Taxi fuhr ab. Poppi machte kehrt und rannte zu ihrem Auto zurück. Sie drückte hektisch auf der Fernbedienung herum, sprang dann hinein, startete und folgte dem Taxi.

Sie hatte Glück. Es wartete an einer Ampel am Ende der Straße, die Anzeige stand auf Rot.

Die Fahrt ging weiter, Poppi blieb einfach hinter dem beigefarbenen Mercedes. Er nahm den Weg über den Gürtel und bewegte sich Richtung Innenstadt. Um diese Zeit war der Abendverkehr schon weniger geworden, trotzdem kam das Taxi nicht sehr schnell voran.

Schließlich tauchte vor ihnen das hell erleuchtete Gebäude der Wiener Staatsoper auf. Es war zehn nach halb acht Uhr. Der Taxichauffeur stoppte vor dem Haupteingang, Poppi blieb ein

Stück vorher stehen. Sie sah das Halten-verboten-Schild, kümmerte sich aber nicht darum.

Was wollte sie jetzt eigentlich tun? In ihrer glühenden Wut hatte sie nicht weiter darüber nachgedacht.

Plötzlich wünschte sie sich, Axel und Lilo wären bei ihr. Dominik fiel ihr natürlich ein. Der Anblick der Oper hätte ihn sicher auf eine gute Idee gebracht.

Es war der Frau anzusehen, dass sie sehr ungehalten war, als sie aus dem Taxi ausstieg. Poppi hatte das Fenster heruntergelassen und konnte sie mit dem Fahrer schimpfen hören.

»Sie haben wirklich einen riesigen Umweg genommen. Jetzt kann ich bis zur Pause warten, weil ich nicht mehr eingelassen werde.

Nachdem sie die Wagentür zugeknallt hatte, raste das Taxi mit quietschenden Reifen davon. Es hatte geregnet, und Wasser spritzte aus einer Pfütze hoch und auf den Mantel der Frau. Wütend brüllte sie dem Taxi hinterher.

Poppi stieg aus und ging auf die Frau zu. In ihrem Zorn hätte sie sich am liebsten sofort auf sie gestürzt.

Ein paar Schritte hinter ihr blieb sie stehen.

Dieser Frau hatte sie vertraut. Diese Frau aber hatte jemanden angeheuert, der Klaus zum Ehebruch verführen sollte, damit Poppis Ehe zerbricht.

Es war ihr bei dem Gespräch mit ihrem Vater wie Schuppen von den Augen gefallen, was passiert sein musste.

Poppi hatte das Video als Beweis für Klaus' Untreue nie zugespielt bekommen. Das war auch nicht nötig gewesen, da sie unerwartet ins Haus zurückgekehrt war und die beiden beobachtet hatte. Davon aber hatte sie nur ihren Freunden Axel, Lilo und Dominik erzählt. Und Amelie.

Amelie hatte von ihr auch alle Informationen über das Treffen der vier erhalten und dann als Einzige von der plötzlichen

Änderung der Reisepläne erfahren. Ihr hatte sie auch ihren Aufenthaltsort in London verraten.

Woher aber hatte Monte Christo das alles gewusst? Erst im Nachhinein war Poppi klar geworden, dass sie es ihm selbst erzählt hatte. Aber wie hätte sie das auch ahnen können!

Selbst als Poppi im Kaffeehaus aufgefallen war, dass sie allein auf der Damentoilette war, hatte sie nicht weiter darüber nachgedacht, wieso Amelie nicht dort war. Sie hatte Amelie für ihre Freundin gehalten. Plötzlich aber war ihr klar geworden, dass Amelie nicht immer eine Frau gewesen war.

In Wirklichkeit hieß sie anders, als sie in der Praxis angegeben hatte. Das Grundstück am Rande von Graz hatte ihren Großeltern gehört und dann ihrer Mutter. Sie hatte es von ihr geerbt. Damals war sie aber noch ein Mann gewesen. Ihr neuer Vorname »Renata« war erst vor einem Jahr ins Grundbuch eingetragen worden.

An das neue Geschlecht schien sich Amelie noch nicht ganz gewöhnt zu haben. Im Kaffeehaus musste sie auf die Herrentoilette gegangen sein.

Für die Treffen mit Poppi musste die Frau jedes Mal extra nach Graz gekommen sein. Der Hund hatte nur als Mittel zur Kontaktaufnahme mit Poppi gedient, um ihr Vertrauen zu gewinnen. Über Tiere funktionierte das am einfachsten.

Was für ein Aufwand: so viele Fahrten nach Graz, um vorzugeben, dass sie dort lebte, was aber nicht stimmte.

Amelie. Renata. Früher aber …

»René!«, rief Poppi. »René Bachler! Oder wie soll ich dich nennen? Renata? Nein. Amelie? Nein.«

Die Frau fuhr herum. Poppi sah in das Gesicht von Amelie, wie sie sich ihr gegenüber genannt hatte.

»Monte Christo«, schleuderte ihr Poppi entgegen.

102) NIEDERLAGE

Was schmerzte mehr?

Wieder bei dem verhassten Männernamen gerufen zu werden und darauf zu reagieren?

Zwei Jahre waren seit der Operation vergangen. Und noch immer passierte es, dass Renata auf die Herrentoilette ging. Erst heute in Graz war ihr der Fehler wieder unterlaufen. Zum Glück hatte sie keiner dabei gesehen. Es war niemandem aufgefallen.

Oder war für sie der schlimmste Schmerz die neuerliche Niederlage? Diese von ihr so überaus gehassten Menschen hatten sie entlarvt. Es war ihr unverständlich, wie es ihnen gelungen sein konnte, aber sie mussten herausgefunden haben, wer sie war. Ob sie schon Beweise in Händen hielten. Sie traute ihnen alles zu.

Auf der Ringstraße tobte der Abendverkehr. Eine Straßenbahn donnerte vorbei. Renata sah auf einmal nur noch ein wildes Blinken rund um sich. Scheinwerfer, rote Rücklichter, Leuchtreklamen, Licht aus Fenstern der umstehenden Häuser.

Vor ihr stand Poppi.

Sie hatte es so schlau eingefädelt und sich als Amelie an sie herangemacht und ihre Freundschaft gewonnen. Es war so leicht gewesen, alle Informationen von ihr zu bekommen, die sie brauchte.

Als sie dann aber nicht nach New York geflogen war, sondern mit der Privatmaschine nach London, hatte sie sehr schnell reagieren müssen, um sie in die Abflughalle des normalen Flughafens zu locken. Es war ihr gelungen, und auch die Übergabe des Datensticks war doch noch erfolgreich über die Bühne gegangen.

Was konnten sie von ihr wissen?

Renata starrte Poppi immer noch an.

Diese bewegte sich wütend auf sie zu, während sie selbst unfähig war zu reagieren. Mit den hohen Absätzen ihrer Stöckelschuhe konnte sie nicht weglaufen.

Es ging sehr schnell. Poppi holte aus und versetzte ihr eine schallende Ohrfeige. Der Schlag war so heftig, dass sie zur Seite kippte und auf den kalten Gehsteig stürzte.

Über ihr erhob sich Poppi, keuchend und mit einer Aggression in den Augen, die Renata ihr niemals zugetraut hätte. Ihre Hand war fahl von ihrer starken Schminke, mit der sie die groben Poren der Männerhaut verdeckte und zuspachtelte, wie sie es insgeheim nannte.

Ein Passant kam gelaufen. Es war ein älterer Herr, der ihr aufhalf. Poppi blieb stumm stehen und funkelte sie nur an.

Hinter Poppi tauchte eine Polizistin auf, die den Vorfall mitbekommen hatte. Sie sagte nicht viel, sondern blickte nur zwischen Poppi und ihr hin und her.

»Diese Frau«, begann Poppi, die hörbar Mühe hatte, nicht gänzlich die Beherrschung zu verlieren, »hat meinem Mann eine Nutte auf den Hals gehetzt, um meine Ehe zu zerstören. Sie lässt meine Freundin Lilo wie eine Verbrecherin aussehen, und sie ist schuld daran, dass unser Freund Dominik …«

»Moment, Moment, langsam, was sind das für Anschuldigungen?« Die Polizistin positionierte sich zwischen Poppi und ihr. Sie sah Renata fragend an.

»Ich will meinen Anwalt anrufen«, sagte Renata.

»Dann gibst du es also zu.« Poppi triumphierte.

»Ich rede nur, wenn mein Anwalt dabei ist.«

Diese Aussage kam für die Polizistin unerwartet. Sie rief per Funk einen Streifenwagen und forderte Poppi und Renata auf, ihr auf die nächste Dienststelle zu folgen.

»Er hatte Spaß. Ich habe ein Video«, zischte Renata Poppi ins Gesicht.

Poppi tat ihr nicht den Gefallen, darauf zu reagieren. Sie lächelte nur. »Mich interessiert nur noch, wo dein Hund ist. Ihn nehme ich gerne zu mir. Er hat sich erstens einen liebevollen Platz verdient, und zweitens braucht er einen neuen Besitzer. Du landest nämlich im Knast.«

103) RESPEKT

Er dachte öfter an Lilo, nachdem er nach Island zurückgekehrt war. Sie war eine tolle Frau, wenn auch etwas kompliziert. Aber das würden viele auch von ihm sagen.

Insgeheim beneidete er Axel um Lilo. Allerdings waren ihm Axels etwas eifersüchtige Blicke nicht entgangen. Er fühlte sich fast ein wenig geschmeichelt. Lilo selbst hatte nichts mitbekommen.

Die Hunde tobten rund um ihn. Sie sprangen übermütig und bellten. Es war ein warmer Tag auf Island, und sie hatten gute Laune. Auch Hunde waren manchmal besser und manchmal weniger gut drauf.

An diesem Tag fühlte sich Magnus wohler als sonst. Die Melancholie, die ihn manchmal befiel, verschonte ihn heute. Er freute sich über die Neuigkeiten, die er im Internet gefunden hatte. Lilo und ihren Freunden schien es gelungen zu sein, diesen Monte Christo zu entlarven.

Vor allem aber hatte er großen Respekt für die vier Freunde, die in ihren Kindertagen so eng verbunden waren. Sie hatten sich wiedergefunden, und darüber hinaus hatten sie auch bewiesen, dass sie immer noch ein Team waren, das seinesgleichen suchte. Er wäre gerne Teil davon gewesen.

Aber seine Tätigkeit erlaubte das nicht. Die Mauern, die er um sich errichtet hatte, dienten seinem Schutz, und so musste er als einsamer Wolf auf Island bleiben. Jedenfalls noch eine Weile. Aber heute war ihm nach Feiern. Er beschloss, nach Reykjavík zu fahren, dort fein essen zu gehen und sich ein paar Flaschen Wein zu besorgen.

Lilo, Lilo, dachte er, als er auf das Meer hinausblickte, auf dem sich das Sonnenlicht spiegelte, du spukst mir etwas zu sehr im Kopf herum.

Aber vielleicht tat ihm dieses Gefühl auch einfach gut, und er sollte es zulassen.

DREI WOCHEN DANACH

104) PLÄNE

Sie waren so aufgeregt.

»Es ist schöner als Weihnachten und Geburtstag zusammen, hätte ich früher gesagt«, stellte Poppi fest.

Axel und Lilo hielten einander an der Hand. Beide nickten.

Die drei Freunde standen vor einer grauen Tür und warteten. Sie wussten, dass sie hinter der Tür etwas Wunderbares erwartete, und brachten alle Geduld der Welt auf.

»Hast du das gesehen?« Lilo holte aus ihrer Umhängetasche ein Wochenmagazin. Es hatte als Nebenschlagzeile auf dem Cover: »Der unperfekte Raub – ein wahrer Krimi«. »Seite 28«, sagte Lilo, und Poppi schlug das Heft an der genannten Stelle auf.

Es war ein Bericht über das, was sie im Sommer in London erlebt hatten. Natürlich wurde ausführlich geschildert, wie es ihnen gelungen war, den raffiniertesten Kryptoraub aller Zeiten auffliegen zu lassen.

Natürlich stand auch darin, dass sie als Belohnung für die Wiederbeschaffung des Geldes einen Millionenbetrag von dem Besitzer des Kontos erhalten hatten.

»Klaus und ich machen eine Kreuzfahrt zu den Galapagosinseln«, sagte Poppi. »Wir wollen die Tiere dort sehen, und außerdem haben wir damals nach unserer Hochzeit keine Reise gemacht.

Lilo hatte große Pläne. An die Uni wollte sie nicht zurück, auch wenn ihr dort eine neue Stelle angeboten worden war.

»Ich möchte wieder in Kitzbühel leben. Dort komme ich her, und dort habe ich mich immer am wohlsten gefühlt.« Mit dem Geld konnte sie es sich leisten, eine sehr lange Zeit nicht zu arbeiten. »Aber das will ich gar nicht. Ich möchte etwas für Kinder machen, die schwer krank sind oder eine Behinderung haben. Ich werde eine spezielle Wander- und Kletterschule eröffnen und vielleicht eine Spezial-Skischule.«

»Und du?« Poppi sah Axel fragend an.

Er blickte zu Lilo. »Können wir es schon verraten, oder bist du abergläubisch?«

»Ihr heiratet?«, platzte Poppi heraus.

»Nein«, protestierten beide sofort heftig.

»Aber wir ziehen zusammen. Lotta ist einverstanden, nach Kitzbühel zu gehen, und auch Axels Mutter ist begeistert, dass wir es tun.«

»Gratulation«, sagte Poppi, und es klang unendlich glücklich und herzlich. »Alles also wieder in Ordnung zwischen euch?«

Axel grinste schief und erinnerte an einen Teenager. »Mehr als das.«

Die Tür wurde von innen geöffnet.

»Bitte sehr, kommen Sie nur. Aber bitte nicht länger als fünfzehn Minuten und keine Aufregung.« Die Frau sprach englisch und hatte etwas sehr Mütterliches an sich.

Alle drei hatten sofort Flüge gebucht, als sie die Nachricht erhalten hatten. Mit dem Geld hätten sie sich sogar einen eigenen Privatjet leisten können, aber das war nicht nötig, da sie ohnehin einen Tag warten mussten, bis es so weit war.

Keiner der drei wollte Erster sein. Alle drei fürchteten sich, und gleichzeitig waren sie so glücklich.

Schließlich machte Lilo den Anfang. Axel ließ Poppi den Vortritt. Sie schob sich neben Lilo. Axel stand dicht hinter den beiden und stellte sich auf die Zehenspitzen, um über ihre Schultern zu blicken.

»Ich bin kein Monster«, kam es von dem Bett am Fenster.

Lilo und Poppi mussten lachen, und dieses Lachen befreite.

»Du siehst aber wie eines aus«, sagte Axel.

»Danke. Warte, bis meine Operationen fertig sind. Der Arzt hat mir garantiert, danach wie neu auszusehen.«

»Wie geht es dir?« Poppi kam jetzt näher. Es schmerzte sie, die Verbände zu sehen und die Schwellungen in seinem Gesicht.

»Wie es einem so geht, wenn man aus dem Koma erwacht und die Hälfte aller Knochen gebrochen sind.«

»Wir hatten so eine Angst um dich«, sagte Poppi. »Wir dachten, du würdest den Unfall nicht überleben.«

»Unkraut vergeht nicht«, bemerkte Axel grinsend.

Es war fürchterlich für die drei gewesen, als sie von Dominiks Unfall erfahren hatten. Larry war es gewesen, der ihnen diese schreckliche Nachricht überbrachte. Und er hatte ihnen auch erzählt, dass Dominik in Lebensgefahr schwebte.

Die Ärzte hatten wochenlang um sein Leben gerungen.

»Ich habe jetzt das Bedürfnis, euch anzulächeln, aber die Schmerzen sind zu groß.«

»Mensch, Dominik!« Lilo trat neben ihn und seufzte.

»Ich weiß nicht, was mir die Ärzte hier verabreicht haben, aber ich habe mehrmals von meinem eigenen Begräbnis geträumt.«

»Darauf musst du verzichten«, sagte Axel knapp.

»Es war wirklich schön und stilvoll. Aber kannst du bitte wachsen, Axel. Der Sarg hing an deiner Seite herunter.«

»Du!« Scherzhaft drohend hob Axel die Faust.

»Du wirst einen Schwerverletzten doch nicht schlagen.« Dominik tat empört.

Die vier sahen einander nur an, und einen Moment lang genossen sie das Schweigen. Es würde noch einige Wochen dauern, bis Dominik wieder halbwegs auf den Beinen war. Die Ärzte hatten ihn aufgrund der Gehirnschwellungen in ein künstliches Koma versetzen müssen, aus dem er erst vor ein paar Wochen aufgeweckt worden war.

Endlich hatten seine Freunde die Erlaubnis erhalten, ihn zu besuchen.

»Du bist übrigens auch Millionär«, erzählte ihm Lilo.

»Das war ich schon vorher«, sagte Dominik.

»Angeber.« Lilo berichtete von der Belohnung, die sie erhalten hatten. Sie hatten auch Magnus einen Teil davon zukommen lassen.

Die Krankenschwester steckte den Kopf ins Zimmer und erinnerte sie daran, dass der Besuch zu Ende gehen musste.

Die drei verabschiedeten sich von Dominik. »Wir bleiben eine Woche in London. Natürlich werden wir dich jeden Tag besuchen.«

»Ich werde hier sein«, scherzte Dominik. Nach einer kleinen Pause fügte er hinzu: »Ich lasse nicht locker.«

»Wir auch nicht«, versicherten die anderen.

Als sie das Krankenhaus verließen und auf die Straße hinaustraten, begann Poppi, vor Freude zu weinen. Lilo drückte sie und verbarg dabei die eigenen Tränen.

»Das war knapp«, sagte Axel. Er blinzelte in die Sonne, die seitlich von Big Ben stand.

Dominik hatte ein zweites Leben geschenkt bekommen. Eigentlich sie alle vier, denn für jeden von ihnen begann ein neuer Lebensabschnitt, der neue Herausforderungen und neue Chancen versprach.

»Aber mit den Abenteuern war es das dann«, meinte Poppi. »Wir haben keine Feinde mehr.«

Zum Glück konnte sie in diesem Augenblick nicht in die Zukunft blicken! Sonst … Ihr wäre der Atem gestockt. Vielleicht hatten die vier selbst keine Feinde, aber andere Menschen, die ihnen viel bedeuteten, schon.

Was würden sie tun, wenn jemand, der ihnen nahestand, sie in einer höchst mysteriösen Notsituation um Hilfe bitten würde?

Würden sie wirklich Nein sagen?

Ließen echte Knickerbocker jemals locker?

Wohl kaum …

* * *

Wer das »Osterei« entdeckt hat, auf den wartet eine Überraschung. Schickt eine E-Mail mit eurem Namen an:
(Tiername aus dem Buch)@thomasbrezina.com

DANKSAGUNG

Mein größter Dank geht an alle Leserinnen und Leser, die mir zu *Alte Geister ruhen unsanft* geschrieben haben. Es waren einige Tausend Nachrichten und deshalb habe ich auch dieses zweite Abenteuer begonnen. Das war eigentlich nicht geplant gewesen.

Danke an Anke Weber, die meine Bücher lektoriert. Sie ist strenger, als meine schlimmsten Deutschprofessoren es jemals waren, aber ich bin ihr sehr dankbar dafür, weil dann auch das kleinste Detail stimmt.

Danke an Dirk Rumberg vom Ecowin Verlag, der das Buch als Verleger betreut und mich schon am Tag, als *Alte Geister ruhen unsanft* erschien, nach der Fortsetzung gefragt hat.

Danke an die Knickerbocker-Bande-Facebook-Gruppe und meine Follower auf Instagram, die sehr aktiv abgestimmt und auf alle meine Fragen geantwortet haben. Ich glaube, es gibt kein anderes Buch, bei dem Titel und Cover von den Leserinnen und Lesern bestimmt wurden.

Danke an Ivo, der mich immer mit allem versorgt, was mir guttut: wunderbares Essen und aufmunternde Worte, wenn mich der große Zweifel befällt. Danke an unseren Jack Russell Terrier Joppy, der im Dezember 2017 eingezogen ist und mich ständig zum Lachen bringt.

Diesmal auch Danke an meine Eltern, die leider nicht mehr leben und die damals zu den ersten Lesern des allerersten Knickerbocker-Buches gehört haben. Im Frühling 1989. Mir kommt es vor, als wäre es gestern gewesen.

ÜBER DEN AUTOR

Thomas Brezina, geboren 1963, ist Kinder- und Jugendbuchautor, Drehbuchautor, Fernsehmoderator und Produzent. Im Alter von 15 Jahren gewann er bereits den »Großen Österreichischen Jugendpreis« für die Drehbücher zur Puppenserie »Tim, Tom und Dominik«. Seitdem arbeitet Thomas Brezina federführend für das österreichische Kinderfernsehen. Mit seinen Buchreihen wie »Die Knickerbocker-Bande«, »Ein Fall für dich und das Tiger-Team« und »Tom Turbo« gilt er weltweit als einer der erfolgreichsten Autoren. Er hat über 560 Bücher geschrieben, die in mehr als 35 Sprachen übersetzt wurden und in über 40 Ländern erschienen sind. Für sein umfassendes Werk erhielt er unter anderem das »Goldene Verdienstzeichen der Republik Österreich«.

Seit 2008 ist Thomas Brezina auch der kreative Motor und Produzent von »okidoki«, dem Kinderprogramm des ORF. Zu seinen bekannten Fernsehsendungen zählen unter anderen die Kinderkrimiserien »Tom Turbo« und »Tom Turbo Detektivclub« und die Wissensmagazine »Forscherexpress«, »7 Wunder« (2011 Intermedia Globe Gold Award) oder »Knall genial« (2016 Gold Award beim World Fest in Houston, Texas). Aber auch Formate wie »ABC Bär« und »Tolle Tiere« wurden von ihm entwickelt.

Thomas Brezina lebt in Wien und in London. Er engagiert sich für Tiertherapien, den Kampf gegen Kinderarmut und Schulaktionen und ist seit 1996 offizieller Botschafter von UNICEF Österreich. Dabei sind ihm Schulprojekte in Entwicklungsländern ein besonderes Anliegen.

Homepage: www.thomasbrezina.com
Twitter: @_thomasbrezina_
Facebook: @thomasbrezinaofficial
Instagram: @thomasbrezina